Theresa Prammer
Lockvogel

Kriminalroman

Theresa Prammer
Lockvogel

Für meine Nichten Carina, Kathi, Muriel, Rebecca und Stefanie
Und für J. – immer wieder

HAYMON taschenbuch 309

Wer Wind sät, wird Sturm ernten.
Altes Testament

Der Mut bietet immer ein schönes Schauspiel.
Alexandre Dumas

Prolog

Jeder Zentimeter seines Hemdes klebte an ihm. Wegen dieser viel zu eng gebundenen Fliege konnte er kaum atmen. Das hier war seine einzige Chance. Er wollte sie. Er brauchte sie. Eine zweite würde er nicht bekommen.

Die Knie zitterten ihm so sehr, dass sogar das Tablett voller Champagnergläser in seinen Händen vibrierte.

Er durfte sich jetzt auf keinen Fall einschüchtern lassen. Er hatte eine Mission. Er war ein Krieger. Ein Held. Er stand hier für die unzähligen Demütigungen, die er ertragen und die er immer wieder von sich abgeschüttelt hatte.

Obwohl es in dem Wohnzimmer neben der aufgebauten Cocktailbar angenehm kühl war, strömte ihm der Schweiß aus allen Poren. Die Ehefrau des Gastgebers kam in einem trägerlosen und sehr kurzen Glitzerkleid auf ihn zu.

Vor einer Stunde hatte er sie noch in einem pinkfarbenen Jogginganzug und mit Lockenwicklern im Haar durchs Haus eilen gesehen. Jetzt bewegte sie sich in ihren High Heels so elegant, als würde sie auf einem Laufsteg stolzieren.

Er streckte ihr das Tablett ein wenig entgegen.

„Champagner?"

Seine Stimme klang merkwürdig hoch, doch die Dame des Hauses schien es nicht zu bemerken. Sie sah an ihm vorbei.

„Sie werden fürs Servieren bezahlt. Nicht, um hier herumzustehen und die Klimaanlage zu genießen."

„Pardon, das ist heute mein erster Tag."

Er bemühte sich um ein Lächeln. Sie nahm es mit einer Mischung aus ungläubigem Räuspern und einer wedelnden Handbewegung hin, als würde sie eine Fliege verscheuchen.

„Auf der Terrasse verdursten unsere Gäste. Also los, raus."

Schwungvoll nahm sie ein Glas vom Tablett und stöckelte mit ausgebreiteten Armen auf eine andere Blonde zu, die ihre Zwillingsschwester hätte sein können. Vielleicht hatten sie aber auch nur denselben Chirurgen.

Er sah zum dunkelhäutigen Barkeeper, der die nächste Flasche Champagner öffnete und konzentriert mit beiden Händen in die aufgereihten Gläser einschenkte. Wahrscheinlich hatte er auch schon einen Anschiss bekommen, weil er ein Tröpfchen vergossen hatte.

Natürlich gab es Dom Pérignon. Das Personal heute Abend bekam hingegen nur einen Stundenlohn von acht Euro fünfzig bezahlt, wie er mitbekommen hatte. Schwarz auf die Hand. Nein, nicht davon ablenken lassen, er sollte sich auf sein Ziel konzentrieren.

Schluck deinen Ärger runter, Mann.

Es waren gar nicht die hochsommerlichen Temperaturen, die in diesem Juni herrschten, die ihn im Innenraum hielten. Der Grund dafür befand sich keine drei Meter von ihm entfernt. Der Grund, warum er sich überhaupt als falscher Kellner verkleidet auf die Veranstaltung geschlichen hatte. Unter dem Tresen, in einem schwarzen Rucksack, hinter einer Kiste mit französischem Rotwein versteckt.

Was, wenn den jemand finden würde, während er der Wiener High Society Champagner unter die korrigierten Nasen hielt? Dann wäre sein ganzer Plan vorbei, noch bevor er überhaupt begonnen hätte. Die ersten paar Stunden musste er einfach so tun, als wäre er vom Personal. Das Abendessen abwarten, dann käme sicher eine Band oder ein DJ, um Musik zu machen.

Diese Partys waren bekannt für die ausgelassene Stimmung, je später es wurde. Genau dann, wenn alle bei bester Laune wären, würde er tun, weswegen er gekommen war.

Aber bis es so weit war, konnte er nicht die ganze Zeit wie angewurzelt hier stehen bleiben. Er musste da raus. Für sich. Für Carla. Der Gedanke an sie gab ihm neue Kraft.

Ihr würde es hier gefallen. Dieses Haus war atemberaubend. Die Inneneinrichtung aus Chrom, aus schwarzem und weißem Marmor, eine beigefarbene Ledercouch als Liegewiese vor einem Flatscreen. Der war größer als ihr Doppelbett. Carla hätte es verdient, so zu wohnen. Und noch viel mehr.

„Wir können nicht so weitermachen", hatte sie gestern zu ihm gesagt. Danach der Riesenkrach, weil er wusste, dass sie im Recht war. Er hatte türknallend die Wohnung verlassen, war durch die Straßen gelaufen, hin und her geworfen zwischen Wut, Verzweiflung, Hilflosigkeit. Bis er beim U-Bahn-Abgang an den Aufstellern mit der Gratiszeitung vorbeigekommen war und auf der Titelseite die Ankündigung für dieses Sommerfest gesehen hatte. Das war es. Das Zeichen, um das er so lange gefleht hatte. Eigentlich unglaublich, dass er es hierhergeschafft hatte. Schon allein das war eine Story. Die halbe Nacht hatte er wachgelegen und sich vorgestellt, wie er die Geschichte in unzähligen TV-Interviews zum Besten geben würde. Aber dazu musste er seinen Posten verlassen, sonst feuerte ihn die Glitzerlady garantiert.

Er warf dem Barkeeper einen beschwörenden Blick zu, schickte ein leises Stoßgebet zum Himmel und ging auf die überdachte Terrasse. Die Hitze schlug ihm entgegen wie ein schwerer Vorhang, aber im nächsten Moment wehte auch schon ein angenehm feuchter Nebel auf ihn herab.

Die Düsen, die an der Hausmauer des Zubaus befestigt waren, versprühten einen kühlen Hauch auf die Gäste. Das Sonnenlicht brach sich darin. Wahrscheinlich war dieses Haus zu einem großen Teil für den Klimawandel verantwortlich.

Meine Güte, draußen war es noch viel schöner als drinnen. Die Terrasse mündete in einen zur Hälfte über dem Abhang schwebenden Pool, der einen herrlichen Ausblick auf die Stadt bot. Wie in einem Werbeprospekt für Wien.

Er musste sich nur ein paar Schritte durch die Gästeschar bewegen, die Champagnergläser wurden ihm quasi vom Tablett gerissen. So viel Prominenz überraschte ihn. Zwar war er nicht so bewandert wie Carla, doch sogar er erkannte berühmte Gesichter aus Politik, Film und Musik.

Jedes Mal, wenn er sein Tablett bei der Bar mit vollen Gläsern bestückte, versicherte er sich, dass sein Rucksack noch in dem Versteck war.

So gingen ein, vielleicht zwei Stunden dahin. Den Gastgeber hatte er die ganze Zeit noch nicht gesehen, aber möglicherweise gehörte es zum Spleen eines so erfolgreichen Mannes, selbst zu spät zur eigenen Party zu kommen.

Auf dem Weg in die Küche, um die leeren Gläser loszuwerden, lief er fast in einen Mann hinein. Im letzten Moment stoppte er, doch ein Glas segelte vom Tablett. Der Mann drehte sich um. Das war er – sein Ziel.

In Wirklichkeit war Alexander Steiner noch größer und imposanter als im Fernsehen und auf Fotos.

Er sollte jetzt etwas sagen, etwas Amüsantes, Geistreiches. Aber sein Mund wurde schlagartig trocken und in seinem Kopf herrschte nur panische Leere. Ein merkwürdiges Quietschen kam aus seinem Hals, als hätte er eine Maus verschluckt.

Und dann war Alexander Steiner auch schon Richtung Terrasse verschwunden. Im nächsten Moment wehte ein Klangteppich aus „Aaahs" und „Ohhhs" von draußen herein, gefolgt von Applaus. Na, das war ja ein beschissener erster Eindruck, den er da abgeliefert hatte. Sein Gesicht brannte, so rot war er geworden. Wahrscheinlich war das hier alles nur eine maßlos bescheuerte Idee. Er war ja nicht mal zu einem normalen „Hallo" in der Lage, wie sollte er dann später tun, weswegen er gekommen war?

Ein Schniefen riss ihn aus seinen Gedanken.

Etwas abseits stand ein Mädchen in Jeans und schwarzem T-Shirt, er hatte sie gar nicht bemerkt. Eine Träne kullerte ihr über die Wange, sie biss sich auf den kleinen Finger.

„Oh nein, tut mir leid, hat dich ein Splitter getroffen?"

Das Mädchen schüttelte den Kopf. Sie war vielleicht dreizehn oder vierzehn und gerade in dem Wachstumsstadium, in dem die Proportionen noch lustig durcheinanderwuchsen. Lange Arme, kurze Beine, Kinderhände und die Kopfgröße bereits drei Jahre voraus. Bei ihm war das ganz genauso gewesen, jahrelang war er deswegen gehänselt worden. Was wahrscheinlich der Grund war, warum er überhaupt zu schreiben begonnen hatte. Wie er damals schien auch sie nicht zu den „coolen Kindern" zu gehören, obwohl sie sich – ihrer Kleidung nach zu urteilen – offenbar darum bemühte. Doch ihre zusammengesunkene Körperhaltung und die traurigen Augen verrieten zu viel. Eine weitere Träne löste sich aus ihrem Augenwinkel.

Am liebsten hätte er jetzt mit ihr geheult, so elend fühlte er sich.

„Kann ich dir irgendwie helfen?", fragte er. Keine Reaktion. Warum auch, er war ja nur ein „Niemand".

Er seufzte. Was machte er sich da eigentlich vor? Das war doch idiotisch, er würde es nie schaffen. Er stellte das Tablett ab und mit ihm auch gleich seine Pläne und Hoffnungen. Jetzt würde er seinen Rucksack holen, nach Hause gehen zu Carla und ihr sagen, dass er sich morgen einen Job suchen würde. Und wenn er wieder im Supermarkt Regale schlichten oder Pakete ausliefern musste, dann war das eben so.

Das Mädchen stand da wie angewurzelt, die mausbraunen Haare fielen ihr ins Gesicht. Sie starrte vor sich hin, alles an ihr hing, wie bei einer Marionette, der man die Fäden gekappt hatte.

„Was ist denn los?", fragte er.

Sie hob den Blick, als wäre sie verwundert, dass er noch immer da war. Wortlos zog sie ein zusammengerolltes Heft aus der Gesäßtasche ihrer Jeans, klappte es auf. Ein Aufsatz wahrscheinlich. Die Anzahl der roten Striche und Kommentare war bemerkenswert, die Seiten sahen aus wie ein abstraktes Gemälde. *THEMENVERFEHLUNG – NICHT GENÜGEND*, stand darunter.

„Deutsch?"

Sie nickte und kratzte sich an der Nase.

„Schularbeit."

„Darf ich es lesen?"

„Egal."

Es war kein schlechter Aufsatz. Vielleicht in zwei Passagen ein bisschen verwirrend und manchmal holprig im Ausdruck, aber vielversprechend. Und definitiv kein „Nicht genügend". Er gab ihr das Heft zurück.

„Willst du die Meinung eines arbeitslosen Drehbuchautors?"

Sie zuckte mit den Schultern, murmelte wieder kaum hörbar: „Egal."

„Wer dich da benotet hat, ist ein Trottel."

Sie lachte auf, es klang viel zu resigniert für ein so junges Mädchen.

„Wirklich. Und ich sage das jetzt nicht, um dich zu trösten. Der Aufsatz hat was. Klar, es sind ein paar Fehler drin, aber was soll's? Würde ich meine Sachen nicht überarbeiten, wären sie auch gespickt mit Fehlern. Und dein Text ist witzig, voller guter Ideen."

„Ich krieg einen Fleck nach dem anderen. Er hasst mich einfach."

„Das tut mir leid." Er wollte schon gehen, drehte sich aber noch mal um. „Manchmal gibt es solche Menschen. Du kannst die süßeste, köstlichste Erdbeere der Welt sein, aber wenn jemand einfach keine Erdbeeren mag oder vielleicht allergisch dagegen ist, was ist dann?"

Sie hob die Schultern.

„Keine Ahnung ... dann mag er sie trotzdem nicht?"

„Ganz genau. Er mag sie trotzdem nicht. Und es hat nichts mit der Erdbeere zu tun. Ich mag Erdbeeren. Sehr. Und du?"

Sie sah ihn an. Sehr langsam hob sich ihr Mundwinkel zu einem halben Lächeln, das sich wie in Zeitlupe zu einem Strahlen ausbreitete.

„Ich auch."

Er nickte ihr zu. Sie lächelten einander an, und im selben Moment entschied er, doch zu bleiben. Er hatte da seine persönliche Erdbeere im Rucksack in Form des Drehbuchs, an dem er die letzten vier Jahre geschrieben hatte. Unzähligen Produktionsfirmen hatte er es geschickt, die meisten hatten nicht einmal geantwortet. Und wenn er eine Rückmeldung bekommen hatte, dann waren es die üblichen Floskeln: man hätte „momentan keinen Bedarf", „die Kapazitäten wären im Moment ausgereizt". Wahrscheinlich hatte nie einer mehr als die ersten drei Seiten gelesen.

Deswegen war er am Morgen hergefahren, hatte sich versteckt, dem Catering beim Ausliefern zugesehen, sich in einem günstigen Moment ins Haus geschlichen, Hemd, Hose und Fliege aus dem Badezimmer geklaut, in dem sich die Kellner umzogen. Alles nur, um Alexander Steiner, einem der erfolgreichsten Regisseure des Landes, persönlich sein Drehbuch in die Hand zu drücken.

Die nächsten Stunden zogen sich: auftragen, abservieren, auftragen, abservieren. Immer wieder sah er Alexander Steiner, umringt von wichtigen Leuten – oder zumindest von solchen, die sich dafür hielten. Das Mädchen sah er nicht mehr.

Es war schon fast Mitternacht, der DJ war eingetroffen, die Party hatte sich wegen eines plötzlichen Wolkenbruchs nach drinnen verlagert, da endlich entdeckte er Alexander Steiner alleine. Er stand auf der Terrasse und paffte im Halbdunkeln eine klischeehaft dicke Zigarre.

Das war seine Chance.

Eilig wühlte er sich durch die Menschenmenge, fischte das Drehbuch aus dem Rucksack, ging wieder zurück zur Terrassentür.

Mist, jetzt war er zu spät. Alexander Steiner war nicht mehr alleine. Neben ihm stand der dunkelhäutige Barkeeper. Er hielt etwas in der Hand, eine schwarze Box. War das eine DVD-Hülle?

„Ich bin Schauspieler, mache das hier nur nebenbei", hörte er die erstaunlich hohe Stimme des Barkeepers.

„Mein Demoband ist auf dem neuesten Stand, und ich dachte mir ..."

Er hatte das Gefühl, in seiner Brust würde ein Fahrstuhl abstürzen. Alexander Steiner sagte was, das er wegen der Zigarre zwischen seinen Lippen nicht verstehen konnte. Es klang unfreundlich. Der Barkeeper wollte etwas erwidern, da nahm ihm Alexander Steiner die schwarze Hülle ab und schleuderte sie in den Swimmingpool. Der Barkeeper schnappte nach Luft. Alexander Steiner ließ seine Zigarre auf den Boden fallen und trat sie aus, dann drehte er sich um und kam an ihm vorbei, als er das Wohnzimmer betrat.

Der Barkeeper schaute fassungslos hinterher.

„Was für ein Arschloch. Dafür lass ich eine Kiste von deinem scheiß Champagner mitgehen."

Der aufgebrachte Schauspieler beachtete ihn gar nicht, als er dem Regisseur folgte.

Und dann war er alleine. Das Drehbuch in seiner Hand fühlte sich zentnerschwer an.

Er ging hinüber zum Swimmingpool, betrachtete die DVD-Hülle, die auf dem Wasser schaukelte. Das war es. Ein deutlicheres Zeichen brauchte er nicht.

Er holte aus, um sein Drehbuch in den Pool zu werfen. Da zupfte ihn jemand am Hemd.

Es war das Mädchen.

„Wolltest du ihm das geben?"

„Was?", fragte er geistesabwesend.

Sie deutete auf sein Drehbuch.

„Es kommen immer wieder irgendwelche Schauspieler oder Leute mit Filmideen her und glauben, das bringt was. Aber das tut es nie. Im Gegenteil, er macht sich darüber jedes Mal lustig."

„Woher weißt du das?"

„Ich bin Zoe Steiner. Er ist mein Vater. Wenn du es mir dalässt, dann geb ich es ihm. Ich werd sagen, ich hab gesehen, wie es jemand dem Bitlinger gegeben hat, und hab es ihm aus der Tasche genommen, als er gegangen ist. Dann interessiert es ihn sicher. Er hasst den Bitlinger, weil der ihn bei einem Filmprojekt unterboten hat."

Er war zu perplex, um zu antworten.

Sie nahm ihm das Drehbuch einfach aus der Hand, grinste und sagte: „Wir Erdbeeren müssen doch zusammenhalten."

Dann schlüpfte sie zurück ins Wohnzimmer und war in der tanzenden Menschenmenge verschwunden.

***

Die Morgendämmerung setzte ein, doch sie konnte noch immer nicht schlafen. Mit dem Koks hatte sie es ein bisschen übertrieben, aber wenn sie jetzt einen Downer nahm, würde sie den ganzen Tag flachliegen. Die letzten Gäste waren vor zwei Stunden gegangen. Das Wohnzimmer sah aus wie ein Schlachtfeld. Mit dem Wolkenbruch hatte niemand gerechnet.

Und nachdem dann auch noch die Barkeeper einfach um Mitternacht abgehauen waren, hatten alle begonnen, sich die Drinks selbst zu mixen. Zum Glück hatte sie in weiser Voraussicht einen ganzen Putztrupp für heute bestellt. Obwohl Alexander protestiert hatte, dass sie sich das sparen könnten, wenn sie beide der Frau Ilda helfen würden. Doch darauf fiel sie nicht mehr rein. Er hätte dann doch wieder was wahnsinnig Wichtiges zu tun und sie wäre allein mit der sechzigjährigen Haushaltshilfe und könnte sich abrackern. Sie zog den Bademantel fester, dieses blöde Paillettenkleid hatte ihr in die Achseln geschnitten. Außerdem brannten ihre Füße höllisch, ihre Zehen waren ganz rot und gequetscht von den High Heels.

Sie nahm sich eine halb volle Flasche Champagner und öffnete die Terrassentür. Die Luft war frisch, der kühle Stein fühlte sich gut an unter den Sohlen.

Der Sonnenaufgang färbte den Himmel über dem Pool in einem satten Orange. Sie würde jetzt ihre Füße reinhängen und einfach warten, bis die Müdigkeit einsetzte.

Irgendwas lag da im Wasser. Etwas Dunkles. Ohne Kontaktlinsen und Brille konnte sie nicht erkennen, was da im Pool schwamm. Sie trat näher.

Der grelle Schrei, der ihr entfuhr, als sie den ungeschickten Kellner von gestern Abend tot im Pool treiben sah, weckte das ganze Haus.

WIEN – Tragödie bei Promi-Party

Es sollte die Party des Jahres werden. Der berühmte Film- und TV-Regisseur Alexander Steiner („Das letzte Wiedersehen" gewann den deutschen Filmpreis, Anm. d. Red.) und seine Frau Sybille gaben ihr alljährliches rauschendes Fest. Unter den Gästen des beliebten Ehepaars war zahlreiche Prominenz aus Medien, Politik und Wirtschaft (siehe Bericht Chronik). Doch der Schock am nächsten Morgen machte die schönen Erinnerungen zunichte.

„Im ersten Moment dachte ich, da hat sich jemand einen Scherz erlaubt", sagte Sybille Steiner, die den Toten fand. „Es war einfach schrecklich, wie er im Wasser trieb. Den Anblick werde ich mein Leben lang nicht vergessen."

Über die Identität des Opfers gibt es keine Angaben. Der Mann war keiner der Gäste, und es ist noch unklar, ob es sich bei ihm um einen Angestellten der Catering-Firma handelte. Auch die Frage nach Fremd- oder Eigenverschulden muss erst von der Polizei geklärt werden.

„Ich hoffe, wir finden bald Antworten", sagt Alexander Steiner. „Zurzeit stecke ich in den Dreharbeiten meiner neuen Serie. Aber ich werde natürlich jederzeit für die Aufklärung zur Verfügung stehen."

Vor einer Woche erst haben die Aufnahmen zu „Die Liebenden" (eine Romanze zwischen einer Jüdin und einem Offizier der SS während des Zweiten Weltkriegs) in Wien begonnen, mit den hochkarätigen Schauspielern Anna Ferry und Hermann Thiel.

1

„Augen schließen. Mit dem nächsten Ausatmen stellt euch vor: Ihr fließt in die Matte, auf der ihr liegt. Jede Zelle eures Körpers löst sich auf. Haltet nichts zurück. Wenn Gefühle hochkommen, lasst sie raus. Seid laut. Gebt euch hin."

Als hätten alle nur auf ein Kommando gewartet, ging das Stöhnen los. Jammern, Klagen, Seufzen. Es hörte sich nach einer Mischung aus Gruppensex und Begräbnis an.

Toni stieß ein halbherziges „Ohhh" aus, während sie zur Uhr über der Tür blinzelte. Der Termin bei dem Privatdetektiv war erst in zwei Stunden, trotzdem hatte sie dieses drängende Gefühl, sie könnte ihn verpassen. Und das durfte sie auf keinen Fall.

„Die Uhrzeit ist egal, Antonia. Loslassen", bellte die Schmitz. Sie war die Leiterin der Schauspielschule und eine gute Lehrerin, aber wehe, jemand hielt sich nicht an ihre Anweisungen. Und Toni stand durch ihre vielen Fehlstunden der letzten vier Wochen sowieso schon auf der schwarzen Liste.

Lena auf der Matte rechts neben ihr stieß ein leises Grunzen aus – ihr Geheimcode. Lena sagte immer, wenn die Schmitz wütend wurde, hatte sie was von einem wildgewordenen Eber.

Toni unterdrückte ein Lachen und schloss rasch die Augen. Sie nahm einen tiefen Atemzug und versuchte, sich in Erinnerung zu rufen, was sie dem Detektiv alles sagen wollte. Und da passierte es.

Obwohl Felix bereits einen Monat fort war, konnte sie ihn vor sich lächeln sehen. Als hätte er ein Trugbild in ihrem Gedächtnis hinterlassen.

Wie dieses Jesus-Sehtestbild aus dem Internet, von dem Lena so begeistert war. Das man nur lange genug ansehen muss, damit es wieder auftaucht, wenn man auf einen hellen Untergrund sieht. Felix strahlte sie über das ganze Gesicht an. Dieses erste Lächeln, das sie buchstäblich und entsetzlich kitschig ins Herz getroffen hatte, obwohl sie von sich selber wirklich niemals als Romantikerin sprechen würde. Mit den kleinen Fältchen, die sich wie Astgabeln um seine Augen kräuselten, den rosigen Lippen im dunklen Dreitagebart. Wie Himbeeren und Schokolade.

Vor neun Monaten, als er im Café gesessen hatte, über den Laptop gebeugt, hatte sie es zum ersten Mal gesehen. Er war vertieft in seine Arbeit und zusammengezuckt, als sie ihn gefragt hatte, was er trinken wollte.

„Hast du mich erschreckt", hatte er gesagt, sie angesehen und im nächsten Moment gestrahlt. Als wäre sie jemand, auf den er schon sehr lange wartete.

„Sorry. Soll ich wieder gehen und noch mal kommen?"

Sein leuchtendes Gesicht mit den zu einer stummen Frage hochgezogenen Augenbrauen wirkte auf sie wie ein Schaufenster zu Weihnachten für ein Kind. „Dann wärst du vorbereitet." Sie trat einen Schritt Richtung Theke.

„Nein, danke." Sein noch breiteres Lächeln, während er eine Hand auf sein Herz legte. „Jetzt ist der Schaden schon angerichtet." Gespieltes Keuchen. „Darf ich den Namen meiner Beinahe-Killerin erfahren?"

„Toni."

Wieder sein fragender Blick.

„Von Antonia."

Normalerweise sagte sie das nicht dazu. Ihr Herz flatterte, während er sie länger ansah, als die Gäste es normalerweise taten. Und sie fing an zu grinsen, sie konnte gar nichts dagegen tun.

„Danke. Ich bin Felix. Von Felix."

„Und was möchte Felix von Felix auf diesen Schreck trinken?"

„Was empfiehlt Toni von Antonia mir denn?"

Noch am selben Abend hatten sie sich verabredet. Danach war alles sehr schnell gegangen, als hätte es schon einen vorgefertigten Felix-und-Toni-Plan gegeben, den sie nur noch erfüllen mussten.

Das letzte Mal, als sie ihn gesehen hatte, war er am Morgen vor vier Wochen in der Tür gestanden, in seinen grünen Boxershorts und dem ausgeleierten weißen T-Shirt. Die dunklen Haare ganz zerzaust. Sie war zu spät zum Dramatikunterricht, konnte wie üblich weder Handy noch Schlüssel finden. Er hatte ihr beides in die Hand gedrückt und nachgerufen, dass sie nicht zu viel lernen sollte. Sie hatte sich umgedreht und gegrinst. Weil seine Verführungskünste an diesem Morgen der Grund waren, warum sie es jetzt so eilig hatte.

Natürlich hatte sie keine Ahnung gehabt, dass es das letzte Mal sein sollte. Das letzte Mal Sex, das letzte Mal Felix, das letzte Mal, dass sie ausreichend Geld hatte und sich keine finanziellen Sorgen machen musste.

Ihr Gedankenkarussell fing an, sich zu drehen.

Hatte sie etwas übersehen? Nein, es war unmöglich, dass alles von Anfang an sein Plan gewesen war. Und seine ganze Zuneigung nur vorgespielt. Es musste etwas anderes sein. War er in ernsthaften Schwierigkeiten? War er irgendwo und brauchte ihre Hilfe?

Vielleicht war das der Grund, warum sie sich seit einiger Zeit verfolgt fühlte. Und kein „Hirngespinst", wie Lena das immer nannte, weil sie nie jemanden entdecken konnte, wenn Toni sie darauf aufmerksam machte.

Ein Schluchzen neben sich riss Toni aus den Gedanken, auf die sie sowieso keine Antwort hatte. Es war

Lena. Und es klang nicht nach einem Stöhnen, sondern als würde sie weinen.

Toni drehte sich zur Seite, Lenas rote Locken lagen quer über ihrem Gesicht, ihr Oberkörper bebte. So vorsichtig, dass es die Schmitz nicht sehen konnte, tippte Toni ihre Freundin an. Lena drehte den Kopf zu ihr, die Tränen hatten ihre Wimperntusche verschmiert. Sie formte Worte mit ihren Lippen, doch Toni konnte nicht erkennen, was sie sagen wollte.

„Was ist –", begann Toni leise, da donnerte die Schmitz bereits: „RUHE! KEINE INTERAKTION. SONST FLIEGST DU RAUS, ANTONIA. UND DU WEISST, WAS DAS FÜR DICH BEDEUTET!"

Lena presste die Lippen zusammen, schüttelte leicht den Kopf und schloss die Augen wieder.

War irgendwas passiert? Etwas, das Toni nicht mitbekommen hatte, weil sie so mit sich, Felix, ihrer Großmutter und den Geldsorgen beschäftigt gewesen war?

„DU AUCH, LENA!"

Das war beunruhigend. Lena war immer gut drauf, nichts schien sie wirklich zu erschüttern. Und sie weinte noch immer, Toni konnte es ganz deutlich hören.

Sie wartete, bis sich die Schritte der Schmitz entfernten, und schob ihren Arm in Lenas Richtung, bis sie ihre Hand spürte. Tonis Finger glitten zwischen die ihrer Freundin und hielten sie fest.

„SO, DAS WAR'S, ANTONIA. DU VERLÄSST DEN UNTERRICHT!", schrie die Schmitz. „RAUS!"

Eine dreiviertel Stunde später stieg Toni aus der U4 und lief Richtung Auhofstraße. Sie war ein wenig zu früh dran, was fast schon eine Ironie war, denn Toni litt an „Zuspätkommeritis", wie sie selbst diagnostiziert hatte. Eine Kindergartengruppe in Zweierreihe kam ihr aufgeregt entgegen. Sie schnappte die Worte

„Zoo" und „riesiges Löwenkacka" auf und musste grinsen, als die Kinder die Ausmaße des Haufens in großen Gesten darstellten, während ihre Betreuer die Augen verdrehten. In der Schauspielschule hätte es für so eine Szene Applaus gegeben.

Toni zwinkerte den Kindern zu, die an ihr vorbeigingen. Die Sonne brannte, sie hatte sich eindeutig zu warm angezogen und schlüpfte aus der Jeansjacke.

Es war nur ein winzig kleiner Moment, in dem sie sich umgedreht hatte. Aus den Augenwinkeln sah sie jemanden in einem schwarzen Sweatshirt. Eine große Gestalt mit einer Sonnenbrille und einer in die Stirn gezogenen schwarzen Kappe, unter der blonde Haare hervorlugten. Der Mann hatte irgendwas in der Hand – vielleicht ein Handy oder einen Fotoapparat –, das in Tonis Richtung zeigte. Eines der Kinder vor ihr quietschte, deutete in Richtung Kanaldeckel, in dem gerade der Schwanz einer Ratte verschwand. Toni war kurz abgelenkt. Sofort sah sie wieder zurück. Der Mann war verschwunden.

Ihr wurde heiß. War er ihr gefolgt? Hatte sie beobachtet? Wieso sollte ein fremder Mann Fotos von ihr machen?

„Schau mal, es ist kein Wunder, nach dem, was dir passiert ist", hatte Lena erst letztens gesagt, als sich ein Verdacht wieder als unbegründet herausgestellt hatte. „Vielleicht sucht dein Unterbewusstsein einen Ausweg, um die Wahrheit nicht akzeptieren zu müssen. Hast du überhaupt irgendwann mal durchgeschlafen, seit –?"

Weiter hatte Lena nicht sprechen müssen, denn Toni hatte bereits den Kopf geschüttelt. Wegen „seit" war sie nun hier, weil sich seit „seit" alles geändert hatte. Die Müdigkeit der vergangenen Wochen steckte ihr in den Knochen. Letzte Nacht hatte sie noch weniger geschlafen als sonst. Blendete sie all ihre Sorgen aus, dann musste das eben ein Tourist gewesen sein, Schönbrunn war schließlich ganz in der Nähe. Trotzdem drehte Toni sich auf dem Weg noch ein paar Mal um, ganz plötzlich, als wäre ihr etwas eingefallen, das sie vergessen hatte. Doch außer einer alten Frau, die erschrocken zusammenzuckte, war niemand hinter ihr.

Und dann war sie am Ziel.

Das Gebäude sah herrschaftlich aus. Roter Backstein, hohe Fenster, zwei Treppen, die zum Rundbogen-Eingang führten. Toni war so nervös, dass sie beim Überqueren erst in der Mitte der Straße überprüfte, ob ein Auto kam.

Auf dem Schild der Detektei war das „3. Stock" durchgestrichen, stattdessen war mit Edding ein Pfeil gemalt und darunter stand „Innenhof, 1. Stock".

Dort befand sich ein weiteres Haus, baufällig und schäbig. Als hätte man es hier hinten versteckt, weil es so erbärmlich aussah. Es schien nachträglich errichtet worden zu sein, wahrscheinlich in den Fünfzigerjahren. Abgebröckeltes, graues Mauerwerk. Alte Fenster mit abgesplitterten Holzrahmen. Im Erdgeschoss ein paar eingeschlagene Scheiben, die notdürftig mit Karton zugeklebt waren. Eine dreifarbige Katze schlich an der Mauer entlang und verschwand um die Ecke.

Als Toni das Haus betrat, stach ihr eine Mischung aus Urin und Verwesung in die Nase. Neben der Tür im schmalen Korridor des ersten Stocks stapelten sich Akten wie schiefe Türme an den Wänden entlang.

„Hallo?"

„Hinter der braunen Tür. Kommen Sie rein", antwortete eine knarrende Stimme.

Wahrscheinlich war das Fernsehen daran schuld, dass sich Tonis Vorstellungen eines Privatdetektivs in mit

Klischees gespickten Superlativen bewegten. Athletisch, damit er jede Verfolgungsjagd zu Fuß aufnehmen konnte. Durchtrainiert, damit ihm nie die Kondition ausging. Und attraktiv, damit alle Frauen, die wegen ihres untreuen Ehemanns seine Dienste in Anspruch nahmen, in seinen starken Armen Trost fanden. Mit Abweichungen nach unten und oben hatte sie gerechnet. Aber nicht mit diesem mürrisch dreinblickenden Mann, der hinter dem mit Akten und Papieren vollbepackten Schreibtisch saß.

Dem auffallend hübschen antiken Schreibtisch. Mit Marmorplatte, goldenen Löwenköpfen an den Ecken und kunstvoll geschwungenen Tischbeinen mit Goldmuster. Hinter ihm an der Wand stand eine längliche schwarzlackierte Kommode mit eingelassenen goldenen, blauen und roten Vögeln. Toni sah sich um.

Das kleine Büro war vollgestopft mit diesen goldverzierten Schränken, einem Sekretär aus rötlich scheinendem Holz mit unzähligen kleinen Perlmuttladen, etwas, das aussah wie ein mit Blättern aus Porzellan dekorierter Schminktisch.

Da waren Beistelltische mit weißen Marmorplatten, eine hellblaue Chaiselongue mit goldenen Fransen. Alle Möbel wahrscheinlich aus der Kaiserzeit. Sogar ein riesiger Stuhl mit rotem Samtbezug und Goldrahmen stand im Büro, wie ein Thron. Als hätte er Schönbrunn geplündert. Jedes Möbelstück musste ein Vermögen wert sein – wenn es denn echt war. Und auch hier waren jede Menge Aktenordner, sie türmten sich neben den Möbeln. Der Detektiv musste sein gesamtes Hab und Gut aus einem wohl größeren Büro im dritten Stock in diese viel zu kleine Kammer hier übersiedelt haben.

„Was kann ich für Sie tun?", fragte er. Obwohl Toni sonst ziemlich gut darin war, das Alter von jemandem zu schätzen, konnte sie bei ihm nicht sagen, wie alt er war.

„Sind Sie der Privatdetektiv?"

Er zog die Mundwinkel hoch zu einem Grinsen. Seine erstaunlich blauen Augen lachten nicht.

„Auf jeden Fall bin ich nicht die Vorzimmerdame. Treten Sie bitte ein."

Ein elegant geschwungener Scheitel teilte sein silbergraues Haar. Dazu hatte er eine dieser halben Lesebrillen, über deren oberen Rand er sie prüfend ansah. Sofort fühlte sie sich ins Gymnasium zurückversetzt. Als wäre sie erneut in die Direktion gerufen worden: *Toni war schon wieder frech.*

Der Aschenbecher mit einer nicht angezündeten Zigarette am Tisch passte allerdings nicht ins Bild – in der Schule hatte striktes Rauchverbot geherrscht.

Der Detektiv kratzte sich am Kinn, schob ein paar Zettel vor sich herum, schien jedoch nicht zu finden, was er suchte. Obwohl er saß, konnte sie erkennen, dass er groß sein musste. In der Armbeuge seines weißen Hemds war ein rötlicher Fleck zu sehen.

„Wir haben einen Termin, ich bin Toni Lorenz."

Sie trat zum Schreibtisch, schüttelte ihm die Hand. Ein warmer, fester Händedruck.

„Brehm. Sie können stehen oder sitzen, wie Sie möchten. Was kann ich für Sie tun?"

Die Chaiselongue war voll mit Akten, darum nahm sie auf dem Thron Platz. Sonnenlicht beleuchtete das Fenster hinter ihm, es war dreckverschmiert.

Wie sollte sie anfangen? Auf der Suche nach den richtigen Worten fiel ihr Blick auf ein Foto, das auf seinem Schreibtisch unter einem kleinen Stapel hervorlugte. Zwei junge Männer, Polizisten in Uniform, die Daumen in den Gürtelschnallen.

„Sind Sie das auf dem Foto?"

Er folgte ihrem Blick.

„Nein."

Er schob es in den Stapel zurück.

„Die ersten fünfzehn Minuten Beratung sind kostenlos, danach rechne ich im Dreißig-Minuten-Takt ab. Worum geht es?"

Toni verstand den Hinweis: Brehm war nicht an Small Talk interessiert.

„Es ist kompliziert ..."

Er lehnte sich in seinen Stuhl zurück, nahm die Brille ab und kaute an einem Bügel herum.

„Komplizierte Fälle sind mein Spezialgebiet."

Sie musste lächeln.

„Das klingt wie Detektivjargon."

„Worum es auch immer geht – unabhängig, ob der Auftrag zustande kommt oder nicht –, es bleibt alles unter uns."

Sie nickte, ihre Hände fingen leicht an zu zittern.

Er sah sie erwartungsvoll an. Irgendwie hatte sie sich das einfacher vorgestellt. War es wirklich die richtige Idee, einen Privatdetektiv miteinzubeziehen? Aber was sollte sie sonst tun? Sich selbst belügen, alles wäre nur ein Missverständnis und Felix würde in Kürze wieder zu Hause auf sie warten, mit seinen Gnocchi mit Thunfischsauce, das Einzige, was er richtig gut kochen konnte? Und in der Zwischenzeit, wie wollte sie da für ihre Großmutter die Seniorenresidenz in Baden bezahlen? Geschweige denn ihre eigenen Kosten decken?

Der Detektiv räusperte sich. Ein dezenter Hinweis, dass die Uhr tickte. Fünf, vier, drei, zwei, eins – los.

Toni wollte gerade ansetzen, da war ein lautes Miauen zu hören. Es kam aus dem Gang vor der Tür. Gefolgt von einem Kratzen. Brehm sah sie unbeirrt an. Das Miauen wurde ein Jammern. Schmerzvoll und durchdringend.

„Da war eine Katze, ich hab sie beim Reingehen gesehen", sagte Toni und deutete zur Tür. Brehm seufzte, er hob die Hand, als wollte er abwinken, doch ein neues Wehklagen drang von draußen herein.

„Entschuldigen Sie mich bitte kurz."

Er stand angestrengt auf, so wie jemand, der sehr, sehr müde ist und ebenfalls nächtelang nicht geschlafen hatte. Schwerfällig schlurfte er zur Tür. Als hätte er Gewichte an den Beinen. Toni konnte sich nicht vorstellen, dass Brehm eine Verfolgung auch nur fünf Meter schaffen würde. Aber wahrscheinlich arbeiteten Detektive nicht alleine, und er war nur für die Büroangelegenheiten zuständig. Das hoffte sie zumindest.

Vor der Tür saß die Katze von vorhin und sah mit erwartungsvollem Blick zu Brehm hoch.

„Es tut mir leid, ich hab nichts für dich", flüsterte er mit einer Mischung aus Freundlichkeit und Genervtheit. „Morgen. Versprochen."

Die Katze miaute. Es klang wie ein Protest.

„Ich weiß. Vielleicht findest du eine Maus."

Sie miaute noch lauter. Toni holte die halb volle Packung Chips aus der Tasche, stand auf und ging zu den beiden.

„Hier. Vielleicht mag sie was davon? Ist zwar nicht gesund, aber ich hatte mal eine Katze, die war ganz wild drauf."

Brehms Blick auf die Chips wirkte so sehnsüchtig wie der von Lena, wenn sie diesen neuen Superman-Darsteller sah. Jetzt wo sie neben ihm stand, wirkte er wie ein Riese.

Er nickte, griff in die Packung, beugte sich runter und wollte ein Stück vom Kartoffelchip abbrechen. Doch die Katze stürzte sich sofort darauf, als hätte sie tagelang gehungert.

„Ist das Ihre?", fragte Toni.

„Nein, ich geb ihm nur manchmal was."

„Ihm? Hat er einen Namen?"

Brehm sah sie überrascht an.

„Kater."

„Kater?" Toni lächelte. „Wie in ‚Frühstück bei Tiffany'?" Das war der Lieblingsfilm ihrer Großmutter. Dutzende Male hatten sie ihn gemeinsam gesehen, Toni konnte ganze Szenen auswendig. Vielleicht war sie hier doch an der richtigen Adresse.

Brehm aber verzog nur den Mund, ohne zu antworten, gab ihr die Packung zurück und schloss die Tür. Genauso müde schlurfte er zurück zum Schreibtisch, und auch Toni nahm wieder Platz. Wusste er gar nicht, was „Frühstück bei Tiffany" war? Oder war das nur wieder ein Hinweis, dass sie sich beeilen sollte?

„Wo waren wir gerade?", fragte er.

„Mein Freund ist verschwunden, Felix Meier."

Sie hatte es schnell hinter sich gebracht, wie ein Pflaster, das man herunterreißt. Brehm schien nicht sonderlich überrascht. Wahrscheinlich hörte er solche Geschichten öfter.

„Wann?"

„Vor einem Monat. Wir wohnen seit fast einem Jahr zusammen. Am Morgen hab ich mich von ihm verabschiedet, und als ich wieder nach Hause gekommen bin, war er weg."

„Was genau meinen Sie mit verschwunden?"

„Er ist weggegangen und nicht mehr wiedergekommen."

„Ein Unfall oder dergleichen ist ausgeschlossen?"

Sie nickte, versuchte, nicht an die Nachricht auf dem Küchentisch zu denken, die sie nicht verstanden hatte. *Es tut mir leid*, hatte er geschrieben, nichts weiter.

Als hätte er nur vergessen, Milch zu kaufen oder den Müll runterzubringen. Sie hatte zwei Tiefkühlpizzen in den Ofen geschoben, eine Flasche Weißwein eingekühlt, war duschen gegangen. Erst als sie in ihrem Bademantel auf der Couch saß und er noch immer nicht da war, rief sie ihn an. Kein Anschluss unter dieser Nummer. Ihr wurde mulmig, wenn sie daran dachte, ihr Puls beschleunigte sich.

„Er hat seine Sachen mitgenommen und ..." – Ihr Kinn zitterte. Sie würde nicht wieder weinen, auf keinen Fall. – „... und er hat meine Bankomatkarte mitgenommen. Alles abgehoben. Auch alle Schmuckstücke meiner Großmutter, die ich für sie aufbewahre, sind weg. Und er hat den Safe leergeräumt."

Es hörte sich noch immer an wie ein Fehler. Als würden diese Worte und Felix gar nicht zusammenpassen.

„Wo befindet sich der Safe?"

„Zu Hause. Er ist in der Wohnung meiner Großmutter, sie hat ihn wegen der Wirtschaftskrise vor ein paar Jahren in die Wand einbauen lassen. Sie dachte, das Geld wäre sicherer in den eigenen vier Wänden."

Brehm machte sich Notizen.

„Welche Summe?"

„Alles zusammen etwa dreihundertachtzigtausend Euro." Sie sah das deutliche Zucken in Brehms Gesicht. Gleich würde er sie fragen, ob sie allen Ernstes diese Summe bei sich zu Hause aufbewahrt hatte.

„Wie viel der Schmuck wert ist, weiß ich nicht, aber ich glaube, es muss viel sein", sagte sie rasch. Der ist eine Wertanlage, hatte Oma immer gesagt. Und darauf bestanden, den Schmuck bei Toni zu lassen, statt ihn in die noble Seniorenresidenz in Baden bei Wien mitzunehmen. Die Toni bald nicht mehr zahlen konnte.

Aber davon wusste Oma natürlich nichts. Toni spürte, wie ihre Augen sich mit Tränen füllen wollten, und kniff sich in die Zeigefingerkuppe, um nicht zu heulen.

„Haben Sie und Ihre Großmutter Anzeige erstattet?"

„Nein. Wir wohnen nicht mehr zusammen. Sie ist vor zwei Jahren ausgezogen."

„Wegen Ihrem Freund?"

„Was? Nein, nein, den gab es damals noch gar nicht. Die Wohnung ist im vierten Stock ohne Lift, und es wurde ihr zu beschwerlich."

Das war nur die halbe Wahrheit. Sie hätten genauso gut gemeinsam umziehen können. Doch Oma brauchte nach einem Sturz immer mehr Hilfe und wollte weder Toni ein Klotz am Bein sein noch eine Pflegerin anstellen, die sie herumkutschierte. „Wie sieht das denn aus, wenn mich dann so eine Matrone zu meinen Rendezvous geleitet?", hatte sie gesagt, sich ihre weißen hochgesteckten Haare zurechtgezupft, den perlmuttfarbenen Lippenstift nachgezogen und ihr kehliges Lachen ausgestoßen. „Nein, da suche ich mir lieber gleich ein hübsches Plätzchen mit ein paar anständigen Witwern."

Es war alles geplant: Toni sollte ihr aus den Ersparnissen monatlich eine Art Taschengeld überweisen, für Friseur, Kosmetikerin, Bücher – Oma verschlang Krimis geradezu – und Konditorei- und Casinobesuche. Außerdem zahlte sie die Miete der Wohneinheit in der Residenz. Auf keinen Fall wollte Oma dem Heim die Finanzen offenlegen. – „Das kennt man doch, dann krallen die sich alles, und wir sehen keinen Cent mehr."

Es gab nur noch sie beide, und so war es ihr wichtig, ihre Enkelin gut versorgt zu wissen. „Meine liebe Toni, du bist ein junges Vogerl und sollst fliegen und dich nicht um mich alten Adler kümmern", hatte sie bei ihrem Auszug gesagt. Sie hatten beide geheult.

Zu Beginn war es Toni schwergefallen. Sie liebte ihre Großmutter, und obwohl sie in den ersten zwei Tagen das Gefühl der Freiheit genoss, folgte eine dunkle, einsame Phase. Doch ihrer Großmutter schien es in der Seniorenresidenz wirklich zu gefallen. Sie blühte auf. Und das half Toni loszulassen. Nach den Startschwierigkeiten war sie geflogen. Freunde, Partys, Schauspielschule, die große Liebe. Und dann diese Bruchlandung. Ja, es war die richtige Entscheidung gewesen hierherzukommen.

„Was macht er beruflich?", fragte Brehm.

„Homepages. Layouts, die man dann kaufen kann."

Felix war mit seinem MacBook verwachsen gewesen, als wäre es seine dritte Hand.

„Und haben Sie das alles bei der Polizei gemeldet?"

Sie schüttelte den Kopf.

„Ich wollte nur eine Vermisstenanzeige aufgeben, aber der Beamte meinte, es hat in diesem ...", sie machte Gänsefüßchen in die Luft, „... Ich-hole-nur-mal-Zigaretten-Fall wenig Sinn."

„Warum haben Sie nichts von dem Diebstahl gesagt?"

Toni zuckte mit den Achseln. Nicht, weil sie es dem Detektiv nicht sagen wollte. Sondern sie zweifelte daran, dass er es verstehen würde.

Brehm hob eine Augenbraue, schürzte die Lippen, als würde er auf eine Erklärung warten. Er lehnte sich in seinen Stuhl zurück und verschränkte die Finger.

„Sie hoffen, dass sich alles als Missverständnis rausstellt? Oder Ihr Freund sich in Schwierigkeiten befindet, und deshalb wollen Sie ihm nicht noch mehr Ärger bereiten?"

Sie senkte den Blick – überrascht, wie sehr er ins Schwarze getroffen hatte.

„Auch wenn ich ihn anzeige, was sollte das bringen? Die Polizei hat sicher Wichtigeres zu tun, als ihn zu suchen." Sie merkte selbst, wie wenig überzeugend es klang.

Natürlich war das eine Ausrede. Aber es ging nicht nur um Felix. Erstattete sie Anzeige, würde ihre Großmutter davon erfahren. Und die Residenz. Toni wollte sich nicht ausmalen, wie die Leitung auf finanzielle Nöte reagieren würde. Und ihre Großmutter spielte dort mit Freundinnen Canasta und Schnapsen, sie war die „Grande Dame" mit mehreren Verehrern, die sie zum Tanzen und in den Park zum Flanieren ausführten.

Toni war zu ihrer Oma gekommen, da war sie gerade mal vier Jahre alt gewesen. Sie war nicht nur bei ihr aufgewachsen, sondern ihre Oma hatte sich um Toni gekümmert, als wäre sie ihre eigene Tochter.

„Und Sie wollen nun, dass ich Herrn ..."

„Felix Meier."

„Dass ich ihn finde und dabei das übliche amtliche Prozedere übergangen wird, damit Sie ohne viel Aufhebens Geld und Schmuck wiederbekommen."

Sie zuckte zurück, verknotete ihre Finger ineinander. Das klang so einfach.

„Und ich will wissen, warum", sagte Toni.

Brehm setzte an, um etwas zu erwidern, doch ein lautes Grummeln erfüllte plötzlich den Raum. Wie ein kleiner Bär, der sich aus einer der Schreibtischschubladen meldete und befreit werden wollte. War das der Kater? Hatte er sich hereingeschlichen? Brehm sah sie etwas verspannt an.

„Eine Ahnung, wo Herr Meier sich aufhalten könnte?", fragte er rasch.

„Nein, aber ich glaube nicht, dass er sehr weit weg ist."

„Weil ...?"

Sie wusste nicht, was sie darauf sagen sollte. „Sei nicht so naiv", hatte Lena gesagt, „nur weil du es dir nicht vorstellen kannst, dass er einfach so abgehauen ist."

Der kleine Bär meldete sich erneut.

„War das wieder der Kater?"

„Pardon." Brehm hielt sich den Bauch, es sah aus, als wollte er ihn einziehen. „Das ... ich bin auf Diät."

Darum also sein Blick auf die Chips. Sie nahm die Packung wieder aus der Tasche, dazu noch einen Marsriegel und ein Päckchen Erdnüsse und hielt dem Detektiv die Snacks entgehen.

„Ich hab immer was dabei, suchen Sie sich was aus."

Sein Bauch grummelte wieder, er schien zu zögern.

„Oder wollen Sie lieber die?" Toni holte Schokorosinen hervor. Brehm hob die Augenbrauen. „Ich müsste auch noch irgendwo Pistazien haben", sagte sie.

Er sah sie fragend an. Oder war das ein Lächeln, das er unterdrückte? Sie würde sich nicht dafür rechtfertigen, dass sie immer einen beachtlichen Vorrat mit sich herumschleppte. „Wo isst du das alles hin?", war eine Frage, die sie seit ihrer Kindheit kannte und schon nicht mehr hören konnte.

Fast glaubte sie, er würde etwas annehmen, doch dann schüttelte er den Kopf.

„Danke, nein. Ich benötige noch einige Informationen, aber wenn Sie möchten, nehme ich Ihren Auftrag an. Und, ach ja, es gibt nur Fixpreise, kein Erfolgshonorar."

Er sagte es so, als hätte sie etwas gewonnen, kramte in einer Schublade und reichte ihr eine mehrseitige Vertragsvereinbarung.

„Wie lange dauert das normalerweise?", fragte sie.

„Kann ich noch nicht sagen." Brehm senkte seine Stimme, ein leiser Seufzer folgte. „Ich muss Sie vorwarnen, das kann emotional sehr belastend werden ..."

Sie hörte ihm gar nicht mehr zu, als sie die Honorarauflistung sah. Das war zu viel Geld. Viel zu viel. Er schien es an ihrem Blick zu bemerken.

„Ich verstehe, dass Sie im Moment in einer finanziellen Notlage sind. Wenn Sie möchten, legen wir eine Pauschale fest", sagte er etwas sanfter. „Was halten Sie von zweitausendfünfhundert Euro, Steuer extra? Sollte ich unter der Stundenanzahl bleiben, die diese Summe rechtfertigen würde, rechnen wir stundenweise ab. Ist es darüber, gilt die Pauschale."

Sie schob ihm den Vertrag zurück. Lena hatte gesagt, er sei günstiger als die anderen. Was auch stimmte. Aber sie hätte sich seine Preisliste vorher selbst ansehen sollen.

„Ich habe im Moment nicht so viel Geld zur Verfügung. Aber wenn Sie Felix gefunden haben, dann ..."

Er schüttelte den Kopf, noch ehe sie den Satz beendet hatte, und verschränkte die Finger über seinem Bauch, der wie auf Kommando wieder grummelte.

„Es tut mir leid, Ihnen das zu sagen, aber Sie müssen davon ausgehen, dass er Ihr Geld nicht mehr hat. Wieso kommen Sie eigentlich erst jetzt?"

„Wie bitte?"

„Ihr Freund ist vor einem Monat verschwunden, haben Sie gesagt. Warum erst jetzt?"

„Ich habe selbst versucht, ihn zu finden, aber –",
begann sie, doch in diesem Moment klopfte es an der Tür.

2

Edgar Brehm war mehr als genervt über die Unterbrechung. Es ging ihm miserabel. Und seine Alarmglocken schrillten bei diesem Fall. Da saß diese junge Frau mit ihren kurzen schwarzen Haaren und den riesigen grünen Augen und sah ihn gebrochen und gleichzeitig hoffnungsvoll an.

Als hätte er eine Lösung für ihr Problem. Er kannte solche Fälle, es waren häufig Frauen, die nicht wahrhaben wollten, was ihnen angetan worden war. Die nach einer Erklärung suchten, weil es einfach nicht sein konnte, dass sie sich so getäuscht hatten. Es brach ihm jedes Mal das Herz, wenn er so jemanden in seinem Büro vor sich sitzen hatte, während er den abgeklärten Detektiv gab.

Was sollte diese junge Frau von einem Mann, der keine Skrupel hatte, seiner Freundin das Geld und den Schmuck ihrer Großmutter zu stehlen, erwarten? Sie wirkte sympathisch, nicht dumm. Vielleicht etwas naiv, nein, gutgläubig. Aber sie war noch so jung, meine Güte, das war er auch einmal gewesen. Er sollte es ihr offen sagen: Wenn ihr Freund kein vollkommener Idiot war, dann hatte er sein Vorgehen höchstwahrscheinlich seit Langem geplant. Außerdem bezweifelte Edgar, dass sich der Schuft nicht schon früher unbemerkt aus dem Safe bedient hatte. Ein Safe. Wieso hatte sie das Geld nicht gleich unter dem Bett versteckt?

Toni ließ ihn nicht aus den Augen, ihr verängstigtes Lächeln machte ihn nervös. So sehr er ihr auch helfen wollte, er konnte es einfach nicht.

Dieser schäbige Freund hatte garantiert keinen Cent mehr von dem Geld, nach einem Monat, Herrgott. Vielleicht gab es noch eine reelle Chance, den Schmuck wiederzubekommen.

Und dennoch, sie hatte einfach nicht das, was Edgar im Moment am dringendsten brauchte: Geld.

Und überhaupt, wie sollte Edgar es anstellen, diesen Freund zu finden? Er konnte niemanden mehr engagieren, sein miserabler Gesundheitszustand kam jetzt auch noch dazu und ganz generell – hatte er nicht schon genug Probleme?

„Herein", sagte er, doch nichts passierte. Wahrscheinlich der pickelige Fahrradbote, der immer Kopfhörer trug und wegen der Musik in seinen Ohren so schrie. Welche Klage, Anzeige, Geldforderung darf es denn heute sein? In den letzten paar Tagen musste sich viel Neues angehäuft haben.

Edgar stand vom Schreibtisch auf und ging zur Tür.

Doch statt des Boten stand da eine bildhübsche blond gelockte Frau mit glänzenden roten und verdächtig vollen Lippen, einer Stupsnase, prallen Wangen und Wimpern so dicht wie Fächer. Sie schaute ihn an, fast ängstlich. Er schätzte sie auf Ende dreißig, eindeutig untergewichtig. Bis auf die Oberweite, die wie ein Balkon herausragte. Obwohl Edgar sich nicht sonderlich für Mode interessierte, erkannte sogar er die Chanel-Logos auf ihrer schwarzen Handtasche und der funkelnden Gürtelschnalle. Dazu dieser Hauch von einem dünnen Mantel, dessen durchscheinend schwarzer Stoff mit lauter kleinen Cs aus Samt bedruckt war.

Für Edgar wirkte ihre Aufmachung wie ein Schaufenster in ihren Kontostand. Und der schien mehr als erfreulich zu sein.

„Ist hier das Detektivbüro?", fragte sie leise.

Er nickte.

„Darf ich reinkommen?"

„Haben wir einen Termin?"

Dafür, dass er eine potenzielle Kundin vor sich hatte, klang Edgar nicht besonders freundlich. Sein Magen knurrte so laut, dass er selbst erschrak. So, das war's, genug. Diese idiotische Diät, auf die man ihn im Krankenhaus gesetzt hatte, würde er noch heute beenden.

„Nein, tut mir leid", flüsterte sie. „Ich dachte, vielleicht könnten Sie mich dazwischenschieben? Ich kann auch warten. Es ist dringend."

Sie strich sich eine Locke hinters Ohr. Edgar sah den goldenen Ehering und einen Ring mit einem Brillanten von der Größe einer Murmel. Die Frau zog ihre Hand zurück, als sie seinen Blick bemerkte. Rasch senkte sie den Kopf und zog an ihrem Mantel, als müsse sie ihn richten. Ihr schüchternes Auftreten und ihr Bemühen, diese Verlegenheit zu überwinden, wirkten wie das genaue Gegenteil ihrer Aufmachung. War das gespielt oder echt? Edgar konnte es nicht sagen. Normalerweise war er gut darin, so etwas zu erkennen. Irgendwas in seiner Brust rumpelte. Das kam nicht vom Hunger.

Toni hatte ihn vorhin schon bei der Suche unterbrochen. Er musste jetzt endlich diesen Spray, den man ihm für den Notfall mitgegeben hatte, finden.

„Einen Moment bitte."

Er schloss die Tür und wandte sich wieder der jungen Frau zu.

„Also, wie gesagt, Frau Lorenz, mein Angebot steht: zweitausendfünfhundert Euro."

Die Enttäuschung in Tonis Blick war fast nicht auszuhalten. Brehms Herz rumpelte wieder, er musste sich setzen. Kaum nahm er Platz, stand sie auf, lehnte sich über den Tisch und reichte ihm die Hand. Ihr Händedruck war erstaunlich kräftig, ihr Mund zuckte, als würde sie noch etwas sagen wollen, aber es folgten keine Worte.

Nachdem Toni gegangen war, wühlte Edgar rasch durch die Papiere auf seinem Schreibtisch. Der Spray war nicht da. Aber er hatte ihn doch mitgenommen? Oder nicht? Machte jetzt nicht nur sein Kreislauf schlapp, sondern auch sein Hirn?

Er hatte keine Wahl, darum musste er sich später kümmern. Er öffnete die Tür und bat die Blonde einzutreten. Mit ihr wehte eine Duftwolke herein wie eine gezuckerte Blumenwiese. Sie schien – im Gegensatz zur jungen Frau vorhin – weder von den antiken Möbeln noch von den Papierstapeln Notiz zu nehmen.

Im Gegenteil, sie suchte sich Platz in der Mitte des Raums, stellte sich ein wenig aufrechter hin, ein Bein vor dem anderen, eine Hand an der Hüfte. Als wäre sie auf einem roten Teppich und die Blitzlichter der Fotografen würden jeden Moment losgehen. Kurt wäre begeistert von ihr gewesen. Er hatte sich mit Mode ausgekannt und manchmal beim Anblick eines Kleids ganz verzückt irgendwelche Designernamen ausgerufen. Edgar erkannte oft an den Reaktionen der Klienten, dass sie dachten, Kurt wäre homosexuell. Hinterher hatten die beiden sich immer darüber amüsiert, denn es war genau umgekehrt: Kurt war seit dreißig Jahren verheiratet. Und Edgar war vor mehr als zwanzig Jahren nach einem Eklat von der Polizei gekündigt worden. Als Draufgabe hatten sie seine Homosexualität auch noch dafür benutzt, ihm eine angebliche Affäre mit einem Tatverdächtigen unterzuschieben.

Nach seiner Berufserfahrung als Detektiv tippte Edgar bei der Chanel-Frau auf einen untreuen Ehemann. Ihrer Aufmachung nach vielleicht jemand in der Öffentlichkeit, was erklären würde, warum sie ihn ausgewählt hatte und nicht eine der renommierten Detekteien in der Innenstadt.

„Was kann ich für Sie tun, Frau ...?"

Sie beendete seine Frage nicht. Er bot ihr einen Platz an, doch Chanel wollte lieber in ihrer Pose stehen bleiben. Sie zog ein Kuvert aus der Handtasche.

„Sie genießen in der Branche meines Mannes einen sehr guten Ruf."

Sie sagte es so, als müsste er wissen, was damit gemeint war.

„Welche Branche?"

„Die Filmbranche."

Er tat, als wäre ihm damit alles klar: „Ach, ja."

Obwohl er natürlich wusste, dass sie nicht ihn meinte. Sie meinte Kurt.

„Darum werde ich auch ganz offen mit Ihnen reden. Bitte werfen Sie einen Blick in das Kuvert und sagen Sie mir, ob das reicht. Für Ihre Arbeit, Ihre absolute Diskretion und auch dafür, dass Sie ...", sie schlug die Augen nieder, „... dass Sie auf eine offizielle Rechnung verzichten."

Würde seine Detektei florieren, wäre das ein gekonnter Schachzug der Konkurrenz, ihn dranzukriegen. Doch da der letzte geglückte Auftrag so viele Monate zurücklag, nickte Edgar nur. Schon als sie ihm das Kuvert gab, spürte er das Bündel darin. Er sah hinein. Lauter grüne Scheine, das mussten um die zehntausend Euro sein.

„Es reicht", sagte er heiser.

Die Frau nickte und nahm nun doch Platz. Erst jetzt bemerkte Edgar die roten Flecken auf ihrem Hals. Eine Allergie? Stress? Eine Krankheit?

„Es geht um meinen Mann, Alexander Steiner."

Sie sah ihn an, als erwartete sie eine Reaktion. Edgar hatte keine Ahnung, wer das sein sollte, aber er nickte und schrieb sich den Namen auf.

„Aha."

„Ich bin aber nicht wegen des Unglücks vor zwei Tagen gekommen ... also, na ja, indirekt."

Er wusste nicht, wovon sie sprach. Die letzten Nachrichten hatte er gesehen, bevor er ins Krankenhaus eingeliefert worden war. – „Keine Aufregungen, Herr Brehm. Mit einer hypertensiven Entgleisung samt Thoraxschmerzen ist nicht zu spaßen. Sie haben riesiges Glück gehabt." Das war der Fachausdruck für diese Explosion seines Blutdrucks. Das Gute war, er hatte keinen Herzinfarkt, wie er im ersten Moment gedacht hatte. Trotzdem war Edgar sich nicht sicher, ob er von Glück sprechen würde. Es stimmte, es grenzte an ein Wunder, dass er unverletzt geblieben war. Bei dem Aufprall hatte er sich bereits wegen der Schmerzen in der Brust so gekrümmt, dass der Airbag ihn wie einen Ball in den Sitz gedrückt hatte. Keine Verletzungen, aber sein Auto war Schrott, und er hatte nicht genug Geld, um die Reparatur zu bezahlen. Dass sein Körper aber so viel Aufmerksamkeit verlangte, daran wollte er lieber nicht denken. Sein Arzt hingegen sagte, dass der sich gegen die Arbeitszeiten und momentanen „Herausforderungen" wehrte: „Wenn Sie so wollen, dann verstehen Sie es als eine Warnung, die Ihnen Ihr Körper schickt. Und Sie können sich vorstellen, was passiert, wenn Warnungen nicht ernst genommen werden." Aber für Edgar reihte sich sein Körper nur in eine Vielzahl von Problemen ein, die er nicht unter Kontrolle hatte.

„Tut mir leid, ich war im Ausland und bin gestern erst zurückgekommen", log er und deutete auf seinen Schreibtisch. – „Also, Sie müssen kürzertreten. So wenig Stress wie möglich. Frische Luft. Ausreichend Bewegung und Diät. Und ganz wichtig: Entspannung. Nehmen Sie sich ein paar Tage frei." Der Arzt hatte nur mit dem Kopf geschüttelt, als Edgar daraufhin zu lachen begonnen hatte.

„Ich konnte mich noch mit nichts anderem beschäftigen als dem hier", erklärte er.

Chanel sah ihn durchdringend an.

„Wir hatten eine Gartenparty. Ein Mann hat sich als Kellner ausgegeben und – es gab ein Unglück." Sie deutete in die Luft, als würde sie ein durchsichtiges Paket hochhalten. „Eine der Nebelleisten hat ihn am Kopf getroffen."

„Nebelleisten?"

„Wir haben ein Nebelsystem, zur Luftkühlung. Fünf Nebelleisten, jede davon mit drei Düsen. Sie sind über der Terrasse befestigt und versprühen kühlen Wasserdampf."

„Ich verstehe", sagte er, obwohl er keine Ahnung hatte, wie so etwas aussah. Aber darum konnte er sich später noch kümmern.

„Eine dieser Leisten hat sich aus der Halterung gelöst", fuhr sie fort. „Sie hat den Mann sehr unglücklich am Kopf getroffen, worauf er in den Pool gestürzt und ertrunken ist. Es war in der Nacht, niemand hat es bemerkt. Ein Unfall." Sie schluckte. „Ich habe ihn am nächsten Morgen gefunden." Sie senkte ihren Blick, er fiel auf den Aschenbecher auf Edgars Schreibtisch. „Oh, darf man bei Ihnen rauchen?"

Er sollte Kurts Aschenbecher nicht so herumstehen lassen. Es war erstaunlich, wie oft er diese Frage im letzten Jahr bereits gestellt bekommen hatte. Und er hatte im Prinzip auch gar nichts dagegen, wenn sich jemand in seinem Büro eine Zigarette ansteckte. Aber dann müsste er den Aschenbecher freigeben und damit auch die Belohnungs-Zigarette, die Kurt sich vor ihrem letzten gemeinsamen Auftrag bereitgelegt hatte.

Wurde Edgar gefragt, bemühte er sich um ein Lächeln, sagte halbherzig, dass der Aschenbecher nur herumstand, weil er aufgehört hatte. Was nicht stimmte. Er hatte nie geraucht. Falls auch seine neue Klientin fragen sollte, würde er ihr sagen, dass ihm die Zigarette im Aschenbecher ein Gefühl von Erfolg gab. Doch sie fragte nicht. Sie seufzte tief. Noch mehr rote Flecken am Hals. Also doch Stress. Kein Wunder. Angesichts seiner finanziellen Lage und der Tatsache, dass es nur noch eine Frage der Zeit war, bis er hier sowieso alles dichtmachen musste, nickte er.

„Natürlich, rauchen Sie."

Mit ihren perfekt manikürten Fingern fischte sie eine Packung mit schlanken Zigaretten aus der Tasche und zündete sich eine mit einem eleganten goldenen Feuerzeug an. Nach dem ersten Zug blies sie den Rauch aus, als würde sie etwas vor sich wegpusten wollen.

„Was meinen Sie damit, er hat sich als Kellner ausgegeben?", fragte Edgar nach.

„Er war kein Angestellter der Cateringfirma." Sie hielt mit der Zigarette vor dem Mund inne. „Die Polizei ist noch immer damit beschäftigt, seine Identität festzustellen. Und ... ich befürchte, also ... ich möchte, dass Sie klären, ob er etwas damit zu tun hat."

Sie legte die Zigarette im Aschenbecher ab, griff wieder in ihre Tasche und nahm ein großes orangefarbenes Kuvert heraus. Es zitterte in ihrer Hand.

„Ich möchte vorbereitet sein. Falls es so ist. Das kam vor zwei Wochen. Jemand hat es in unseren Briefkasten gesteckt. Keine Anschrift, kein Absender. Seit dem Unfall ist viel Polizei bei uns im Haus. Wir werden befragt und ... Ich muss wissen, wer das geschrieben hat, bevor es die Polizei rausfindet. Ob er deshalb auf der Party war. Verstehen Sie?"

Sie zog hastig an der Zigarette.

„Sie meinen, dass dieser Todesfall kein Unfall war?"

„Ich kann es mir nicht vorstellen. Ich meine, diese Nebelleiste ist höchstens zehn Zentimeter lang und wiegt vielleicht zwei, drei Kilo. Aber ..." Sie seufzte. „Ja, ich habe auch darüber nachgedacht. Er wurde damit direkt am Kopf getroffen. Als er vor dem Pool stand. Was ich sagen will ... ich kann es nicht ausschließen. Obwohl es sehr unwahrscheinlich ist. Doch wenn man so erfolgreich ist, wie mein Mann, hat man auch viele Feinde, und ich muss wissen ..."

Ihre Stimme versagte. Sie nahm noch einen tiefen Zug, dann drückte sie die Zigarette im Aschenbecher aus und reichte Edgar zitternd das Heft. Als er danach griff, ließ sie es nicht los.

„Kann ich mich auf Ihre absolute Diskretion verlassen? Die zwölftausend Euro sind eine Anzahlung." Sie deutete mit einer Kopfbewegung auf das Kuvert. „Sie bekommen noch einmal die gleiche Summe, wenn alles erledigt ist. Ich möchte nicht, dass Sie erpressbar sind. Verstehen wir uns?"

Was war das? Sie wirkte plötzlich sehr klar, fast herrisch. Auch die Hand zitterte nicht mehr. Also doch nur Show? Aber war das bei insgesamt vierundzwanzigtausend Euro und auch noch schwarz auf die Hand nicht völlig egal? Damit würde er zumindest die Hälfte seiner Probleme in den Griff bekommen.

Es rumpelte wieder in ihm, er musste husten. Reiß dich zusammen, forderte er sich auf.

„Gnädigste", sagte er in seinem charmantesten Tonfall. „Ihr Auftrag ist bei mir in sicheren Händen. Wenn ich erpressbar wäre, würden Sie sich nicht in meinem

Büro befinden. Denn dann würde die Detektei nicht so einen guten Ruf genießen."

„Gut." Sie nickte. Ihre Schultern senkten sich und ihre Augen glänzten, so als würden sich Tränen darin sammeln. Doch sie hatte sich erstaunlich schnell wieder gefasst. „Ich muss nämlich wissen, ob mein Mann mir treu ist."

3

Edgar zog ein blaues Schulheft aus dem Kuvert. Es sah abgegriffen aus. Er setzte die Lesebrille auf. Die erste Seite war vollgeschrieben. Perfekte Buchstaben in dunkelblauer Tinte. War das eine Schrift, die sichergehen wollte, dass jedes Wort lesbar war? An manchen Stellen war sie leicht verwischt. Und waren das hier Tropfen, Tränen vielleicht?

Wieder das Rumpeln in Edgars Brust, gefolgt von einem Stich. Das war ein schlechtes Zeichen. – „Sollten Sie sich unwohl fühlen, kontaktieren Sie sofort einen Arzt, Herr Brehm", hatte man ihm eingebläut.

Er schluckte. Nein, er konnte Chanel auf keinen Fall wegschicken. Dafür brauchte er den Inhalt des Kuverts zu dringend.

„Lesen Sie und sagen Sie mir bitte, was Sie davon halten."

4. April 2015
Ich weiß nicht, wie ich anfangen soll. Liebes Tagebuch, ich schreibe das hier ... warum? Weil ich es einfach schreiben muss? Weil ich irgendwo loswerden muss, was passiert ist? Damit ich vielleicht endlich wieder schlafen kann? Nicht durchdrehe? Eine Lösung finde? Einen Job?

Das letzte Mal, als ich Tagebuch geschrieben habe, war ich zwölf. Zwölf! Und so unsagbar in den Johannes aus der Parallelklasse verliebt, weil ich – als Einzige meiner Freundinnen – fand, er sah aus wie Keanu Reeves. Er wollte nichts von mir wissen, also habe ich das Tagebuch seitenweise mit meinen Träumereien gefüllt, ihm Liebesbriefe geschrieben. Bis ich mitbekommen habe, wie er sich über einen dicken Jungen aus der ersten Klasse lustig macht. Da war meine Liebe nicht nur dahin, ich bin wütend zu ihm gegangen und hab ihm gesagt, dass er ein Idiot ist und sein Aussehen ihm nicht das Recht gibt, über irgendwen Witze zu machen. Ich glaube, er hat kein Wort verstanden, was ich damals gesagt habe. Aber ich habe mich gefühlt wie Jeanne d'Arc, und meine Mutter war stolz auf mich, als ich es ihr erzählt habe. Ich wünschte, ich könnte das jetzt wieder tun – eine Jeanne d'Arc sein. Aber das kann ich nicht. Dass ich diese Zeilen gerade schreibe, ist der Beweis dafür.

Edgar sah über den Brillenrand hoch. Was rauschte denn da?

„Schon fertig?", fragte Chanel.

„Noch nicht."

Kam das aus den Rohren? Dieses Geräusch hatte er noch nie gehört. Es wurde lauter.

„Woher kommt das?"

Es war mehr eine Frage an sich selbst als an sie.

„Was?"

„Dieses Rauschen."

„Welches Rauschen? Ich höre nichts."

Die Erkenntnis, dass es nicht aus seinem Büro, sondern aus seinem Körper kam, sickerte so langsam in seinen Kopf, als wäre sie aus Schlamm. Nicht schon wieder. Nicht jetzt.

Er klopfte sich aufs Ohr. Unverändert.

„Tinnitus?", fragte sie.

„Wahrscheinlich. Und Sie wissen nicht, wer das geschrieben hat? Gar keine Ahnung?", fragte Edgar rasch.

„Nicht die geringste. Glauben Sie mir, sonst wäre ich nicht hier." Ihr Lachen klang gequält. „Alles, was ich weiß, ist, dass es laut dem Datum vor vier Jahren verfasst wurde und vor zwei Wochen in unserem Briefkasten steckte."

Edgar musste sich konzentrieren. Wenn er das hier gelesen hatte, konnte er mit ihr unter irgendeinem Vorwand einen neuen Termin vereinbaren.

Wenn ich die Augen schließe, bin ich wieder dort. In dem Raum mit den heruntergezogenen Jalousien. Und ich höre das rhythmische Trommeln des Regens auf dem Metalldach. Es klang hübsch, fast wie eine Melodie. Und ich sehe dich. Wie du an dem Metalltisch in der Mitte des Raums lehnst, der mich im ersten Moment an einen Operationssaal erinnert hat. Sonst gab es nur unsere vier Stühle. Die drei anderen und ich saßen im Halbkreis, als wäre das eine Therapiegruppe.

Du warst gar nicht mein Typ. Ende vierzig, wirre Locken, Dreitagebart, weißes, gestärktes Hemd, das um den Bauch leicht spannte. Die offenen Knöpfe zeigten ein wenig dunkles Brusthaar. Am Handgelenk blitzte deine goldene Uhr, eine Rolex? Deine schwarze Anzughose hatte diesen leichten Schimmer teurer Stoffe. Dein Sakko lag auf dem Tisch, als wäre es ein Patient, der auf den Anästhesisten wartet. Herr Doktor, ich hätte auch gerne einen Zug vom Lachgas. Waren es der Alkohol, die High-Society-Drogen oder schlichtweg das Leben, das mehr Falten in deinem Gesicht hinterlassen hatte, als zu deinem Alter passten? Aber spielt das bei Männern wie dir überhaupt eine Rolle? Ich weiß noch, wie ich dachte, du kommst mir so bekannt vor. Nicht von den Bildern aus der Presse. Nein, ich musste dich schon mal irgendwo getroffen haben. Du hast uns nacheinander angesehen. Von oben bis unten wanderten deine Augen, als würdest du etwas an uns suchen. Warst du vielleicht einmal Gast im Hotel? Nein, das wäre mir im Gedächtnis geblieben, weil jemand wie du sich nur in diese schäbige Absteige verirrt haben konnte. Solche Männer passten in die Lobby des

Hilton oder des Hotel Sacher. Das dachte ich, und dann, ich weiß nicht mehr weswegen, bemerkte ich deine Schuhe.

Diese wunderbar ausgelatschten, schmutzigen, bereits in die Jahre gekommenen graublauen Nike-Sneaker. Keine Ahnung, wieso so banale Schuhe plötzlich etwas ändern können. Aber es machte dich von „Nicht-mein-Typ" zu „Doch-mein-Typ". Es gefiel mir, dass du zwischen all diesem Glamour und Protz solche Schuhe trugst. Als wäre das etwas Vertrautes, ein versteckter, dezenter Hinweis auf deinen Charakter. Ein geliebtes Überbleibsel aus der Zeit, bevor du dir alles leisten konntest, wovon du früher nur geträumt hast.

„Bitte, erzählen Sie etwas über sich", hast du die hübsche Dunkelhaarige neben mir aufgefordert. Sie sah aus wie Schneewittchen, Haare so schwarz wie Ebenholz, Haut so weiß wie Schnee, Lippen so rot wie Blut. Nach ihr war die Rothaarige dran, mit der wallenden Mähne und einem so glänzenden Teint, als wäre sie eine Porzellanpuppe. Aus der Sonderedition mit blitzblauen Augen und Sommersprossen. Sie wirkte völlig entspannt. Mit einem leichten Lächeln auf den Lippen. Als würde das hier zu ihrer täglichen Routine gehören. Danach sprach die dritte, du hast sie gar nicht aufgefordert. Schmales Gesicht, blonder Pagenkopf. Selbstbewusst, fokussiert, mit der kühlen und doch weiblichen Ausstrahlung eines Stars aus den Fünfzigerjahren.

Alle drei waren richtig schön und so elegant in ihren Business-Kostümen und den passenden Pumps. Haare wie frisch vom Frisör. Dezentes Make-up. Und ich dachte noch: Vielleicht war es ein Missverständnis, dass ich hier war? Und dass mir deshalb niemand gesagt hatte, dass es einen Dresscode gab und ich nun in zerrissenen Jeans, weißen Sneakers und schwarzer Seidenbluse dasaß, die

Haare zu einem unordentlichen Dutt gebunden. War das der Grund, warum deine Wahl auf mich fiel? Und nicht auf eine der drei anderen?
Oder war es etwas, das ich gesagt habe?

Das Rauschen legte an Tempo zu, die Luft wurde stickiger. Edgar musste aufstehen, herumgehen. Die Buchstaben verschwammen mit jedem Schritt mehr. Kleine Lichtblitze tauchten vor seinen Augen auf. Er spürte Chanels Blick, mit dem sie ihn fixierte. Das war sicher nur der Stress, nichts weiter. Er kratzte sich am Kinn, tat so, als würde er nachdenken.

„Kennt Ihr Mann dieses Schreiben?"

„Nein. Und ich weiß auch: Wir sind nicht in Hollywood, aber ..." Ihre Augen wurden glasig, ihr Blick starr. Sie räusperte sich, straffte die Schultern. „... aber es reicht schon, wenn man über die Grenze nach Deutschland sieht. Sie können sich sicher vorstellen, was dieses Schreiben, seit #MeToo so modern geworden ist, für Folgen hätte. Das sind ja gigantische Hetzjagden, die da durch die Medien ziehen", sagte sie bemüht sachlich.

Handelte es sich hier um sexuelle Nötigung? Wollte sie Gewissheit darüber haben? Oder hatte sie nur Angst um den Ruf ihres Mannes? Sie verschwieg eindeutig etwas. Unter anderen Umständen würde Edgar jetzt fragen, ob sie annahm, dass ihr Mann in Bezug auf dieses Thema etwas zu befürchten hatte. Aber er konnte das hier nicht in die Länge ziehen. Er nahm ein paar tiefe Atemzüge, dann wurde es ein wenig besser.

Ich wollte dir gefallen. Natürlich wollte ich das. Eine Rolle in deinem Film würde alles ändern. Keine Gelegenheitsjobs mehr, keine unnützen Vorsprechen mehr für miserable Produktionen, um wenigstens irgendwo spielen zu können. Keine Nudeln mit Käse, Toast mit Käse, Kartoffeln mit Käse, weil schon am Monatsanfang klar war, dass das Geld nicht bis zum Ende reichen würde.

Wie erleichtert ich war, als du mich bei meinem Namen genannt hast. Also kein Missverständnis.

Ich glaube, du hast es gemerkt. Es sah aus, als würdest du ein Grinsen unterdrücken, es wegräuspern. Ich habe dir erzählt, wer ich bin, was ich gemacht habe. Du warst so nett und freundlich zu mir. Ich mochte dich. Habe mich geschmeichelt gefühlt vom Interesse eines so erfolgreichen Regisseurs.

Das ist der Moment der Geschichte, wo ich mir wünschte, ich könnte alles verändern, was danach passiert ist. Als wir alleine waren.

„Ich möchte Sie gerne wiedersehen."

Fünf Worte, die mich zugleich in den Himmel gehoben und in die Hölle gestoßen haben. Klinge ich zu dramatisch?

„Können Sie die Angst in sich loslassen?"

Ich hasse dich für diese Frage. Ich hasse es, dass du sie mir gestellt hast. Denn du hast es nur getan, weil du nicht die Schauspielerin gesehen hast, sondern die Frau, die so dringend einen Job sucht.

Deine Worte sind wie ein Echo in meinem Kopf. Ich wünschte, ich hätte nicht genickt. Aber es sollte doch eine Ehre sein. Schließlich bist du das Genie. Und hast mich auserwählt.

Du hast mir gesagt, ich wäre wunderbar. Schön. Talentiert. Dass du in mir etwas erkennst, das du bei anderen Schauspielerinnen vergeblich suchst. Meine Verletzlichkeit. Und dann hast du dir ganz langsam und zart genommen, was du wolltest. Eingepackt in all die wunderbaren

Worte und deine Pläne für meine Zukunft. Ich war verwirrt. Alleine in meiner Wohnung habe ich dich gehasst, für das, was du getan hast, und mich noch viel mehr, dass ich es zugelassen habe. Ich habe mich unter der Dusche geschrubbt, bis meine Haut wund war. Zu dem nächsten Treffen bin ich nur gegangen, weil ich dir sagen wollte, dass es falsch ist, was du tust. Voller guter Vorsätze kam ich zu dir. Doch dann habe ich dir zugehört, und es hat nicht lange gedauert, bis ich meinen Widerwillen für hysterisch und verrückt erklärt habe. Das war doch alles ganz normal. Nichts dabei. Du warst so klug, so reflektiert, so eloquent. Nein, ein Mann wie du würde seine Position doch niemals ausnutzen, wenn er mir sagt, was ich tun sollte, wie er mich haben will. Und so ging es weiter.

Ich weiß nicht, was dann passiert ist. Irgendetwas in mir hat sich selbstständig gemacht, an diesem Abend im Juni. Du hast mich berührt, und mein Körper hat so sehr zu zittern begonnen. Ich konnte kaum atmen. Hab nur noch geheult. Wenn ich jetzt daran denke, hat es dich gar nicht erstaunt, oder?

Du hast mich angezogen und nach Hause gebracht. Die halbe Nacht hast du mich im Arm gehalten und gesagt, es täte dir so leid. Du wolltest mir niemals dieses Gefühl geben. Zum ersten Mal habe ich mich bei dir geborgen gefühlt. Beim Abschied hast du mich auf die Stirn geküsst und gesagt: „Alles wird gut."

Ich wusste nicht, dass es das letzte Mal sein sollte, dass du mit mir sprichst. Du hast meine Anrufe ignoriert. Bist an mir vorbeigegangen, als wäre ich eine Fremde. Als hätte es das alles nie gegeben. Erst da habe ich es verstanden: Ich war nicht deine Auserwählte. Ich war dein Spielzeug.

Doch das wird sich jetzt ändern.

Edgar ließ das Heft mit einem schweren Seufzen sinken. Ihm war ein wenig übel geworden. Der Tagebucheintrag hatte es in sich. Dazu kam noch sein eigener gesundheitlicher Zustand.

Irgendwas irritierte ihn besonders an der letzten Zeile, aber er bekam es nicht zu fassen.

„Kein Zweifel, dass Ihr Mann gemeint ist?"

Er konnte das Rauschen ignorieren, musste einfach nur lauter sprechen, über das Geräusch hinweg.

„Es stimmt alles: die Beschreibung, die Uhr, die Schuhe." Sie sprach weiter, aber ihre Worte wurden immer unverständlicher. Als stünde sie hinter einer Wasserwand.

Brehm wollte ihr sagen, dass er sich um alles kümmern würde. Kurt würde sich darum kümmern. Er war genau der Richtige für solche Fälle. Da – wieder ein Stich in der Brust. Hatte er heute Morgen die verordneten Medikamente genommen? Oder war das gestern Abend? Edgar wusste es nicht mehr. Er musste Kurt fragen. Kurt wusste solche Sachen immer. Gerade, als er nach dem Handy greifen wollte, fiel es ihm ein. Er konnte Kurt nicht anrufen. Wieder ein Stich in der Brust. Ihm wurde noch heißer. Seine Knie gaben nach.

„Ist alles in Ordnung mit Ihnen?", fragte Chanel.

Da wurde es schwarz um ihn.

4

Toni hörte von der Couch hinter sich ein Grummeln, als sie den Lieferservice bezahlte. War das wieder der kleine Bär in Brehms Magen, der nach Essen verlangte? Oder machte er diese Geräusche im Schlaf?

Um ihn herum lagen die verstreuten Akten, die die Rettungssanitäter auf den Boden geworfen hatten, damit sie den großen und schweren Körper Brehms unter Stöhnen und Ächzen auf der Chaiselongue ablegen konnten. Er schlief noch immer. Seine Augenlider flatterten leicht. Er war wirklich riesig, sie schätzte ihn auf mindestens 1,90. Mit ihren 1,56 Metern Körpergröße hatte Toni sich angewöhnt, bei Gesprächen mindestens zwei Schritte Abstand zu halten, um nicht in Genickstarre zu verfallen. Aber bei Brehm würde sie mehr brauchen.

Er war zu lang für die Chaiselongue, also hatte sie ihm ein paar von den Akten unter die Unterschenkel gestapelt. Seine Riesenfüße ragten in die Luft wie Bojen. Daneben saß der Kater, als würde er Wache halten.

In dem ganzen Trubel waren zwei Stunden vergangen, seit sie vor seinem Büro gewartet hatte. Sie war nicht aus dem Grund geblieben, weil sie wusste, dass diese blonde Frau Sybille Steiner war. Auch nicht, um zu lauschen – obwohl es quasi unmöglich war, nicht zu lauschen, denn über der Tür fehlte das Glas der Oberlichte. Zuerst hatte sie sich Kopfhörer in die Ohren gesteckt und Musik am Handy laufen lassen. Doch dann hatte schließlich die Neugier gesiegt. Das da drin war immerhin Alexander Steiners Ehefrau, die wissen wollte, ob ihr Mann ihr treu war. Also hatte Toni dem

Gespräch gelauscht – bis Sybille Steiner nach einem Knall die Tür aufgerissen hatte. Toni hatte nicht erkennen können, ob sie fliehen oder Hilfe holen wollte.

Jetzt sah Toni aus dem schmutzigen Fenster hinter dem Schreibtisch, draußen setzte bereits die Abenddämmerung ein.

Ihr war klar, dass es durch das Auftauchen einer so prominenten Klientin ein ungünstiger Zeitpunkt war, um Brehm zu überzeugen. Aber versuchen musste sie es trotzdem, nur darum war sie geblieben. Weil sie bei ihm, wenn auch nur für einen kurzen Augenblick, so etwas wie echtes Mitgefühl gesehen hatte. Sie brauchte seine Hilfe. Wie Prinzessin Lea: Edgar Brehm, Sie sind meine letzte Hoffnung.

„Herr Brehm? Hallo?" Sie stupste ihn leicht an der Schulter. „Sind Sie wach? Ich hab Ihnen was zu essen bestellt."

Er blinzelte sie schlaftrunken an, griff sich an den Kopf und keuchte.

„Was ist ... bin ich eingenickt?"

„Na ja, so kann man es auch nennen. Der Notarzt hat gesagt, Sie sollen was essen."

„Welcher Notarzt?"

„Erinnern Sie sich nicht?"

Er schüttelte den Kopf. Was auch immer der Arzt ihm gespritzt hatte, sie hätte es auch gern.

„Es ging Ihnen nicht so gut. Sie waren ein bisschen verwirrt. Wir haben die Rettung gerufen, aber Sie haben sich geweigert, ins Krankenhaus gebracht zu werden."

„Wer ist wir?"

„Frau Steiner und ich. Sie ist gegangen, bevor die Rettung da war."

Brehms Augen starrten ins Leere, dann nickte er leicht, als würden die Erinnerungen zurückkehren. Sie bemerkte seinen Blick zum Schreibtisch.

„Das Kuvert hat sie mitgenommen und auch dieses blaue Heft."

Der Anflug von Panik in seinem Gesicht war unübersehbar.

„Sie hat aber ihre Telefonnummer dagelassen", beruhigte sie ihn. „Ich hab sie auf den Schreibtisch gelegt."

Er wollte aufstehen, doch sie schüttelte den Kopf.

„Der Arzt hat gesagt, Ihr Kreislauf hat schlappgemacht. Sie sind dehydriert und brauchen was zu essen. Und er hat gefragt, ob Sie momentan viel Stress haben?"

Er ließ die Frage unbeantwortet, worauf sie ihm eine Kartonbox mit Essstäbchen und eine Flasche Mineralwasser auf den Beistelltisch stellte.

„Hier. Für Sie."

Er versuchte sich aufzusetzen. Toni wollte ihm helfen, aber er schüttelte den Kopf.

„Was machen Sie überhaupt noch hier?"

Sie verschränkte die Arme. Das war also seine erste Reaktion?

„Oh, danke, dass Sie geblieben sind, Frau Lorenz", sagte sie schnippisch. „Und mir auch noch was zu essen bestellt haben. Das wäre aber nicht nötig gewesen."

Seine Augenbrauen schoben sich zusammen, er stieß ein leises Grummeln aus. Sein gemurmeltes „Danke", als er die Box öffnete und am Essen schnupperte, war kaum hörbar. War er verärgert, dass sie hier war? Oder hatte sie es hier mit gekränktem Stolz zu tun? Beim ersten Bissen verzog er den Mund.

„Was ist das? Gebratener Radiergummi?"

„Ja, genau", sagte sie lauter als nötig. „War im Sonderangebot."

Es wirkte, als müsse er sich ein Lächeln verkneifen.

Sie setzte sich auf den Thron, überschlug die Beine, zum ersten Mal saß sie höher als er und sah auf ihn hinunter. „Das ist Tofu mit Gemüse. Vegan."

Sein Blick war so entsetzt, als hätte sie gesagt, es wäre gepresstes Zyankali. Sie konnte sich ein Kopfschütteln nicht verkneifen.

„Haben Sie noch was von den Chips?"

„Jetzt essen Sie das, Ihr Körper braucht Eiweiß und Kohlenhydrate."

Sie lehnte sich zurück und sah ihm dabei zu, wie er das nächste Stück Tofu zwischen die Stäbchen klemmte und skeptisch betrachtete.

„Es war sehr nett von Ihnen, dass Sie mir geholfen haben. Aber wieso sind Sie noch da?"

„Nach dem Essen."

Widerwillig schob er den nächsten Bissen in den Mund. Es war nichts zu hören, nur sein Kauen. Anscheinend schmeckte es ihm doch. Der Kater miaute. Brehm gab ein Stück Tofu auf die Serviette und legte sie auf den Boden. Der Kater leckte darüber und hob den Kopf mit einem Blick, als könnte er nicht fassen, was er da vorgesetzt bekam. Brehm hustete, aber sie erkannte sein unterdrücktes Lachen. Wenigstens spielte er es nicht als Triumph aus.

Ob er verheiratet war? Kinder hatte? Oder war er geschieden? Er trug keinen Ehering – was natürlich nichts zu bedeuten hatte. Sonst stand kein persönlicher Gegenstand herum, kein Familienfoto, noch nicht mal irgendeine Postkarte an der Wand. Da fiel ihr der Name wieder ein.

„Wollen Sie Kurt anrufen?"

Er zuckte zusammen, ein Stückchen roter Paprika fiel ihm aus dem Mund.

„Kurt?"

„Sie haben ein paar Mal seinen Namen genannt." Dass ihr dieser Name auf ein paar Kuverts auf dem Schreibtisch untergekommen war, verschwieg sie ihm. Kurt. Kurt Eisner.

Er legte die Stäbchen weg, griff nach der Flasche.

„Nein."

„Oder sonst jemanden?"

„Nein."

Seine Stimme klang merkwürdig gequetscht, fast heiser. Hoffentlich klappte er nicht gleich wieder zusammen. Sie hatte seine Entlassungspapiere aus dem Krankenhaus gefunden, als sie den Schreibtisch nach Geld für das Essen durchsucht hatte. Er war erst gestern nach Hause geschickt worden. Anscheinend ein Auffahrunfall, er hatte so eine Art Kollaps und die Kontrolle über seinen Wagen verloren. Und daran heftete eine erstaunliche Liste mit Medikamenten, die er einnehmen musste.

Brehm lehnte sich zurück, wischte sich mit dem Handrücken über den Mund und atmete mit einem tiefen Seufzer aus. Jetzt war der richtige Zeitpunkt. Sie reichte ihm die Verpackung mit dem Nitrolingual-Spray. Der war zur Blutdrucksenkung und gegen Herzschmerzen, sie hatte es gegoogelt.

„Hier, der lag unter Ihrem Schreibtisch. Scheint runtergefallen zu sein." Sein erleichterter

Gesichtsausdruck änderte sich sofort, als sie fragte: „Arbeiten Sie ganz alleine?"

„Danke, dass Sie geblieben sind. Was bin ich Ihnen für das Essen schuldig?"

Sie schluckte den Ärger über den barschen Tonfall seiner Frage runter.

„Nichts. Ich habe auf Ihrem Schreibtisch zwanzig Euro gefunden."

Er seufzte und sah Richtung Tür, eine stille Aufforderung, dass sie jetzt gehen sollte.

Toni beugte sich vor, sah ihm fest in die Augen. Hier war eindeutig ein „Zebra im Raum", wie ihre Großmutter das immer nannte, weil ihr der sprichwörtliche Elefant zu abgedroschen war. In der letzten Stunde hatte Toni so einiges über Edgar Brehms Detektei herausgefunden.

„Herr Brehm, Sie werden das jetzt nicht hören wollen, aber ich muss es fragen. Was ist passiert?"

Er ruckte den Kopf und verzog den Mund, als hätte er Schmerzen.

„Wie bitte?"

„Das Schild beim Eingang – die Detektei war doch in dem schönen Gebäude vorne. Wieso mussten Sie in diese ...", fast hätte sie Bruchbude gesagt, „... dieses Hinterhaus umziehen? Hat es was mit den Anzeigen zu tun?"

Sein Schreibtisch brach fast zusammen unter den Vorladungen bei Gericht wegen hoher Schulden, Rückzahlungsforderungen, Rechnungen, Mahnungen. Um alles zu begleichen, müsste er doch nur diese antiken Möbel hier verkaufen. Nach ihrer Recherche im Internet hatte sie keinen Zweifel mehr, dass sie echt waren. Oder lagerte er sie nur ein und sie gehörten gar nicht ihm?

Außerdem hatte sie ausgedruckte E-Mails und Briefe voller Drohungen entdeckt, die sich mitunter lasen wie aus einer schlechten Tageszeitung. Wenn sie es richtig verstand, hatte er ungeschultes Personal einer Sicherheitsfirma für Beschattungen eingesetzt. Das seine Aufgabe anscheinend so interessant fand, dass es Informationen und Fotos auf Social-Media-Plattformen geteilt hatte.

„Haben Sie meine Unterlagen gelesen?", fragte er forsch. Sein Brustkorb hob und senkte sich energisch, aber sie hielt seinem Blick stand.

„Teilweise, ja."

Ihre Ehrlichkeit schien ihn zu überraschen.

„Sie sollten jetzt gehen, Frau Lorenz."

Toni schüttelte den Kopf. Die Idee war ihr bei der Durchsicht seiner Post gekommen.

„Ich brauche Ihre Hilfe, Herr Brehm. Nicht umsonst natürlich. Ich biete Ihnen mich als Gegenleistung für Ihre Nachforschungen an."

Der letzte Rest Farbe wich aus seinem ohnehin schon blassen Gesicht. Er hustete ein paar Mal und holte röchelnd Luft.

„Ich weiß, Sie sind verzweifelt", krächzte er zwischen den Atemzügen, „aber ich werde jetzt so tun, als hätte es Ihr Angebot nie gegeben."

Es dauerte ein paar Sekunden, bis sie begriff, was er unter Gegenleistung verstanden hatte.

„Sie denken, ich würde ... nein!"

Wenn die Situation nicht so ernst wäre, würde sie jetzt laut lachen. Die frühere Bevor-Felix-weg-war-und-sie-in-dieser-Scheiße-saß-Toni-Version hätte gelacht.

„Ich hab gemeint, dass ich Bürosachen für Sie erledigen kann."

Brehm sah sie ratlos an, sie deutete auf seinen Schreibtisch.

„Papiere ordnen, Mails versenden, Anrufe erledigen. Von mir aus würde ich auch putzen."

Seine Miene verwandelte sich in Entsetzen.

„Sie wollen um zweitausendfünfhundert Euro mein Büro putzen?"

Toni verkniff sich die Bemerkung, dass das Honorar bei einem Büro in diesem Zustand durchaus gerechtfertigt wäre.

„Was ich sagen will: Ich würde die Stunden abarbeiten, die Sie für die Suche nach Felix brauchen."

„Herr im Himmel." Brehm schlug die Hände vors Gesicht. „Wie alt sind Sie, Frau Lorenz?"

„Was hat das damit zu tun?"

„Nun, es …" Er sah sie fragend an, winkte dann plötzlich ab. „Egal, ich gebe Ihnen jetzt einen Rat: Bevor Sie das nächste Mal einen Detektiv aufsuchen, erkundigen Sie sich telefonisch über die Konditionen. Hören Sie, ich weiß, Ihnen ist etwas Schlimmes passiert, und ich nehme das ernst, aber Sie sollten damit zur Polizei gehen."

Sie lehnte sich zum Schreibtisch und zog das Foto aus dem Stapel, das die beiden jungen Polizisten zeigte. „Sie haben nicht die Wahrheit gesagt. Der eine da, das sind Sie."

Er schien zu überlegen. Vielleicht wollte er kontern, doch dann sagte er mit einem Seufzen: „Ja, und?"

„Und? Sie wollten Menschen helfen. Recht und Ordnung und Freund und Helfer, das alles."

Ein leichtes Lächeln huschte über sein Gesicht, doch er schien es durch ein Räuspern zu vertreiben und sah sie mit einem schlecht gespielten grimmigen Ausdruck an.

„Nur weil ich mal bei der Polizei war? Das ist doch sehr naiv", sagte er streng. Aber auch sein Tonfall klang nicht überzeugend, als würde er sich zu sehr bemühen. Brehm wirkte mehr wie ein tadelnder Onkel, der will, dass man sein Gemüse brav aufisst.

Sie deutete zum fehlenden Fenster über der Tür.

„Ich kann mir vorstellen, dass es nicht Ihre Absicht ist, alle vor der Tür bei Ihren Gesprächen hier mithören zu lassen."

Er folgte Tonis Blick, sah sie halb verwirrt, halb erschrocken an. Nein, von dem Loch wusste er garantiert nichts. Er wollte etwas sagen, aber Toni ließ ihn nicht zu Wort kommen.

„Auf Ihrem Schreibtisch stapeln sich Rechnungen und Klagen, anscheinend können Sie nicht zahlen. Sie sitzen so tief in der Scheiße wie ich und brauchen Hilfe. Brauchen diese vierundzwanzigtausend Euro von Frau Steiner. Und Sie müssen richtig gut sein. Haben Sie eigentlich eine Ahnung, wie reich die Steiners sind? Die hätte sich doch jeden holen können."

„Woher wissen Sie das?"

Die Strenge war nun völlig aus Brehms Stimme verschwunden. Er klang fast beeindruckt.

„Aus den Nachrichten, weil die doch dieses Unglück auf ihrer Party hatten. Und ich habe jetzt ein bisschen gegoogelt, als Sie geschlafen haben. Ihre Unterlagen sind das reinste Chaos. Ich kann das, Ordnung da reinbringen. Anrufe machen, bevor die nächste Mahnung kommt. Ich kann sogar dafür sorgen, dass Sie was essen und Ihre Medikamente nehmen. Und vielleicht sind Sie auch in der Lage, das, was auch immer diese Frau wissen will, herauszufinden, wenn Sie nicht vor lauter Stress zusammenklappen."

Brehm seufzte laut. Und dann noch mal. Er verschränkte die Arme vor seiner massigen Brust.

„Wie sind Sie denn überhaupt auf mich gekommen, Frau Lorenz?"

„Durch eine Empfehlung", sagte sie knapp.

„Und wer hat mich empfohlen?"

„Meine Lehrerin, Beate Schmitz."

Brehm sah sie ratlos an.

„Also, sie hat Sie nicht direkt empfohlen. Aber sie hat von Ihnen erzählt und gesagt, Sie wären eine Koryphäe."

Er schien keine Ahnung zu haben, von wem sie sprach.

„Beate Schmitz, die Schauspielerin", schob sie nach. „Hatte vor etlichen Jahren eine Hauptrolle in der Josefstadt. In ‚Maria Stuart'."

Noch immer keine Reaktion von ihm.

„Am Abend vor der Premiere. Sie ist doch nach der Generalprobe überfallen und zusammengeschlagen worden. Die Polizei dachte, sie war ein zufälliges Opfer. Aber ihr Ehemann hat einen Verdacht gehabt und Sie engagiert."

Brehm sah sie unverändert an, die Stirn gerunzelt. Die Schmitz hatte doch EB-Detektei gesagt. Oder hatte sie sich geirrt?

„Das waren nicht Sie, der rausgefunden hat, dass es der Freund vom Ehemann der Zweitbesetzung war? Damit die die Premiere spielen konnte?"

Endlich schien bei Brehm doch der Groschen gefallen zu sein, er nickte und winkte im nächsten Moment ab.

„Das war nicht mein Fall. Es war mein Kollege. Er hat das damals aufgeklärt."

„Aha. Okay. Und wo ist Ihr Kollege jetzt?"

Vielleicht hatte sie bei dem mehr Glück. Aber Brehm ließ die Frage unbeantwortet.

Wahrscheinlich arbeitete der hier nicht mehr. Was erklärte, warum Brehm die Sicherheitsfirma beauftragt hatte.

„Ich würde Ihnen ja helfen, aber wie soll ich das machen, Frau Lorenz?"

„Es geht hier um mehr als nur das Geld", sagte sie nachdrücklich. „Ich kann die Seniorenresidenz meiner Großmutter nicht mehr zahlen. Geschweige denn sonst irgendwas. Sie hat ihr Leben lang gespart, und dieses Geld kann nicht einfach so weg sein."

Brehm hob schwerfällig die Schultern, sah sie einen Moment an. So, dass sie schon dachte, sie hätte ihn überzeugt. Doch dann schüttelte er den Kopf. Das war die Antwort, vor der sie sich gefürchtet hatte. Er würde ihr nicht helfen. Niemand würde ihr helfen.

Die Wut verpuffte so schnell, wie sie gekommen war. Es folgte dieses vertraute Gefühl, als würde sie fallen. Einen kurzen Moment überlegte sie, ob sie ihn vielleicht doch noch mit der Geschichte ihres potenziellen Verfolgers ködern konnte. Doch vermutlich würde er bloß rasch herausfinden, dass sie sich das einbildete. Und damit hatte sie auch nichts gewonnen. Ohne ein weiteres Wort stand sie auf, ging zur Tür und riss sie schwungvoll auf. Ein hagerer kleiner Mann mit Brille stand davor, die Hand erhoben, als hätte er gerade anklopfen wollen. Im Gegensatz zu Toni erschrak er nicht, sondern rückte sich nur die Brille zurecht.

„Herr Brehm?", sah er sie fragend an.

Toni hörte den Detektiv hinter sich ächzen und etwas murmeln, das nicht besonders freundlich klang. Der kleine Mann schob sich an ihr vorbei, er schien nicht das erste Mal hier zu sein.

„Da Sie meine Anrufe in der letzten Woche ignoriert haben", er stützte die Aktentasche auf seinem Knie ab, „sehe ich mich genötigt, Sie persönlich aufzusuchen. Das wird natürlich in Rechnung gestellt. Mein Mandant war sehr über Ihre Forderung an Schadensbeteiligung amüsiert." Er lachte, als wäre er das auch. „Die Angestellten seiner Sicherheitsfirma sind nicht für Observationen ausgebildet. Entweder, Sie ziehen Ihre Forderung zurück, oder er wird Klage gegen Sie einreichen. Und wie ich den Gerichtsunterlagen entnehmen konnte, ist er nicht der Einzige, der Sie vor Gericht sehen möchte."

Es hörte sich an wie eine Drohung. Toni verließ eilig das Büro, sie hatte schon genug mitbekommen.

Wahrscheinlich war ihr Vorschlag tatsächlich eine Schnapsidee. Wenn seine letzten Einsätze solche Reinfälle waren, wie sollte dann ausgerechnet er Felix finden? Sie hatte es ja selbst versucht, stundenlang im Internet gesurft, herumtelefoniert – alles ohne Ergebnis.

Und was jetzt? Ein anderer Detektiv? Blieb die Frage, wie sie den bezahlen sollte. Bezahlen. Das war das Stichwort. Sie hatte vergessen, Brehm das Restgeld vom Lieferservice zu geben.

Als sie wieder die Treppe zu seinem Büro hochstieg, kam ihr der Anwalt entgegen. Er sah sichtlich erfreut aus.

Die Tür stand offen, Brehm saß zusammengesunken auf der Chaiselongue, der Kater zu seinen Füßen. Toni machte sich durch ein Türklopfen bemerkbar, er sah hoch.

„Das gehört noch Ihnen", erklärte sie und legte das Restgeld auf den Tisch. „Okay, dann auf Wiedersehen."

„Sie haben gesagt, Beate Schmitz ist Ihre Lehrerin?", hielt er sie auf.

„Ja."

„Was für eine Lehrerin?"

„Rollengestaltung und Improvisation. Außerdem ist die Schmitz die Schulleiterin."

Seine Augenbrauen schoben sich zusammen. „Schulleiterin?", wiederholte er.

„In der Schauspielabteilung. Ich gehe aufs Konservatorium."

Noch. Aber das würde sich auch ändern, wenn sie das Problem mit Felix und dem verschwundenen Geld nicht lösen konnte.

„Sie sind Schauspielerin?"

Sie wollte ihn korrigieren, dass sie lediglich den ersten Jahrgang besuchte und bestenfalls eine angehende Schauspielerin war. Doch Brehm sah sie plötzlich so erfreut an, dass sie nur nickte. Womöglich hatte er ein Faible für Künstler, und ihr war alles recht, wenn er ihr nur helfen würde.

Er stand mit einem Ächzen auf, der Kater huschte an ihr vorbei aus der Tür.

„Haben Sie ein Auto, Frau Lorenz?"

„Nein." Sollte sie Botendienste für ihn erledigen? „Aber einen Führerschein. Und ich habe ein Fahrrad."

„Fahrrad ... damit wird es nicht gehen. Aber ich lasse mir was einfallen." Er wirkte fast aufgeregt. „Ich nehme Ihr Angebot an. Wir treffen uns morgen hier. Um zehn Uhr. Halten Sie sich den Tag frei. Haben Sie ein Foto von Herrn Meier dabei?"

Die Müdigkeit schien von ihm abgefallen zu sein.

Doch Toni zögerte. Seine Gesamtsituation wirkte nicht gerade vielversprechend. Andererseits war er die einzige Option, die sie hatte. Und die war besser als nichts.

Sie reichte ihm drei Bilder, die sie gestern im Drogeriemarkt ausgedruckt hatte. An seinem Blick erkannte sie, dass ihm nicht entging, wie gut Felix aussah.

„Noch etwas: Ziehen Sie morgen bitte etwas Unauffälliges an. Am besten ganz klassische Jeans, schlichtes T-Shirt oder Bluse und eine dunkle Jacke."

Er nahm hinter dem Schreibtisch Platz und holte sein Handy hervor. Toni wollte noch nachfragen, was sie zu tun hätte, ob er auch gleich mit der Suche nach Felix beginnen würde. Doch er setzte die Brille auf und tippte eine Telefonnummer in sein Handy.

„Wir sehen uns morgen", sagte er und deutete zur Tür.

5

Verdammt. War sie paranoid? Oder wurde sie wirklich verfolgt?

Kaum war Toni aus Brehms Detektei getreten, hatte sie wieder dieses Gefühl. Als würde sie beobachtet. Sie drehte sich um, sah hoch zu den Fenstern. Vielleicht war es ja Brehm? Nein, das war nicht möglich, sein Büro befand sich doch im Hinterhaus. Sollte sie zu ihm zurück und es ihm sagen? Und was dann? Wenn Brehm – so wie Lena – auch niemanden entdecken konnte?

Toni sah sich um. Die Straße war menschenleer. Und wenn nun irgendwer in einem Auto saß und sie beobachtete? Dann würde er oder sie ihr nachfahren. Also entschied sie, einen Umweg zur U-Bahn zu nehmen, und versuchte, so unauffällig wie möglich bei jeder Gelegenheit hinter sich zu blicken.

Aber niemand von den Leuten hinter ihr schien sie zu beachten. Und da war auch kein Auto, das sie verfolgte.

Trotzdem. Das Gefühl blieb.

Als Tonis Handy läutete, zuckte sie zusammen.

„Hey, ist alles okay?", fragte Lena, nachdem sie geantwortet hatte. „Du klingst gestresst. Ist was vorgefallen in der Detektei?"

„Nein, ich meine, ja ... ich ... sorry, es ist nur gerade wieder komisch."

„Verfolgungswahn?" Lena lachte, aber als Toni nicht einstimmte, wurde sie ernst. „Weißt du was? Ich komm zu dir nach Hause und bring Pizza, okay?"

Toni nahm das Angebot dankbar an.

In der U-Bahn nach Hause googelte sie, was Lena so salopp ausgesprochen hatte:

Verfolgungswahn kann als Erscheinungsbild einer affektiven Störung im Rahmen einer Psychose auftreten.

Auslöser können psychische Erkrankungen sein. Aber auch traumatische Erlebnisse, bei denen Betroffene das Gefühl der Hilflosigkeit und Ohnmacht erleben, wurden bei neuesten Studien als nicht pathologische Ursache festgestellt. Besonders häufiges Auftreten scheint es bei Zuständen der Überforderung ...

Toni musste nicht weiterlesen. Sie ließ ihr Handy sinken. *Hilflosigkeit, Ohnmachtsgefühl, Überforderung.* Besser konnte Doktor Google ihre derzeitige Situation gar nicht beschreiben.

„Du sollst sicher mit dem Steiner vögeln."

Lena strich sich schwungvoll eine ihrer roten Locken aus der Stirn und zuckte mit den Augenbrauen.

Toni verschluckte sich am Rotwein. Nach dem ersten Glas war sie bedeutend ruhiger geworden. Vielleicht war es aber auch Lena, die ihr versichert hatte, dass sie nicht am Durchdrehen war, sondern einfach nur wieder die Kontrolle über die Situation bekommen musste, in die sie Felix manövriert hatte. Wäre diese Ansage von jemand anderem gekommen, hätte Toni daran gezweifelt. Aber bisher hatte sich ihr Verdacht, verfolgt zu werden, tatsächlich noch kein einziges Mal bestätigt.

Hustend winkte sie ab, doch Lena grinste nur.

Das war typisch für Lena: Sie verband liebend gerne jedes Thema sofort mit Sex. Dabei war sie erstaunlich zurückhaltend, wenn ein Verehrer mehr von ihr wollte als nur ihre geistige Zuneigung. Als gäbe es zwischen Lena und Sex eine Art Hassliebe.

„Natürlich sollst du das." Lena nickte. „Wenn seine Frau glaubt, dass er fremdgeht, dann bist du der perfekte Lockvogel."

„Was für ein Lockvogel?"

Lena tippte etwas in den Laptop auf dem Couchtisch vor ihnen und stieß einen Pfiff aus.

„Noch nichts davon gehört?" Sie drehte den Bildschirm zu Toni.

Auf dem Display war die Startseite einer Agentur zu sehen, die mit höchster Diskretion warb. Ein Fenster mit der Frage, ob man über achtzehn Jahre alt sei, ploppte auf.

„Das boomt gerade."

Lena klickte auf *Bestätigung*, und eine ganze Seite voller gesichtsverpixelter schlanker Frauen in sexy Outfits erschien. Darunter standen ihre Vornamen und das Alter: *Janine, 25. Emilia, 31. Lucia, 21.* Es hatte etwas von einer Vermittlungsagentur.

„Ein Lockvogel findet heraus, wie treu das Herzibinki ist", erklärte Lena. „Offiziell wird nur geflirtet, um zu schauen, wie weit jemand geht. Kein Sex. Bei genug Beweisen bricht man den Kontakt wieder ab. Das klingt jetzt mal nicht so schwer."

„Wie kommst du darauf?"

„Na, ist doch logisch: Die Steiner hat gesagt, sie will wissen, ob ihr Mann treu ist, oder?"

„Ich glaube schon, ja. Ich mein, sie hat dann ja auch #MeToo erwähnt ..."

„Aber du hast doch gesagt, es war nur ganz beiläufig und dann auch kein Thema mehr. Oder?"

Toni nickte. „Genau."

„Also, sie hat nicht gesagt ‚Finden Sie heraus, mit wem mein Mann eine Affäre hat!' oder ob er in irgendwelche #MeToo-Vorwürfe verstrickt ist, richtig?"

„Nein, hat sie nicht. Es scheint eher irgendwas mit ominösen Unterlagen zu tun zu haben. Aber Brehm ist ja dann sehr schnell zusammengebrochen ... keine Ahnung, was dahintersteckt."

„Gut. Gehen wir mal davon aus, es geht tatsächlich um seine Treue. Ich Superbrain hab jedenfalls mal ein bisschen im Netz recherchiert. Und wenn man zwei und zwei zusammenzählt ... voilà, machst du dich an den Steiner ran. Und wenn er dir an die Wäsche will, hat die Ehefrau den Beweis. Ich glaub, das könnte ich auch. Eigentlich ein cooler Nebenjob. Auf jeden Fall besser, als im Café zu kellnern."

Toni lachte auf und schüttelte den Kopf.

„Eine Schauspielstudentin, die sich an einen berühmten Regisseur ranmacht, der zufällig gerade eine Serie dreht ... wie originell. Außerdem: Würde sie so was wollen, wäre sie doch sofort zu einer dieser Agenturen gegangen."

Lenas Fantasie schien mal wieder mit ihr durchzugehen. Toni klappte den Laptop zu und langte nach einem Stück kalter Pizza Funghi.

„Aber du hast doch gesagt, Brehm ist so drauf abgefahren, als er erfahren hat, dass du Schauspiel studierst. Das heißt natürlich, du sollst so tun, als wärst du wer anderes."

Wenn Toni an die vielen Anzeigen auf Brehms Schreibtisch dachte, weil er unqualifiziertes Personal eingesetzt hatte, dann klang Lenas Theorie vielleicht doch nicht ganz so weit hergeholt. Aber machten Privatdetektive so etwas überhaupt? Gehörten Beschattungen nicht zu deren Hauptgeschäft? Stundenlanges Auf-der-Lauer-Liegen in irgendwelchen Autos?

Als könnte Lena ihr die Skepsis ansehen, klappte sie den Laptop wieder auf, tippte und drehte Toni den Bildschirm voller kleiner Alexander Steiners zu. Der Regisseur war nicht schlank, aber auch nicht dick. Toni konnte sich nicht entscheiden, ob er ihr sympathisch war oder nicht. Auf den meisten Fotos trug er dunkle Anzüge, weiße Hemden, dazu dunkelblaue Nike-Sneaker.

„Diese Nikes liebt er. Nur unter Androhung von Gewalt trägt er andere Schuhe. Das ist doch süß." Lena schenkte sich Merlot nach.

„Woher weißt du das, hast du ihn mal kennengelernt?"

„Nein, ich hab ein bisschen im Netz nachgelesen, weil ich mich für diese neue Serie, die er gerade dreht, beworben hab."

„Und?"

Lena stieß ein Lachen aus.

„Ich hab die Hauptrolle, was sonst? Ich wurde nicht mal zu einem Casting eingeladen. Aber, was nicht ist ..."

Sie waren beide im ersten Studienjahr, aber was Ehrgeiz und Karriereplan betraf, war Lena Toni weit voraus. Was vielleicht auch daran lag, dass Lena drei Jahre lang vergeblich Aufnahmeprüfungen an der Schauspielschule absolviert hatte, bis sie aufgenommen worden war. Während Toni zuerst ein Semester Medizin studiert hatte, bis ihr klar geworden war, dass es nicht das Richtige für sie war. Dann war Jus dran, aber das langweilte sie rasch. Psychologie fand sie zumindest teilweise interessant. Doch die ganze Zeit war dieses drängende Gefühl geblieben, dass noch etwas anderes auf sie wartete. Mehr aus Spaß hatte Toni die Aufnahmeprüfung gemacht. Gleich beim ersten Anlauf hatte es geklappt.

Sie wusste selbst, dass es reine Glückssache war. So viele Faktoren zählten dazu: Welcher Typ wurde gesucht? Hatte man die richtigen Monologe fürs Vorsprechen gewählt? Und trotzdem: Endlich hatte Toni das gefunden, was sie wirklich wollte. Als hätte sie vorher all diese Umwege nehmen müssen, um das zu erkennen.

„Weißt du sonst noch etwas über Steiner?", fragte Toni.

„Natürlich. Er war auf der Filmakademie in Wien. Ist der Einzige aus seinem Jahrgang, der erfolgreich wurde. Seine Kinofilme waren sogar international auf Festivals, aber das viele Reisen war nicht seins. Deshalb arbeitet er seit ein paar Jahren fürs Fernsehen. Vor allem in Russland ist er eine ganz große Nummer." Sie schnalzte mit der Zunge. „Die stehen voll auf seine Filme, finanzieren die mit, darum ist er dort einer der erfolgreichsten Regisseure, und auch das Budget kann sich sehen lassen. Na, kein Wunder, dass er in Österreich so auf Händen getragen wird, der muss ja jede Menge Kohle bringen."

„Und privat?"

Lena hob die Schultern. „Ich hab nix gefunden. Keine Skandale, kein Streit. Aber das muss nix heißen. Über Woody Allen hat man auch jahrelang nix gefunden. Auf jeden Fall soll es super sein, mit ihm zu arbeiten, darum wollen das auch alle."

„Mit wem jetzt, mit Steiner oder Woody Allen?"

„Wahrscheinlich mit beiden, aber ich red vom Steiner. Und er hat echt viele spätere Stars entdeckt, als sie erst ganz am Anfang standen. Den Thiel und die Ferry zum Beispiel, mit denen dreht er auch gerade wieder." Lena stieß ein tiefes Seufzen aus.

„Stimmt, was ist das noch mal genau?", fragte Toni.

Lena tippte erneut, und ein Zeitungsartikel erschien. „Hier. Das Foto ist von der Kostümprobe mit den beiden. Ich hätte da fabelhaft reingepasst."

„Das kommt alles. Dir steht noch Großes bevor", sagte Toni und meinte es auch so. Lena grinste und nahm einen Schluck Rotwein.

Auf dem Foto war Steiner vor einer vollbeladenen Kleiderstange neben einem großen Mann mit schiefer Nase in Nazi-Uniform und der hinreißend schönen Anna Ferry in einem schäbigen braunen Mantel zu sehen. Darunter wurde Steiner zitiert: *Ich geb es nicht gern zu, aber ich bin ein Arbeitstier. Das klappt aber nur dank meines Teams, das ich von Filmset zu Filmset schleppe. Wir sind quasi beruflich miteinander verheiratet.*

Toni scrollte runter zu einem weiteren Foto: Steiner in seinem gewohnten Outfit auf dem roten Teppich, daneben eine Frau mit strahlendem Lächeln in einem hautengen mitternachtsblauen Abendkleid mit sehr hohem Beinschlitz auf schwindelerregenden High Heels. Lena stieß einen anerkennenden Pfiff aus.

„Wow, wer ist denn der scharfe Zahn?"

Die Frau auf dem Foto war zwar noch aufgebrezelter, aber zweifellos dieselbe Person, der Toni vor ein paar Stunden bei Edgar Brehm über den Weg gelaufen war.

„Das ist Sybille Steiner", sagte sie.

„Echt? Na bumm. Die hat doch mal ganz anders ausgesehen."

Lena tippte ihren Namen in die Bildersuche. In bunten Sakkos über tief ausgeschnittenen Shirts und Skinny Jeans tauchte Steiners Ehefrau auf unzähligen Fotos von Charity-Events für Frauen und Kinder und bei Nobelboutique-Eröffnungen auf. Außerdem in bonbonfarbenen und kurzen Cocktailkleidern bei diversen Spendengalas, stets ein Champagnerglas in der Hand. Sie war immer sexy gekleidet, aber gerade nur so sehr, um nie geschmacklos zu wirken.

„Ein bisschen wie auf dem Präsentierteller", sagte Lena.

Es war eindeutig: Sybille Steiner hatte einen fixen Platz in der Wiener High Society.

„Da. Klick den Link zum Video mal an", bat Toni.

Sybille Steiner erzählte einer begeisterten Moderatorin, wie sie vor fünfzehn Jahren ihren Mann bei einem Filmdreh kennengelernt hatte. Damals war sie Musikstudentin, verdiente sich was dazu und sollte in einer Szene als Statistin so tun, als würde sie Geige spielen. Zwischen den beiden sei es „Liebe auf den ersten Blick" gewesen. Auf die Frage, ob sie das Studium abgeschlossen hatte, lachte Steiner und sagte, wie recht bald nach diesem „ersten Blick" ihre Tochter unterwegs gewesen war. Es wurde ein Foto von damals eingeblendet: Sybille Steiner mit braunen Haaren, einer deutlich breiteren Nase, kleiner wirkenden Augen, schmaleren Lippen, sicher fünfzehn Kilo mehr und nicht mal der Hälfte der Oberweite.

Hätte Toni nicht gewusst, dass es sich um dieselbe Person handelte, hätte sie die frühere Sybille Steiner mit der Frau heute in Brehms Büro keine Sekunde in Verbindung gebracht.

„Ha, wusste ich es doch!", sagte Lena und schnalzte mit der Zunge.

Der Frage nach ihrer optischen Veränderung wich Sybille Steiner mit Plattitüden über Sport und gesunde Ernährung aus, woraufhin Lena und Toni gleichzeitig ein „Ja, klar" entfuhr.

Dann erzählte Sybille Steiner auch schon über die dreizehnjährige Tochter Zoe, die „der Mittelpunkt" ihres Lebens sei, allerdings nie auf öffentlichen Fotos auftauchte, um „ihr ein unbeschwertes Aufwachsen" zu ermöglichen. Eine Bilderbuchfamilie, wie jeder sie sich wünschte. Und als Bonus noch die Villa mit Blick über Wien. Das sah alles nach Erfolg, Liebe, Glück und Harmonie aus. Wäre nicht vor ein paar Tagen ein Toter in ihrem Pool getrieben.

„Und, gehst du morgen zu diesem Brehm?", fragte Lena.

Sie klang halb besorgt, halb belustigt, aber vielleicht bildete sich Toni das auch nur ein.

„Ich muss. Obwohl ich fast den Eindruck hab, du wärst besser geeignet für den Job."

Lena legte theatralisch eine Hand auf ihr Herz.

„Das wäre die perfekte Schauspielübung. Die Schmitz wäre begeistert. Method acting in real live."

„Apropos Schmitz." Toni war froh, einen Anknüpfungspunkt gefunden zu haben, denn es lag ihr schon die ganze Zeit auf der Zunge. „Warum hast du heute wirklich geweint? Und bitte, du musst mich nicht schonen, wegen der ganzen Sache, echt nicht."

„Ich hab doch gesagt, alles ist in Ordnung."

Lena nahm Tonis Gesicht in beide Hände, und ihr Lächeln war für Toni ein bisschen zu übertrieben unbekümmert.

„Meine süße Sorgenqueen, jetzt kümmere dich bitte mal um dich, damit Felixarschsupertrottel gefunden wird. Also, du gehst morgen zu dem Privatdetektiv, und ich lass mir eine Geschichte bei der Schmitz einfallen, warum du nicht zum Unterricht kommen kannst."

„Aber –"

„Nix aber." Lena ließ Tonis Gesicht los und rutschte tiefer in die Couch. „Die Schmitz soll doch sowieso nach diesem Jahr in Pension geschickt werden, da soll sie sich mal nicht so aufpudeln."

Lena und Toni hatten sich erst in der Schauspielschule kennengelernt, waren aber innerhalb dieser kurzen Zeit so vertraut geworden. Toni hatte das Gefühl, Lena schon ewig zu kennen, und war gerade jetzt mehr als dankbar für ihre uneingeschränkte Zuneigung.

Tonis Handy klingelte – es war ihre Großmutter. Sie telefonierten zweimal die Woche.

Nachdem Toni sie früher meistens bei einem Rendezvous, einer Gymnastikstunde oder einer anderen Aktivität gestört hatte, waren sie dazu übergangen, dass ihre Oma sich bei ihr meldete.

„Hallo, Oma", sagte Toni bemüht fröhlich. „Wie geht's dir?"

Lena leerte ihr Glas, deutete auf ihre nicht vorhandene Armbanduhr und Richtung Tür. Während Toni sie hinausbrachte, hörte sie sich den neuesten Tratsch aus der Seniorenresidenz an. Es war erstaunlich, wie viele Liebschaften und Eifersüchteleien es jenseits der achtzig Jahre noch immer gab. Lena und sie umarmten sich zum Abschied, und während des Gesprächs leerte Toni die Rotweinflasche alleine und sah aus dem Fenster auf die nächtliche Straße.

Gerade erzählte ihre Großmutter von einem neuen Verehrer, der sich zwar gerne wie ein Schiffskapitän kleidete, aber gar nie zur See gefahren war. Er war Inhaber eines Kaffeehauses im vierten Bezirk. „Er ist ein Neuzugang, und ich sage dir: mehr als begehrt hier."

Ihre Oma sprach weiter, aber Toni hörte nicht mehr zu. Auf der Straße unten – was war das? Hatte da jemand zu ihr heraufgesehen und sich hinter eines der parkenden Autos geduckt? Sie vergaß das Glas in ihrer Hand und klirrte damit ans Fenster, um besser sehen zu können. Der Rotwein schwappte auf den Holzboden.

„Toni, was war das? Alles in Ordnung bei dir?"

„Ich ... ja ... ich hab nur was vom Wein verschüttet."

Sie beendeten das Gespräch. Toni ging äußerlich ruhig zum Lichtschalter, während ihr Herz raste. Sie schaltete das Licht aus und rutschte auf den Knien zurück zum Fenster.

Was sollte sie machen, wenn sie sich das nicht einbildete? Wenn sie wirklich jemand verfolgte? Wenn Felix sie gar nicht bestohlen hatte, sondern erpresst worden, in Gefahr war? Und nur deshalb das Geld genommen hatte?

Sie kam neben dem Fenster hoch, gerade weit genug, um auf die Straße zu sehen. Da waren nur parkende Autos im Lichtschein, ein junges Pärchen flanierte Arm in Arm, ab und zu fuhr ein Wagen durch die schmale Gasse. Keine dunkle Gestalt.

Sie nahm einen tiefen Atemzug. Jetzt nur nicht durchdrehen. Der Stress, der Wein und keine Hilfe, außer die eines Detektivs in Nöten.

Aber sie würde das alles wieder in den Griff bekommen. Wie Lena gesagt hatte. Sie musste es einfach.

Langsam zog sie die Vorhänge zu, wartete und spähte dann erneut durch den Spalt dazwischen. Es war niemand zu sehen, keiner, der sie beobachtete.

Ihr Körper fühlte sich so schwer an, als sie sich ins Bett legte und auf ihrem Laptop „Hallo Dienstmann" mit Hans Moser und Paul Hörbiger startete. Ihre Großmutter war beim Dreh für die Kostüme zuständig gewesen. Als Kind hatte Toni den Film sicher hundertmal angeschaut, vor allem wenn sie nicht schlafen konnte.

Das war nur einer der Unterschiede zu der Zeit, bevor ihre Großmutter sie bei sich aufgenommen hatte. Denn vorher war da niemand für sie da gewesen, wenn sie sich vor dem Einschlafen in der Dunkelheit gefürchtet hatte. Weil ihre Mutter sie alleine gelassen hatte, um auf einen ihrer Streifzüge durch die Nachtlokale zu gehen.

Toni fehlten diese wunderbaren Filmabende mit ihrer Oma mehr denn je. Manchmal hatte Oma in ihrem Fundus gekramt, sie hatten sich Kostüme angezogen und Filmszenen nachgespielt. Am liebsten hatte Toni die Szene gemocht, in der sie als Dienstmänner verkleidet so taten, als würden sie diesen schweren Koffer schleppen, wie im Film. Irgendwann waren sie über sich selbst in solches Gelächter ausgebrochen, dass ihnen die Tränen kamen. Als Kind war ihr gar nicht klar gewesen, dass ihre Oma eine ganz besondere war. Seit Felix fort war, half Toni der Film beim Einschlafen. Vielleicht war es auch mehr die Erinnerung an die schönen Stunden mit ihrer Großmutter.

Sie musste eingeschlafen sein, der Ton einer eingetroffenen SMS weckte sie. Im Dunkeln tastete sie nach ihrem Handy. Es war nach drei Uhr, das konnte nur irgendwer aus ihrer Schauspielklasse sein. Für die schien es keine Tages- und Nachtzeiten zu geben.

Ganz schlaftrunken begriff sie die Nachricht eines anonymen Absenders aus dem Netz nicht sofort:

SEI VORSICHTIG – DAS IST KEIN SCHERZ

6

Obwohl es bereits acht Uhr in der Früh war und der Wecker schon vor einer halben Stunde geklingelt hatte, lag Edgar noch immer in dem Doppelbett und starrte auf die Zimmerdecke. Sein Versuch, die Sicherheitsfirma für die vermasselten Observationen an den Schadensersatzzahlungen haftbar zu machen, war also geplatzt. Mehr noch: Fast hätte ihn die Sicherheitsfirma dafür auch noch verklagt. Deshalb hatte er seine Forderungen zurückgezogen, denn der einzige Ausweg wäre wiederum eine Gegenklage von ihm gewesen, die er sich nicht leisten konnte. Das wusste auch dieser kleine schmierige Anwalt. Er sah sein Grinsen noch vor sich, voller Genugtuung war es gewesen.

Sonnenlicht fiel durch den dünnen beigefarbenen Seidenvorhang. Mühsam wälzte Edgar sich zur Seite und nahm sein Handy vom Nachttisch. Chanel hatte sich noch nicht gemeldet.

„Frau Steiner, hier ist Edgar Brehm", hatte er gestern, gleich nachdem Toni gegangen war, ins Handy gesäuselt. „Verzeihen Sie bitte meine Unpässlichkeit vorhin. Das hatte nur mit dieser Diät zu tun, die ich hiermit beendet habe." Er senkte seine Stimme. „Fünfhundert Kalorien sind einfach zu wenig. Aber man weiß es erst, wenn man es probiert, nicht wahr?" Er untermalte es mit einem gekünstelten Kichern, während er hoffte, keinen Schwachsinn zu erzählen.

„Verstehe, aha", hatte Sybille Steiner beiläufig geantwortet. Im Hintergrund waren Stimmen zu hören. Ein Mann. Ein Mädchen. Sie schienen über irgendwas zu debattieren.

„Natürlich übernehme ich gerne Ihren Fall. Unter den besprochenen Konditionen."

„Das ziehe ich nicht an", hörte er das Mädchen. Es klang, als würde sie weinen. „Dann kommst du auch nicht mit, Zoe!", sagte der Mann.

„Sind Sie sicher, dass Sie mich für eine Behandlung einschieben können?", fragte Sybille Steiner.

„Meinen Sie mich?" Edgar war verwirrt und begriff erst zu spät, dass sie natürlich vorgeben musste, mit jemand anderem als ihm zu sprechen. „Ach so, ja, selbstverständlich", schob er rasch nach.

„Ich denke darüber nach und rufe Sie morgen an, ob ich den Termin wahrnehme."

Dann hatte sie aufgelegt. Was sollte er machen, wenn sie es nicht tat? Im Moment war das der einzige lukrative Auftrag, der ihn aus den roten Zahlen – und was da noch so lauerte – rausholen konnte.

Edgar hatte nicht nur keine Einkünfte mehr. Die Kunde von seinen missglückten Aufträgen hatte sich rasend schnell verbreitet. Auf Google türmten sich die schlechten Bewertungen der letzten paar Monate. Und wenn Sybille Steiner in der Zwischenzeit recherchiert und alles gelesen hatte? Vielleicht hatte sie sich bereits anderweitig Hilfe geholt? Aber von diesem Fall hing die Zukunft seiner Detektei ab!

Natürlich war Edgars Einfall mit der jungen Frau eine verrückte Idee. Aber sie brauchte ihn. Das war mit Sicherheit mehr Motivation als die paar Euro Stundenlohn, die er normalerweise anzubieten hatte. Dank Steiners großzügigem Honorar könnte er zwar jemanden engagieren, der diese Aufgabe erledigte, doch das müsste ein zuverlässiger und ausgebildeter Kollege sein. Die Kosten für so jemanden waren enorm. Und er benötigte jeden Cent, wenn er die Detektei vor dem Ruin bewahren wollte.

Wie schwierig konnte es dieser Toni Lorenz schon fallen, Alexander Steiner zu beobachten und Fotos zu machen? Vielleicht könnte man sie sogar mit einer falschen Identität in Steiners Umfeld einschleusen. Schließlich war sie Schauspielstudentin. Wahrscheinlich war es ein Klischee, wie Edgar sich jemanden vorstellte, der diesen Berufswunsch hatte. Aber diese Toni entsprach seiner Vorstellung nicht annähernd – sie wirkte weder laut noch extrovertiert. Andererseits kannte Edgar sich in dem Metier ehrlicherweise nicht aus. Solche Fälle hatte immer Kurt übernommen.

Aber wieso sollte Toni Lorenz das denn nicht schaffen?

All diese Gedanken klangen wie Rechtfertigungen. So wie früher, wenn Kurt und er nicht einer Meinung waren. Edgar war klar, was Kurt dazu sagen würde. Nämlich, ob er noch bei Trost wäre. Dass dieses Vorgehen jeglichen Prinzipien ihres Berufs zuwiderlaufe. Und dass er Lorenz sofort absagen sollte. Edgar seufzte tief und schwer aus seiner schmerzenden Brust. Er konnte Kurt förmlich vor sich sehen, wie er auf ihn einredete, mit diesem Hauch von Vorwurf in seiner Stimme. Wie oft ihn das früher genervt hatte – und wie sehr es ihm nun fehlte.

Kurt hätte recht damit. Natürlich war das eine schwachsinnige Idee. Dass Edgar so etwas überhaupt in den Sinn gekommen war. Manchmal beschlich ihn das Gefühl, er wäre nicht mehr er selbst.

Dass er keinen Geschäftspartner mehr hatte, war noch immer völlig ungewohnt, obwohl Edgar ein Jahr lang Zeit gehabt hatte, damit vertraut zu werden. Sie hätten darüber geredet, dass Sybille Steiner ihren Mann natürlich zu Recht der Untreue verdächtigte. In ihrer ganzen gemeinsamen Laufbahn war es nur in zwei Fällen vorgekommen, dass sich ein solch drängender Verdacht als unbegründet herausgestellt hatte. Ob der Tagebucheintrag tatsächlich echt war, das war eine andere Sache. Irgendwas daran ließ ihn nicht los. Aber er kam nicht darauf. Als läge die Erkenntnis hinter einer dichten Nebelwand, die sich kurz gelichtet hatte, durch die er aber jetzt nicht mehr hindurchsehen konnte.

Edgar drehte sich wieder um. Eigentlich müsste er jetzt aufstehen, aber er war so unglaublich müde. Nur noch einen kurzen Moment die Augen schließen ... – Ein Klopfen an der Wohnungstür riss ihn aus dem Schlaf. Ein Paketbote? Wahrscheinlich wollte der wieder mal etwas für einen Nachbarn hinterlegen. Edgar blieb liegen, doch es klopfte erneut. Und dann läutete sein Handy. Ohne Brille konnte er nicht erkennen, wer anrief. Beim Versuch, den Anruf anzunehmen, fiel ihm das Handy aus der Hand und landete auf dem Parkettboden. Mühsam schälte er sich aus dem Bett und hob es auf. Jeder Muskel tat ihm weh, als wäre er gestern einen Marathon gelaufen.

„Hallo?", sagte er noch ins Handy, doch er hatte versehentlich aufgelegt.

Wer war das überhaupt gewesen? Und wo war verdammt noch mal seine Brille? Wieder ein Klopfen. Edgar steckte das Handy in die Bademanteltasche und hörte im nächsten Moment eine Frauenstimme: „Hier ist die Polizei. Ich weiß, dass Sie da sind. Öffnen Sie."

Schwungvoll riss er die Tür auf.

„Guten Morgen. Uns wurde lautes Schnarchen aus dieser Wohnung gemeldet."

Fernanda grinste ihn an und tippte an ihre Polizeikappe. Er war so überrascht, dass er im ersten Moment gar nicht reagierte.

„Hab ich dich geweckt, Edgar?" Aus dem Funkgerät an ihrem Gürtel rauschte eine Durchsage, sie stellte es leiser.

Fernanda hatte vor mehr als zwanzig Jahren bei der Polizei angefangen. Sie waren damals schon befreundet gewesen. Seit ihr Mann sie vor fünf Jahren verlassen hatte, nach Kanada ausgewandert war und die beiden Kinder auch lieber dort leben wollten, war ihre Beziehung enger geworden. Doch dann war diese Sache passiert, über die Edgar nicht sprechen wollte. Genauso wenig darüber, dass seine Detektei ins Strudeln geraten war. Er war so mit der Arbeit beschäftigt, es hatte gerade noch für ein paar Telefonate hie und da gereicht. Das letzte Mal hatten die beiden sich vor Monaten gesehen.

Edgar brauchte einen Moment, bis ihm wieder einfiel, dass er Fernanda gestern angerufen und gebeten hatte, den Namen Felix Meier unter einem Vorwand durch das System zu jagen.

„Komm rein. Willst du einen Kaffee?"

„Gern. Na servus, du hast auch schon mal besser ausgesehen."

Ohne darauf zu reagieren, ging Edgar in die Küche, um Kaffee zu machen. Dort fand er auch endlich seine Brille.

„Was ist denn los? Wilde Nacht gehabt?", fragte Fernanda.

Sie sah sich um, als wäre sie auf der Suche nach Indizien. Sie war die Einzige bei der Polizei, mit der Edgar noch Kontakt hatte. Keine Ahnung, ob die anderen davon wussten, aber er konnte es sich nicht vorstellen. Nicht nach dem, was damals geschehen war. Er hatte Fernanda nie gefragt, ob sie darüber sprach oder wie sie es schaffte, ihm ab und zu Informationen zu besorgen. Für einen Detektiv war ein solcher Kontakt Gold wert. Und er mochte sie.

„Wahnsinnig wild."

Edgar suchte nach einer sauberen Tasse.

„Die Horde junger Männer hat fünf Minuten vor dir die Wohnung verlassen."

Sie rümpfte die Nase.

„Das nächste Mal sag ihnen, sie sollen auch gleich die Küche aufräumen. Setz dich hin, ich mach das."

Normalerweise hätte Edgar protestiert, aber jetzt nahm er wirklich am Küchentisch Platz und sah dabei zu, wie Fernanda zwei Tassen auswusch, frisches Wasser in den Behälter füllte und den Kaffee herunterließ. Sie stellte ihm die Tasse auf den Tisch und lehnte sich an die Küchenzeile.

„Bist du krank?"

Edgar kratzte sich am Kinn, schüttelte den Kopf. Sie sagte eine Weile nichts, wahrscheinlich glaubte sie ihm nicht.

„Nur schlecht geschlafen", schob er nach, damit sie nicht weiterfragte.

Aus ihrem Funkgerät waren Stimmen zu hören, zu leise, um sie zu verstehen.

„Ich hab was über deinen Felix Meier rausgefunden."

„Bist du deshalb gekommen?"

„Du hast gestern nicht besonders gut geklungen am Telefon. Ich hab mir gedacht, ich seh mal nach dir. Ist wirklich alles in Ordnung?"

Als wäre das ein Stichwort, begann Edgars Herz zu rumpeln. Sein Nicken war wahrscheinlich etwas zu eifrig, doch zum Glück wurde Fernanda in dem Moment angefunkt. Sie wimmelte ihre Kollegen ab.

„Okay, also dieser Felix Meier. Das Geburtsdatum, das du mir genannt hast, ist falsch. Ich hab ihn mithilfe des Fotos gefunden. Vor etwas mehr als einem halben Jahr war er in eine Schlägerei verwickelt. Am Vormittag vor einer der Geisterbahnen im Prater. Angeblich ist ein privater Streit eskaliert." Sie reichte ihm einen Notizzettel. „Zwei Handynummern, eine von Felix Meier, das ist aber abgemeldet. Die andere von einem Milos Kubra. Meier ist in der Wohnung einer Antonia Lorenz im achten Bezirk gemeldet."

„Danke."

Er nahm einen Schluck Kaffee und war überrascht, wie sie dieses köstliche Getränk aus der alten Maschine gezaubert hatte.

„Eine Prise Zimt", verriet sie, ohne dass er gefragt hatte.

„Ich habe Zimt?"

Sie griff in die Brusttasche ihrer Uniform und nahm eine kleine Glasviole heraus.

„Du nicht, aber ich. Hab ich immer mit. Ist gut für den Blutzuckerspiegel."

Sie lächelte ihn an, und erst jetzt merkte er, wie sehr es ihm fehlte, mit jemandem über so ganz normale Dinge zu sprechen. Kurt war nicht nur sein Geschäftspartner gewesen, sondern auch sein bester Freund.

„Wie geht es den Kindern?", fragte Edgar und nahm einen weiteren Schluck.

Fernanda hob die Schultern, wandte den Blick Richtung Fenster.

„Es gibt jetzt eine Stiefmutter. Ganz reizend, eine Sportlehrerin, noch keine dreißig." Sie verzog das Gesicht, als hätte sie einen unangenehmen Geschmack im Mund. „Natürlich freue ich mich für die Kinder. Sie mögen sie, das ist gut."

„Kommen Sie dich wieder besuchen?"

„Ja, aber erst in den Sommerferien. Wir skypen jedes Wochenende."

Am liebsten wäre Edgar aufgestanden, um Fernanda zu umarmen. Aber es kam ihm zu dramatisch vor, und außerdem war er viel zu müde.

„Triffst du dich mit jemandem?", fragte er.

Sie lächelte gezwungen.

„Ich hab Onlinedating versucht. Da gibt es entweder die Psychos, die sagen so Sachen wie, ich soll zum ersten Treffen meine Waffe mitnehmen und ob ich sie mal verhafte, nur aus Spaß." Sie rollte mit den Augen. „Der Rest bricht den Kontakt sofort ab, wenn sie erfahren, was ich mache. Ich glaube, eine arbeitslose Mutter mit fünf Kindern hat mehr Chancen als eine Polizistin. Aber verschweigen, das ist nicht meins. Und du? Siehst du jemanden?"

Erneut kamen Stimmen aus dem Funkgerät. Edgar war sich nicht sicher, aber hatte er da gerade den Namen „Steiner" gehört?

„Heute ist ja ganz schön was los", wich er aus.

„Das kannst du laut sagen. Und wenn erst die Presse davon Wind bekommt – halleluja!"

Edgar stand auf, nahm die Packung Mannerschnitten aus dem Regal und legte ihr ein paar davon auf einen Teller.

„Was ist denn passiert?"

Fernanda lachte auf.

„Sehr subtiles Ablenkungsmanöver, Edgar. Du warst auch schon mal raffinierter."

Sie nahm trotzdem eine Mannerschnitte, spuckte sie aber gleich wieder aus.

„Wie alt sind die?"

Er schaute auf das Ablaufdatum. Die Schnitten waren tatsächlich bereits seit Jahren abgelaufen.

„Entschuldige, ich war länger nicht einkaufen."

„Wie lang? Fünf Jahre?"

„Kommt so ungefähr hin."

Sie grinsten einander an, und Edgar deutete fragend auf ihr Funkgerät.

„Also gut, das muss aber unter uns bleiben", sagte sie und legte eine Hand darauf. „Bei dieser Schickimicki-Party in der Villa im Achtzehnten, der Kellner, der angeblich ertrunken ist?"

„Angeblich?"

„Irgendeines von den Genies aus der Forensik hat sich vor ein paar Minuten gemeldet, die waren die ganze Nacht dran ... Typisch Promifall." Sie rollte mit den Augen. „Aber bitte schön, jetzt wissen wir es wenigstens. Es war kein Unfall."

Sofort war Edgar hellwach. „Sondern?"

„Dieses Ding, das ihm auf den Schädel geknallt ist – da wurde nachgeholfen."

„Was?"

Fernanda nickte nur bedeutungsvoll, formte mit den Lippen stumm Worte, die Edgar nicht verstand. Er schüttelte ratlos den Kopf.

„Sie gehen von einer Tötungsabsicht aus", sagte sie sehr leise und hielt eine Hand über ihr Funkgerät.

„Wieso, was ist passiert?"

Statt einer Antwort verschloss sie ihren Mund mit einem imaginären Schlüssel.

„Weiß man schon, wer der Tote ist?"

Fernanda nickte, sah auf die Uhr.

„Ich muss los. Pass auf dich auf. Und lass deine zehn Jungs von mir grüßen. Vielleicht schaut ja einer mal bei mir vorbei."

Sie küsste ihn auf die Wange und murmelte: „Du stichst."

Edgar dachte schon, sie würde gehen, da drehte sie sich noch einmal um: „Hast du ihn wieder mal angerufen?"

Es war eindeutig, dass sie Kurt meinte, trotzdem traf ihn die Frage völlig unvorbereitet. Sie schien es ihm anzusehen, denn sie schenkte ihm ein Lächeln und verließ die Küche, ohne auf eine Antwort zu warten.

Edgar horchte, bis die Tür ins Schloss fiel, erst dann fischte er sein Handy aus der Tasche des Bademantels. Es war Sybille Steiner gewesen, die ihn mit ihrem Anruf vorhin im Halbschlaf überrumpelt hatte. Er rief sie zurück.

„Ja?", antwortete sie verärgert.

Doch das änderte sich sofort, als Edgar sie fragte, ob sie schon von den neuesten Ermittlungserkenntnissen wusste. Sie stieß ein leises Keuchen aus, als er ihr davon erzählte.

„Nein. Oh Gott. Wieso hat sich niemand von der Polizei gemeldet?"

„Die Information ist eben erst raus. Das muss jetzt den offiziellen Weg gehen." Er sah auf die Uhr. Ein Glück, dass es noch so früh war. „Ich schätze, Sie werden in den nächsten ein, zwei Stunden verständigt. Spätestens."

„Weiß die Presse schon davon?"

Ihre Stimme war um zwei Oktaven höher gerutscht.

„Keine Ahnung. Wir sollten uns sofort treffen."

„Natürlich. Ich komme in Ihr Büro."

„Gut. Und bringen Sie das Tagebuch mit."

Ohne sich zu verabschieden, legte er auf. Spezielle Situationen erforderten spezielle Maßnahmen. Mit ein paar tiefen Atemzügen versuchte er, sein rumpelndes Herz zur Ruhe zu bringen. Es gelang nicht. Nun musste er dringend Toni Lorenz erreichen.

7

Toni stand hinter zwei staubigen Aktentürmen in dem schmalen Gang vor Brehms Büro und bemühte sich aus Leibeskräften, ein Niesen zu unterdrücken. Dank der noch immer fehlenden Scheibe in der Oberlichte konnte sie die Stimme des Detektivs hören, Sybille Steiner war dagegen schwer zu verstehen. Toni hatte gerade noch mitbekommen, wie sie sich überschwänglich bei Brehm bedankte. Wofür war Sybille Steiner ihm so dankbar?

Als Brehm sie vor knapp einer Stunde angerufen hatte, klang er so atemlos, dass sie dachte, er hätte schon wieder Herzprobleme. „Ich brauche Sie", hatte er gesagt. „Ein Notfall. Nehmen Sie ein Taxi. Sofort. Ich zahle." Toni hatte sich darauf eingestellt, ihn ins Krankenhaus begleiten oder einen Arzt rufen zu müssen. Doch als das Taxi in die Straße der Detektei bog, lief da ein sehr munterer Brehm vor dem Haustor ungeduldig auf und ab. Kaum hatte der Wagen gehalten, riss er die Beifahrertür auf, drückte dem Fahrer das Geld in die Hand und bellte Toni an: „Beeilen Sie sich!" Sie gingen hinauf zu seinem Büro, er sagte noch, dass er sie sofort losschicken musste. Doch weiter kam er nicht. Das Geklapper von Absätzen, die die Treppe hochkamen, war zu hören. Brehm schob Toni ohne Erklärung einfach ans Ende des Ganges zu den aufeinandergestapelten Aktentürmen. Dahinter war noch etwas Platz zwischen Wand und Stapel, in den sie sich quetschte. „Warten Sie hier. Und kein Mucks!", hatte er gesagt und war im nächsten Augenblick herumgewirbelt, um Sybille Steiner zu begrüßen.

Jetzt stand Toni mit juckender Nase und tränenden Augen hinter einem Papierturm, verstand kaum etwas von dem, was im Büro gesprochen wurde, und hielt es keine Sekunde länger aus. Auf Zehenspitzen schlich sie aus ihrem Versteck Richtung Tür.

„Ich sehe ihn die ganze Zeit", verstand sie nun Sybille Steiner. „Wie er da vor mir ... tot ... ich dachte nicht ... ich dachte nie ... an Mord ... oh Gott ... und ich ..."

Mord? Toni erstarrte. Darum also Brehms Dringlichkeit. Aber wer war ermordet worden? Steiner?

Toni versuchte, sich zu konzentrieren, doch ihr hämmernder Herzschlag in den Ohren verschluckte jedes Wort. Sie musste sich entspannen. Eine Übung aus dem Körpertraining fiel ihr ein: Sie nahm ein paar lange Atemzüge und konzentrierte sich dabei auf das Gefühl in ihren Fußsohlen. Ganz automatisch wurde ihr Puls ruhiger.

„Frau Steiner, es tut mir aufrichtig leid", hörte sie Brehm nun sagen.

Seine Stimme war ganz anders als vorhin – ruhig und tief. Angenehm. Als würde man mit ihm nach Mitternacht in irgendeiner Bar sitzen und über Gott und die Welt philosophieren.

„Es scheint Sie sehr mitzunehmen."

Es scheint – Brehm hatte „scheint" gesagt. Wäre der Ehemann umgebracht worden, dann hätte er garantiert nicht „scheint" gesagt.

„Unser Pool. In unserem Zuhause. Ich verstehe das alles nicht, wie ich so ..."

Sybille Steiner sprach nicht weiter. Ging es um den Ertrunkenen? War es kein Unfall? Wie sie so – was?

Brehm schien dasselbe zu denken, denn er fragte einfühlsam: „Wie Sie so ...?"

„Wie ich so blind sein konnte." Sybille Steiner wurde lauter. „Wie ich so verdammt blind sein konnte."

„Das klingt, als hätten Sie einen Verdacht."

Toni hatte keine Ahnung, wie Brehm das anstellte, aber er hörte sich an wie ein Pfarrer, dem man sofort alles beichten wollte.

Doch Sybille Steiner antwortete nicht. Toni hielt den Atem an. War das ein leises Schluchzen?

Ja, eindeutig: Sybille Steiner weinte.

„Ich weiß, diese Situation ist erschreckend, und die Entwicklung war völlig unvorhersehbar", raunte Brehm. „Und ich kann Ihnen garantieren, Frau Steiner, ich werde alles in meiner Macht Stehende tun, um Ihnen zu helfen."

„Danke", schluchzte sie.

Toni war so konzentriert auf das, was gesagt wurde, dass sie die Schritte im Büro zu spät registrierte. Sie wich von der Tür zurück. Irgendwas tauchte bei ihren Füßen auf. Im letzten Moment stoppte sie – der Kater hatte sich unbemerkt herangeschlichen. Mit einem großen Schritt über das Tier rettete sich Toni zurück hinter die beiden Aktentürme und ging in die Hocke. Der Kater folgte ihr, sah sie erstaunt an und rührte sich keinen Zentimeter. Sie versuchte ihn wegzuscheuchen. Anstatt abzuhauen fing der Kater an, sich an den Akten die Krallen zu schärfen. Der Turm begann bedrohlich zu schwanken.

„Wie kann ich Ihnen helfen? Was brauchen Sie von mir?", hörte sie Brehm durch die Tür.

Niemand kam aus dem Büro.

Vorsichtig trat Toni wieder aus ihrem Versteck und schob den Kater sanft fort. Es funktionierte, doch er dachte gar nicht daran zu verschwinden, sondern tappte zur Bürotür und blickte Toni an, als würde er Gefallen an der ganzen Szene finden.

Sie wedelte mit beiden Händen, der Kater hingegen schmiegte seinen Kopf an die Tür. „Weg!", formte sie mit den Lippen. Der Kater sah sie prüfend an.

Gerade, als sie dachte, er würde endlich weggehen, fing er an, ganz sanft an der Tür zu kratzen. Toni versuchte, ihn wegzuschieben. Er grapschte mit seinen Pfoten nach ihren Händen und stieß ein leises Fauchen aus.

„Ich habe Angst", sagte Sybille Steiner im Büro.

„Wovor?", fragte Brehm.

„Vor ..."

Für einen Augenblick war Tonis Aufmerksamkeit vom Kater abgelenkt. Er nutzte die Gelegenheit, und sie spürte, wie seine Krallen tief in ihre Haut fuhren. Erbost und erschrocken sah sie ihn mit schmerzverzerrtem Gesicht an. Das war also der Dank, dass er was von ihren Chips bekommen hatte.

„Vor?", wiederholte Brehm.

Sybille Steiner antwortete nicht. Wen oder was meinte sie?

„Vor ... vor so etwas habe ich mich immer gefürchtet." Ihre Stimme zitterte.

Der Kater stupste Toni ans Bein, aber sie reagierte nicht mehr. Sollte er doch machen, was er wollte. Keine Beachtung mehr zu bekommen, schien ihn zu verärgern. Er flitzte zum Ende des Gangs, schlitterte auf der Suche nach Halt mit seinen Krallen über den Steinboden, krachte mit dem Hinterteil gegen einen der Aktentürme, wirbelte herum und flitzte wieder in die andere Richtung. Toni spannte ihren Oberkörper an, um bei Bedarf sofort wieder in ihr Versteck zu flüchten, doch die Tür blieb geschlossen.

„Vor so etwas?"

„Dieses Tagebuch lag zwei Wochen vor der Party in unserem Briefkasten", sagte Sybille Steiner, ihre Stimme klang genervt. „Alexander arbeitet viel, er ist ein sehr erfolgreicher Regisseur. Und er ist ganz sicher kein Harvey Weinstein. Aber ..."

„Aber?"

„Er hat Einfluss. Und er ist gut vernetzt ... in gewissen Kreisen."

„Wie meinen Sie das?"

Ein Stuhl wurde gerückt. Vorsichtshalber ging Toni einen Schritt Richtung Akten. Der Kater schlich jetzt zwischen ihren Beinen umher.

„Sie werden diese Frage jetzt nicht hören wollen, Frau Steiner", fuhr Brehm fort, als sie nicht antwortete. „Wahrscheinlich werde ich Sie damit sogar verärgern und wütend machen."

„Fragen Sie", sagte sie weinend.

Er ließ sich Zeit. Vielleicht wollte er, dass sie sich zuerst beruhigte.

„Halten Sie es für möglich, dass Ihr Mann schon länger erpresst wird? Dass er mit der Tat in Verbindung stehen könnte?"

Das war absurd. Toni kam sich vor wie in einem Film. Gleich würde jemand „Cut" und „Danke" rufen.

Alexander Steiner ein Mörder?

Antwortete Sybille Steiner so leise, dass sie es nicht hören konnte? Oder schwieg sie?

„Ich habe bis Freitagnachmittag Zeit, Herr Brehm", sagte Sybille Steiner. „Ich werde Ihr Honorar verdoppeln. Wenn Sie es schaffen, die Verfasserin dieses Tagebuchs innerhalb der nächsten drei Tage zu finden, und mir sagen können, ob das alles miteinander zu tun hat. Sollten Sie innerhalb der Zeit klären, was in dieser Nacht bei uns passiert ist, werde ich Ihr Honorar sogar verfünffachen. Ich kann es mir nicht leisten, erst irgendetwas aus der Presse zu erfahren – ich muss meine Tochter beschützen. Sie ist dreizehn, es würde sie zerstören, wenn ... Sie verstehen, was ich meine?"

„Heute ist Dienstag. Bis Freitag, das ist so gut wie unmög–"

„Bis Freitagnachmittag, Herr Brehm. Mehr Zeit bleibt mir nicht." Sybille Steiner klang flehend. „Dank Ihres Anrufs habe ich alle meine Kontakte spielen lassen, damit bis dahin nichts an die Presse gelangt. Ich will mir gar nicht ausmalen, was dann passiert! Sollte es eine Verbindung geben, werden sie sich auf Alexander stürzen. Also, Herr Brehm, sehen Sie sich dazu in der Lage?"

Brehm wurde ausgerechnet jetzt von einem Hustenanfall immer wieder unterbrochen: „Natürlich ... aber ... haben Sie irgendeine Vermutung ... ... und sei sie auch noch so weit hergeholt ... wer die Verfasserin sein könnte?" Brehms Stimme klang, als hätte er eine Ladung Sand geschluckt.

Sybille Steiner stieß einen ratlosen Seufzer aus. „Es kommen so viele dafür infrage, ich kann Ihnen Hunderte Namen nennen. Mein Mann kennt so gut wie jede Schauspielerin im deutschsprachigen Raum, er leitet seine Castings selbst. Er hat einen Assistenten, Paul Herz, der organisiert alles für ihn."

„Können Sie mir seine Nummer geben?"

„Nein. Paul ist ihm restlos ergeben. Und wenn Paul etwas von dem hier erfährt, dann erfährt es mein Mann und –"

„Ich verstehe", unterbrach Brehm sie. Seine Stimme wurde ein bisschen leiser. „Was ist mit einer Liste der Partygäste?"

„Ich habe sie mitgebracht. Auch die Nummer der Cateringfirma und des Geschäftsführers, Stefan Leitner. Ich versuche ihn seit dem Vorfall zu erreichen, aber er scheint untergetaucht zu sein."

Nach einer kurzen Pause fuhr Brehm fort: „Sie hatten mehr als fünfzig Gäste?"

„Mehr als hundert sogar." Der Stolz in ihrer Stimme war nicht zu überhören. „Die Begleitpersonen sind in der Liste nicht aufgeführt."

„Dann brauche ich –"

„Wer wirklich da war, kann ich Ihnen nicht sagen", fiel sie ihm ins Wort. „Aber ich habe die Namen aller Schauspielerinnen im Alter zwischen zwanzig und fünfzig markiert."

Brehm sagte etwas, das Toni nicht verstand. Sybille Steiner anscheinend auch nicht, denn sie fragte: „Wie bitte?"

„Ob es in Ihrem Haus Überwachungskameras gibt?"

Seine Stimme hatte jetzt einen beunruhigenden Unterton. Sie klang, als hätte er Schmerzen.

Vielleicht bildete Toni sich das auch nur ein, denn Sybille Steiner schien es gar nicht zu bemerken. „Es gibt nur eine Kamera bei der Garageneinfahrt, die zeigt, ob die Straße frei ist. Mein Mann ist, was das betrifft, sehr altmodisch. Er würde sich noch nicht mal eine Alexa ins Haus holen."

Toni war sich nicht sicher, ob Brehm wusste, was eine Alexa war, denn er ächzte nur wenig überzeugend: „Aha." Offenbar dachte er, Alexa wäre eine Mitarbeiterin, denn er fragte: „Kann ich mich sonst mit jemandem aus seinem Team in Verbindung setzen?"

„Nein, seit ihm ein paar Filmkonzepte vor der Nase vom Bitlinger weggeschnappt wurden, hält er sein Team so klein wie möglich."

„Wer ist Bitlinger?"

„Wolfgang Bitlinger, er ist auch Regisseur, hat eine eigene Produktionsfirma. Und er ist der größte Konkurrent meines Mannes. Was keiner von beiden jemals zugeben würde, natürlich nicht."

„War er auch auf Ihrer Party?"

„Natürlich. Wie jedes Jahr. Halte deine Freunde nah – und deine Feinde noch näher."

Brehm hustete wieder, es klang schauderhaft.

„Fotos wurden doch sicher gemacht?", fragte er.

„Eigentlich sollte eine Fotografin kommen, sie ist aber nicht aufgetaucht. Dafür war ein Fernsehteam für die ‚Seitenblicke' da. Vielleicht für eine halbe Stunde. Sie haben zu Beginn der Party ein paar Interviews gemacht."

„Ist Ihnen sonst etwas an diesem Abend aufgefallen? Ein Streit, ein Konflikt, irgendwas?"

„Sie meinen, jetzt, wo ich weiß, dass es ein Mord ... Nein. Es war ein schöner Abend. Alle haben sich amüsiert. Oder doch, ja. Der Barkeeper, der für die Cocktails zuständig war, war plötzlich weg. Wir mussten sie uns selbst mixen."

„Wann war das?"

„Sicher erst um Mitternacht, die meisten Gäste waren bereits ordentlich beschwipst."

„Und wissen Sie, warum?"

„Na ja, es gab jede Menge Alkohol und ... ach so, Sie meinen, warum der Barkeeper weg war? Nein, das war sehr überraschend. Wir haben dieses Cateringservice schon seit ein paar Jahren, so etwas ist noch nie vorgefallen. Ich wollte mich am nächsten Tag eigentlich beim Geschäftsführer beschweren."

„Ich verstehe. Wann sind die letzten Gäste gegangen? Wissen Sie das noch?"

„Ja, wir waren zu viert, Susi und Hans Timann, ein befreundetes Winzerehepaar aus der Steiermark, Paul Herz, der Assistent meines Mannes, und ich. Mein Mann hat sich eine Stunde vorher schlafen gelegt. Zu viert haben wir noch eine Flasche geköpft, während das Catering abgeräumt hat. Ich glaube, alle sind so gegen halb drei Uhr gegangen."

„Alle? Auch das Catering?"

„Sie waren fast fertig, hatten nur noch ein paar Gläser und Müllsäcke zum Mitnehmen, ich hab ihnen gesagt, sie sollen einfach die Tür hinter sich schließen. Darum war auch die Alarmanlage nicht an. Wir aktivieren sie sonst jede Nacht, aber das hätte ich erst machen können, wenn niemand mehr die Eingangstür benutzt. Und ich wollte ins Bett. Also bin ich in mein Zimmer."

„Ihr Zimmer?"

„Ja. Ich habe Durchschlafprobleme, und mein Mann leidet an einer nicht behandelbaren Schlafapnoe, darum schlafen wir getrennt."

Das war ein Detail, das man wohl in keinem Zeitungsbericht lesen konnte.

„Was ist Schlafapnoe?", fragte Brehm.

„Die Atemwege meines Mannes sind zu eng. Er schnarcht wie eine Kreissäge. Ich bin schon vor Jahren aus dem Schlafzimmer ausgezogen", erklärte sie ganz sachlich.

„Sie wissen also gar nicht, ob Ihr Mann wirklich in seinem Zimmer war, als Sie zu Bett gegangen sind?"

„Doch, ich bin bei ihm vorbei und habe ihn schnarchen gehört."

„Und dann?"

„Dann habe ich mich in mein Bett gelegt, aber ich konnte nicht einschlafen. Darum bin ich wieder aufgestanden."

„Wann war das?"

„Vor Sonnenaufgang, vielleicht halb fünf."

„Und haben Sie in der Zwischenzeit etwas von Ihrem Mann gehört?"

„Ich habe gar nichts gehört, ich verwende Sleepharmonics."

Davon hatte Toni schon gelesen, es herrschte ein regelrechter Hype um dieses wahnsinnig teure neue Konzept.

„Das sind Kopfhörer, die alle Außengeräusche filtern. Ein spezielles Audioprogramm unterstützt zusätzlich den Schlaf. Aber in dieser Nacht hat es nicht gewirkt, ich war noch zu aufgekratzt von der Party. Wenn der ganze Stress erst mal abfällt, dann kann ich nicht so leicht abschalten. Ich war froh, dass der Abend so gut gelaufen ist und sich alle wunderbar amüsiert haben. Unsere Partys haben Kultstatus, ich plane sie bereits zwei Monate im Voraus."

„Verstehe. Ich habe noch eine Frage", krächzte Brehm. „Wie haben Sie und Ihr Mann sich kennengelernt?"

Das überraschte Toni. Wieso wollte er das wissen?

Sybille Steiner wirkte ebenfalls etwas irritiert. Sie antwortete, was Toni gestern schon in dem Interview auf YouTube gesehen hatte. Nur ohne die betonte Begeisterung, die sie im Video an den Tag gelegt hatte.

„Vielen Dank", sagte Brehm, als sie fertig war. Er räusperte sich ein paar Mal.

„Ist das alles?", fragte Sybille Steiner. Sie klang ungeduldig.

„Ja, das ist alles. Ich mache mich sofort an die Arbeit."

„Danke. Und wegen ..."

Sie sagte noch etwas, aber es ging in Brehms Hustenanfall unter. Er bellte wie ein Seehund und wurde immer lauter. Bekam er überhaupt noch Luft?

Die Bürotür öffnete sich für Toni völlig unerwartet. Und sie stand genau davor.

8

Toni erstarrte mit hochgezogenen Schultern. Sybille Steiner befand sich keinen Meter von ihr entfernt in der Tür: In der einen Hand die Türklinke, in der anderen das Handy, auf das sie starrte. Es würde reichen, wenn sie kurz davon hochsah. Toni hielt den Atem an. Zu den Aktenbergen konnte sie jetzt nicht. Unter ihr kratzte es. Der Kater schärfte seine Krallen an ihren Jeans. Steiner würde nicht ewig auf ihr Handy schauen, jeden Augenblick würde sie Toni bemerken. Und was sollte sie dann sagen?

Brehm kam immer noch hustend hinter Steiner aus dem Büro. Tonis und seine Augen trafen sich.

„Frau Steiner!"

Mit seiner krächzenden Stimme hatte er ihren Namen so laut gerufen, sogar Toni war zusammengezuckt.

Sybille Steiner wirbelte erschrocken zu ihm herum. Toni nutzte den Moment und schlich zu den Aktentürmen. Der Kater lief ihr hinterher, als wäre sie seine Beute.

„Ich melde mich heute Abend bei Ihnen", sagte Brehm zu Sybille Steiner.

Ihrem „In Ordnung" folgte das erlösende Klackern ihrer High Heels über den Steinboden und die Treppe hinunter.

Als die Schritte verklungen waren, passierte eine halbe Minute nichts. Toni blinzelte hinter dem Aktenturm hervor. Brehm stand da. Er schien sichergehen zu wollen, dass Sybille Steiner nicht zurückkam. Dann drehte er sich um und bedeutete Toni mit einer Kopfbewegung, ihm ins Büro zu folgen.

„Was haben Sie da draußen gemacht? Lambada getanzt?", krächzte er und schloss verärgert die Tür hinter ihr.

„Wieso? Sind da draußen die Achtzigerjahre?", gab sie zurück und war selbst überrascht, wie schnippisch ihr das herausgerutscht war.

Sie und Brehm hatten einen Deal, auch wenn sie noch nicht wirklich wusste, was er von ihr wollte. Aber auch sie war auf seine Hilfe angewiesen, um Felix zu finden. Sofort bereute sie ihre Antwort.

„Entschuldigung."

Brehm sah sie erstaunt an, schnaufte und murmelte: „Nein, mir tut es leid. Ich weiß, Sie können nichts dafür."

Schwerfällig ließ er sich in seinen Bürostuhl fallen, schüttelte den Kopf – mehr zu sich selbst als zu ihr – und griff sich ans Herz. Sie begutachtete ihre blutigen Kratzer an den Händen, der Kater hatte sich ganz schön ausgetobt. Brehm hustete leicht. Wie zwei Versehrte, dachte Toni. Brehm war entsetzlich blass.

„Geht es Ihnen gut?", fragte sie.

Er schaute sie einen Moment zu lange an, sie konnte ihn förmlich denken sehen.

„Um ehrlich zu sein, wollte ich Sie noch vor ein paar Stunden anrufen und Ihnen sagen, dass ich diese Idee, Sie für mich arbeiten zu lassen, verworfen habe. Aber ..."

„Aber?"

Er kratzte sich am Kopf. „Aber die Lage hat sich geändert. Jetzt gibt es nicht nur ein Tagebuch, sondern auch einen Mord."

„Was ist das für ein Tagebuch?"

Brehm sah aus, als wäre ihm etwas eingefallen. Er nahm das orangefarbene Kuvert, das er vor sich am Schreibtisch liegen hatte, vorsichtig zwischen Daumen und Zeigefinger, als wäre es heiß, und schüttelte ein blaues Heft heraus. Mit spitzen Fingern hielt er es hoch.

„Können Sie mir suchen helfen, hier muss irgendwo ein Plastiksackerl rumliegen."

Toni fand eines, und Brehm beförderte das Kuvert bedächtig hinein, wie sie es nur aus Krimiserien kannte.

„Ist das ein Beweisstück?"

„Das weiß ich noch nicht. Aber es ist die einzige DNA-Spur, die wir haben."

„Wie bitte?"

„Diese Kuverts haben eine Gummierung, die muss feucht gemacht werden, um sie zuzukleben. Und mit etwas Glück befindet sich die DNA der Verfasserin darauf."

„Sie meinen, wenn sie das Kuvert abgeleckt hat, um es zuzukleben, finden Sie so ihre DNA raus?"

„Ein Labor, genau."

„Aber dann haben Sie sie doch."

Er schüttelte den Kopf, Toni sah ihn ratlos an. Er reichte ihr das blaue Heft.

„Lesen Sie das erst mal."

Sie schob sich den Thron vor den Tisch und nahm Platz.

Sie konnte es gar nicht glauben. Das sollte echt sein? Ihr Magen krampfte sich bei jeder Zeile mehr zusammen.

Das war ja schrecklich.

Erst als Brehm „Ja, das ist es" sagte, merkte Toni, dass sie laut gesprochen hatte.

„Und was jetzt?", fragte sie, als sie fertig war.

„Dieses Kuvert nützt mir erst etwas, wenn es Verdächtige gibt, die diesen Text verfasst haben könnten. Dann brauche ich etwas, zum Beispiel ein Haar, um es in einem Labor abgleichen zu lassen."

Das klang wirklich wie aus einer Krimiserie.

Toni betrachtete wieder den Tagebucheintrag. Irgendwas daran war merkwürdig. Sie nahm ihr Handy heraus – nur mehr 22 % Akku. Sie hatte vergessen, es aufzuladen. Ihr fiel wieder die merkwürdige Nachricht von gestern ein. Sie hatte Lena darauf angesprochen, aber bisher noch keine Antwort erhalten. Es hätte ja auch nur ein makabrer Scherz gewesen sein können. Von irgendwem aus der Schauspielschule, der mitbekommen hatte, dass Toni sich verfolgt fühlte? Weil Lena vielleicht versehentlich was rausgerutscht war? Sie musste das mit ihr klären, bevor sie Brehm davon erzählte. Der Akkustand schrumpfte auf 21 %. Die vertraute Unruhe bei wenig Akku machte sich in Toni breit.

„Kann ich das abfotografieren?", fragte sie gedankenverloren.

Brehm sah sie so erschrocken an, als hätte sie angekündigt, das Foto an die Presse weiterzugeben.

„Natürlich nicht."

„Nur für mich. Es ist ..."

„Was?"

„Ich weiß auch nicht. Ich finde das irritierend. Ich meine, Sybille Steiners Mann ist Regisseur. Gestern Abend hab ich mal ein bisschen über ihn im Netz recherchiert. Er arbeitet unglaublich viel. Meine Freundin Lena hat mir erzählt, wie toll er mit den Schauspielern umgeht. Wir sind im gleichen Jahrgang und ... egal, ich meine, das hier ... es kann auch etwas mit einer Rolle zu tun haben."

„Einer Rolle?"

„Ja, vielleicht ist das nur von einer Schauspielerin und hat was mit ihrer Arbeit zu tun. Wenn wir im Unterricht eine Figur erarbeiten, dann lernen wir nicht nur den Text auswendig. Wir setzen uns mit ihr auseinander, denken uns einen Lebenslauf aus, schreiben Subtexte ..." An Brehms Blick erkannte sie, dass er keine Ahnung hatte, wovon sie sprach. „Ich meine ja nur, wer sagt denn, dass nicht eine Schauspielerin diesen Text für ihre Rolle geschrieben und ihm dann geschickt hat? Und Sybille Steiner ist einfach nur eifersüchtig? Ohne Grund?"

Brehm sah sie mit einer Mischung aus Mitleid und Rührung an.

„Sie glauben, eine Schauspielerin wirft dieses anonyme Schreiben in den Briefkasten eines Regisseurs, und es ist für eine Rolle?"

Wie er es sagte, klang es wirklich nicht mehr so ganz plausibel. Sie hob die Achseln.

„Könnte doch sein. Sie haben selbst gefragt, wie sie und ihr Mann sich kennengelernt haben."

„Ja, aber nicht, um etwas über ihre Ehe zu erfahren."

„Sondern?"

Er hob die Augenbrauen. „Um ein Gefühl dafür zu bekommen, ob sie lügt – oder zumindest daran denkt."

„Das verstehe ich nicht."

„Ich wusste bereits, wie sie und ihr Mann sich kennengelernt haben."

„Ja, und?"

„Durch Fragen, deren Antworten ich kenne, sehe ich, wie jemand sich verhält, wenn er die Wahrheit sagt. Und daraus kann ich bei jeder weiteren Antwort meine Schlüsse ziehen."

„Sie meinen, Sie erkennen, ob jemand lügt?"

„Zumindest sehe ich, ob jemand über eine Lüge nachdenkt."

„Und hat sie gelogen?"

„Bevor wir hier weitermachen, Frau Lorenz", überging er ihre Frage, „müssen wir einiges festlegen. Sie sind –"

„Ich bin kein Lockvogel", schoss sie hervor.

„Kein Lockvogel?"

Toni erklärte ihm Lenas Vermutung, allerdings ohne zu sagen, woher sie diese Idee hatte. Brehms Augen wurden groß, seine Mundwinkel zuckten.

„Gut, ich habe verstanden. Kein Lockvogel."

Er fing an zu lachen – es ging nahtlos in ein Husten über. Die Erkenntnis, dass er Toni also nicht dafür einsetzen wollte, erleichterte sie mehr, als sie zeigte.

„Und was soll ich sonst tun?", fragte sie.

„Zuallererst brauche ich Ihre absolute Diskretion. Können wir uns darauf einigen, dass Sie keinem Menschen – nicht Ihrer Familie, auch nicht einmal Ihren Eltern, einfach absolut niemandem – auch nur ein Sterbenswort davon erzählen, was Sie hier tun? Das meine ich sehr ernst."

Sie nickte halbherzig. Nicht, weil sie ihm nicht zustimmte, sondern weil es weder Eltern noch Familie – abgesehen von ihrer Oma natürlich – gab, denen sie etwas davon erzählen konnte.

„Sollten Sie sich nicht daran halten, verliere ich meine Zulassung und kann auch nicht nach Herrn Meier suchen", sagte Brehm streng.

Toni warf einen Blick auf die vielen Briefe am Schreibtisch. Er trug vielleicht ein bisschen dick auf, wenn man bedachte, mit welchen Schwierigkeiten er bereits zu kämpfen hatte.

„In Ordnung." Sie verschloss ihren Mund mit einem imaginären Schlüssel und warf ihn über die Schulter. „Was noch?"

Er nickte. „Wir werden ganz korrekt abrechnen. Eine Arbeitsstunde von Ihnen gegen eine Arbeitsstunde von mir. Einverstanden?"

„Einverstanden."

„Gut. Also, wir wissen nicht, ob dieser Tagebucheintrag echt ist oder nicht. Aber die Leiche des falschen Kellners ist es definitiv. Zuallererst brauche ich Aufnahmen vom Haus der Steiners."

„Sieht man das nicht im Internet?"

„Ich kann mich nicht auf veraltete Fotos verlassen. Normalerweise würde ich selbst –"

„Schon gut, ich mache es. Wonach halte ich Ausschau?"

Die Frage schien ihm zu gefallen, er schürzte die Lippen.

„Ich muss wissen, welche Möglichkeiten es gibt, auf das Grundstück zu kommen. Von der Straße, vielleicht von den Nebengebäuden aus. Dann brauche ich noch Aufnahmen von der gesamten Umgebung, vom Eingang und von den Parkmöglichkeiten."

„In Ordnung. Und bis wann brauchen Sie das?"

„Jetzt sofort."

Brehm griff in eine Schreibtischschublade und reichte Toni einen edlen schwarzen Kugelschreiber mit goldener Klemme.

„Da ist eine Kamera, direkt über der Klemme. Wenn Sie den Stift drehen, filmt sie." Er reichte Toni einen Notizzettel. „Die Adresse der Steiners. Und ich rufe mal bei der Cateringfirma an und versuche, ein paar Informationen zu erhalten. Wenn Sie die Aufnahmen haben, kommen Sie wieder."

Sie stand auf.

„Ach ja, und es wäre gut, wenn Sie das so unauffällig wie möglich machen", sagte Brehm. „Weder Frau Steiner noch sonst jemand darf etwas davon mitbekommen."

„Warum darf Frau Steiner nichts mitbekommen?"

„Bitte?"

„Na, ich meine doch nur, sie hat Sie engagiert. Es ist doch gut, wenn sie sieht, dass Sie Ihre Arbeit machen."

„Nein." Er schüttelte den Kopf, wurde plötzlich sehr ernst. „Das ist es nicht."

Toni beschlich das Gefühl, als würde Brehm etwas vor ihr verheimlichen. Glaubte er Sybille Steiner nicht? Aber das würde doch gar keinen Sinn ergeben. Wieso hätte sie ihn sonst engagieren sollen? Andererseits hatte er mit der Frage nach dem Kennenlernen herausfinden wollen, ob sie log.

„Es ist ein großer Vorteil, dass Frau Steiner Sie nicht kennt." Toni wollte etwas sagen, aber Brehm ließ sie nicht zu Wort kommen. „Wissen Sie, in welche Bedrängnis diese Frau käme, wenn sie zum Beispiel in der Nähe ihres Mannes ist, den Sie gerade beobachten? Man kann nie wissen, wie sich ein Auftraggeber in so einer Situation verhält. Im schlimmsten Fall kann es passieren, dass die gesamte Aktion durch einen Fehler nicht nur aufgedeckt wird, sondern ..." Er schnappte nach Luft, tippte auf die Briefe auf seinem Schreibtisch.

Hatte ein solcher Vorfall zu einer Anklage gegen ihn geführt?

„Diskretion ist das oberste Gebot. Sonst kann der gesamte Einsatz gefährdet werden."

„Aber sie kennt mich doch", sagte Toni endlich.

„Wie bitte?"

„Frau Steiner. Sie kennt mich. Ich habe sie gestern hier gesehen, als sie aus Ihrem Büro gestürmt ist. Wir haben gemeinsam die Rettung gerufen."

Brehm verzog den Mund. Er dachte einen Moment nach, erhob sich schwerfällig aus seinem Stuhl und trat zum Rokoko-Schrank. Der Inhalt glich dem Sortiment eines Kostümverleihs: Perücken in allen

Haarfarben, Brillen, Hüte, Handschuhe, diverse Kleidungsstücke, sogar eine Uniform. Der karge Fundus in der Schauspielschule war ein Witz gegen diese großzügige Auswahl.

„Suchen Sie sich was aus."

Toni entschied sich für eine blonde Pagenkopfperücke und eine Brille mit schwarzer Fassung. Sie war nicht wiederzuerkennen.

„Sehr gut", lobte Brehm. „Also, dann." Er gab ihr einen Hundert-Euro-Schein. „Sie nehmen ein Taxi und steigen ein paar hundert Meter vor der Villa der Steiners aus. Je weiter weg Sie sich befinden, desto geringer ist das Risiko, entdeckt zu werden. Hier ein paar Regeln: Oberste Priorität ist, die Zielperson nicht zu sensibilisieren. Das bedeutet, Sie brechen Ihr Vorhaben ab, bevor auch nur die Möglichkeit besteht, dass jemand Verdacht schöpfen könnte. Wenn Sie etwas für mich erledigen, dann trinken Sie so wenig wie möglich."

„Natürlich trinke ich keinen Alkohol."

Was dachte er denn von ihr?

„Davon rede ich nicht. Ich meine generell: Trinken Sie nichts, wenn es nicht unbedingt sein muss. Alles, was oben reingeht, muss unten auch irgendwann raus. Ich gebe Ihnen noch meine private Handynummer."

Sie holte ihr Telefon heraus. Drei verpasste Anrufe aus dem Sekretariat des Konservatoriums. Und Lena hatte endlich geantwortet: *OMG – natürlich hab ich niemandem davon erzählt! Shit! Wer schreibt so was??? Und bad news, du musst am Nachmittag in die Schule kommen. Die Schmitz glaubt nicht, dass du krank bist. Will eine Konferenz wegen dir einberufen.*

Toni war so vertieft in die Nachricht, sie merkte gar nicht, dass Brehm hinter sie getreten war. Nun, da sie wusste, dass es niemand aus der Schule gewesen sein konnte, zeigte sie ihm die anonyme SMS.

„Haben Sie eine Vermutung, von wem das sein kann? Oder haben Sie so etwas schon einmal bekommen?", fragte er sie.

„Nein. Ich würde ja glauben, das ist Spam oder ein dummer Scherz, aber ... gestern Abend hatte ich den Eindruck, ich werde beobachtet ... also, eigentlich geht das schon seit einiger Zeit so."

„Was?"

„Als würde mir jemand folgen. Ich kann aber nie wen entdecken. Nur gestern Abend ... das war, als würde jemand vor meinem Haus stehen und hochsehen."

„Konnten Sie die Person erkennen?"

„Nein, es ging alles so schnell. Bis zu der SMS war ich mir echt nicht sicher, ob ich mir das nicht einbilde."

Brehm ging zurück zu seinem Schreibtisch, sah auf eine Notiz.

„Sagt Ihnen der Name Milos Kubra etwas?"

„Noch nie gehört. Wer soll das sein?"

„Jemand, mit dem Herr Meier vor einem halben Jahr einen Streit hatte, der eskaliert ist. Es gab eine Schlägerei, die Polizei wurde gerufen."

Toni wollte ihm schon sagen, dass da nichts gewesen sein konnte, dass sie es doch wüsste, wenn ... – und da fiel es ihr ein.

Sie sah Felix vor sich, wie er abends mit einem aufgeplatzten, verkrusteten Jochbein und blutigen Fingerknöcheln auf der rechten Hand nach Hause gekommen war. Er hatte ihr erzählt, dass er einem

Radfahrer am Gehsteig ausgewichen und über die Gehsteigkante gestürzt war. Sie hatte ihn verarztet, während er ihr die rührende Geschichte davon erzählte, wie der Radfahrer selbst so erschrocken gewesen war und vor Dankbarkeit fast geweint hatte, weil Felix ihn nicht anzeigen wollte.

Bis jetzt war es ihr nicht aufgefallen. Aber Felix hatte sonst keine einzige Schramme gehabt.

9

Die Wohngegend der Steiners im achtzehnten Bezirk als schön zu beschreiben, wäre eine schamlose Untertreibung gewesen. Auf der Anhöhe lagen lauter hinreißende Villen mit Vorgärten voller perfekt gestutzter Büsche und Hecken. Am oberen Ende der Straße befand sich die Villa der Steiners – wie die Kirsche auf einer Schlagoberstorte. Das Gebäude mit den Stuckverzierungen und der säulenflankierten Terrasse war zugleich das Schlagobers selbst. Im strahlenden Sonnenschein stand es so weiß und prachtvoll inmitten des englischen Rasens, als hätte es ein Riese auf die Spitze des Hügels gesetzt. Schon alleine der Teil der Terrasse, der von der Straße aus zu sehen war, musste mehr Quadratmeter haben als Tonis gesamte Wohnung.

Zahlreiche hohe Fenster waren auf das Erdgeschoss und das Stockwerk darüber aufgeteilt. Im Dachgeschoss gab es kleinere Fenster, dafür prangte dort ein runder Balkon samt weißer Balustrade. Und erst die üppigen Außenlampen – in Bronze gefasste riesige Glastropfen. Toni staunte, solche Häuser kannte sie nur aus Zeitschriften.

Der hohe weiße Gitterzaun, der das Grundstück zur Straßenseite hin begrenzte, wirkte dagegen fast schon lächerlich gewöhnlich. Aber immerhin bot er einen freien Blick auf diese Pracht. Wie viele Quadratmeter das gesamte Haus wohl hatte? Toni war schlecht im Schätzen, aber wahrscheinlich mindestens 800. Oder 1000? 1500?

Konnte man als österreichischer Fernsehregisseur so reich werden? Aber hatte Lena nicht erzählt, dass er auch für das russische Fernsehen drehte? Vielleicht stammte er aus einer reichen Familie? Sie musste das recherchieren.

Brehm hatte gesagt, sie solle ein paar Meter vor dem Haus aussteigen, aber sie war so vom Anblick der Villa gefangen, dass sie nicht rechtzeitig reagiert hatte. Und dann war hier auch noch eine Sackgasse. Als sie den Fahrer bat anzuhalten, bremste der so abrupt, dass die Reifen quietschten. Erst nachdem sie gezahlt hatte und ausgestiegen war, fiel ihr ein, dass sie vergessen hatte, eine Rechnung zu verlangen.

Im Auto war es dank der Klimaanlage angenehm kühl gewesen, ganz anders hier draußen. Sie fing an, unter der Perücke zu schwitzen. Toni sah sich um – weit und breit kein Mensch zu sehen. Es wäre klüger gewesen, das Taxi warten zu lassen. Je eher sie wieder in der Detektei war, desto besser.

Sie musste am Nachmittag unbedingt ins Konservatorium, um die Schmitz zu besänftigen. Bei Lena hatte sie nur die Mobilbox erreicht. Die Onlinesuche am Handy nach Milos Kubra hatte nichts Brauchbares ergeben.

Hatte Felix den Namen irgendwann mal erwähnt?

Nein, eins nach dem anderen. Sie musste zuerst das hier erledigen.

Toni wischte sich den Schweiß von der Oberlippe und nahm den Kugelschreiber mit der eingebauten Kamera aus der Tasche. Auch wenn gerade niemand auf der Straße war, damit hier in der Gegend herumzulaufen und zu filmen, wäre nicht besonders subtil. In ihrer Tasche fand sie ein paar Supermarktrechnungen, die sie mit der Rückseite nach oben aufeinanderlegte. Ein sehr behelfsmäßiger Notizblock. Zumindest sah es von weiter weg so aus, als würde sie etwas aufschreiben. Sie schritt die Straße vor der Villa ab und filmte. Zwischendurch kritzelte sie immer wieder ein paar zusammenhanglose Worte. Nur für den Fall, dass jemand sie beobachtete.

Auf ihre Alarmanlage mussten die Steiners sich wirklich verlassen können. Toni stellte erstaunt fest, dass sonst jeder, der ein bisschen klettern konnte, es über diesen Zaun schaffen würde.

Rechts und links der Villa führten zwei breite strahlend weiße Kieswege hinter das Gebäude. Dicke Büsche, zwischen denen ein Absperrband im Wind flatterte, verstellten den Blick in den hinteren Teil des Gartens. Dort musste der Swimmingpool sein. Toni stellte sich auf die Zehenspitzen, tat dabei, als würde sie sich strecken, und hielt den Kugelschreiber so hoch sie konnte.

„Hallo?", fragte eine helle Stimme hinter ihr.

Toni zuckte erschrocken zusammen. War das Sybille Steiner? So ein Mist. Sie drehte sich um, noch immer mit in die Höhe gestreckter Hand.

Gott sei Dank, sie hatte sich geirrt. Das war nicht Sybille Steiner. Vor ihr stand ein schlaksiges Mädchen in den frühen Teenagerjahren. Die Pubertät war ihr ins Gesicht geschrieben. Die Stirnfransen waren so lang, dass sie den Kopf schief halten musste, um durch diesen Vorhang aus Haaren etwas zu erkennen. Sie hatte Augenringe, ihre Armyjacke war um zwei Nummern zu groß und an etlichen Stellen eingerissen. Unter ihrem Arm klemmte ein Skateboard.

„Hallo", sagte Toni.

Das Mädchen sah sie ausdruckslos an. War das die Tochter der Steiners? Nein, dazu war sie – um es nett auszudrücken – zu verlottert. Bei Sybille Steiners perfekter Inszenierung war das ausgeschlossen. Das Mädchen verengte die Augen zu Schlitzen, als ihr Blick auf Tonis Kugelschreiber und die Notizen fiel.

„Sind Sie von der Presse?"

Fast hätte Toni genickt, da fiel ihr im letzten Moment ein, dass Sybille Steiner Brehm ja engagiert hatte, um einen Vorsprung vor der Presse zu haben.

„Nein. Ich bin ..."

Sie stockte. Was? Sie sah in die misstrauischen Augen des Mädchens, und ihr fiel nichts ein. Panisch versuchte sie, sich zu erinnern, was sie im Improvisations-Unterricht gelernt hatte. Sie war Schauspielstudentin. Jetzt zu reagieren musste doch ihre leichteste Übung sein. Vor sich hatte sie noch dazu ein Kind. Aber da war nichts, keine Erklärung, gar nichts – in ihrem Hirn herrschte schwarze Leere.

„Ich ... also", versuchte sie es weiter.

Nichts. Sie bemühte sich um ein Lächeln, das Mädchen wandte den Blick sofort ab und sah zum Hauseingang.

„Wohnen Sie hier?"

Ihre Frage klang verbittert. Vielleicht hatte sie etwas mit dem Toten zu tun? War sie wie Toni hier, um sich das Haus anzusehen? Endlich löste sich der Knoten in Tonis Hirn.

„Ich bin auf der Suche nach jemandem", sagte sie. „Und du?"

Das Mädchen nickte abschätzig, ihre Nasenflügel blähten sich ein wenig.

„Ich auch."

Toni hätte gerne gefragt, nach wem, aber dafür musste sie eine passende Erklärung parat haben.

„Hey, cooles Skateboard", sagte sie stattdessen. „Bist du gut?"

Das Mädchen nickte.

„Ich hätte immer gerne eines gehabt, aber meine Oma hat es mir nicht erlaubt. Sie hatte Angst, dass ich mir alle Knochen breche." Tonis Stimme klang in ihren eigenen Ohren falsch und bemüht. Aber wenn dieses Mädchen etwas über den Fall wusste, dann hätte Brehm mehr Zeit für seine Suche nach Felix. „Vielleicht besorg ich mir ja doch noch irgendwann eines. Ist es schwer? Zu lernen, meine ich?"

Das Mädchen kniff die Augenbrauen zusammen, wieder ein prüfender Blick. Anscheinend bestand ihn Toni jetzt, denn sie fragte: „Fahren Sie Snowboard?"

„Nein, ist es genauso?"

„Nicht wirklich. Aber wenn man Snowboard fährt, ist es leichter."

„Verstehe. Cool."

Sie nickte dem Mädchen lächelnd zu und entlockte ihm tatsächlich kurz einen erhobenen Mundwinkel. Da klingelte das Handy des Mädchens. Sie zog es aus der Hosentasche und wischte den Anruf weg wie einen widerlichen Schmutzfleck. Nachdem sie ihr Handy wieder verstaut hatte, streckte sie Toni das Skateboard entgegen.

„Wollen Sie es probieren?"

Irgendwas an diesem Mädchen fand sie rührend, aber sie konnte gar nicht sagen, was es war. Vielleicht ihre Unbeholfenheit? Dass sie sich hinter dieser scheinbar coolen Fassade versteckte?

„Danke für das Angebot. Aber lieber nicht auf dieser steilen Straße. Sonst lande ich noch in einer Hausmauer. Hey, kann ich dich mal was fragen?"

„Was denn?"

„Ich hab gehört, hier war vor ein paar Tagen eine Party und ..."

Das Mädchen zuckte zusammen und trat reflexartig einen Schritt zurück. Sie wusste definitiv etwas.

„Wieso ... Sie sind hier, wegen der Party?"

„ZOE", kreischte eine Frauenstimme von der Villa herüber. „ZOE, KOMM SOFORT HIERHER!"

Zoe. Das war der Name von Sybille Steiners Tochter, sie hatte ihn im Interview erwähnt, das sie sich gestern mit Lena angeschaut hatte. Aus ihren Augenwinkeln sah Toni eine Silhouette im Garten der Steiners. Das Mädchen hatte sie angelogen.

Sofort steckte Toni den Kugelschreiber ein. Sie brauchte jetzt ein Taxi und ... nein, sie sollte ruhig bleiben. Mit Brille und Perücke konnte Sybille Steiner sie auf diese Entfernung nicht erkennen. Sie durfte nur nicht näherkommen.

„Sie sind wegen meines Vaters hier, nicht wahr?"

Zoes Stimme war in die Höhe gerutscht.

„Bitte?"

„Was wollen Sie von ihm?"

Dem Mädchen schossen Tränen in die Augen, ihr Brustkorb hob und senkte sich rasant.

„Ich ... nichts ... ich glaub, du solltest besser reingehen", sagte sie irritiert.

Was war los mit dem Mädchen?

„ZOOOOOEEEE!", hallte es erneut zu ihnen. Sybille Steiner bewegte sich in ihre Richtung.

Verdammt, Toni hatte nach nicht mal zehn Minuten gegen so ziemlich jede Anweisung von Brehm verstoßen. Und jetzt musste sie sich aus dem Staub machen.

„Was wollen Sie von ihm?"

Das Mädchen weinte. Toni wusste nicht, was sie sagen sollte. Sie sah sich unsicher um, als würde da irgendwo die Antwort warten, auf die es ankam.

„Ich ... ich ... na ja, dein Vater ist ja Regisseur", war alles, was ihr einfiel.

Schlagartig verwandelte sich die Verzweiflung im Gesicht des Mädchens in Wut.

„Geht es wieder um so ein scheiß Demoband?"

„Ich ... nein. Es tut mir leid, ich muss jetzt gehen. Mach's gut."

Gerade als Toni sich langsam umdrehte, so als wäre sie nur eine Spaziergängerin, sah sie den Polizeiwagen. Er steuerte direkt auf sie zu.

10

Seit Toni Lorenz sein Büro verlassen hatte, hing Edgar am Telefon und durchforstete Google. Er wusste mittlerweile, wie diese Nebelleiste, die den falschen Kellner am Kopf getroffen hatte, aussah. Sie war aus Metall, hatte eine Länge von zehn Zentimetern und war eine von neun weiteren, alle mit einem sehr einfachen Klicksystem an einem Hochdruckschlauch befestigt. Und anscheinend relativ leicht mit ein paar Handgriffen aus der Verankerung zu lösen. Eine Leiste wog um die drei Kilo – sicher sehr schmerzhaft, aber nicht unbedingt tödlich. Selbst wenn man aus zweieinhalb, vielleicht drei Metern getroffen wurde.

Es sei denn, jemand hatte präzise gezielt und damit gerechnet, dass der Mann ohnmächtig und in den Pool stürzen würde. Davon ging Edgar nach dem, was Fernanda ihm berichtet hatte, aus.

Anschließend widmete er sich der schier unlösbaren Aufgabe, eine zuständige Person für die Fernsehaufnahmen zu finden, die bei der Party der Steiners gemacht worden waren. Nach sechs Anläufen war er endlich bei der zuständigen Redakteurin gelandet.

Er gab vor, als Detektiv für die Versicherung zu arbeiten, die den „eindeutigen Fall" der „falsch montierten Sprühnebelanlage zur Luftkühlung" bearbeitete. Die beste Lüge war noch immer die mit einem Fundament aus Wahrheit. Die Redakteurin sagte barsch, sie brauche ein offizielles Anschreiben, doch Edgars folgende Fachsimpelei und das Szenario, dass noch weitere Menschen in Gefahr vor diesen Todesfällen sein könnten, schienen sie zu überzeugen: Sie versprach, ihm das gesamte Bildmaterial zukommen zu lassen. Für solche Fälle hatte er diverse E-Mail-Konten unter falschem Namen eingerichtet.

Das Catering-Service war ein härterer Brocken: Telefonisch und per Mail erreichte er niemanden. Erst auf Instagram wurde er fündig. Neben Fotos von diversen Buffetvariationen stieß er auf das Bild eines Mannes, der neben einem hellfarbenen Mops mit einem charakteristischen rosa Fleck auf der schwarzen Schnauze in die Kamera grinste. Mit viel Fantasie hatte der rosa Fleck die Form einer Maus. Und der Text darunter besagte, dass es sich bei dem Menschen, der hinter dem Account steckte, um den Firmenbesitzer handelte. Dasselbe Bild wurde als Profilbild in einem Forum der Wiener-Mops-Liebhaber verwendet. Unter falschem Namen meldete Brehm sich dort an und schrieb dem Mann unter einem Vorwand eine persönliche Nachricht.

Im Rahmen der Recherche zu Alexander Steiner durchforstete er Bildergalerien, verglich die Besetzungslisten seiner Filme und Serien mit den Namen auf der Partyliste. Erst als sein Magen bedrohlich zu knurren begann, sah er auf die Uhr. Es war Mittagszeit. Wo war Toni Lorenz?

Selbst wenn sie sich Zeit gelassen hatte, sollte sie schon längst zurück sein. Gemeldet hatte sie sich auch nicht. Verdammt, eigentlich hatte er sie für gewissenhaft gehalten. Oder filmte sie gerade deshalb übertrieben genau jeden Winkel ab? Toni ging nicht an ihr Handy, also hinterließ er eine Nachricht. Wenn sie zurück war, würde er sie bitten, eine dieser Ortungsapps zu installieren, die besorgte Eltern gerne ihren Sprösslingen aufzwangen. Eigentlich war er gegen solche Maßnahmen, aber sie hatten nur drei Tage Zeit ... bei dem Gedanken rumpelte sein Herz. Wenigstens konnte er dank Sybille Steiners Anzahlung endlich die Autowerkstatt bezahlen. Morgen Früh stand der Wagen zur Abholung bereit.

Edgar scrollte weiter durch Steiners Besetzungslisten. Unglaublich, wie viele Menschen bei der Produktion von Filmen und Serien notwendig waren. Glücklicherweise musste er sich nur auf die Schauspielerinnen konzentrieren. Zwar kannte er keinen einzigen der Namen, aber zumindest manche Frauen auf den Fotos kamen ihm bekannt vor.

Vier Schauspielerinnen auf Sybille Steiners Gästeliste hatten in den letzten beiden Jahren mit dem Regisseur zum ersten Mal gedreht. Er kreiste ihre Namen ein und lehnte sich in den Stuhl zurück. Auf einen Hinweis, wonach eine dieser vier Frauen einmal in einem Hotel gearbeitet hätte, wie es in dem Tagebucheintrag stand, stieß er bei seiner Suche nicht. Was nichts bedeuten musste. Es konnte eine Beschäftigung ohne Anmeldung gewesen sein. Oder eine, die schlicht und einfach verschwiegen wurde. Das alles waren mehr als vage Ansätze. Ob die Verfasserin jemals von Steiner besetzt worden war, war dem Tagebuch ebenfalls nicht zu entnehmen.

Edgars Wirbelsäule krachte wie eine frische Semmel, als er aufstand und sich durchstreckte. Bald war es Zeit für seine Medikamente, dazu brauchte er etwas zu essen. Er bestellte etwas beim Lieferservice des China-Restaurants von gestern. Kaum hatte er aufgelegt, fiel ihm ein, dass Toni Lorenz nach ihrer Rückkehr sicherlich hungrig sein würde. Er musste mit ihr ein ernstes Gespräch führen. Bei Tonis Tempo würde nichts aus den drei Tagen. Trotz seines Ärgers rief er erneut beim Lieferservice an und bestellte zu seinem Gericht auch noch diesen Tofu-Radiergummi für sie. Während er wartete, legte er sich auf die Chaiselongue, um nachzudenken.

Zwei Möglichkeiten lagen nahe: Alexander Steiner hat das schauspielerische Talent der Verfasserin verschmäht. Nun will sie ihn erpressen und hat ihm das Tagebuch aus diesem Grund geschickt. Oder aus der Verfasserin war doch eine seiner Schauspielerinnen geworden, und jemand anderer hatte das Tagebuch ohne ihr Wissen an Steiner geschickt. Ein Erpressungsversuch aus Rache vielleicht?

Da Sybille Steiner ihrem Mann nichts davon erzählt hatte, konnte es genauso gut sein, dass der Regisseur bereits mit dem Absender in Kontakt stand. Sie hatte es selbst gesagt: Wenn gerade jetzt zu #MeToo-Zeiten so ein Schreiben an die Öffentlichkeit gelangen würde, wäre Steiners Karriere erst mal auf Eis gelegt. Sollten die Vorwürfe sich als wahr herausstellen, dann wäre sie sogar Geschichte. Beide Varianten waren möglich. Und ungeachtet dessen, ob der Mord des falschen Kellners etwas damit zu tun hatte – wovon Edgar ausging, er glaubte nicht an derartige Zufälle –, sie besaßen einen gemeinsamen Nenner: Alexander Steiners Übergriff und Ehebruch.

Edgar nahm wieder am Schreibtisch Platz und setzte die Onlinesuche fort. Der Tagebucheintrag war vor vier Jahren geschrieben worden. Die Affäre musste sich also davor zugetragen haben. In der Besetzungsliste einer Landarzt-Serie stolperte er über einen Namen, den er erst gestern von Toni Lorenz gehört hatte: Schmitz. Loretta Schmitz – so hieß doch ihre Schauspiellehrerin, Kurts ehemalige Klientin?

Auf der Gästeliste der Party stand dieser Name allerdings nicht. Bei der Suche im Netz stieß er unter dem Namen Loretta Schmitz auf eine hübsche blonde junge Frau mit Kurzhaarschnitt und großen grauen Augen. Nein, das konnte nicht stimmen. Sie war viel zu jung, der Fall Schmitz hatte sich bereits vor sieben, acht Jahren zugetragen.

Edgar suchte weiter – und wurde fündig: Loretta Schmitz war die Nichte von Beate Schmitz, die wiederum war die Schulleiterin. Beate, nicht Loretta! Brehms weitere Recherche ergab, dass auch Beate Schmitz vor acht Jahren mit Alexander Steiner gedreht hatte, sogar zwei Filme und drei Serienepisoden. Für das Tagebuch kam sie nicht infrage, aber als Kontaktperson konnte sie hilfreich sein, um etwas zu Steiners Umgang mit den Schauspielerinnen zu erfahren. Und wie weit der Regisseur mit seiner Zuneigung gehen würde – verharmlosend ausgedrückt.

Edgars Groll gegen Toni Lorenz wuchs, als der Lieferservice eintraf. Und es von ihr noch immer kein Lebenszeichen gab. Was machte sie? War sie in die Villa eingebrochen?

Als hätte sie seinen Ärger gespürt, ging gerade jetzt ein Anruf von ihr ein.

„Endlich", sagte Brehm erleichtert, „Sie sollen keinen Hollywoodfilm aus den Aufnahmen machen, ich wollte nur –"

„Herr Brehm", fiel sie ihm ins Wort. An ihrer Stimme merkte er sofort, dass etwas nicht stimmte.

„Was ist los?"

„Es tut mir leid. Ich wollte das nicht, wirklich. Aber … können Sie mich bitte vom Hauptkommissariat abholen?"

11

„So, jetzt erklär mir mal: Was hatte die Kleine dort zu suchen?", fragte Fernanda.

Edgar hielt sein Handy so verkrampft, dass seine Hand zitterte. Unter anderen Umständen hätte er Fernanda nie um Hilfe gebeten.

Er wollte antworten, doch sie ließ ihn nicht zu Wort kommen. „Sag mir nicht, dass du irgendwas mit dem Steiner-Fall zu tun hast. Sag mir ja nicht, dass du dich in die Ermittlungen einmischst."

Edgar stand gegenüber dem Polizeigebäude am Schottenring und quetschte sich in den Eingang zu einer Apotheke. Fernanda sprach so laut, dass er trotz der vielen Autos auf der Straße jedes Wort verstand. Er sah hinauf zu den Fenstern im dritten Stock des Polizeigebäudes.

„Mit wem redest du da?", hörte er eine männliche Stimme im Hintergrund.

„Das geht dich nichts an", antwortete Fernanda barsch.

Edgars Hals wurde immer enger. Er wollte sich den obersten Knopf seines Hemdes öffnen, um besser Luft zu bekommen. Doch als er mit seiner Hand danach tastete, merkte er erst, dass es gar nicht zugeknöpft war. Der kalte Schweiß brach ihm aus.

„Es tut mir leid, Fernanda. So war das nicht. Ich verspreche dir, es wird nicht wieder vorkommen. Bitte sorg dafür, dass man sie gehen lässt. Ich bin ...", er rang nach Atem, „... sie wird nichts mehr für mich erledigen."

Das meinte er wirklich so. Das Kapitel Toni Lorenz war hiermit beendet. Edgar war maßlos wütend. Nicht nur auf sie, auch auf sich. Er hätte wissen müssen, dass sie völlig ungeeignet war. Mehr noch, sie war ja sogar schlimmer als diese unfähigen Trottel, die bisher für ihn gearbeitet hatten. Die hatten wenigstens nur ihre Fotos im Netz geteilt und sich nicht gleich von der Polizei einsammeln lassen.

Nicht nur, dass Sybille Steiner wegen ihr die Polizei gerufen hatte. Der jungen Frau war auch nichts Besseres eingefallen, als den Polizeibeamten seinen Namen zu nennen. Das war der Supergau. Nein, er wollte gar nicht daran denken, was das für Konsequenzen nach sich ziehen würde. Schon einmal war er den internen Intrigen zum Opfer gefallen und hatte dadurch nicht nur seinen Job als Polizist verloren – die „richtigen" Leute hatten auch dafür gesorgt, seinen Ruf weit über die Polizei hinaus zu zerstören.

Unter keinen Umständen würde er da reingehen und Toni Lorenz holen. Dieses Gebäude war voll mit ehemaligen Kollegen, die – im Gegensatz zu ihm damals – durch ihr Verhalten die Karriereleiter hochgeklettert waren. Fernanda sagte etwas, aber jetzt sprach sie so leise, dass Edgar sie nicht verstehen konnte. Er bat sie, es zu wiederholen, doch sie flüsterte weiterhin.

Eilig betrat Edgar die Apotheke und nickte der älteren Apothekerin zu, die gelangweilt hinter dem Tresen stand. Sie sah ihn erwartungsvoll an.

„Was hast du gesagt?", fragte er atemlos.

„Frau Steiner hat wegen ihr die Polizei gerufen", wisperte Fernanda, „sie war in der Nähe eines Tatorts und hat eine Zeugin befragt, verdammt."

„Sie hat was? Wen?"

Das durfte nicht wahr sein! Konnte es eigentlich noch schlimmer kommen?

Was hatte er sich nur dabei gedacht? Der Druck in seinem Hals fühlte sich an wie eine immer enger werdende Schlinge, die ihm die Luft zum Atmen nahm.

„Wenn rauskommt, dass ich heute bei dir war und du diese Informationen von mir hast ..." Es klang, als würde Fernanda durch zusammengebissene Zähne sprechen. „Du hast etwas so Vertrauliches einfach benutzt, nach allem ..." Sie schnaubte. „Nach allem ... ich verstehe es nicht." Sie klang gekränkt und verbittert.

Edgar schnappte nach Luft. Das war Fernanda. Die damals bei der Polizei zu ihm gestanden war – als Einzige der gesamten Belegschaft. Diskretion war die oberste Prämisse in seinem Job, aber was war mit seiner obersten Prämisse als Mensch? Er musste es ihr sagen.

„Die Ehefrau hat mich engagiert."

„Welche Ehefrau?"

„Sy–" Aus den Augenwinkeln nahm er die Apothekerin wahr, die ihn mit ihrem Blick fixierte. Er wandte sich zu einem Regal voller Multivitamintabletten. „Die Ehefrau aus deiner Durchsage", korrigierte er sich. „Als du heute Morgen bei mir warst."

„Sybille Steiner? Sie hat was?"

„Sie war bereits gestern früh bei mir. Es geht um ihren Mann und eine ... Affäre."

„Sybille Steiner hat dich wegen einer Affäre ihres Mannes angeheuert? Jetzt?"

„Ja. Sie war beunruhigt wegen der ganzen Presse im Haus. Von dem Mord wusste sie noch nichts."

Für Edgar unbemerkt, war die Apothekerin an ihn herangetreten. Sie sah ihn mit aufgerissenen Augen an.

„Fernanda, bitte warte kurz." Er drückte das Handy an die Brust, schnappte sich eine der Verpackungen vom Regal und drückte sie der Apothekerin in die Hand. „Die nehme ich bitte."

Jetzt schwitzte er sogar noch mehr. Die Frau betrachtete ihn argwöhnisch.

„Wo bist du?", fragte Fernanda.

„In der Apotheke. Gegenüber vom Polizeigebäude."

Einen Moment lang war es still, dann sagte sie: „Das ist das letzte Mal, dass ich dir helfe." An der Art, wie sie sprach, wusste er, dass sie das genau so meinte. „Warte in dem kleinen Café gleich ums Eck von der Apotheke."

Vor Erleichterung wurde Edgar schwindlig. Der Knoten in seinem Hals schien sich ein wenig zu lockern. Er wollte sich bei Fernanda bedanken, aber sie hatte bereits aufgelegt. Ohne das Telefonat eben anzusprechen, bezahlte er und verließ die Apotheke.

Das Lokal, in dem er warten sollte, war eine dieser neuen Kaffeebars, mit zwei Stehtischen und einer Eckbank. Er bestellte bei einem Kellner mit Vollbart, der trotz der warmen Temperaturen Mütze und Flanellhemd trug. Edgar fühlte sich plötzlich entsetzlich alt. Als er eine Melange bestellte, erntete er ein mildes Lächeln.

Mit der Tasse stellte er sich an einen der Stehtische, von dem aus er die Straße im Auge behalten konnte. Der Kaffee war erstaunlich gut. Er holte sich eine zweite Tasse. Er hatte heute noch keinen Bissen zu sich genommen, aus dem Essen vom Lieferservice war nichts geworden. Seine Herztabletten lagen im Büro. Während Edgar am Kaffee nippte, überlegte er, wie er Sybille Steiner das alles erklären sollte. Er hoffte, dass es ihm gelingen würde, sie zu besänftigen. Wenn er ihr nur irgendeinen Fortschritt präsentieren könnte ...

Er rief seine E-Mails ab. Weder die Fernsehredakteurin noch der Besitzer von Mausimops hatten sich gemeldet. Es dauerte eine gefühlte Ewigkeit, bis Toni Lorenz endlich aus dem Polizeigebäude trat und die Kreuzung überquerte. Sie trug weder Perücke noch Brille und war sichtlich zerknirscht. Immer wieder warf sie einen Blick über ihre Schulter. Folgte ihr jemand? Sie wirkte sogar noch kleiner, als wäre sie um ein paar Zentimeter geschrumpft. Sofort, wenn sie das Café betreten und auf ihn zusteuern würde, wollte Edgar seinem Ärger Luft machen und ihr das Ende ihres Deals verkünden. Doch Toni war schneller.

„Es tut mir so leid. Oh Gott, geht es Ihnen gut?", fragte sie.

Die ehrliche Besorgnis in ihrer Stimme ließ seine Wut ein wenig verpuffen. Er folgte ihrem Blick auf sein Hemd. Es war total durchgeschwitzt. Wieder sah sie durch das Schaufenster zum Polizeigebäude auf der anderen Straßenseite.

„Wir müssen gehen, Herr Brehm. Kommen Sie. Rasch. Haben Sie schon gezahlt? Ich muss Ihnen etwas zeigen."

„Was möchtest du trinken?", rief der hippe Kellner Toni Lorenz zu.

„Danke, nächstes Mal", antwortete sie, ohne das Polizeigebäude aus den Augen zu lassen. Sie öffnete die Tür, nickte Edgar auffordernd zu.

Edgar würde sich sicher nicht von ihr herumkommandieren lassen. Was dachte sie sich dabei? Er musste ihr die Meinung sagen, sofort – doch Toni war bereits auf der Straße und schaute in die Menge der vorbeifahrenden Autos. Edgar trat neben sie.

„Frau Lorenz ..."

Doch sie beachtete ihn gar nicht. Da hatte er sich ja was Schönes eingebrockt.

„Unsere Zusammenarbeit ist hiermit beendet, Frau Lorenz."

Toni reagierte nicht.

„Was machen Sie denn da?", fragte er verärgert.

„Wir brauchen ein Taxi."

„Nein, wir brauchen ganz sicher kein Taxi! Bitte geben Sie mir den Kamera-Stift."

Sie sah ihn noch immer nicht an, ihre Augen huschten zwischen Straße und Eingang des Polizeigebäudes hin und her.

„Frau Lorenz, die Kamera! Unsere Zusammenarbeit ist hiermit beendet."

„Ha! Da! Sehen Sie diese Frau? Das ist sie."

Tonis Stimme überschlug sich vor Aufregung.

Das war nicht im Entferntesten die Reaktion, die Edgar erwartet hatte.

Toni deutete aufgeregt zur anderen Straßenseite.

„Sehen Sie sie? Diese Frau im schwarzen T-Shirt? Sie kommt gerade raus. Mit der großen Sonnenbrille. So ein Mist, wo ist denn ein Taxi, wenn man eines braucht?"

Edgar seufzte. Er hatte keine Kraft mehr, er wollte einfach seinen Stift haben und endlich diese junge Frau loswerden.

„Frau Lorenz, es ist mir egal, wer das ist. Und Sie braucht es auch nicht mehr zu kümmern."

Sie schien ihm gar nicht zuzuhören, ließ die Frau auf der anderen Straßenseite nicht aus den Augen.

„Geht sie vor zum Schottentor? Ich glaube, sie geht vor zum Schottentor. Kommen Sie."

Toni trat ein paar Schritte von ihm weg, aber er blieb, wo er war.

„Hören Sie auf! Sie arbeiten nicht mehr für mich."

In seiner Verzweiflung war er wieder laut geworden. Warum hörte sie ihm nicht einfach zu?

Sie sah ihn an und schüttelte den Kopf, als hätte er ihr eine Frage gestellt und sie nicht gerade gefeuert. Mit beiden Händen deutete sie auf die gegenüberliegende Straßenseite.

„Da drüben! Das ist seine Freundin."

„Wessen Freundin soll das sein?"

„Die Freundin des toten Kellners. Von der Party."

„Was? Wer?"

Sofort folgte Edgar Tonis Blick. Eine dunkel und elegant gekleidete Frau in hohen Schuhen schritt mit wippendem Pferdeschwanz Richtung Schottentor. Immer wieder wischte sie sich über die Wangen.

„Woher wissen Sie das?"

„Beim Ausgang musste ich bei der Sicherheitsschleuse kurz warten. Die Frau ist vor mir gestanden und hat telefoniert. Sie hat geweint, gesagt, dass sie nicht begreifen kann, was er auf dieser Party als Kellner überhaupt gesucht hat, er war doch gar kein Kellner. Dann ist ein Polizist gekommen und hat sie aus der Reihe geholt und gebeten, ihr Gespräch zu beenden und noch kurz dazubleiben, sie müsse ein Formular wegen ihrer Aussage unterschreiben."

„Sie haben doch nicht mit ihr gesprochen?"

„Nein. Ich bin gegangen."

Edgars Wut auf Toni Lorenz war wie weggeblasen.

„Los", war alles, was er sagen konnte, „lassen Sie sie nicht aus den Augen."

Das Schottentor war ein Knotenpunkt für U-Bahn, Autobusse und unzählige Straßenbahnen. Sie mussten die andere Straßenseite erreichen, bevor die Frau in Schwarz die Rolltreppe nahm. Die Autos rasten in

Dreierreihe über den Ring. Es war unmöglich, die Straße zu überqueren.

„Dort vorne ist noch ein Abgang", sagte Edgar. „Laufen Sie hin. Ich versuche, auf die andere Straßenseite zu kommen."

Toni rannte sofort los. Edgar trat auf die Straßenbahngleise und hob eine Hand, um den Autos ein Zeichen zu geben, stehen zu bleiben. Doch sie brausten ungerührt an ihm vorbei. Während er versuchte, mit der Frau auf gleicher Höhe zu bleiben, fotografierte er sie hektisch mit seinem Handy. In dem Moment, in dem sie hinter dem Überbau des Abgangs verschwand, schaffte er es endlich über die Straße. Edgar betete, dass Toni Lorenz sie entdecken und nicht aus den Augen lassen würde. Wenn sie recht hatte, dann wäre er mit dieser Frau einen gigantischen Schritt vorwärtsgekommen. Vielleicht war sie sogar die Verfasserin des Tagebuchs? Edgars Lunge stach und brannte – oder war es sein Herz? Das spielte keine Rolle. Fast wäre er gestolpert, so schnell eilte er die Rolltreppe hinunter. Es war viel los, Menschen strömten zur U-Bahn, standen vor den diversen Bäckereien und Imbissen. Weder von Toni Lorenz noch von der Frau in Schwarz eine Spur.

Er lief zu den beiden Aufgängen, die zu den Straßenbahnstationen führten. Nichts. Wieder zurück, weiter zum U-Bahn-Abgang, er nahm die Rolltreppe. Die Bahn fuhr gerade in die Station ein. Da war sie. Weit vorne bei den ersten Wagons, er würde sie nie erreichen. Und sie war kurz davor einzusteigen.

So schnell Edgar konnte, hastete er an den Leuten vorbei. Er war noch nicht am Bahnsteig, da schallte bereits die Ansage, dass der Zug abfahre. Mit letzter Kraft warf Edgar sich zwischen die sich schließenden

Türen, die ihn schmerzhaft einklemmten. Eine Sekunde, dann gingen sie wieder auf. Er hatte es geschafft.

Sein Handy läutete, es war Toni Lorenz. Er konnte ihr kaum antworten, so sehr war er außer Atem.

„Ich habe sie verloren", sagte sie.

„Ich ... nicht ...", keuchte er. „Bin ... U-Bahn."

Edgar ignorierte die Blicke der anderen Fahrgäste, schob sich an ihnen vorbei. Endlich, da war die Frau in Schwarz. Sie stand im Mittelteil, mit dem Rücken zu ihm, sah mit gesenktem Kopf auf ihr Handy, ihr Pferdeschwanz ragte in die Höhe. Edgar versuchte, etwas zu ihr zu sagen, aber die Fahrgeräusche waren zu laut, und er rang noch immer nach Atem. Also tippte er ihr auf die Schulter. Sie drehte sich zu ihm. Schob sich die Sonnenbrille in die Haare. Im ersten Moment begriff er nicht. Er sah an ihr herunter. Statt der hohen Schuhe, die sie zu den schwarzen Jeans getragen hatte, waren da flache Sportschuhe. Er sah wieder hoch.

Der junge schlanke Mann mit dem Pferdeschwanz lächelte ihm freundlich zu.

„Kann ich Ihnen helfen?", fragte er.

12

Edgar war überrascht über seine – gelinde gesagt – „flexible" Gefühlslage Toni Lorenz betreffend. Möglicherweise war er nach seiner missglückten Verfolgungsjagd in der U-Bahn aber auch einfach nur zu erschöpft, um weiter über sie verärgert zu sein. Sein Magen knurrte. So wilde Sprints war er nicht gewohnt. Er musste jetzt etwas essen, und auch Toni war hungrig.

Sie entschieden sich für Toasts, da es das schnellste Gericht auf der Karte war. Während sie auf das Essen warteten, kauerte sie ihm gegenüber in der Ecke der roten Samtbank des Cafés im Schottenstift und starrte in ihr unberührtes Soda Zitron.

„Also", er seufzte, „was ist passiert?"

„Ich hab einfach nicht daran gedacht, dass dieses Mädchen – also, ich meine die Tochter von den Steiners –, dass sie lügen könnte. Und dann bei der Polizei ... ich war so in Panik, weil sie mich gleich mitgenommen haben, mir ist einfach keine Erklärung eingefallen. Gar nichts. Mattscheibe. Und dann habe ich Ihren Namen genannt."

Edgar wollte gar nicht daran denken. Jetzt noch Ärger mit den ehemaligen Kollegen zu bekommen, weil er sich in laufende Ermittlungen einmischte, war das Letzte, was er brauchen konnte.

Toni schüttelte den Kopf, saß zusammengesunken da, wie eine verwelkte Blume. Edgar verkniff sich jegliche Kritik. Ihre Reaktion war nicht verwunderlich, wenn man bedachte, aus welchem Grund sie seine Hilfe brauchte. Zweifellos hätte sie raffinierter reagieren müssen. Vor allem, als die Polizei gekommen war.

Er hatte angenommen, eine Schauspielschülerin würde schon alleine aufgrund ihrer Ausbildung die Grundvoraussetzungen für das Vorspielen falscher

Identitäten mitbringen. Oder war er es, dem man in dieser Hinsicht Naivität vorwerfen konnte?

„Sie haben also mit der Tochter der Steiners gesprochen."

„Zoe, ja. Sie war so ... sie hat einfach nicht so gewirkt, wie ich mir das vorgestellt habe."

„Wie meinen Sie das?"

Sie hob die Schultern. „Man denkt doch, so ein Kind hat den Jackpot. Reiches Elternhaus. Es fehlt ihr an nichts. Auch, wie ihre Mutter immer über sie spricht: ‚mein Augapfel', ‚mein Stern'."

Sie imitierte Sybille Steiners Tonfall perfekt, Edgar entkam ein flüchtiges Lächeln.

„Wahrscheinlich dachte ich, sie müsste so eine Art Mini-Ausgabe von Sybille Steiner sein. Oder zumindest ... ach, ich weiß auch nicht. Aber dieses Mädchen ..." Toni schüttelte den Kopf. „Sie war ein bisschen ..." Sie verzog den Mund, als wäre es ihr unangenehm.

„Was denn?"

„Okay, es ist nicht nett, aber sie hat einfach zu verwahrlost gewirkt für ein angeblich so behütetes Kind."

„Vielleicht rebelliert das Mädchen? Will das genaue Gegenteil ihrer Mutter sein? Ist das in der Pubertät nicht normal?"

Tonis Blick wurde traurig, als sie nickte. „Ja, wahrscheinlich."

Es war nur eine Vermutung, aber ihre Reaktion vermittelte Edgar einen wehmütigen Eindruck. Und er fragte sich, ob es damit zu tun hatte, dass sie sich um ihre Großmutter kümmerte. Wo waren ihre Eltern? Er nippte an seinem Mineralwasser und entschied sich, nicht danach zu fragen. Das hier war ein Job, ein Gegengeschäft.

Ein strenger Geruch stach ihm in die Nase. Sein Hemd trocknete langsam auf, doch das Deo hatte den Dienst bereits versagt. Er rümpfte die Nase.

„Entschuldigung, ich stinke", nahm Toni den Geruch fälschlicherweise auf sich.

„Sie nicht, ich", gab er zurück, woraufhin sie beide auflachten.

„Jedenfalls tut es mir leid, wie das alles gelaufen ist", sagte sie. „Wirklich. Sie müssen mich für eine Idiotin halten."

Fast hätte er „Nein" gesagt. Er sah, wie sie litt, und das nahm ihm seinen letzten Funken Groll.

Toni verwischte einen Tropfen Wasser auf der Tischplatte.

„Ich habe es mir einfacher vorgestellt. Und ich würde wirklich gerne weitermachen. Ganz ehrlich, Herr Brehm. Ich brauche ja auch wirklich dringend Ihre Hilfe bei der Sache mit Felix. Überhaupt nach dieser SMS." Ihre Augen weiteten sich, als sie ihn ansah. „Nur glaube ich nicht mehr, dass ich das kann."

„Was genau?", fragte er, obwohl ihm klar war, was sie meinte.

„Na, das alles, was Sie so machen. Ich weiß, es war unser Deal, aber ..."

„Aber?"

Sie schaute ihn an, ihr Blick war entschlossen. Bei ihr funktionierte seine taktische Art der Befragung nicht so reibungslos wie bei Sybille Steiner vorhin. Was in ihm einen weiteren Hoffnungsschimmer auslöste. Obwohl er noch vor einer Stunde davon überzeugt gewesen war, die „Zusammenarbeit" mit Toni Lorenz zu beenden, war er sich jetzt nicht mehr so sicher. Und das war nicht nur auf der Tatsache begründet, dass ihm keine Wahlmöglichkeiten blieben. Er brauchte Unterstützung bei den Ermittlungen. Wäre es nicht sie, müsste er jemand anderen engagieren. Was in der Vergangenheit auch nicht von Erfolg gekrönt war. Sollte er einfach mit mehr Bedacht wählen, welche Aufgaben er ihr zuteilte?

Der Kellner brachte ihre Toasts, sie aßen schweigend. Edgar war überrascht, dass sie ihren bereits aufgegessen hatte, als er noch nicht mal bei seiner ersten Hälfte war.

„Meine Oma sagt immer, ich hab zwei Mägen", sagte Toni. „Mindestens. Sie hat gekocht, als wären wir zu dritt."

„Haben Sie noch Hunger?"

Sie winkte ab, aber er war sich da nicht so sicher.

„Okay, ich mache Ihnen ein neues Angebot", sagte er kauend. „Beate Schmitz, Ihre Schulleiterin."

Toni verzog den Mund.

Es herrschte wohl keine große Sympathie zwischen den beiden. Edgar ignorierte es.

„Schmitz hat mit Alexander Steiner gedreht. Sogar mehrmals. Vor ein paar Jahren." Er erzählte ihr von seinen Rechercheergebnissen. „Falls Steiner wirklich so ein Typ ist, wie in dem Tagebuch beschrieben, kann ich mir nicht vorstellen, dass ein derartiges Verhalten einmalig gewesen sein könnte. Darum möchte ich, dass Sie mit Ihrer Lehrerin reden." Toni versuchte, etwas zu sagen, doch Edgar sprach weiter. „Finden Sie heraus, ob es in der Vergangenheit Flirts, Gerüchte über Affären oder sogar Übergriffe gab. Ich will wissen, wie er mit den Schauspielerinnen umgegangen ist, ob er ..."

„... einen bestimmten Typ hat?", beendete sie seinen Satz.

Edgar wischte sich die letzten Krümel von den Lippen. „Ja, genau, sehr gut. Im Gegenzug finde ich raus, wer dieser Milos Kubra ist, mit dem Ihr Freund damals die Schlägerei hatte. Das ist der Deal. Was sagen Sie dazu?"

„Es ist sehr nett von Ihnen, dass Sie mir noch eine Chance geben."

Sie seufzte. Es war eindeutig, dass die Situation sie bedrückte. Edgar leerte den Rest seines Mineralwassers, während sie zu überlegen schien.

„Also, machen Sie es?", fragte er.

„Klar. Können Sie mir dann gleich Bescheid geben, was dieser Kubra gesagt hat?"

„Natürlich. Und Sie suchen sich irgendeinen Vorwand, um mit Frau Schmitz zu reden. Holen Sie sich ihren Rat. Vielleicht sagen Sie, dass Sie Alexander Steiner kennengelernt haben, mit ihm arbeiten möchten, was auch immer." Er stützte sich auf den Ellbogen und sah ihr tief in die Augen. „Sagen Sie unter keinen Umständen, dass Sie für mich arbeiten. Oder sonst irgendetwas über den Fall. Ich will wissen, wie ihre Zusammenarbeit mit Steiner war. Ob er seine Position ausgenutzt hat. Können Sie das?"

Es sah aus, als würde sie nach Luft schnappen. Dann wackelte sie mit dem Kopf. Ob es ein Ja oder Nein sein sollte, war nicht ersichtlich. Edgar entschied sich für Ersteres.

„Gut. Dann kümmere ich mich mal um die Fotos, die ich von dieser Frau in Schwarz gemacht habe." Er hatte wenig Hoffnung, denn schon am Handy waren die Aufnahmen verschwommen und grobkörnig. Der Abstand zwischen ihnen war einfach zu groß gewesen. „Gehen Sie bitte gleich zu Frau Schmitz. Wir haben keine Zeit zu verlieren. Danach rufen Sie mich an, und wir sehen weiter."

Edgar wollte aufstehen, aber sie hielt ihn zurück.

„Wie wollen Sie Sybille Steiner erklären, was vorgefallen ist? Sie wird bei der Polizei nachfragen und –"

„Wenn ich ihr bis heute Abend brauchbare Informationen liefere, dann sollte ich das in den Griff bekommen."

Er gab sich optimistischer, als er selbst war. Musste er Fernanda doch um einen weiteren Gefallen bitten? Bei dem Gedanken wurde ihm flau. Wäre der Zeitdruck nicht so vehement, würde er sie einladen, um für sie zu kochen. Früher hatte er das oft getan. Eine Erinnerung blitzte auf.

Fernanda, Kurt, dessen Frau Edith und Edgar. Es war ein lauer Samstagabend im Sommer gewesen. Sie hatten zusammengequetscht auf dem kleinen mit Lichterketten und Kerzen geschmückten Balkon seiner Wohnung gesessen. Edgar war für das Fünf-Gänge-Menü den gesamten Nachmittag in der Küche gestanden. Früher hatte er gerne gekocht. Jetzt reichte es gerade noch für das Öffnen und Warmmachen einer Dose Ravioli. Dabei waren sich Kurt, Edith und Fernanda an dem Abend einig gewesen, dass er einen Michelin-Stern verdiente.

So rasch, wie das Bild aufgetaucht war, verschwand es wieder. Er spürte einen Stich in der Brust. Er ignorierte ihn.

Edgar rief den Kellner, um zu zahlen. Toni Lorenz lehnte sich zurück und verschränkte ihre Arme.

„Glauben Sie eigentlich, Sybille Steiner könnte was mit dem Mord zu tun haben?", fragte sie nachdenklich.

„Sybille Steiner? Wie kommen Sie darauf?"

„Ich weiß auch nicht. Meine Oma sagt immer, es gibt gute Menschen, die böse Dinge tun. Und böse Menschen, die Gutes tun. Die Grenzen sind fließend."

„Ihre Großmutter scheint eine kluge Frau zu sein."

Toni lächelte. „Ist sie. Ich mein nur, wenn ich an die Tochter der Steiners denke ... das passt irgendwie nicht zusammen. Darf ich Sie mal was fragen? Wieso wollten Sie im Gespräch mit Sybille Steiner rausfinden, ob sie lügt?"

„Das gehört dazu. Damit ich meine Auftraggeber einschätzen kann."

Sie sah ihn fragend an.

„Ob sie zum Beispiel übertreiben, mich mit falschen Informationen füttern, um ein Ergebnis in eine Richtung zu lenken. Bei Verdacht auf Ehebruch kommt das häufig vor, es macht einen beträchtlichen Unterschied bei einer Scheidung. Na ja, wird sich auch ändern, wenn die Frage nach dem Verschulden erst einmal völlig abgeschafft ist. Jedenfalls war das bei ihr nicht der Fall. Dass sie diesbezüglich gelogen hat, meine ich. Sie wusste nichts von den Neuigkeiten. Und nur, weil sie nicht bei allem die Wahrheit gesagt hat, heißt das nicht, dass sie eine Mörderin ist."

„Sie hat also gelogen?"

„Jeder lügt. Um einen Vorteil zu haben, jemanden nicht zu verletzen, sich keine Blöße zu geben. Die einzige Frage, um die ich mich kümmern muss, ist, ob eine Lüge meine Arbeit beeinträchtigt."

„Vielleicht war dieser tote Kellner ja ihr Liebhaber."

Er lachte auf. „Das glaube ich nicht."

„Und warum nicht?"

„Weil ich mir beim besten Willen nicht vorstellen kann, dass sie der Typ Frau ist, der eine Affäre mit einem", er machte Gänsefüßchen in die Luft, „,ganz normalen Mann' beginnt."

„Aber wenn sie sich in ihn verliebt hat?"

„Online gibt es alte Fotos von ihr. Sehen Sie sich die an, dann wissen Sie, was ich meine."

„Ich kenne die Fotos."

Sie war also interessiert. Recherchierte. Das war ein weiterer Pluspunkt für Toni Lorenz. Was er ihr natürlich nicht verriet.

„Und was dachten Sie, als Sie die Bilder gesehen haben?", fragte er.

„Ich hätte sie nicht wiedererkannt. Als wäre das eine andere Frau."

Er nickte. „Frau Steiner hat sich selbst neu erfunden. Und zwar von Kopf bis Fuß. Sie hat doch wie eine Frau gewirkt, die sich nicht attraktiv findet."

„Nur weil sie sich früher nicht so aufgebrezelt hat? Das klingt jetzt sehr sexistisch."

„Nein, das meine ich nicht. Ich spreche von ihrer Haltung. Den eingefallenen Schultern. Auf mich hat sie wie eine Frau gewirkt, die sich damit abgefunden hat, unsichtbar zu sein. Ich weiß, das klingt jetzt sehr zynisch ..."

„Und Sie meinen, dann hat sie sich, warum auch immer, verändert? Und sich – ich nenne es jetzt mal vorsichtig so – äußerlich optimiert."

Edgar nickte. „Wahrscheinlich auch innerlich. Jedenfalls wirkt es so."

„Ja."

Toni senkte den Blick, als würde sie nachdenken. „Es stimmt schon, man sieht ihr an, dass sie unglaublich viel in sich investiert hat. Nicht nur die Operationen."

„Diese Frau wirkt wie jemand, der auf keinen Fall neben dem erfolgreichen Mann verblassen möchte. Sie nutzt seinen Glanz für sich. Und das sehr gekonnt", sagte Edgar.

„Aber aus welchem Grund? Ich meine, sie ist keine Michelle Obama. Sie hat nicht mal einen Instagram-Account oder ist sonst online aktiv. Sie geht keiner Arbeit nach. Außer ein paar Charity-Events, bei denen sie aber auch nur Gast war, habe ich nichts entdeckt, wofür sie ihre Popularität wirklich nutzt."

Ihre Art, die Dinge zu hinterfragen, gefiel Edgar.

„Kann sein, dass ihr die mediale Anerkennung reicht?"

„Sie meinen, sie kommt auf jeden Fall in der Klatschpresse vor und damit ist sie zufrieden?"

Edgar fand das nicht so ungewöhnlich. „Sie ist in ärmlichen Verhältnissen aufgewachsen. Ihr Mann kommt aus einer reichen Unternehmerfamilie."

„Ach darum! Ich dachte mir schon, das Haus hat was mit seinem Erfolg in Russland zu tun."

Edgar zog fragend die Augenbrauen hoch.

„Sie werden es auf den Aufnahmen sehen. Diese Villa, in der sie wohnen, die ist doch zu pompös für einen Regisseur."

„Was auch immer Sybille Steiners Motivation sein mag für ihre Verwandlung, sie hat gelernt, sich im bestmöglichen Licht zu präsentieren. Kann sein, dass sie irgendein Geheimnis hat. Und natürlich ist eine Affäre möglich. Aber selbst wenn – ich müsste mich sehr irren, wenn es eine Affäre mit jemandem wäre, der weniger erfolgreich und vermögend ist als ihr Ehemann. Dass der falsche Kellner ihr Liebhaber sein sollte ... nein."

„Und das alles wissen Sie nur durch ein paar Fakten aus dem Internet und dieses kurze Gespräch mit ihr?"

Edgar zuckte mit den Achseln, nahm einen Schluck Wasser. „Natürlich kann ich mich irren. Menschen sind irrational. Aber es spricht doch zu viel dagegen ... außer ..."

Daran hatte er gar nicht gedacht. Es fiel ihm erst jetzt ein.

„Außer was ...?"

Edgar schüttelte den Kopf, winkte ab. Aber Toni hatte ihn auf einen Gedanken gebracht.

Angenommen, dieser falsche Kellner und die Tagebuchschreiberin stehen in Verbindung miteinander. Und der Kellner wusste von etwas, das Sybille Steiners luxuriöses Leben bedrohen könnte? Und das Tagebuch war absichtlich bei ihr und nicht bei ihrem Mann gelandet, wie sie vorgab. Natürlich kam es vor, dass Täter selbst einen Detektiv engagierten, um über den Stand der Ermittlungen Bescheid zu bekommen. – Der Kellner kam, um zu kassieren. Gedankenverloren holte Edgar seine Geldbörse hervor und gab ihm dreißig Euro. – *Denkst du das wirklich? Und wieso hat sie dann wegen deiner neuen Assistentin die Polizei gerufen?*

Edgar riss den Kopf hoch. Das hatte Kurt gesagt. Es war doch seine Stimme. Ganz eindeutig. Edgar starrte zuerst den Kellner und dann Toni Lorenz an. Hatten sie das auch gehört?

„Was haben Sie gesagt?", fragte er den Kellner.

„Ich? Nichts?" Er kramte Wechselgeld hervor und legte es auf den Tisch.

„Ist alles in Ordnung, Herr Brehm?", fragte Toni, als sie wieder alleine waren.

Er hatte es sich eingebildet. Vielleicht sollte er sich ein Taxi zurück zum Büro nehmen.

„Ja, das ist nur ..."

Weiter kam er nicht. Lichtpunkte fingen an, vor seinen Augen zu tanzen. Der Krampf in seiner Brust, in den Armen, bis in die Fingerspitzen verschlug ihm die Sprache. Es war ein winziger Sprung von Beklemmung zu Todesangst. Wie im Auto vor einer Woche, als er völlig überraschend hinter dem Steuer zusammengebrochen war. Er nahm noch den verwunderten Blick von Toni wahr, als er aufsprang. Er brauchte die Herztabletten. Und zwar jetzt.

13

Toni saß noch immer da und starrte zum Eingang, obwohl Brehm bereits seit mindestens zehn Minuten fort war. Sie kaute auf ihrer Unterlippe und fragte sich, warum er das Café so schnell verlassen hatte. Als wäre er auf der Flucht.

Und jetzt war auch noch der Akku ihres Handys leer. Sie fragte den Kellner, doch der hatte kein Ladekabel.

Hatte sie was Falsches gesagt? War Brehm etwas eingefallen? Oder – was sie am meisten befürchtete – ging es ihm nicht gut?

In seinem Gesicht hatte sie nichts ablesen können, dafür war alles zu rasch passiert. Außerdem war sie selbst in ihren eigenen Gedanken festgehangen. Natürlich würde sie mit der Schmitz reden. Nur hatte sie Brehm verschwiegen, dass seine Bitte – oder besser: ihre neue Aufgabe – zu einem denkbar ungünstigen Zeitpunkt kam.

Es war jetzt kurz vor sechzehn Uhr und damit auch kurz vor Ende von Schmitz' letzter Stunde am Konservatorium. Wenn Toni sich beeilte, konnte sie die Schmitz abfangen. Sie musste sowieso mit ihr reden, denn wenn es stimmte, dass eine Konferenz über ihren weiteren Verbleib – nein, darüber wollte sie besser nicht nachdenken. Die Schmitz war ja kein Unmensch. Zwar hatte Toni es bis jetzt vermieden, über ihre derzeitige private Situation zu sprechen. Aber andere Umstände erfordern andere Maßnahmen. Oder so ähnlich.

Für den Fall, dass Brehm wieder auftauchte, bat Toni den Kellner, ihrem geflüchteten Begleiter mitzuteilen, dass sie ins Konservatorium gegangen war. Sie verließ das Café. Wie an so einem schönen Tag zu erwarten, war die Innenstadt voller Touristen. Toni lief im Zickzack die Freyung entlang und zwängte sich in der schmalen Naglergasse an Reisegruppen vorbei. Am Graben waren die Schanigärten der Lokale vollbesetzt, und für einen kurzen Augenblick spürte sie die Sehnsucht nach so fröhlicher Ausgelassenheit. Erst jetzt fiel ihr auf, dass sie sich gar nicht mehr verfolgt fühlte. Oder war das dem Umstand zu verdanken, dass sich so viele Menschen auf der Straße befanden?

Sie bog im Laufschritt in die Kärntner Straße. Fast wäre sie mit einer Reiseführerin zusammengekracht, die vor Schreck ihre Unterlagen über die Wiener Sehenswürdigkeiten fallen ließ. Toni half ihr beim Einsammeln der Seiten und traf deshalb verspätet im Konservatorium ein. Da nachmittags im Haupthaus bis auf wenige Dramatik-Einzelstunden kein Unterricht stattfand, war niemand mehr da. Und auch weit und breit keine Schmitz.

Toni wartete, ging den Gang auf und ab, horchte. Normalerweise überzog die Schmitz ihre Unterrichtsstunden gerne um ein paar Minuten. Aber selbst in diesem Fall müsste sie schon an ihr vorbeigekommen sein. Oder hatte sie heute den Unterricht früher beendet und war gar nicht mehr hier?

Zumindest konnte Toni jetzt endlich ihr Handy aufladen. Wer auch immer die Idee mit dem Ersatzladekabel zur allgemeinen Verwendung im Pausenraum gehabt hatte – sie war ihm zu Dank verpflichtet! Sie ließ ihr Handy dort und stieg die Treppe in den ersten Stock hoch. Das Unterrichtszimmer der Schmitz war versperrt. Sie war nicht da, so ein Mist!

Mehr aus Angst davor, die Konferenz wegen ihr wäre tatsächlich kurzfristig einberufen worden, als aus Hoffnung, die Schmitz zu finden, ging Toni in den nächsten Stock. Das Sekretariat war verschlossen, sie klopfte beim Lehrerzimmer, niemand öffnete. Aber es war noch jemand hier, sie hörte doch irgendwo Möbelrücken. Das musste aus dem oberen Stockwerk kommen.

Bereits auf den ersten Stufen hallte Toni die tiefe und donnernde Stimme der Schmitz entgegen. Sie jammerte, regte sich auf. Es kam aus dem Turmzimmer. Normalerweise war das versperrt, da der dunkle Raum von den Studenten in der Vergangenheit für Partys, Joint-Runden und auch mal Sex missbraucht worden war. Jetzt wurde er nur mehr für ausgesuchte Proben für die Jahresabschlussprüfung freigegeben. Wieso war die Schmitz hier oben? Und wen machte sie da gerade zur Schnecke?

„... bin ich müde, diesem Götzen zu schmeicheln, den mein Innerstes verachtet. Wann soll ich frei auf diesem Throne stehen? Die Meinung muss ich ehren, um das Lob der Menge buhlen. Einem Pöbel muss ich's recht machen, dem der Gaukler nur gefällt. Oh, der ist noch nicht König, der der Welt gefallen muss. Nur der ist's, der bei seinem Tun nach keines Menschen Beifall braucht zu fragen."

Tonis Magen zog sich zusammen. Sie wusste, was das war. Der Monolog der Elisabeth aus „Maria Stuart". Das wohl einschneidendste Stück ihrer Karriere: In der Nacht vor dem Premierenabend war die Schmitz auf dem Heimweg zusammengeschlagen worden.

Aber wem spielte sie das vor? Und warum im Turmzimmer und nicht in ihrem eigenen Unterrichtsraum?

Lena hatte Toni erzählt, die Schmitz hätte sich angeblich dem Wunsch ihres besorgten Ehemanns gebeugt und war nach dem Vorfall beruflich kürzergetreten. Aber Toni glaubte nicht daran. Sie hatte diesen Ehemann gesehen. Er lief der Schmitz hinterher wie ein Schoßhund. Wenn in dieser Ehe jemand auf die Wünsche des anderen reagierte, dann war das er.

Also, was sollte sie jetzt machen? Hier auf die Schmitz warten und zugeben, dass sie gelauscht hatte? Oder unten beim Eingang, wie sie es vorgehabt hatte?

Die Schmitz nahm ihr die Entscheidung ab: Mitten in „War ich tyrannisch, wie die spanische Maria war ..." kam sie aus dem Turmzimmer. Ihr Gesicht war tomatenrot und glänzte vor Schweiß. Bei Tonis Anblick stieß sie ein verärgertes Grunzen aus.

„Ich dachte mir, dass ich was gehört hab. Aber mit dir hab ich nicht gerechnet."

Toni wartete, ob noch jemand kam, aber die Schmitz schien alleine zu sein. Plante sie eine Rückkehr zum Theater?

„Frau Professor, ich hab Sie gesucht und ... ich wollte nicht stören. Haben Sie gerade geprobt?"

„Was willst du?"

Sie hörte sich an, als wäre auch das ein Satz ihrer Rolle.

„Ich bin ..."

„... nicht krank, wie ich sehe", vollendete die Schmitz den Satz bissig. „Das habe ich auch nicht angenommen."

Toni wollte sich nicht einschüchtern lassen. Die Schmitz war wie ein zorniger Wachhund, der schließlich doch nur lauthals bellte. Das Wichtigste bei ihr war, nicht auf ihre Launen einzugehen und einen kühlen Kopf zu bewahren. Wenn man es durchhielt und ruhig und gelassen blieb, versiegten diese Emotionsvulkane so schnell, wie sie ausgebrochen waren.

Wo sollte Toni anfangen? Bei Steiner? Ihrem drohenden Rausschmiss? Felix? Ihrer finanziellen Situation? Sie räusperte sich.

„Lena hat mir von der geplanten Konferenz erzählt. Und darum ... also ich wollte Ihnen erklären, warum ich im letzten Monat so viele Fehlstunden hatte."

„Ach, wirklich? Na dann, ich bin gespannt. Also los", keifte die Schmitz und verschränkte die Arme.

In ihrem wallenden Kleid sah sie aus wie eine Rachegöttin. Toni durfte sich von dem boshaften Tonfall nicht aus dem Konzept bringen lassen. Sie wartete einen kurzen Moment.

„Mein Freund hat mich vor einem Monat verlassen. Er hat mein gesamtes Geld, die Bankomatkarte, einfach alles mitgenommen, was so viel bedeutet wie ... also, ich bin pleite. Ich habe versucht, ihn zu finden, aber er hat sich sehr gut versteckt."

Tonis Versuch, einen Scherz zu machen, funktionierte nicht. Die Schmitz zuckte nicht mal mit dem Mundwinkel.

„Ich brauch das Geld dringend wieder, meine Großmu–"

Die Schmitz sah sie an, als würde sie jeden Moment explodieren. Toni entschied sich dagegen, von ihrer Großmutter zu erzählen.

„Egal. Also, das ist der Grund. Es tut mir wirklich sehr leid, ich weiß, dass ich viel versäume. Aber nur, weil ich dabei bin, dieses Problem so schnell es geht auf die Reihe zu kriegen. Wirklich."

„Ahaaa."

Die Schmitz lächelte so breit, dass ihre gesamte Zahnreihe aufblitzte. Es war das unechteste und gleichzeitig wütendste Lächeln, das Toni je von ihr gesehen hatte. Wäre Lena in der Nähe, hätte sie jetzt gegrunzt.

„Und wie lange das alles noch dauern wird, das weißt du nicht, nehme ich an?"

Ihre Stimme klang süß und falsch und tatsächlich furchteinflößend. Toni schüttelte perplex den Kopf.

Die Schmitz war streng. Aber sie war nicht boshaft. Sie liebte das Theater und hatte wenig Einsicht, wenn jemand nicht genauso empfand. Deshalb hatte Toni keine Begeisterung, aber doch Verständnis erwartet. Und Loyalität. Jedenfalls niemals diese Reaktion.

„Und wie stellst du dir vor, soll das dann weitergehen, Antonia?", sagte sie, ohne ihr Grinsen zu verlieren. „Suchst du die nächsten paar Monate auch noch nach ihm? Vielleicht gleich ein ganzes Jahr, hm? Und besuchst den Unterricht wieder, wenn er auf deiner Türschwelle steht?"

Die Schmitz lächelte noch immer, aber ihre Augen bekamen diesen starren Ausdruck, als würde sie sich mit viel Mühe beherrschen. „Was denkst du dir eigentlich?"

Jede falsche Freundlichkeit war aus ihrer Stimme verschwunden.

Obwohl Toni sie sehr gut verstanden hatte, fragte sie: „Bitte?"

„Was, denkst du dir, ist das hier?", donnerte die Schmitz so laut, dass Toni unwillkürlich zusammenzuckte.

Die Schmitz trat einen Schritt näher an sie heran, wie eine Löwin an ihre Beute.

„Diese Ausbildung. Dein Studienplatz. Glaubst du, das ist ein Geschenk?"

„Ich verstehe nicht ... was meinen Sie?"

Der Blick der Schmitz war eiskalt, so kannte Toni sie gar nicht.

„Hast du eigentlich eine Ahnung, wie viele ambitionierte, talentierte junge Frauen sich um einen Platz an dieser Schule reißen? Einen Platz, den du ihnen wegnimmst."

„Aber es war doch nur der letzte Monat ... und auch nur aus dem Grund, weil –"

„Nur der letzte Monat?" Ihre Nasenflügel, ihre Brust, ihre Lippen – alles an ihr bebte. Die Schmitz hob die Hand, streckte Toni vier Finger vor das Gesicht. „Ein Monat? Das sind vier Wochen – vier! –, in denen ein ganzes Theaterstück auf die Beine gestellt wird." Dramatisch warf sie ihre Arme in die Höhe. „Für diesen Beruf muss man brennen. Verstehst du? Brennen! Wir bilden hier keine Möchtegerndarstellerinnen aus, die nur wie ein Teelicht vor sich hin glimmen. Und willst du wissen, was falsch ist an dem, was du sagst? Ich verrate es dir, Antonia: Irgendwas wird immer sein. Immer! Huhu, mein Freund ist weg. Oh nein, ich hab kein Geld."

Toni konnte nicht mehr verbergen, wie sehr sie die Worte trafen. Tränen stiegen ihr in die Augen, die sie mühsam wegzublinzeln versuchte. Das schien der Schmitz nur noch mehr Zündstoff zu geben.

„Hast du eigentlich eine Ahnung, wie viele Hindernisse und Rückschläge man ertragen muss, um es in diesem Beruf zu schaffen? Und nichts, gar nichts, darf dich dabei aufhalten." Sie zeigte mit ihrem Zeigefinger auf Toni. „Du bist talentiert, aber weißt du was? Das nützt dir rein gar nichts. Talentiert sind nämlich hundert, ach was, tausend andere auch. Die sich nicht aufhalten lassen." Toni hatte das Gefühl, es ging hier gar nicht mehr um sie. „Wenn du schon so anfängst, dann ist es nur eine Frage der Zeit, bis du einknickst. Und dafür sind dieser Platz und die Zeit an dieser Schule zu schade, um alles an dich zu verschwenden."

„Das ist nicht wahr. Mein Platz hier ist nicht vergeudet", verteidigte Toni sich.

Die Schmitz warf ihren Kopf in den Nacken und fing an, höhnisch zu lachen.

„Das ist alles, was dir dazu einfällt?" Sie drehte sich um, kehrte zurück ins Turmzimmer und sprach durch die offene Tür. „Du schwänzt seit fast einem Monat mehr als die Hälfte des Unterrichts, bist unaufmerksam, übst so gut wie gar nicht, probst nicht. Du hast keine Ahnung, was dieser Beruf wirklich bedeutet. Was er dir abverlangt. Und jetzt erzählst du eine rührselige Geschichte und glaubst, die Sache ist damit erledigt und es gäbe keine Konsequenzen. Komm herein. Na, los."

Toni folgte ihr, dabei hätte sie am liebsten umgedreht und wäre weggelaufen.

„Hier. Spiel mir das vor."

Die Schmitz streckte ihr ein aufgeschlagenes Reclam-Heft entgegen. Das war der Monolog der Elisabeth, von gerade eben. Was sollte das? Wollte sie sie prüfen?

„Ich warte."

Der Boden unter Toni schwankte, als wäre sie seekrank. Die Schmitz legte es wirklich darauf an, sie rauszuwerfen. Obwohl sie ihr alles – oder zumindest fast alles – gesagt hatte. War sie noch ganz bei Trost? Oder war das eine gekonnte Provokation, weil sie dachte, Toni würde sich weigern?

Obwohl das Reclam-Heft in ihrer Hand zitterte, streckte Toni die Brust heraus und sammelte ihre ganze Wut und den Ärger. Sie wollte gerade mit dem ersten Satz einsetzen, da riss ihr die Schmitz das Heft wieder aus der Hand.

„Du kannst gehen", sagte sie, drehte Toni den Rücken zu und fing an, in ihrer Tasche zu kramen.

Was war denn in letzter Zeit los mit der Schulleiterin? Irgendwas musste vorgefallen sein. Hatte Lena nicht erst gestern gesagt, dass sie in Pension geschickt werden sollte? War das der Grund, warum sie sich jetzt so unbarmherzig verhielt? Aber war das eine Entschuldigung?

Toni war von dieser ganzen verworrenen Szene so aus dem Konzept, sie hatte vergessen, warum sie eigentlich gekommen war: um Informationen für Brehm zu beschaffen.

Sie würde das für ihn erledigen. Und sie wollte es jetzt auch nicht nur als Gegenleistung für seine Suche nach Felix. Sie wollte ihm und sich selbst zeigen, dass sie nicht aufgeben würde.

Toni war wütend, fühlte sich gedemütigt. Aber mit der Schmitz zu streiten hatte jetzt keinen Sinn. Schon gar nicht, wenn die Schulleiterin so irrational handelte.

Brehm brauchte die Informationen. Und er brauchte sie sofort. Auch wenn die Schmitz bis zu ihrer Pensionierung am längeren Ast saß, würde sie sich die nun holen. Wenigstens das.

„Frau Professor –"

„Du brauchst dich nicht mehr rauszureden. Ich hab gesagt –", begann sie gebieterisch. Es klang fast nach Genugtuung. Toni fiel ihr ins Wort.

„Ich bin noch aus einem anderen Grund zu Ihnen gekommen. Der Regisseur Alexander Steiner, Sie haben ein paar Mal mit ihm gedreht." Ihre Stimme zitterte vor Wut und Kränkung, sie achtete nicht darauf. „Wissen Sie, ob er Affären mit seinen Schauspielerinnen hatte? Ob es Übergriffe von seiner Seite gab?"

„Was hast du gesagt?"

Die Schmitz sah Toni fragend an, als hätte sie nicht richtig gehört.

„Ob Alexander Steiner seine Position in irgendeiner Form ausgenutzt hat?"

„Alexander Steiner? Warum fragst du das?"

Der Blick der Schmitz blieb zwar halb skeptisch und halb verwundert, aber ihr Ärger schien sich zu verflüchtigen. Als würde irgendwas bei ihr anklingen.

„Weil ich weiß, dass Sie mit ihm gearbeitet haben."

„Ja. Aber warum fragst du danach?"

Toni überlegte. Die Schmitz würde ihr garantiert nicht abnehmen, dass sie ein Vorsprechen bei Steiner hätte. Ein Anruf würde reichen, um sie der Lüge zu überführen. Und das konnte sie gerade jetzt am allerwenigsten brauchen.

„Weil es jemandem sehr helfen würde, das zu wissen", sagte sie. „Einer jungen Kollegin."

„Wie heißt sie?"

„Ed...da Brehm, sie ist ... Sie kennen sie nicht."

Die Frage hatte Toni überrascht. Es war ihr nichts anderes eingefallen.

Ein leichtes Zucken huschte über das Gesicht der Schulleiterin. Sie wusste etwas, da war Toni sicher. Die Schmitz schien zu überlegen, hob ein wenig die Augenbrauen, sie wirkte erschöpft.

„Er ist ein außergewöhnlicher Regisseur. Ich habe immer sehr gerne mit ihm gearbeitet", winkte sie ab und wandte sich wieder ihrer Tasche zu.

„Ich verstehe. Gut, also dann." Toni drehte sich um, als würde sie gehen wollen. „Ich weiß, Sie sind im Moment nicht gut auf mich zu sprechen", sagte sie mit dem Rücken zur Schmitz. „Aber Sie würden eine Kollegin doch trotzdem vor ihm warnen? Sofern es angebracht ist."

Da die Schmitz nicht antwortete, machte sie einen Schritt Richtung Tür.

„Warte."

Toni drehte sich um. Die Schmitz sah zu Boden, als würde sie mit sich um eine Antwort ringen.

„Steiner hat sich mir gegenüber immer mehr als korrekt verhalten. Aber ich war da bereits sehr erfolgreich. Anders als meine ..." Sie stoppte.

„Als Ihre ...?"

„Meine Nichte. Loretta. Sie war damals Anfängerin. Ein bisschen übersensibel, aber ein entzückendes Mädchen. Sie wollte immer so werden wie ich. Wie glücklich sie war, als sie in einer seiner grauenhaften Serien mitgespielt hat. Eine Episodenhauptrolle sogar. Aber danach wollte sie nicht mehr mit ihm arbeiten. Über den Grund hat sie nie gesprochen."

„Haben Sie etwas vermutet?"

„Ich habe ihr Verhalten damals einfach nicht verstanden. Es kam noch ein Angebot von ihm, aber sie hat es abgelehnt, ist nach London gezogen."

Irgendwas verschwieg die Schmitz, das war eindeutig.

„Es ist ein verrückter Beruf", sagte sie plötzlich. „Es gibt diese verklärte Ansicht, dass man dazu berufen wird. Aber was bedeutet das schon? Die Wahrheit ist: Es ist ein Scheißberuf. Er prüft dich ständig. Fordert alles von dir. Und wenn du glaubst, du kannst nichts mehr geben, dann wirst du feststellen, das ist erst der Anfang."

Toni wusste nicht, ob das in die Kategorie „dramatische Übertreibung einer gescheiterten Diva" gehörte oder ob sie aus Wehmut sprach. Die Schmitz seufzte schwer, sah Toni mit einem müden Lächeln an.

„Wir hätten dich gar nicht aufnehmen dürfen, Antonia."

Das hörte sie zum ersten Mal.

„Weil ich nicht gut genug war?"

„Nein. Weil es dir zu leichtgefallen ist."

Toni wollte erwidern, dass es nicht stimmte. Und, dass es ihr leidtat, wenn die Gerüchte über die Pensionierung stimmen sollten. Dass das nicht fair war, wollte sie sagen. Und dass die Schmitz jetzt nicht auch noch unfair zu ihr sein sollte. Doch sie war schneller.

„Geh jetzt. Du brauchst am Freitag nicht mehr zu meinem Unterricht kommen."

„Aber, das ist nicht –"

„Das Schuljahr dauert nur mehr drei Wochen. Am Freitag findet eine Konferenz statt, da werden wir entscheiden, wie es mit dir weitergeht. Das Sekretariat meldet sich bei dir. Und jetzt schließ die Tür hinter dir."

Erst im Pausenraum erlaubte sich Toni, vor Wut und Demütigung zu heulen. Unter dem Tränenschleier trennte sie ihr Handy vom Ladekabel und schaltete es ein. Sechs Anrufe in Abwesenheit, vier Nachrichten auf der Mobilbox. Die erste war von Lena:

Wo bist du? Wieso geht nur deine Box ran? Ruf mich zurück, okay? Ich mach mir Sorgen.

Hey, der Unterricht ist aus. Ich fahr jetzt zu dir nach Hause.

Bei der dritten Nachricht klang sie gekünstelt fröhlich: *Toni, ich stehe vor deiner Wohnungstür. Deine Oma ist hier. Überraschungsbesuch.*

Ohne die letzte Nachricht abzuhören, lief Toni aus dem Gebäude. Sie kam nicht weit. Edgar Brehm wartete dort. Sein Gesicht fast so weiß wie die Hausmauer, an der er lehnte.

„Haben Sie geweint?"

Brehm sah sie erschrocken an, Toni wischte sich über die Wangen. Ein paar Passanten mit Eistüten voller bunter Kugeln betrachteten sie neugierig.

„Können wir später reden? Ich muss sofort nach Hause."

„Haben Sie etwas erfahren?"

„Ja, aber ... ich kann wirklich nicht. Lena hat angerufen, meine Oma steht vor der Tür. Ich ruf Sie später an, okay?"

Brehm sah die Straße hinunter, er wirkte abgekämpft.

„Nein. Wir nehmen ein Taxi. Beim Ronacher ist ein Standplatz. Kommen Sie. Dann können Sie mir im Wagen alles erzählen. Und ich habe auch Neuigkeiten für Sie."

Toni hörte, wie er hinter ihr her schnaufte, also ging sie ein bisschen langsamer, als sie eigentlich wollte.

Nur mehr ein Taxi stand da, sie stürmte hin, öffnete die Hintertür, und noch während sie reinrutschte, nannte sie der Fahrerin die Adresse. Brehm schob sich mühsam in den Wagen.

„Tut mir leid, dass ich vorhin so rasch wegmusste", murmelte er, als sie losfuhren. „Der Kellner hat mir Bescheid gegeben, wo ich Sie finde. Ihr Handy ist übrigens ausgeschaltet." Er senkte seine Stimme noch mehr. „Ich habe mit Milos Kubra telefoniert." Tonis Herz begann wild zu klopfen. „Es ging um Geld. Siebentausend Euro. Die hat er sich von Herrn Kubra geborgt. Und sie bis dato nicht zurückgezahlt. Anscheinend hat er bei mehreren Leuten Schulden gemacht. Warum oder wie viel, wollte Kubra nicht sagen. Ich war ehrlich gesagt überrascht, dass er überhaupt mit mir gesprochen hat. Aber er dachte anscheinend, ich würde Meier auch wegen Schulden suchen." Er nickte ihr zu und sagte wieder in normaler Lautstärke: „So, jetzt Sie, was haben Sie erfahren?"

Toni wollte nachfragen, ob dieser Kubra sonst noch irgendwas wusste, wurde aber vom Bremsen und dem grellen Aufschrei der Taxifahrerin unterbrochen.

„Eddi?" Der blonde toupierte Haarschopf der Fahrerin drehte sich nach hinten, und sie starrte Brehm an. „Jössas, Eddi, bist das du? Ja, wirklich! Nein, ich glaub es ja nicht. Der Eddi Brehm, bei mir im Taxi!" Sie lachte schrill. „Kennst mich nicht mehr?"

Brehm sah aus, als hätte er wieder Schmerzen.

„Inge?", fragte er gequält. „Das ist aber ein Zufall."

Ihr neuerliches Jauchzen ging in einen röhrenden Raucherhusten über.

„Na, das kannst aber laut sagen."

Hinter ihr hupte ein Wagen, sie drehte sich nach vorne und gab Gas. Sie nahm die Kurve so schwungvoll, dass Toni gegen Brehm geschleudert wurde.

„Ich hab dich ja sicher schon – wart, wie lang ist das her? – vier Jahre nimmer gesehen. Wie geht's dir? Und wie geht's deinem Kompagnon?"

„Danke, gut", sagte Brehm knapp. Seine Miene wirkte wie versteinert. „Und –", begann er, doch sie fiel ihm ins Wort.

„Wie läuft denn euer Detektiv-Gschäft? Der Karli sagt noch immer, es ist so schad, dass dich damals bei der Polizei rausgehaut haben. Du warst einer von den anständigen Kieberern, einer mit Handschlagqualität. So was gibt's ja heute nimmer. Darum hat er auch gsagt, wir müssen unbedingt den Brehm als Detektiv engagieren. Er wird euch das nie vergessen, wie ihr damals seinen Sohn gefunden habts. Lang habens die beiden leider nicht miteinander ausgehalten. Der Karli ist übrigens wieder gsessen, letztes Jahr. So ein Depp."

„Wirklich", entgegnete Brehm.

Es klang nicht wie eine Frage, stellte Toni fest. Doch Fahrerin Inge schien das nicht zu bemerken.

„Ja, ja, das Übliche. Glaubt, er kann wie früher noch wen übers Ohr hauen. Dabei, mit dem ganzen Internet ... die haben ihn schneller eingsperrt, als er schaun hat können. Er hat halt sonst nix und dann is ihm fad und dann wird er eben deppert. Aber bei der Polizei interessiert das keinen. Es gibt dort keine Ehrenmänner mehr." Inge schüttelte den Kopf. „Und du? Hast endlich geheiratet? Da gab es doch mal diesen netten ... ma, wie hat der geheißen? Na, egal. Jedenfalls hab ich mich ja so gefreut, dass ihr das jetzt auch dürfts. Mein Karli sagt immer, allen sollen die gleichen Fehler erlaubt werden." Ihr Lachen vermischte sich mit Husten. „Der Sohn von meiner Cousine, der Jakob, ist jetzt auch schwul. Ein fescher Bursch, groß und blond, und er hat so einen Reifen im Ohr. Also mir gfallt das ja nicht. Hast du ihn schon mal bei euch gesehen?"

Toni brauchte einen Moment, bis sie verstand, was die Fahrerin gerade gesagt hatte. Brehm? Homosexuell? Erst als er ihr einen wütenden Blick zuwarf, merkte sie, dass sie ihn anstarrte.

„Und wer ist die junge Dame? Ein neuer Fall? Ich kann Ihnen sagen, der Eddi und der Kurt, das sind super Detektive", kicherte Inge.

„Ich arbeite für ihn", sagte Toni.

„Na sapperlot, jetzt hast auch schon Angestellte. Hawedehre. Wenn ich das dem Karli erzähl. Also jetzt sag schon, wie geht's dem Kurt? Der hat mir damals die Hand geküsst, wie wir zu euch kommen sind. Mir hat noch nie vorher einer die Hand küsst." Sie seufzte beherzt.

Brehm räusperte sich. Er schien mit sich zu kämpfen.

Inge beobachtete ihn im Rückspiegel und bremste im letzten Moment an einer roten Ampel. Sie drehte sich um und sah ihn erwartungsvoll an.

„Also, wie geht's deinem Kollegen?"

„Es geht ihm gut", sagte er und schaute sofort aus dem Fenster.

Inge sah Toni an, als würde sie erwarten, dass sie mit mehr Informationen aufzuwarten hatte.

„Es ist grün", sagte Brehm kühl.

Damit war Inges Begeisterung verpufft. Den Rest der Fahrt brachten sie schweigend hinter sich.

Vor dem Haustor warteten bereits ihre Großmutter, Lena und ein weißhaariger Herr in einem blauen Anzug. Er sah aus wie ein Schiffskapitän. Das musste der begehrte Neuzugang sein, von dem ihre Oma erzählt hatte. Toni hatte angenommen, dass Brehm weiterfahren würde, doch er stieg mit ihr aus. Wahrscheinlich, um nicht weiter mit Inge reden zu müssen.

„Da ist sie ja!" Tonis Großmutter kam auf sie zu. Ihr dunkelblaues Seidenkleid flatterte elegant im Wind. Ihre dichten, weißen Haare waren hochgesteckt, große Perlenohrringe lugten hervor, ein Hauch von Flieder umgab sie.

Die bunten Armreifen klimperten, als sie die Arme nach Toni ausstreckte, sie an sich drückte und ihr einen Kuss auf die Wange gab. Toni war das Humpeln nicht entgangen. Eigentlich brauchte Martha Lorenz einen Stock, aber sie weigerte sich strikt, einen zu verwenden. In der vertrauten Umarmung musste Toni sich zurückhalten, um nicht loszuheulen. Den letzten Besuch in Baden hatte sie wegen der Suche nach Felix ausfallen lassen. Wie sehr ihre Oma ihr gefehlt hatte. So gerne würde sie ihr alles erzählen, so wie früher, in der Küche bei einem Kaffee.

„Bitte sag jetzt nicht, das ist Felix", flüsterte ihre Oma ihr ins Ohr und löste die Umarmung. Ihr Lächeln in Brehms Richtung war wie eingefroren. Sie streckte ihm die Hand entgegen.

„Martha Lorenz, ich bin Tonis Großmutter."

„Guten Tag, Brehm."

Toni bemerkte den fragenden Blick, den Brehm ihr zuwarf, und schüttelte leicht den Kopf. Der Schiffskapitän schien es mitzubekommen, denn er verzog die Augenbrauen. Einen Moment herrschte peinliches Schweigen.

„Papa!", rief Lena plötzlich und steuerte auf Brehm zu, der sie erschrocken ansah. Sie wollte ihm ein Begrüßungsbussi geben, doch weil er so groß war, kam sie nicht an seine Wange. Sie überspielte es, indem sie ihren Kopf auf seiner Brust ablegte und schuldbewusst sagte: „Entschuldige, wir wollten uns ja beim Konservatorium treffen, ich hab es verschwitzt."

Und Toni war wieder einmal über Lenas Improvisationskünste erstaunt. Martha Lorenz schien sichtlich erleichtert, und auch der Kapitän kam nun zu ihnen, schüttelte Toni begeistert die Hand und fing an zu erzählen, wie sehr ihre Oma von ihr schwärmte und er nun wisse, warum. Dann deutete er auf seinen Oldtimer, ein weißes Mercedes Cabrio. Sie plauderten eine Weile, und Toni war mehr als dankbar, wie gut Brehm mitspielte. Er unterhielt sich angeregt mit ihrer Großmutter und dem Kapitän über ihre Liebe zu alten Autos.

„So, wir wollten nur eine kurze Spazierfahrt machen", erklärte ihre Oma und wandte sich an Toni, „wir sind auch schon wieder weg. Geht es dir gut, mein Herz?"

Toni nickte, bemühte sich um ein ehrliches Lächeln. Ob ihre Großmutter es glaubte, wusste sie nicht, aber der Schiffskapitän drängte ohnehin zum Aufbruch, um dem Abendverkehr auf der Südautobahn zu entkommen.

„Ist wirklich alles in Ordnung?", flüsterte ihre Oma Toni zum Abschied ins Ohr. Toni nickte, sie winkten einander noch zu, bis das Cabrio um die Ecke verschwunden war.

„Danke, Lena, du hast mich gerettet."

Die schien es plötzlich sehr eilig zu haben. Sie sagte, sie müsse zu ihrer Schicht ins Café, dabei fing die erst in zwei Stunden an.

„Sie haben eine sehr nette Großmutter", sagte Brehm, als sie alleine waren.

„Ja, danke. Darum brauch ich das Geld ja so dringend zurück."

„Ich verstehe."

„Danke jedenfalls, dass Sie mitgespielt haben."

Brehm wirkte, als hätte er gerne etwas darauf gesagt, ließ es dann aber bleiben.

Hier vor dem Haus konnte Toni ihm schlecht erzählen, was sie von der Schmitz erfahren hatte, also bat sie Brehm in ihre Wohnung. Sie führte ihn in die Küche. Er wirkte leicht erschlagen von den vielen Farben. In der ersten Zeit, nachdem ihre Großmutter in die Seniorenresidenz übersiedelt war, hatte Toni an den Abenden eine

Beschäftigung gebraucht. Sie war es nicht gewohnt gewesen, alleine zu sein. Also hatte sie die Küche gestrichen. Bunt. Der Hängeschrank über der Spüle war knallrot, die Kredenzen blitzblau und kanariengelb, der Küchenschrank für die Teller smaragdgrün, der für die Töpfe lila, und die Gläser standen hinter einer orangefarbenen Front. Dazu war auch jede Lade in einer anderen Farbe gestrichen. Ohne Brehm zu fragen, stellte Toni ihm ein Glas Wasser auf den Tisch. Der Stuhl, dunkelblau mit gelben und roten Tupfen, knarrte bedrohlich, als er darauf Platz nahm. Sie fing an zu erzählen, was sie von der Schmitz erfahren hatte. Nur den Streit ließ sie aus. Und von ihrem drohenden Rauswurf musste er nichts wissen.

Er kratzte sich am Kinn. „Das ist sehr interessant. Glauben Sie, Sie können diese Loretta Schmitz kontaktieren?"

Toni zog ein Knie an und umschlang es mit den Armen. „Ich kann es auf jeden Fall versuchen."

„Oder Sie lassen sich von Frau Schmitz die Nummer ihrer Nichte geben?"

„Ich glaube nicht, dass sie mir die gibt."

Er fuhr sich durch die Haare. Seine Hand zitterte ein wenig. Ob er seine Medikamente genommen hatte? Toni überlegte, ihn zu fragen, aber es schien ihr dann doch zu vertraulich. Sollte sie ihm etwas zu essen anbieten? Ihr selbst war jetzt mehr nach einem Glas Wein. Sie wollte ihm schon vorschlagen, eine Flasche zu öffnen, da fiel ihr ein, dass in seinem Zustand Alkohol das Letzte war, was er zu sich nehmen sollte.

„Wo waren Sie eigentlich? Ich meine, als Sie das Café verlassen haben?", fragte sie.

„Musste was besorgen." Er sah aus, als wäre die Erinnerung daran keine angenehme. „Gut, also dann." Er war gerade dabei aufzustehen.

Sie hätte gerne gewusst, was die Taxifahrerin damit gemeint hatte, dass er bei der Polizei gekündigt worden war.

„Wie hat ...", begann sie.

Brehms schlagartig griesgrämiger Gesichtsausdruck wirkte wie eine stumme Warnung – ahnte er, was jetzt kommen würde? Vielleicht war das nicht der richtige Zeitpunkt.

„Ich meine, was passiert jetzt?", korrigierte sich Toni.

„Wie, was jetzt passiert?"

„Na, mit Felix?"

„Ich kümmere mich darum."

Sein Blick gefiel ihr nicht. Als schien er zu sagen: Machen Sie sich keine Hoffnungen. Aber das konnte nicht stimmen, nein, es durfte nicht stimmen!

„Wie wollen Sie eigentlich die Frau finden, die uns heute entwischt ist?"

Brehm erhob sich vom Stuhl, schüttelte den Kopf. „Frau Lorenz, wenn Sie die Nichte von Frau Schmitz ausfindig machen und mit ihr Kontakt aufnehmen, wäre ich Ihnen sehr dankbar. Aber dabei werden wir es belassen."

Dass sie seinen Sinneswandel nicht verstand, war ihr offenbar anzusehen.

„Ihre Arbeit gegen meine, quid pro quo."

„Das müssen wir nicht so machen."

„Bitte?"

„Ich meine nur, also, seit dem Gespräch mit der Schmitz ..."

Toni wollte ihm sagen, dass es etwas bei ihr verändert hatte. Dass sie wissen musste, was an der Sache dran war. Und obwohl sie heute Vormittag noch überzeugt gewesen war, für den Job genau die Falsche zu sein, empfand sie das nun anders. War es der geweckte Gerechtigkeitssinn, der sie dazu motivierte, weitermachen zu wollen? Und noch etwas war anders – es fiel ihr erst jetzt auf. Seit sie Brehm von dieser merkwürdigen SMS erzählt hatte, war das Gefühl, verfolgt zu werden, verschwunden. Das ergab überhaupt keinen Sinn. Es sei denn, jemand war ihr tatsächlich gefolgt und hatte sich zurückgezogen, weil Brehm in ihrer Nähe war. Oder gab ihr Brehm selbst ein Gefühl von Sicherheit?

Er sah sie skeptisch an.

„Hat Sybille Steiner eigentlich mit Ihnen über ihre Tochter gesprochen?", fragte sie.

„Nein, warum?"

„Mir geht da was nicht aus dem Kopf."

Brehm hob die Schultern, er wirkte wie ein Koloss in ihrer winzigen Küche, eingeklemmt zwischen Küchentisch und Kühlschrank.

„Was denn?"

„Ich weiß nicht ... es ist weit hergeholt. Zoe wurde sehr emotional, als ich die Party zur Sprache gebracht hab."

„Inwieweit emotional?"

„So als hätte sie Angst. Ich dachte, weil sie ein Trauma hat von dem Toten im Pool. Das muss furchtbar sein für ein Kind. Und wer will da noch schwimmen gehen? Aber sie hat immer wieder gefragt, was ich von ihrem Vater will? Und ob es um ein Demoband geht?"

„Ein Demoband? Was ist das?"

„Bevor sich alles ins Internet verlagert hat, hatte man eine DVD mit verschiedenen Filmszenen, kurzen Ausschnitten, was man schon alles gedreht hat."

„Sie meinen, so etwas hatten Schauspieler? Und das gibt es jetzt nicht mehr?"

„Ja, genau, und man hat es schon noch, aber jetzt gibt es Onlineportale, da lädt man das Demovideo einfach hoch."

Brehm lehnte sich an die Kredenz und verschränkte die Arme. „Wie es aussieht, bekommt Alexander Steiner trotzdem noch Demobänder. Aber warum?"

„Ich weiß nicht ..." Toni legte ihren Kopf in den Nacken. Wie würde sie es machen, wenn sie für einen Regisseur mehr als nur ein Gesicht unter vielen sein wollte? „Weil man dann etwas in der Hand hat?", überlegte sie laut. „Ich kann ihm ja schwer einen Link übergeben. Aber so gehe ich zu ihm, dann sieht er mich, und ich verwickle ihn in ein Gespräch. Ach, übrigens, ich bin Schauspielerin und hier ist mein Demoband. Am Cover ist mein Foto, also wird er sich an mich erinnern. Und irgendeinen Computer, auf dem er es sich ansehen kann, hat er sicher auch. Auf jeden Fall besser als eine gesichtslose E-Mail, oder?"

„Sie meinen, der Tote könnte ein Schauspieler gewesen sein, der auf sich aufmerksam machen wollte?" Er runzelte die Stirn. „Das klingt ja schrecklich."

„Für den Schauspieler oder den Regisseur?"

„Für beide. Und falls es so war, wieso wurde er dann umgebracht?"

Sie zuckte mit den Achseln. Damit hatte Brehm recht. Hätte er Steiner erpresst, wozu hatte er sich dann auf der Party eingeschleust? Und es wäre doch niemand so blöd anzunehmen, wegen einer solchen Erpressung besetzt zu werden? Nein, das passte alles vorne und hinten nicht zusammen.

„Melden Sie sich, wenn Sie was über Loretta Schmitz erfahren", sagte Brehm.

Toni brachte ihn zur Tür und wollte ihn noch fragen, ob sie morgen zu ihm ins Büro kommen sollte, da klingelte sein Handy. Er hob sofort ab, nickte ihr zum Abschied kühl zu, und seine immer leiser werdende Stimme verklang im Treppenhaus. Erst als er weg war, fiel ihr ein, dass sie ihn gar nicht mehr nach Felix gefragt hatte.

14

Edgar saß seit einer halben Stunde vor dem Computer in der Detektei und sichtete das Bildmaterial der Fernsehredaktion, das endlich eingetroffen war. Er war müde. Eigentlich hätte er nach Hause gehen sollen. Aber im Büro war der Computerbildschirm größer, und er musste sich die Aufnahmen ganz genau ansehen. Damit rechtfertigte er vor sich, dass er noch immer im Büro saß, obwohl er selbst wusste, dass er sich ausruhen sollte. Aber die leere Wohnung lockte ihn nicht. Zu viele Gedanken lauerten in der Stille.

Er verfolgte Interviews vor der opulenten Villa der Steiners. Leider alle vor dem Haus aufgenommen und somit für seine Zwecke unbrauchbar. Wieso hatte die Redakteurin das nicht gleich gesagt? Anschließend sichtete er die Aufnahmen der Kugelschreiber-Kamera. Auch da war das Ergebnis wenig zufriedenstellend. Eines war aber eindeutig: Man brauchte keine besonderen körperlichen Voraussetzungen, um es über den Zaun zu schaffen. In Verbindung mit einer inaktiven Alarmanlage war das unbemerkte Ein- und Aussteigen aus dem Grundstück ein Kinderspiel. Edgar kam nicht weiter. Der untergetauchte Geschäftsführer des Caterings hatte sich immer noch nicht auf seine Nachricht im Mopsforum gemeldet.

Was sollte er Sybille Steiner erzählen? Den Anruf bei ihr hatte er bis jetzt hinausgezögert, aber es war bereits kurz vor zehn. Dass ihr Mann mit einem gesteigerten Interesse an Statistinnen aufgefallen war, würde ihm nicht weiterhelfen. Und dass er heute Nachmittag die mutmaßliche Freundin des ermordeten Kellners hatte entkommen lassen, ebenfalls nicht. Nein, er brauchte etwas Besseres.

Er lehnte sich zurück, drehte seinen Stuhl zum Fenster. Die Abenddämmerung färbte den Himmel orange. Vor der Tür war ein leises Miauen zu hören. Edgar stand auf, ließ den Kater herein, der auch sofort auf seinem Schoß Platz nahm, als er sich wieder setzte. Er streichelte über sein weiches Fell und versuchte, nicht daran zu denken, wo sich der Kater sonst noch herumtrieb. Seine Gedanken wanderten zu Toni Lorenz und der unsäglichen Fahrt. Wie viele Taxis gab es in Wien und wie hoch war die Wahrscheinlichkeit, ausgerechnet in dieses eine zu steigen, dessen Fahrerin ihn kannte? Nein, er hatte jetzt wirklich keine Zeit, sich auch noch darüber Gedanken zu machen.

Entschlossen nahm er sein Handy, doch statt der Nummer von Sybille Steiner wählte er Fernandas. Sie hob nach dem dritten Klingeln ab.

„Nein, Edgar."

„Aber ich hab doch noch gar nichts gesagt."

„Trotzdem, die Antwort ist Nein."

„Okay. Verstehe."

Er legte auf. Es dauerte keine Minute, bis sie ihn zurückrief.

„Du machst mich wahnsinnig, Edgar. Also, was willst du?"

„Den Namen des Toten."

„Welcher Tote?"

„Der tote Kellner. Von der Party bei den Steiners."

„Sascha Schwarz."

„Ich brauche ihn –", holte Edgar aus, bis er begriff, dass Fernanda ihn gerade genannt hatte. Sofort kritzelte er ihn eilig auf ein Blatt Papier. „Du gibst mir einfach so seinen Namen? Was ist passiert?"

„Nichts ist passiert. Aber der Name wird dir nichts bringen. Er steht in keinerlei Zusammenhang mit den Steiners. Wie es aussieht, war es der Barkeeper."

Der Kater hob seinen Kopf und sah Edgar an, als würde er mithören.

„Der Barkeeper, der frühzeitig die Party verlassen hat?"

„Woher weißt du das? Ach, egal, jedenfalls, ja. Er ist in der Nacht wiedergekommen."

„Wow, das ist ja eine Neuigkeit."

Der Kater sprang von Edgars Schoß, fühlte sich in seiner Ruhe sichtlich gestört. Kratzgeräusche waren zu hören.

„Ist er geständig?", fragte Edgar.

„Nein, aber wie es aussieht, hat er sich ebenfalls auf die Party eingeschleust."

„Das ist nur eine Vermutung, weil ihr den Betreiber der Cateringfirma nicht erreicht, richtig?"

„Woher weißt du das schon wieder? Ach, egal, sag es nicht. Ich will es gar nicht wissen."

„Wieso verdächtigt ihr ihn?"

„Edgar", seufzte sie. „Würde ich nicht bereits eine halbe Flasche Veltliner geleert haben, würde ich jetzt auflegen. Aber so, bitte schön, weil es eh schon wurscht ist: Er wurde von einer Kamera über der Garage erfasst. So haben sie ihn gefunden. Also, war's das?"

„Kannst du mir auch noch sagen, wie er heißt?"

„Edgar ..."

„Bitte, Fernanda. Nur noch dieses eine Mal."

„Du machst mich echt fertig. Warte kurz." Es knackte, als hätte sie das Handy weggelegt. „Das ist komisch, ich hab hier zwei Namen. Vincent Blum und Wilfried Bluminger. So. Ich leg jetzt auf."

„Fernanda ..."

„Was denn noch?"

„Hast du irgendwann Lust ..." Er atmete tief ein. „Hast du Lust, zu mir zum Essen zu kommen? Ich könnte uns was kochen. Ein Abend am Balkon. Wie ... früher."

„Das würde ich sehr gern, Edgar."

Fernanda klang so gerührt, dass Edgar sich schämte, sie erst jetzt eingeladen zu haben.

„Ich dachte schon, du fragst nie."

Sie verabredeten sich für Freitag in einer Woche. Edgar legte auf und ignorierte den Stich in seiner Brust.

Gerade, als er sich Sybille Steiners Nummer raussuchte, rief Toni Lorenz an.

„Ich hab mit ihr gesprochen." Der Triumph in ihrer Stimme war unüberhörbar.

„Mit wem?"

„Loretta Schmitz. Die Schauspielerin, die nicht mehr mit Alexander Steiner drehen wollte."

Sie sprach vor Aufregung rasend schnell, und Edgar musste sich konzentrieren, um sie zu verstehen.

„Und was hat sie gesagt?"

„Sie war sehr nett und freundlich. Total hilfsbereit. Aber jetzt kommt's: Alexander Steiner war nicht der Grund, warum sie nicht mehr mit ihm drehen wollte. Also nicht direkt."

„Sondern?"

„Fordernd war er. Also beruflich. Und sie hat einfach gemerkt, dass ihr Anspruch und ihr Talent zu weit auseinanderliegen. So hat sie das genannt. Die Hürde, beides auf eine Ebene zu bringen, war für sie zu Beginn anstrengend und mit der Zeit unüberwindbar. Und darum hat sie aufgegeben."

„Können Sie das bitte für einen Laien übersetzen?"

Das Geräusch am anderen Ende der Leitung klang nach einem verhaltenen Lachen.

„Sie hat sich einfach nicht gut genug gefunden. Obwohl Alexander Steiner davon überzeugt war, dass sie ein großes Talent ist. Nur sie hat das nicht so gesehen. Sie hat sich ständig mit der Schmitz, also ihrer

Tante, verglichen. Während der Dreharbeiten war sie ein nervliches Wrack, hat die Nächte durchgeheult. Es war eine Arztserie, und sie hat sich gedacht, wenn sie das nicht hinkriegt, dann kann aus ihr niemals eine gute Schauspielerin werden. Ihrer Tante konnte sie nichts sagen, die war damals ja schon ein Star und hätte kein Verständnis dafür gehabt. Darum hat sie ihr nie was erzählt und sie lieber in dem Glauben gelassen, es wäre irgendwas passiert. Sie hat ihre Karriere an den Nagel gehängt und ist ausgewandert."

„Verstehe. Hat sie sonst etwas Brauchbares über Steiner erwähnt?"

„Nur, dass er ein guter Regisseur war, alle im Team gleich behandelt hat und sehr nett war."

„Hm." Das waren zwar aus Sicht der Frauen, die mit Steiner zusammenarbeiteten, gute Nachrichten, aber dennoch nicht die Neuigkeiten, die Edgar Stoff für ein Gespräch mit Sybille Steiner geliefert hätten. „Gut. Danke."

Er wollte sich schon von Toni verabschieden, da sagte sie: „Über Sybille Steiner hat sie anders gesprochen."

„Was hat sie gesagt?"

„Dass sie oft am Set war, ihren Mann nicht aus den Augen gelassen hat. Und sie soll eine echte Furie gewesen sein. Ist wegen Kleinigkeiten ausgeflippt, und er musste sie dann besänftigen. Von harmonischer Ehe waren sie weit entfernt. Sie hat sogar die Dreharbeiten unterbrechen lassen. Angeblich gab es dann Streit. Erst als er ihr verboten hat, aufs Set zu kommen, wurde es wieder ruhiger."

„Und warum haben die Steiners gestritten?"

„Das wusste sie nicht. Nur ... also sie meinte, es kam ihr so vor, als hätte Sybille Steiner psychische Probleme. Warum oder wieso, das konnte sie nicht sagen."

„Gut. Danke. Ich melde mich." Er wollte schon auflegen.

„Herr Brehm? Sind Sie noch dran?"

„Ja."

Toni wartete einen Moment, und Edgar befürchtete, sie würde jetzt doch noch die Taxifahrt ansprechen. Während er sich noch einen Vorwand überlegte, um aufzulegen, sagte sie: „Felix ..."

„Was ist mit ihm?", fragte er erleichtert.

„Was glauben Sie, warum er von so vielen Leuten Geld genommen hat? Ich meine, aus Ihrer Erfahrung."

„Das ist sehr schwer zu sagen."

Seine Spekulationen verschwieg er. Was würde es ihr außer Kopfzerbrechen bringen, dass er beim momentanen Stand der Beweise von schwerem Betrug ausging? Möglicherweise war Felix Meier schon irgendwo auf einer Yacht mit gefälschten Papieren unterwegs, denn Edgar nahm nicht an, dass er seine kriminelle Laufbahn erst im letzten Jahr eingeschlagen hatte. Es war naheliegend, dass er von den finanziellen Mitteln seiner Freundin gewusst hatte – die Frage war: Schon vor ihrem Kennenlernen? Und wenn das so war, dann woher?

„Vielleicht weiß dieser Kubra noch mehr? Ich könnte Sie begleiten ..."

„Das sollten wir auf keinen Fall machen. Nehmen Sie ja keinen Kontakt mit ihm auf. Solche Leute –"

„Und was soll ich jetzt tun?", unterbrach sie ihn. „Ich könnte bei dieser Cateringfirma versuchen, den Namen des Kellners herauszufinden."

„Das brauchen Sie nicht mehr."

„Wieso?"

„Ich habe seinen Namen erfahren."

„Was? Wirklich? Und ist er Schauspieler?"

„So weit bin ich noch nicht, ich wollte gerade Sybille Steiner anrufen und ihr die Neuigkeiten mitteilen."

„Geben Sie mir seinen Namen."

„Warum?"

„Dann kann ich ihn inzwischen durch alle Schauspielerdatenbanken jagen."

Edgar gab ihr unter dem Siegel der größten Verschwiegenheit sogar alle drei Namen, die er von Fernanda bekommen hatte. Dann rief er Sybille Steiner an. Das Gespräch war überraschend kurz. Er nahm an, dass sie nicht alleine war, und versprach, am nächsten Abend wieder anzurufen. Sein Magen knurrte bedrohlich. Wo war das Mittagessen, das er für sich und Toni Lorenz vor ein paar Stunden bestellt hatte? Es musste noch irgendwo herumstehen. Er erhob sich und fand nicht nur die Speisen, sondern auch die Ursache der Kratzgeräusche vorhin: Der Kater hatte die Kartonboxen entdeckt und fraß so leise, als würde er sichergehen wollen, dass Edgar nichts merkte. Die Tofustücke hatte er fein säuberlich abgeleckt und keinen Bissen davon genommen. Aber das Rindfleisch Chop Suey hatte seinen Geschmack anscheinend vollkommen getroffen. Das musste die Rache dafür sein, dass Edgar ihm so oft Fresschen versprochen, aber niemals gebracht hatte. Edgar seufzte. Ihm blieb die Wahl zwischen Reis in Alufolie und einer Packung alter Pims-Kekse. Sie stammten noch von Kurt und gammelten in einer seiner Schreibtischschubladen vor sich hin. Trotzdem machten sie das Rennen. Die Marmelade hatte schon eine gummiartige Konsistenz, aber wenigstens gab nun sein Magen Ruhe.

Während Edgar seine Herzmedikamente nahm, schwor er sich, ab sofort immer einen Blister davon einzustecken. In der Not war er heute aus dem Café zurück in die Apotheke gelaufen, von der aus er mit Fernanda telefoniert hatte. Die Apothekerin hatte sich strikt geweigert, ihm etwas zu geben, wofür er kein Rezept hatte. Sie wollte die Rettung für ihn rufen, und er hatte sich so darüber aufgeregt, dass er wirklich mit einem neuerlichen Kreislaufkollaps gerechnet hatte. Zum Glück hatte sich die Besitzerin der Apotheke eingemischt und sich mit Edgar auf eine Nachreichung des Rezepts geeinigt.

Edgar setzte sich wieder an den Computer. Der Kater war satt, er schlängelte sich um seine Beine. Hoffentlich würde er den Dünnpfiff wegen des chinesischen Essens nicht in seinem Büro bekommen. Auf einem Zettel notierte er sich: Katzenfutter.

Der Kater sprang erneut auf Edgars Schoß und fing an zu schnurren. Sein Fell roch nach Sojasauce. Und Edgars Magen knurrte wieder. Vielleicht sollte er sich doch etwas bestellen? Doch für den Lieferservice war es bereits zu spät. Essen musste verschoben werden. Ihm blieben noch zweieinhalb Tage, um relevante Ergebnisse zu liefern.

Er lehnte sich in seinen Stuhl zurück und merkte erst, dass er eingeschlafen war, als sein Handy klingelte. Es war Toni Lorenz. Edgar war selbst überrascht, wie sehr er sich über ihre Stimme freute.

„Hab ich Sie geweckt? Es tut mir leid, ich weiß, es ist spät, aber ich musste es Ihnen einfach sagen. Haben Sie einen Computer in der Nähe?"

„Ich sitze davor. Was haben Sie rausgefunden?"

„Geben Sie mir Ihre E-Mail-Adresse, ich schicke Ihnen alles."

Er sagte sie ihr und wollte schon auflegen.

„Nein, warten Sie, ich muss Ihnen dazu was erklären."

Edgar musste unwillkürlich lächeln. Sie schien es zu genießen, die ganze Sache spannend zu machen. Also rief er seine Mails ab.

„Okay. Öffnen Sie das erste Bild im Anhang."

Das ebenmäßige Gesicht eines dunkelhäutigen Mannes erfüllte seinen Bildschirm. Er war ausgesprochen hübsch, nein, eigentlich schön. Die strahlenden dunklen Augen. Rote Lippen wie gezeichnet. Strahlend weiße Zähne, hohe Wangenknochen und dazu ein äußerst charmantes Lächeln.

Edgars Verwunderung über so viel Schönheit musste ihm anzuhören sein, denn Toni Lorenz sagte: „Nicht wahr? Als hätten Denzel Washington und Idris Elba einen zwanzig Jahre jüngeren Bruder."

„Und das ist nun wer?"

„Wilfried Bluminger. Beziehungsweise Vincent Blum, das ist sein Künstlername."

„Der Barkeeper?"

„Genau. Er ist Schauspieler, hat in Berlin studiert, aber bis jetzt in Deutschland nie den großen Sprung geschafft. Wurde immer nur als Flüchtling oder Drogendealer besetzt. Also ist er nach Wien gekommen, in der Hoffnung, dass es hier anders wäre. Was natürlich nicht so war. Er hat nebenbei in einem Fitnesscenter als Trainer gearbeitet, um sich über Wasser zu halten. Ernährt sich vegan, ist Tierschützer und macht bei dieser ‚Großer Bruder'-Aktion mit, da kümmert man sich um benachteiligte Kinder, geht mit ihnen auf den Sportplatz, lernt – solche Sachen halt. Was schätzen Sie, wie alt er ist?"

„Keine Ahnung."

„Zweiunddreißig. Sieht man ihm nicht an, oder?"

„Woher wissen Sie das alles?"

„Instagram. Er hat um die zwanzigtausend Follower, was auch kein Wunder ist, so sympathisch wie er wirkt. Außerdem postet er gerne Fotos mit nacktem Oberkörper. Wenn Sie wollen, kann ich Ihnen auch davon welche –"

„Nein, danke", unterbrach er sie rasch.

„Was hat er eigentlich mit der ganzen Sache zu tun?"

„Die Polizei denkt, er war es."

„Was? Er soll Sascha Schwarz umgebracht haben? Wirklich?"

Vom ersten Eindruck konnte Edgar sich das genauso wenig vorstellen. Doch auch davon lebte die Detektei. Wegen genau solcher falschen ersten Eindrücke brauchten Kunden häufig seine Dienste. Edgar nahm an, Vincent Blum musste ein handfestes Motiv gehabt haben. Er öffnete den zweiten Anhang in der Mail: *Der Lebenskreis hat sich geschlossen, was bleibt, sind Erinnerung und Dank.*

Es war die Einladung zu einem buddhistischen Ritual. Morgen Vormittag in einem buddhistischen Zentrum am Fleischmarkt im ersten Bezirk.

„Was soll das sein?", fragte er.

„Okay, also ich habe nach Sascha Schwarz gesucht. Der Name scheint weder in einer Schauspielerdatenbank auf, noch gibt es sonst jemanden in Wien mit diesem Namen, der irgendwas mit Schauspiel zu tun hat. Was ja nicht viel heißt, er kann auch einen Künstlernamen haben, so wie Vincent. Dann habe ich auf Social Media gesucht. Dort ist er zwar nicht, aber es kam ein Beitrag von dem buddhistischen Zentrum mit der Einladung. Und in der Beschreibung steht sein Name. Es ist übrigens ein Abschiedsritual. Ich hab es gegoogelt. Die machen das, wenn jemand gestorben ist."

Edgar stieß einen anerkennenden Pfiff aus.

„Wo haben Sie das noch mal her?"

„Facebook."

„Das war wirklich gute Arbeit. Danke. Also gut, ich melde mich, wenn ich Neuigkeiten über Herrn Meier habe."

„Herr Brehm?"

Am veränderten Tonfall ihrer Stimme merkte er, dass sie ein Anliegen hatte. Vielleicht wollte sie ein Honorar für ihre Dienste? Das hätte sie auf jeden Fall verdient.

„Ja?"

„Ich wollte nur sagen, also ... es tut mir sehr leid."

„Was meinen Sie?"

„Als ich online gesucht hab ..." Sie räusperte sich. Einen Augenblick war es still. „Ich hab in einem Zeitungsbericht gelesen, was mit Ihrem Kollegen Kurt Eisner passiert ist."

15

Toni stand mit der Teetasse in der Hand im Wohnzimmer und betrachtete ihre vor sich ausgebreiteten Kleidungsstücke. Sie war müde, der schwarze Tee hatte nicht die gewünschte Wirkung, aber der Kaffee war ihr ausgegangen, und sie hatte vergessen, neuen zu kaufen. Sie ging in die Küche und bereitete sich einen starken Tee mit viel Zucker zu. Mit viel Fantasie konnte sie so tun, als wäre es ein Espresso. Sie kehrte ins Wohnzimmer zurück.

Da lagen weite und enge Hosen, Jeans in allen Varianten, Blusen, Shirts, Pullis, ein paar Kleider und ihr einziger Rock, den sie von Lena geschenkt bekommen hatte. Was zogen Buddhisten zu einem Abschiedsritual an? Kurz erwog sie, Brehm anzurufen, aber dann ließ sie es doch bleiben. Sicher wollte er sie nicht dabeihaben. Aber sie wollte unbedingt hin. Schließlich entschied sie sich für ein senfgelbes Kleid, das sie einmal für eine Rollenarbeit gekauft hatte.

Die Hitze schlug ihr entgegen, als sie auf die Straße trat. Es würde wieder ein heißer Tag werden.

Ihre Bedenken, der Detektiv könnte sich über ihr Erscheinen ärgern, waren in dem Moment verflogen, als sie in den Vorhof des buddhistischen Zentrums einbog.

Brehm stand an die Wand gelehnt da, sogar aus der Entfernung war sein schweißnasses Gesicht zu erkennen. Sie lief sofort zu ihm.

„Was ist los? Haben Sie Schmerzen?"

Er schien nicht einmal sonderlich überrascht, sie zu sehen. Sein Kinn zitterte, er schüttelte den Kopf.

„Ihr Herz?"

„Das ... ist es nicht", murmelte er tonlos.

„Was ist es dann?"

Brehm sah sie an. Seine sonst so ungerührte Fassade schien noch mehr zu bröckeln. Er versuchte ein Lächeln, doch es war nicht mal im Ansatz ehrlich und wirkte wie eine Grimasse. „Ich kann ... auf kein Begräbnis. Angststörung."

„Wie bitte?"

„Begräbnisse versetzen mich in Panik", sagte er verzweifelt und senkte den Kopf.

Toni war über seine Ehrlichkeit gerührt, er versuchte nicht mal, sie mit irgendeiner Ausrede abzuspeisen. „Verstehe."

Er sah richtig unglücklich aus. Menschen strömten an ihnen vorbei in das buddhistische Zentrum, und Toni versuchte, den Blick auf Brehm zu verstellen, was bei seiner Größe so gut wie unmöglich war.

„Warten Sie doch einfach irgendwo in der Nähe. Und ich erledige das hier."

„Nein, das geht nicht." Er klang gleichzeitig empört und verzweifelt. „Es ist unprofessionell und ..." Sein Kopfschütteln wirkte kraftlos.

„Natürlich geht das." Sie wurde ernst. „Darum bin ich ja gekommen." Er wollte etwas erwidern, aber sie ließ ihn nicht zu Wort kommen. „Gehen Sie, bevor sich die Besucher noch fragen, was hier los ist."

Sie sah ihn eindringlich an. Noch immer schien er mit sich zu kämpfen. Nein, keine Chance – er würde sie nie alleine lassen. Er richtete sich auf, setzte an, um etwas zu sagen. Eine schluchzende ältere Frau in einem schwarzen Kleid schlurfte Richtung Eingang. Ihr Weinen hallte von den Wänden wider. Brehm sah ihr nach, er krümmte sich, als sie laut aufheulte.

„Verdammt", fluchte er. „Gehen Sie kein Risiko ein. Rufen Sie mich sofort an, wenn ... egal, rufen Sie mich einfach an. Ich bleibe in der Nähe. Und ... danke."

Toni nickte ihm zu und spürte noch seinen Blick im Rücken, als sie das buddhistische Zentrum betrat.

Sie hatte sich schon eine Erklärung zurechtgelegt, falls jemand fragen sollte, was sie hier machte. Doch niemand interessierte sich für sie. Hie und da ein freundliches Nicken, mehr nicht. Sie hätte sich gerne vergewissert, ob sie sich überhaupt bei dem richtigen „Sascha Schwarz" befand, aber sie wusste nicht, wie sie diese Frage dezent aufklären könnte.

Das Abschiedsritual fand in einem hellen weißen Raum mit hohen Fenstern statt. Er war übervoll mit Menschen. Soweit sie sehen konnte, trug jeder ganz normale Kleidung. Nur die Schuhe hatten alle im Vorraum ausziehen müssen. Manche saßen auf dem Boden, andere auf Stühlen. Aus kleinen Lautsprechern in den Ecken erklang ein Gong. Da Toni von den meisten Leuten nur die Hinterköpfe sah, konnte sie nicht sagen, ob sich die Freundin von Sascha Schwarz unter ihnen befand. Ein Mann gab Toni ein Zeichen, sich auch zu setzen. Sie nahm im Schneidersitz auf dem Boden Platz. Irgendjemand stimmte einen Gesang in einer fremden Sprache an. Der Klang war beruhigend und exotisch schön. Dann wurde von einem hageren Mann ein paar Mal auf eine riesige Klangschale geschlagen. Er las aus einem kleinen Heftchen in derselben fremden Sprache vor.

Toni hörte hinter sich Schritte, jemand kam zu spät. Hoffentlich war es nicht Brehm, der es sich doch anders überlegt hatte. Sie drehte sich um und wäre fast aufgesprungen. Da stand Zoe Steiner. Sie hatte die Kapuze ihres Sweatshirts ins Gesicht gezogen, doch Toni konnte auch so sehen, wie ihr Tränen über die Wangen liefen. Rasch sah sie wieder nach vorne. Das Mädchen hatte sie damals zwar mit Perücke und Brille getroffen, würde sie aber ohne Probleme wiedererkennen. Was machte sie überhaupt hier? Gab es doch eine Verbindung, die Sybille Steiner verschwiegen hatte? Auf jeden Fall durfte die Tochter der Steiners sie nicht sehen. Sie konnte sie hinter sich schluchzen hören. Vor ihr drehten sich ein paar Leute um, ein Mann stand auf. Toni hörte mehrere Schritte hinter sich. Vorsichtig linste sie nach hinten.

Zoe war nicht mehr zu sehen. Stattdessen stand – etwas abseits – die Frau in Schwarz. Wegen der sie hier war. Die sie im Hauptkommissariat gesehen hatte. Ihre Augen waren hinter einer großen Sonnenbrille verborgen. Obwohl Toni wenig von ihrem Gesicht sehen konnte, sah sie, wie die Frau mit zusammengebissenen Zähnen dastand, die Halsmuskeln gespannt wie Seile. War sie eher wütend als traurig? Sie schien Tonis Blick zu bemerken.

Rasch drehte sich Toni wieder nach vorne. Der Gong wurde erneut geschlagen, lauter als zuvor. Und dann fing eine Frau an zu singen, alle anderen stimmten mit ein, wiederholten ihre Worte. Toni musste sich darauf konzentrieren, ob sie hinter sich Schritte hörte. Auf keinen Fall durfte ihr die Frau in Schwarz noch einmal entwischen.

Sie änderte ihre Sitzposition, damit sie sich aus den Augenwinkeln vergewissern konnte, ob die Frau noch hinter ihr stand. Aber es klappte nicht. Sie müsste sich umdrehen, um etwas zu sehen. Also beschloss sie, einfach aufzustehen und so zu tun, als würde sie zur Toilette gehen. Doch schon als sie sich erhob, merkte sie, dass der Platz hinter ihr leer war. Die Frau war fort. Sie hatte nicht gut genug aufgepasst. So ein Mist.

Toni lief in den Vorraum, aber da war kein Mensch. Sie schnappte ihre Sneakers, schlüpfte Richtung Ausgang hüpfend in sie hinein und rannte los. Weder in dem

Durchgang noch auf der Straße konnte sie die Frau in Schwarz entdecken. Sie hoffte, dass Brehm hier irgendwo in der Nähe war und sie beobachtet hatte. War sie in ein Auto gestiegen? Oder ein Taxi? Und Brehm verfolgte sie längst?

Toni wollte ihn anrufen, da fiel ihr ein, dass sie gar nicht im buddhistischen Zentrum nachgesehen hatte. Vielleicht war die Frau in Schwarz nur auf der Toilette? Oder wartete woanders, weil sie es in dem Raum nicht ausgehalten hatte?

Sie rannte zurück, mit dem Handy am Ohr. Bei Brehm sprang sofort die Mobilbox an. Sie fluchte in sich hinein und stoppte. Die schlanke Gestalt in Schwarz kam ihr aus dem Zentrum entgegen.

Mit raschen, zielgerichteten Schritten.

Vor Erleichterung wollte Toni sie sofort aufhalten. Aber was sollte sie sagen? Wo war denn nur Brehm, verdammt noch mal? Hatte er Zoe Steiner gesehen und war ihr gefolgt? Dann musste sie das eben alleine machen.

Ihr wurde mulmig. Diese Frau hatte ihren Freund verloren, noch dazu durch einen Mord. Ob sie bereits wusste, dass es kein Unfall war?

Während sie an ihr vorbeiging, wählte Toni erneut Brehms Nummer. Diesmal hinterließ sie eine Nachricht auf der Mobilbox. Und dann nahm sie die Verfolgung auf.

Die Frau in Schwarz war schnell. Toni hatte Mühe, ihr hinterherzukommen. Wie eine Katze schlängelte sie sich zwischen den Passanten Richtung Stephansplatz.

Auf der Rotenturmstraße sah Toni ihren schwarzen Haarschopf um die Ecke in die Wollzeile verschwinden. Doch als sie um die Ecke bog, war die Frau weg.

Toni lief den Weg dreimal ab, schaute in jedes Geschäft, aber es hatte keinen Sinn. Sie hatte sie schon wieder verloren. Wie war das möglich? Oder hatte sie sich geirrt, und sie war gar nicht abgebogen, sondern weiter Richtung Stephansplatz gegangen?

Toni musste zurück ins buddhistische Zentrum, vielleicht kannte dort jemand ihren Namen. Vorher musste sie aber endlich Brehm erreichen.

Gerade als sie sich mit dem Handy am Ohr umdrehen wollte, hörte sie hinter sich eine Stimme.

„Warum verfolgst du mich?"

Die Frau in Schwarz hatte die Brille abgesetzt. Ihre rot verweinten Augen waren traurig und zornig zugleich. Toni ließ das Handy sinken.

„Weil ich ...", begann sie. Doch jegliche Ausrede kam ihr absurd vor. „Ich arbeite für einen Privatdetektiv. Er soll herausfinden, was bei der Party wirklich passiert ist. Wir haben von dieser Abschiedszeremonie gelesen und gehofft, dass du auch dort hinkommst."

„Wer will, dass ihr das herausfindet?"

„Ich glaube, ich darf das nicht sagen." Die Frau zuckte zurück. „Aber es ist jemand, dem wirklich nur daran liegt, dass die Wahrheit herauskommt."

Sie schien zu überlegen. „Ist es der Besitzer des Caterings? Ist er daran schuld, dass sich die Polizei jetzt auf den Barkeeper stürzt?"

Dann wusste sie also Bescheid.

„Nein, mit ihm hat es nichts zu tun. Und die Sache mit dem Barkeeper haben wir auch gerade erst erfahren."

Eine Träne löste sich wie von selbst und floss ihre Wange herunter. Die Frau setzte sich die Sonnenbrille wieder auf.

„Gut, dann kannst du dieser Person auch sagen, dass er es nämlich nicht war. Das ist alles so ein Irrsinn."

Eine Schulklasse kam grölend an ihnen vorbei. Die Kinder bewarfen einander mit Schimpfworten.

„Können wir irgendwo reden?", fragte Toni. „Gleich da vorne ist das Café Diglas."

Toni konnte es durch die dunklen Brillengläser nicht erkennen, aber sie hatte das Gefühl, eingehend gemustert zu werden.

„In Ordnung." Sie sah auf ihre Armbanduhr. „Ich habe nicht lang Zeit. Ich muss wieder zurück."

Es war nur ein kurzer Weg. Toni schickte Brehm eine SMS mit dem Namen des Cafés in der Hoffnung, dass er verstehen und dorthin kommen würde.

Die Frau in Schwarz ging an dem Kellner vorbei und wählte eine Ecknische. Toni wollte sie gerade fragen, ob Sascha Schwarz Schauspieler war, da tauchte Brehm im Eingang des Cafés auf. Durch seine Größe zog er sofort die Blicke auf sich. Er sah sich suchend um, und als Toni ihm winkte, schien er beeindruckt, neben wem sie saß. Sehr professionell stellte er sich vor und sprach sein Beileid aus – etwas, an das Toni gar nicht gedacht hatte. Sie nannte ihren Vornamen, Carla.

Nachdem sie bestellt hatten, fragte Brehm: „Wissen Sie, was Herr Schwarz auf dieser Party wollte? Warum er sich eingeschleust hat?"

Er sprach mit sanfter Stimme. So beruhigend hatte er auch mit Sybille Steiner gesprochen. Sofort ließ Tonis Anspannung ein wenig nach, und sie sah auch, wie Carlas hochgezogene Schultern sich senkten.

„Ich habe keine Ahnung. Ich wünschte wirklich, ich würde es verstehen. So etwas sieht ihm gar nicht ähnlich. Er ist immer sehr zurückhaltend mit seiner Arbeit."

„Sie glauben also, seine Arbeit war der Grund?", fragte Brehm.

„Das muss es gewesen sein. Sonst hätte er es mir gesagt. Am Abend bevor er ..." Sie biss die Zähne zusammen. „Entschuldigen Sie bitte."

„Sie müssen sich nicht entschuldigen."

Carla sah Brehm an, er nickte mit einem leichten Lächeln und legte eine Hand auf ihre, worauf sich ihre Augen wieder mit Tränen füllten.

„Man denkt, man überlebt es nicht", flüsterte Carla.

Toni musste sich zurückhalten, um nicht auch zu heulen.

„Es ist mir wirklich ein Anliegen, Carla, dass ich herausfinde, was in dieser Nacht passiert ist", sagte Brehm. „Sie haben gesagt, am Abend vorher ..."

„Am Abend vorher, also ... ich habe ihm gesagt, wir können nicht so weitermachen. Schulden ..." Sie presste die Lippen zusammen, ihr Kinn bebte. „Ein Streit wegen dummer Schulden." Ein erneutes Schluchzen bahnte sich an. Sie war nur noch einen Millimeter davon entfernt zusammenzubrechen. Auch die Gäste am Nebentisch nahmen bereits davon Notiz und fingen an zu wispern.

„Du hast vorhin gesagt, der Barkeeper war es nicht. Warum denkst du das?", fragte Toni.

Brehm nickte ihr zu. Ihre Frage hatte die richtige Wirkung. Carla schien ihre Fassung wiedergewonnen zu haben.

„Die beiden haben sich gar nicht gekannt und auch an dem Abend immer nur ganz kurz gesehen. Ich habe mich mit ihm getroffen."

„Mit wem?"

„Diesem Vincent. Heute Morgen. Nachdem ich gestern seinen Namen von der Polizei erfahren habe, wollte ich wissen, wer das ist. Er hat sofort auf meine Nachricht geantwortet."

„Ist er nicht mehr in Untersuchungshaft?", fragte Brehm.

„Nein, er hat gesagt, sein Adoptivvater ist Rechtsanwalt in München. Der hat ihn da irgendwie rausbekommen, weil er nichts damit zu tun hat."

Carla schien Brehms skeptischen Blick ebenfalls zu bemerken.

„Ich glaube ihm."

„Aber wieso war er dann in der Nacht noch einmal dort?", fragte er.

„Ich gebe Ihnen seine Nummer, dann können Sie selber mit ihm reden." Sie nahm ihr Handy aus der Tasche. „Er hat dort nur was vergessen. Das alles macht mich so wütend. Ich weiß einfach nicht mehr, was ich machen soll. Da wird der Erstbeste beschuldigt. Das ist doch Irrsinn. Warum? Weil die Steiners so berühmt sind? Finden Sie den, der ihm das angetan hat! Mein Freund ist einer der liebsten und nettesten Menschen ... es ist mir egal, was es kostet. Sie können mein gesamtes Gehalt haben. Jeden Cent."

„Die Ermittlung wird schon bezahlt. Ich werde Sie über alles, was ich rausfinde, informieren."

Während Brehm ihre Nummer und die von Vincent Blum in sein Handy tippte, fiel Toni ein, was sie unbedingt noch fragen wollte.

„Wie ist Saschas Künstlername?"

Carla sah überrascht aus.

„Künstlername?"

„Ja, ich habe ihn unter seinem echten Namen in keiner Schauspielerdatenbank gefunden."

„Er ist ja auch kein Schauspieler."

„Sondern?"

„Sascha ist Drehbuchautor. Also, er will es sein ..." Sie unterdrückte ein Schluchzen. „Wollte ..."

„Wirklich?" Brehm lehnte sich vor. „Sie haben gesagt, er muss wohl wegen seiner Arbeit bei der Party gewesen sein. Was meinen Sie damit? Wollte er für Steiner einen Film schreiben?"

Sie wischte sich über die Wangen, ihr Lachen klang resigniert.

„Sascha hat schon ein fertiges Drehbuch gehabt. Er hat bereits drei Jahre daran geschrieben. Niemand wollte es. Also hat er es umgeschrieben. Hundertmal. Und immer dachte er, jetzt hat er die perfekte Fassung. Aber es wurde trotzdem nicht genommen. Darum auch unser Streit ... er wollte, dass ich seine letzte und somit wieder die beste Fassung von allen lese. Aber ich hab es nicht getan. Immer diese Hoffnung und dann die Verzweiflung, während wir mit Mühe mit meinem Gehalt über die Runden gekommen sind. Ich bin Volksschullehrerin und ... ich konnte das einfach nicht mehr. Wir wollten doch eine Familie gründen."

Carlas Handy läutete, sie warf einen Blick darauf, stellte es leise und setzte die Sonnenbrille auf.

„Ich muss gehen. Das ist Saschas Mutter. Sie ist Buddhistin und hat diese blöde Abschiedszeremonie organisiert. Dabei ist Sascha nicht mal Buddhist."

Sie schüttelte den Kopf, wollte den Kellner zum Zahlen rufen, doch Brehm winkte ab.

„Das übernehme ich. Nur noch ganz kurz: Wieso meinen Sie, Sascha wollte Steiner dieses Drehbuch bringen? Und hat sich deswegen auf die Party eingeschleust?"

„Das hab ich von Vincent. Zumindest war das der Grund, warum er dort war. Um Steiner kennenzulernen. Angeblich machen das einige Schauspieler. Und alle glauben, sie sind mit der Idee die Einzigen."

Sofort fiel Toni wieder die wütende Frage von Steiners Tochter ein. Brehm schien dasselbe zu denken, er nickte ihr zu.

„Hat er das schon einmal gemacht oder erwähnt, dass er etwas in der Art vorhat?", fragte er.

„Wir beide haben darüber nachgedacht. Bereits früher. Aber es war mehr im Scherz." Carla holte ein Taschentuch aus ihrer Hosentasche und wischte sich unter der Brille die Tränen ab. „Wenn man ein Drehbuch an eine Filmproduktion schickt, dann bekommen das nicht die Verantwortlichen. Irgendein Student sitzt dort, liest rein, schreibt Ablehnungen. Völlig egal, an wen man das Kuvert adressiert, über diesen Studenten kommt man nicht herum."

„Wovon handelt Saschas Drehbuch?", fragte Toni.

Carla zuckte mit den Achseln.

„Ursprünglich hat das alles als fantastische Liebesgeschichte mit Mord begonnen, so eine Art Psycho-Liebesdrama-Fantasy-Krimi. Aber dann kamen die ersten Ablehnungen mit der Begründung, man wolle kein Risiko eingehen."

„War es denn so außergewöhnlich?", fragte Brehm.

„Gar nicht. Sascha hat nur das Faible, Genres miteinander zu vermischen. Irgendwer hat ihm dann geraten, dass er mehr Chancen hätte, wenn er sich für eines entscheidet. Also hat er das Drehbuch geändert. Zwischendurch mal zu einem Krimi, dann doch als reine Liebesgeschichte. Wofür er sich in der letzten Fassung entschieden hat, weiß ich nicht." Wieder läutete ihr Handy. „Ich muss jetzt wirklich gehen."

„Natürlich." Brehm stand auf, um sie rauszulassen. „Haben Sie ein Exemplar von dieser letzten Fassung, die Sie lesen sollten?"

„Nein, er hat mir eines ausgedruckt, aber es zu der Party der Steiners mitgenommen."

„Hat er es denn nicht auf dem Computer?", fragte Toni.

„Doch, natürlich, es ist sicher auf seinem Laptop."

„Darf ich einen Blick hineinwerfen?", fragte Brehm.

„Wenn die Polizei Sie lässt. Die haben den Laptop gestern Abend beschlagnahmt."

16

Edgar sah Carla beim Verlassen des Cafés hinterher. Das alles gefiel ihm nicht. Die Anschuldigungen gegen Vincent Blum weckten unangenehme Erinnerungen an seine Zeit bei der Polizei. Steiner war ein prominenter Mann. Solche Fälle standen besonders im Licht der Öffentlichkeit und sollten so schnell wie möglich gelöst werden. Das wusste er nur zu gut. Gerade er. Genau so ein Umstand hatte ihn damals nicht nur den Job, sondern seine gesamte Karriere gekostet.

„Und was meinen Sie dazu?"

Edgar war so in Gedanken, dass er auf Tonis Frage erst reagierte, als sie „Herr Brehm" nachschob. Er drehte sich zu ihr, sie sah ihn erwartungsvoll an.

„Bitte?", fragte er nach.

„Ich hab gefragt, wieso die Polizei den Laptop von Sascha Schwarz gestern Abend beschlagnahmt hat, wenn sie doch schon meinen, den mutmaßlichen Mörder zu haben?"

„Beweise." Nein, es gefiel ihm immer weniger, je mehr er darüber nachdachte. Er kratzte sich am Kinn. „Es werden mit Sicherheit Beweise für eine Verbindung zwischen den beiden Männern gesucht." Damit sie Blum so schnell wie möglich wieder in Gewahrsam nehmen konnten.

„Oh, verstehe." Toni nickte. „Ja, das ist natürlich einleuchtend."

Ja, es war einleuchtend, aber nur, wenn man sonst nichts in der Hand hatte. Brehm winkte dem Kellner, um zu zahlen. Natürlich durfte er sich nicht in die Ermittlungen der Polizei einmischen. Aber er musste trotzdem mit Vincent Blum sprechen. Besser sofort, denn Edgar konnte sich nicht vorstellen, dass dem Mann noch viel Zeit in Freiheit bleiben würde. Er wählte die Nummer, die er von Carla bekommen hatte.

„Ja, bitte?", meldete sich eine junge Frau.

„Hallo, mein Name ist Edgar Brehm", er klemmte das Handy zwischen Schulter und Ohr, da genau in dem Moment der Kellner mit der Rechnung kam. „Ich hätte gerne mit Vincent Blum gesprochen."

Er nahm zwanzig Euro aus seiner Geldbörse und drückte sie dem Kellner in die Hand.

„Ja, ich bin es." Edgar brauchte einen Moment, um diese Information sacken zu lassen. „Hallo, sind Sie noch dran?", fragte die helle Stimme.

„Ja, natürlich, entschuldigen Sie, ich war gerade abgelenkt", gab er vor. „Es geht um Sascha Schwarz." Der Kellner blieb stehen und sah ihn in Erwartung eines Trinkgelds an. Edgar hob zwei Finger und bedeutete Toni Lorenz, das Retourgeld zu nehmen. „Ich bin Privatdetektiv und hatte gerade ein Gespräch mit Carla ...?" Edgar sah Toni Lorenz fragend an, sie zuckte nur mit den Achseln.

„Ich weiß, wen Sie meinen", sagte Vincent Blum leise.

„Sie hat mir von Ihrer Unterhaltung erzählt. Ich habe dazu einige Fragen, können wir uns sehen? Es wird nicht lange dauern."

„Einen Moment, bitte", sagte er, dann waren Schritte zu hören. „Ich kann gerade nicht. Geht es heute Abend?"

„Es muss gleich sein."

„Vielleicht am Nachmittag, wenn ich früher –"

„Herr Blum, ich glaube nicht, dass die Polizei Ihnen viel Zeit lassen wird. Carla ist von Ihrer Unschuld überzeugt, aber ..."

„Ich habe auch nichts getan."

„Und wenn das so ist, dann werden Sie jede Hilfe brauchen, die Sie bekommen können. Darum sollten wir uns sehr dringend unterhalten."

Er zögerte. „Ich arbeite gerade."

„Wie bitte?"

„Ja, mein Anwalt hat mir geraten, ich soll alles so machen, wie ich es sonst auch tun würde."

„Wo sind Sie?"

„Im Fitnesscenter. Ich bin hier Trainer."

„Gut, dann komme ich in dieses Fitnesscenter."

Jemand im Hintergrund rief Vincent Blums Namen.

„Okay. Aber ich gebe an der Rezeption Bescheid, dass Sie sich für eine Mitgliedschaft interessieren", sagte er eilig. „Brehm, richtig? In zwanzig Minuten hab ich Zeit für Sie. Wir werden einen Fitnesstest machen, dabei können wir ungestört reden."

Edgar wollte protestieren, doch das Rufen nach Blum wurde lauter. Er gab die Adresse durch, und bevor Edgar noch etwas sagen konnte, hatte Blum bereits aufgelegt. Wenigstens war das Fitnesscenter ebenfalls im ersten Bezirk und nur ein paar Minuten entfernt.

Edgar legte auf und bemerkte erst jetzt, dass der Kellner sich nicht wegbewegt hatte. Er tat noch immer so, als würde er in der Börse nach den passenden Münzen suchen.

„Er ist im Fitnesscenter?", fragte Toni. „Obwohl er unter Mordverdacht steht?"

Der Kellner erstarrte mit der Hand im Kleingeldfach, ohne den Kopf zu heben. Edgar wartete, bis er rausgegeben hatte, obwohl der Mann sich auffallend viel Zeit ließ. Endlich legte er die Münzen auf den Tisch und wirkte fast ein bisschen enttäuscht, die Unterhaltung nicht weiter belauschen zu können. Erst als sie alleine waren, erzählte Edgar von dem Gespräch.

„Gut, gehen wir", sagte sie und stand ruckartig auf. Im ersten Moment wollte er sie zurückhalten. Aber vielleicht war es bei seinem gesundheitlichen Zustand nicht die schlechteste Entscheidung, wenn sie ihn begleitete. Falls wirklich jemand einen Fitnesstest machen musste, dann sicher nicht er.

Da sie es nicht eilig hatten, wählten sie einen etwas längeren Weg durch die Seitengassen, die größtenteils von Touristen verschont waren. Toni legte ein ganz schönes Tempo vor. Brehm konnte kaum mit ihr Schritt halten und stolperte unelegant, als er einer Mutter mit Kinderwagen ausweichen wollte. Er musste stehen bleiben, um Luft zu holen, und stützte sich an einem Hydranten ab. Sie bemerkte es erst nach ein paar Metern, drehte um und kam zu ihm zurück.

Eine Weile standen sie so da, und er war ihr dankbar, dass sie es unkommentiert ließ. Diese junge Frau überraschte ihn immer mehr. Einerseits durch die Selbstverständlichkeit, mit der sie nach den anfänglichen Schwierigkeiten vorging. Sie lernte schnell, und hätte er es nicht besser gewusst, würde er annehmen, die Arbeit gefiel ihr. Er wollte es gar nicht wahrhaben, aber es fühlte sich gut an, sie in der Nähe zu haben. Fast so gut wie früher mit Kurt. Sie hielt ihr Gesicht in die Sonne und schwieg, bis er sich wieder in der Lage fühlte weiterzugehen. Diesmal ließ sie sich Zeit, schlenderte neben ihm her. Fast so, als wäre es ein Spaziergang durch das schöne Ambiente der historischen Häuserfronten mit den Stuckverzierungen, den kleinen Boutiquen und Cafés mit Schanigärten. Als Tonis Handy läutete, entschuldigte sie sich, dass sie den Anruf entgegennehmen müsse, und hob ab mit: „Hallo, Oma."

Anscheinend wusste ihre Großmutter noch immer nicht Bescheid. Sie erkundigte sich, ob alles in Ordnung sei, weil die Miete der Seniorenresidenz noch nicht eingegangen war.

„Sie wollen ihr nichts sagen?", fragte Brehm, nachdem Toni aufgelegt und ihrer Großmutter versichert hatte, sie würde sich darum kümmern. Sie schüttelte den Kopf, aber ihm entging nicht, dass sie seinem Blick absichtlich auswich.

„Ich werde so schnell wie möglich Milos Kubra aufsuchen. Ich denke, er weiß mehr, als er mir am Telefon gesagt hat."

Sie nickte etwas zu hoffnungsvoll. Er musste es ihr sagen, auch wenn sie es nicht hören wollte, und blieb stehen.

„Frau Lorenz, rechnen Sie bitte damit, dass Ihr Geld weg ist."

Sie wirbelte herum und riss die Augen auf. „Was? Nein. Nein, das kann nicht sein." Sie klang so schockiert, er hätte es ihr schonender beibringen sollen.

„Ich weiß, es ist schwer vorstellbar, aber er ist seit einem Monat weg ... und in einem Monat kann viel passieren."

Toni schluckte und räusperte sich. Hoffte sie noch immer, dass es für alles eine zufriedenstellende Erklärung geben würde? Edgar fragte sich, ob ihre Einsamkeit die Ursache war, dass sie sich so an diesen Mann klammerte. Anscheinend gab es im Leben von Toni nur sie und ihre Großmutter. Oder war es tatsächlich ihre große Liebesfähigkeit? Der Gedanke machte ihn wehmütig, er konnte sich gar nicht mehr erinnern, wann er zuletzt für jemanden so empfunden hatte. Von Friedhelm war er seit eineinhalb Jahren getrennt, und als die Beziehung in die Brüche ging, hatte er es zwar nicht zugegeben, doch eine gewisse Erleichterung hatte sich in ihm breitgemacht. Friedhelm und er waren gleich alt. Edgar hatte schon immer eine große Gelassenheit an den Tag gelegt, was diese bloße Zahl betraf. Friedhelm dagegen war ganz versessen darauf, jünger zu wirken, hatte eine beachtliche Sammlung an Antifaltencremes in Edgars Wohnung gebracht und war jeden Morgen um sechs Uhr aufgestanden, um joggen zu gehen. Für Edgars unregelmäßige Arbeitszeiten hatte er zu Beginn viel Toleranz gezeigt – betrügende Ehepartner hielten sich nun mal nicht an feste Zeitvorgaben. Es schien ihm sogar zu gefallen, er wollte alles ganz genau wissen. Doch diese Begeisterung hatte sich nach dem achten Abend in Folge, an dem Edgar ihn und seinen gedämpften Fisch mit Gemüse versetzt hatte, gelegt. Wenn er jetzt daran dachte, fragte er sich ganz egoistisch, ob die Trennung für ihn selbst wirklich die richtige Entscheidung gewesen war. Friedhelm hatte ganz sicher nicht mit Bluthochdruck zu kämpfen.

Natürlich vermisste Edgar die Nähe, die Zärtlichkeiten, die Gespräche, dass jemand da war, wenn er abends nach Hause kam, und auch den Sex. Mein Gott, war das wirklich schon eineinhalb Jahre her seit seinem letzten Mal?

Edgar musste laut aufgeseufzt haben, denn Toni fragte ihn: „Ist alles in Ordnung? Sollen wir langsamer gehen?"

„Danke, nicht nötig."

Er überlegte, ob er ihr von seiner Vermutung erzählen sollte. Wegen des schlechten Gewissens, Toni alleine das buddhistische Abschiedsritual besuchen zu lassen, hatte er in der Wartezeit ein bisschen recherchiert. Der Streit von Meier und Kubra hatte zwischen einer Spielhalle und einem Wettcafé stattgefunden. Kubra war ein professioneller Pokerspieler. Was die Vermutung nahelegte, dass Felix Meier ebenfalls ein Spieler war. Ein paar Erkundigungen im richtigen Milieu würden Brehm Klarheit verschaffen.

Sie gingen schweigend weiter, bis die Leuchtschrift des Fitnesscenters, in dem Vincent Blum arbeitete, vor ihnen auftauchte. Es war in einem schönen Gebäude untergebracht, die Glasfront verdunkelt, damit man hinaus-, aber nicht hineinsehen konnte.

„Einen Moment noch", hielt er Toni auf, als sie die Eingangstür öffnen wollte. Er beugte sich zu ihr. „Wir werden wenig Zeit haben. Ich kann mir schwer vorstellen, dass auf Schwarz' Laptop nicht irgendwas gefunden wird, das für eine neuerliche Festnahme von Blum spricht."

„Denken Sie denn, er war es?"

„Ich denke, dass die Polizei sich nicht gerne Vorschriften machen lässt."

Ein Duft nach Zitrone, Minze und frisch gewaschener Wäsche schlug ihnen beim Eintreten entgegen. Der Empfangsbereich ließ keinen Zweifel daran, wie exklusiv dieser Club war. Weißer Marmor, wohin man blickte. Rechts neben dem Eingang ein kleiner Springbrunnen, der vor sich hin plätscherte, den Weg zum Trainingsbereich säumten Palmen. Hinter dem Tresen lächelte ihnen eine junge Frau mit strengem Dutt und in einem leuchtend weißen Hemd entgegen.

„Herzlich willkommen!" Sie strahlte, als wären Edgar und Toni lange vermisste Familienmitglieder.

„Ich habe einen Termin bei Vincent Blum."

„Natürlich." Sie tippte in den Computer. Ihre gekünstelte Freundlichkeit war irritierend. „Herr Brehm?", fragte sie und sah hoch. „Ich brauche bitte Ihr Geburtsdatum, Ihre Größe und das Gewicht."

„Warum?"

„Das ist bei uns Standard für neue Interessenten."

Widerwillig gab er seine Daten preis, wohl wissend, dass er bei dem Gewicht zehn Kilo zu wenig angab.

„Vielen Dank. Vincent kommt sofort zu Ihnen."

Edgar bemerkte ihren fragenden Blick zu Toni. „Das ist meine Begleitung."

„Oh, tut mir leid, Vincent hat nur Sie vermerkt. Aber Ihre Begleitung kann sehr gerne warten, wir haben ein Café im Haus."

„Ich möchte mir den Club ebenfalls ansehen."

Toni trat energisch neben Edgar, und ihm entging nicht der skeptische Blick, den die Empfangsdame auf sie warf.

„Leider geht das ni–", begann sie.

„Sie ist meine Tochter", warf Edgar rasch ein. Er hörte, wie Toni neben ihm Luft einsog.

„Oh." Die Empfangsdame presste ihre Lippen zusammen. „In dem Fall kann ich eine Ausnahme machen."

Während sie mit einem professionellen Lächeln Tonis Daten eingab, bedeutete die ihm, sich zu ihr zu beugen.

„Ich hab vergessen: Zoe war vorhin bei der Zeremonie", flüsterte sie.

„Steiners Tochter?", fragte Edgar verwundert.

„Ja, sie hat geweint und ist dann gleich wieder weg."

Sie wurden von der Empfangsdame unterbrochen, die sie mit zuckersüßer Stimme bat, für ein Foto in die Kamera auf der Rückseite des Bildschirms zu sehen. Edgar wollte schon fragen, ob sie auch Fingerabdrücke abgeben mussten, doch er behielt es für sich.

Als ihnen Besucherausweise gereicht wurden, kam endlich Vincent Blum. Er war nicht nur so durchtrainiert, dass sein weißes Shirt an den Oberarmen spannte und seine Brustmuskeln sich durch den Stoff abzeichneten – seine gesamte Erscheinung war geradezu irritierend attraktiv. Wahrscheinlich verbrachte er täglich viele Stunden in der Kraftkammer. Im Gegensatz dazu wirkte sein lächelndes Gesicht weich und jungenhaft. Edgar zog automatisch ein wenig den Bauch ein, was er im selben Moment als lächerlich empfand.

„Danke, Jolanda", sagte Blum, zwinkerte der Rezeptionistin zu und machte eine ausladende Geste. „Es freut mich sehr, dass Sie sich für eine Mitgliedschaft interessieren. Wenn ich Sie bitten darf, mir zu folgen."

Für Edgar deutete nichts darauf hin, dass im Fitnessstudio irgendwer von Blums kürzlicher Verhaftung wusste.

„Hier entlang, ich zeige Ihnen gleich ein bisschen etwas von unserem Club", sagte Vincent. Wie Edgar bereits am Telefon bemerkt hatte, war Blums Stimme ungewöhnlich hoch. Es klang, als würde eine sehr junge Frau, fast noch ein Mädchen sprechen. Unter dem Kehlkopf entdeckte Edgar eine kleine Narbe, wahrscheinlich von einer Operation. Was die Höhe seiner Stimme erklären würde. Blum ging voraus, Toni warf Edgar einen fragenden Blick zu, und er nickte unauffällig.

Blum führte sie vorbei an keuchenden Menschen auf Crosstrainern und Laufbändern, die keine Notiz von ihnen nahmen. Sie stiegen eine Treppe hinauf, gingen durch ein endloses Labyrinth aus Fitnessräumen mit Geräten, die Edgar an Folterinstrumente erinnerten. Dieser Club war riesig, sie waren bereits ein paar Minuten unterwegs, bis Blum sie schließlich durch eine Tür bat, auf der „Check-in" stand.

Dahinter sah es aus wie in einer Arztpraxis für Spitzensportler: ein Laufband, ein Ergometer und diverse Kabel, die an Bildschirmen hingen und in Edgar sehr unangenehme Erinnerungen an EKG-Geräte weckten.

Blum schaufelte weitere Kabel vom Schreibtisch, sogar dabei wirkte er elegant. Ob er nicht nur Schauspieler, sondern auch Tänzer war?

Edgar wurde ein wenig warm, er konnte sich gar nicht mehr erinnern, wann er das letzte Mal einen so hinreißenden Mann gesehen hatte. Aus den Augenwinkeln bemerkte Edgar, dass Toni ihn beobachtete.

„Bitte nehmen Sie Platz."

Der Plastikstuhl ächzte beschämend unter Edgars Gewicht, während der unter Toni keinen Mucks machte. Er versuchte, es durch ein Räuspern zu überspielen, und sagte: „Danke, dass Sie so kurzfristig Zeit haben."

Vincent Blum wurde ernst, sein Lächeln erlosch. Er nickte. Bisher hatte er seinen Gemütszustand perfekt verborgen, doch nun sah man ihm an, wie gestresst er war. Sogar das tat seinem Aussehen keinen Abbruch. Woher kamen nur diese Gedanken? Das war ja lächerlich, ermahnte sich Edgar.

„Ich wurde engagiert, um herauszufinden, was sich in der Nacht der Party zugetragen hat", begann Edgar bemüht sachlich.

„Ich war es nicht. Wirklich", schoss Blum hervor, seine großen Augen weiteten sich noch mehr und wurden glasig. „Das ist alles ein riesiges Missverständnis. Ich kannte diesen Sascha Schwarz ja noch nicht mal. Ich war doch nur dort, weil ich Steiner meine Unterlagen unterjubeln wollte."

Das Telefon auf dem Schreibtisch läutete, Blum hob ab. „Ja, natürlich, mache ich sofort", sagte er knapp, wischte sich über die Augen und legte auf. „Es tut mir leid, aber Sie müssen bitte auf das Laufband", sagte er zu Edgar.

Edgar zuckte zusammen. „Wie bitte?"

„Die Computer hier sind miteinander vernetzt, es gibt strikte Vorgaben bei neuen Interessenten. Die Daten des Fitnesstests werden an die Rezeption geschickt.

Wenn Sie gehen, bekommen Sie ein maßgeschneidertes Angebot, passend zu Ihrem Fitnesslevel."

Das fehlte ihm gerade noch, er wollte schon sagen, dass er das nicht konnte, da sprang Toni für ihn ein.

„Ich mache das", sagte sie.

„Wirklich?", fragte Blum.

„Ja, wirklich."

Edgar nickte ihr dankbar zu, sie lächelte zurück und senkte den Blick. Ob sie bemerkt hatte, dass ihn Vincent Blum ein wenig aus der Fassung brachte? Kurt war es jedes Mal aufgefallen, aber sie hatten sich auch schon jahrelang gekannt. Während Blum Toni verdrahtete, setzte Edgar seine Befragung fort.

„Das heißt, Sie haben sich auf der Party eingeschlichen, um ...", begann Edgar und holte seinen Notizblock aus der Brusttasche des Sakkos.

„Nein, das ist nicht wahr", protestierte Blum. „Stefan Leitner, dem das Catering gehört, er fragt mich manchmal, ob ich für ihn arbeite. Also ohne Anmeldung. Ich hab das schon oft gemacht. Er hat immer viele Leute, die er so einsetzt."

Das erklärte vielleicht, warum Edgar den Cateringbetreiber nicht erreichen konnte. Blum setzte Saugnäpfe auf Tonis Brustkorb und legte ihr eine Blutdruckmanschette an.

„Okay, zuerst nur gehen, ich steigere das Tempo", sagte er und startete das Laufband.

„Woher kennen Sie Herrn Leitner?", fragte Edgar.

„Ich bin sein Trainer, er nimmt alle zwei Wochen eine Stunde bei mir. Hat sie genommen."

„Verstehe. Und wo ist er jetzt?"

„Wenn ich das wüsste. Er ist wie vom Erdboden verschwunden."

„Gut, Sie waren also auf der Party. War es von Anfang an Ihr Plan, sich bei Herrn Steiner vorzustellen?"

„Es hat sich gut ergeben. Er hatte doch diese Umbesetzung. Meine Agentur hat mich dafür vorgeschlagen ..."

„Was bedeutet umbesetzt?"

„Na, diese Serie, die Steiner gerade dreht – er hat eine Rolle neu besetzt. Warum, weiß ich nicht. Die Agentur hat meine Unterlagen an die Produktionsfirma geschickt, aber keine Antwort bekommen. Hätten die sich vorher erkundigt, dass die Serie in der Nazi-Zeit spielt ..." Er rollte mit den Augen. „Aber das wusste ich bei der Party nicht. Darum dachte ich mir, wenn ich schon dort bin und ihn persönlich treffe, dann gebe ich ihm in einem günstigen Moment mein Demoband."

Blum schluckte, schüttelte den Kopf, während das Laufband an Geschwindigkeit zulegte. Für Toni schien es kein Problem zu sein, soweit Edgar das sagen konnte, geriet sie kaum außer Atem. Wäre er auf dem Laufband, hätten sie wahrscheinlich jetzt schon die Rettung rufen müssen.

„Was ist dann passiert?", fragte er.

„Steiner hat die DVD einfach in den Pool geworfen." Blum klang verletzt, er senkte den Blick. „Und gesagt, wenn ich nicht als Barkeeper da bin, dann sollen ich und meine Micky-Maus-Stimme gefälligst verschwinden."

Edgar spürte einen Stich in seiner Brust, aber dieses Mal konnte er nicht sagen, ob es sein Herz oder die reine Entrüstung über Steiners Verhalten war. Ein Ausdruck von Dankbarkeit huschte über Blums Gesicht, er schien Edgars Reaktion zu bemerken und hob die Hände.

„Vielleicht sollte das ein Witz sein, er war schon ein bisschen betrunken. Aber es hat mich getroffen."

„Das ist verständlich. Haben Sie davon bei Ihrer Befragung erzählt?"

„Natürlich. Aber ich hatte nicht den Eindruck, dass es jemanden interessiert."

„Was haben Sie dann gemacht?"

„Ich bin abgehauen mit einem Karton Champagner."

Edgar nickte, das konnte man Blum nicht verübeln. „Und haben Sie zu irgendeinem Zeitpunkt Sascha Schwarz gesehen?"

„Ja, den ganzen Abend. Also, ich wusste seinen Namen nicht, es war viel zu tun, und wir haben auch nicht miteinander gesprochen. Aber es springen ja ständig Leute für das Catering ein."

„Ist Ihnen irgendwas bei ihm aufgefallen?"

„Nicht wirklich. Er war ein wenig überfordert. Aber das war ich am Anfang auch. Und da war ein Mädchen, mit dem hat er sich unterhalten. Genau. Sie war ziemlich schlecht drauf, vielleicht dreizehn oder vierzehn. Kann sein, dass sie Steiners Tochter war, vorher hab ich die beiden zusammen gesehen."

„Hatten Sie den Eindruck, Schwarz und das Mädchen haben sich gekannt?"

„Schwer zu sagen. Sie hat ihm irgendwas zu lesen gegeben, wie ein Schulheft. Kann also sein."

„Ich verstehe. Gut, sie hatten dann diese Auseinandersetzung mit Steiner und sind gegangen. Warum sind Sie wiedergekommen?"

Blum verdrehte die Augen und schaltete das Laufband noch schneller. „Es war völlig idiotisch. Ich weiß auch nicht, ich wollte es Steiner heimzahlen."

„Oh", kam es von Toni, die die höhere Geschwindigkeit locker meisterte.

„Nein, nein. Nichts Schlimmes", winkte Blum ab, „nur in den Pool pinkeln oder seine Blumen ausreißen. Aber ich hab es nicht gemacht."

„Sie sind also hingegangen, haben es sich anders überlegt und sind wieder weg. Wie viel Zeit lag dazwischen, doch höchstens ein paar Minuten, zwei, drei?"

„Zehn", sagte Vincent Blum zerknirscht.

„Zehn? Aber wieso, ich dachte ..."

Blum vergrub sein Gesicht in den Händen. „Ich bin draußen stehen geblieben, ich war so wütend ... aber dann musste ich an diese Geschichte von Jim Carrey denken."

„Wer ist das? Welche Geschichte?"

„Jim Carrey, der Schauspieler. Hollywood. Als er total abgebrannt war, ist er auf die Hügel von Los Angeles gefahren und hat sich ein Versprechen gegeben, dass er es schaffen wird. Das hab ich auch gemacht. Ich bin draußen vor der Villa gestanden und hab geschworen, dass ich es dem Idioten zeigen werde und er mich in ein paar Jahren darum anflehen wird, mich engagieren zu dürfen. Und dann bin ich einfach wieder abgezogen."

Edgar tat rasch so, als würde er sich Notizen machen, damit nicht auffiel, wie rührend er diese Geschichte fand. „Alleine?", fragte er.

„Ja, alleine. Die Polizei meint, ich hab Steiner auf der Terrasse gesehen und dieses Ding abgeschraubt, damit es aussieht, als wäre es ein Unfall."

„Aber wie kommen die darauf?", fragte Toni. „Ich meine, da müssten doch Fingerabdrücke von Ihnen sein."

Blums Gesichtsausdruck verriet Edgar die Antwort.

„Stefan hat mich und zwei andere hochgeschickt vor der Party. Wir sollten alle Geräte überprüfen. Das könnte er bezeugen, wenn er sich nicht verstecken würde. Und anscheinend hab ausgerechnet ich dieses Ventilatordings überprüft, von dem der Mann erschlagen wurde."

Das waren dramatisch schlechte Neuigkeiten. Unter dem Aspekt war es eigentlich ein Wunder, dass Vincent Blum noch auf freiem Fuß war.

„Bitte, glauben Sie mir, ich war es nicht", sagte er eindringlich zu Edgar. „Ich bin doch danach nicht mal auf das Grundstück gegan–" Das Telefon auf dem Tisch läutete erneut. Blum hob ab und zuckte zusammen. „Was? Aber ... gut, danke, Jolanda." Er legte auf und stoppte das Laufband. „Scheiße, die Polizei ist da. Sie wollen mich wieder holen."

Toni Lorenz riss sich die Saugnäpfe herunter, während Edgar sich aus dem Sessel hievte.

„Die Polizei darf uns nicht sehen", sagte er hastig.

Vincent Blum nickte und führte sie aus dem Raum zu einer anderen Treppe, als sie gekommen waren.

„Das ist eine Abkürzung, unten zwei Mal links, dann kommen Sie direkt zur Rezeption."

„Danke. Und, Herr Blum", Edgar reichte ihm zum Abschied die Hand, „ich tue alles, was in meiner Macht steht."

Zu seiner Verwunderung hielt Blum sie länger fest, als in dem Augenblick angebracht war.

„Danke, ich danke Ihnen vielmals, Herr Brehm."

Er schien noch etwas sagen zu wollen, aber da hörten sie schon das Stimmengewirr aus der anderen Richtung. Sie beeilten sich, die Empfangsdame beim Ausgang empfing sie mit einem Lächeln, das zum Unterschied zu vorhin tatsächlich echt wirkte.

„Herr Brehm, die Ergebnisse Ihres Fitnesstests sind außergewöhnlich. Das sieht man Ihnen gar nicht an", sagte sie anerkennend.

17

Toni saß auf der Chaiselongue, der Kater zu ihren Füßen schnurrte, und sie nippte an dem Kaffee, den sie aus der Bäckerei in der Nähe geholt hatte. Am Rückweg hatte es zu tröpfeln begonnen, mittlerweile peitschte der Regen ans Fenster, und Blitz und Donner wechselten einander ab. Ganz selbstverständlich hatte sie Brehm in die Detektei begleitet, und sie war froh, dass er es einfach so hingenommen hatte. Sie war mehr als dankbar für diese Ablenkung, und je eher Brehm alles geklärt hatte, desto schneller konnte er sich auf die Suche nach Felix machen. Außerdem – das überraschte sie selbst – gefiel ihr die Arbeit. Irgendwie – was absurd war, wenn man bedachte, dass jemand ums Leben gekommen war – gab es ihr ein gutes Gefühl, Brehm bei der Aufklärung behilflich zu sein. Oder es zumindest zu versuchen.

Bei Zoe Steiner hatte sie kein Glück. Das Mädchen war weder auf Instagram, Facebook noch auf sonstigen Social-Media-Plattformen zu finden. Vielleicht hatte sie Accounts unter einem anderen Namen, doch wenn es so war, wäre die Suche danach ohne Hinweis chancenlos. Und genauso wenig Glück hatte sie auch dabei herauszufinden, was es mit dieser Umbesetzung bei Steiners Dreharbeiten auf sich hatte.

Brehm hatte darum beschlossen, Sybille Steiner anzurufen. Sie schien verwundert, als er sie fragte, ob ihre Tochter und der Tote sich kannten.

„Nein, natürlich nicht", sagte sie so laut, dass sogar Toni es hören konnte.

Brehm fragte sie nach der Umbesetzung, und sie sagte, dass so etwas immer wieder mal vorkam, sie keine Informationen darüber hätte, ihr Mann Berufliches ausschließlich mit seinem Assistenten besprach und dass eine Umbesetzung sicher nichts mit der ganzen Sache zu tun hätte.

„Wer ist denn sein Assistent?", fragte Toni, als Brehm aufgelegt hatte, und ließ sich im Schneidersitz auf der Chaiselongue nieder.

„Paul Herz."

Sie googelte den Namen: Herz war Mitte dreißig, hatte wie Steiner die Filmakademie besucht. Steiner war einer seiner Lehrer gewesen, und gleich nach dem Abschluss hatte er ihm den Assistentenjob angeboten. Herz hatte noch nie Regie geführt oder für jemanden anderen gearbeitet. Außerdem schien er nicht gerne im Rampenlicht zu stehen. Toni fand nur ein einziges Foto. Er hatte krause schwarze Locken, trug eine dicke Brille und war ein wenig übergewichtig. In der Kleidung auf dem Foto wirkte er wie ein ordnungstreuer Beamter, dagegen war sein Gesicht die Sanftmut in Person. So freundlich, dass es Toni an eine dieser dicken lachenden Buddha-Statuen in chinesischen Restaurants erinnerte. Bei dem Gedanken merkte sie, wie hungrig sie war. Sehnsüchtig sah sie zu Brehm, der schon wieder am Telefon hing. Es schien unmöglich zu sein, bei den Produktionsfirmen, die Sascha Schwarz angeschrieben hatte, an ein Exemplar seines Drehbuchs zu kommen. Dafür, dass es jahrelang niemand hatte haben wollen, hatte sich das Interesse durch sein Ableben in Steiners Pool enorm gesteigert.

„Das funktioniert so nicht", sagte Brehm nach der nächsten Absage. Als würde das Wetter zustimmen, erhellte im Fenster hinter ihm ein Blitz den Himmel. Es schien ihn mitzunehmen, dass er nicht vorankam, er war blasser geworden. Ob er seine Medikamente genommen hatte? Er nahm erneut das Heft mit dem Tagebucheintrag, zwischen den Anrufen las er immer wieder darin.

„Suchen Sie was Bestimmtes?" Brehm sah hoch. „Ich meine, in dem Tagebuch? Gibt es etwas, wonach Sie suchen?"

„Ich weiß nicht. Irgendwas ist da. Und ich sehe es einfach nicht."

„Eine bestimmte Stelle?"

Er reichte es ihr und deutete auf den letzten Abschnitt.

„Ab hier."

Zum ersten Mal habe ich mich bei dir geborgen gefühlt. Beim Abschied hast du mich auf die Stirn geküsst und gesagt: „Alles wird gut."

Ich wusste nicht, dass es das letzte Mal sein sollte, dass du mit mir sprichst. Du hast meine Anrufe ignoriert. Bist an mir vorbeigegangen, als wäre ich eine Fremde. Als hätte es das alles vorher nie gegeben. Erst da habe ich es verstanden. Ich war nicht deine Auserwählte. Ich war dein Spielzeug.

Doch das wird sich jetzt ändern.

Auch beim erneuten Lesen kam es Toni noch immer so unwirklich vor. Als wäre es aus einem Film, aber nicht aus dem realen Leben.

„Was denken Sie darüber?", fragte Brehm.

Sie streckte sich. „Es ist schlimm. Natürlich. Aber ..."

„Aber?"

„Ich kann es nicht ganz nachvollziehen."

„Inwieweit?"

„Na ja, sie hat mit ihm Sex gehabt, obwohl sie das nicht wollte. Warum? Weil sie dachte, er verhilft ihr zu einer Karriere als Schauspielerin. Anscheinend hat es ihr nicht gefallen. Und dann hat sie sich eingeredet, sie will es doch, aber das hat nicht geklappt. Als er das mitbekommen hat, hat er sie fallengelassen. Es war also alles umsonst. Ist doch blöd. Man sollte nur mit wem ins Bett gehen, wenn man das will."

„Vielleicht wusste sie gar nicht, ob sie das will oder nicht."

„Bitte?"

„Ist Ihnen so etwas noch nie passiert?"

„Dass ich mit wem Sex hatte, obwohl ich nicht wollte? Nein."

Brehm verschränkte die Hände und stützte sein Kinn darauf. „Und was ist mit ihm?"

„Mit Steiner? Was soll mit ihm sein?"

„Er hat seine Machtposition ausgenutzt – wenn wir davon ausgehen, dass es wahr ist."

„Ja, schon. Aber wollte sie nicht auch etwas von ihm?"

Sie konnte Brehms Blick nicht deuten. Er sah sie fast ein bisschen mitleidig an und seufzte.

„Wir müssen sie finden", sagte er.

„Wir könnten jedes Hotel in Wien anrufen und nachfragen, ob mal eine junge Frau dort gearbeitet hat, die später Schauspielerin wurde", schlug sie vor. „Oder vielleicht während ihrer Ausbildung. Lena und ich jobben manchmal in einem Café ..."

Edgar schüttelte den Kopf. „Damit wären wir die nächsten paar Monate beschäftigt. Und nicht mal dann wäre garantiert, dass es einen Hinweis gibt."

Toni gab ihm das Tagebuch zurück, das er mit einem Seufzen entgegennahm.

„Ich bin am Verhungern. Können wir was zu essen bestellen? Wenn ich Hunger habe, kann ich nicht denken", sagte sie.

Brehm schien überrascht, was sie verwunderte. Er zuckte mit den Schultern, sah auf die Uhr und nickte.

„Chinesisch?", fragte sie.

„Kein Radiergummi", war seine Antwort, die sie mit einem „Haha" kommentierte. Er wählte Rindfleisch Chop Suey und vergrub sein Gesicht wieder hinter dem Tagebuch. Toni entschied sich für Suppe, Frühlingsrolle und gebratene Nudeln mit Gemüse. Ein leichtes Lächeln huschte über Brehms Gesicht, als sie auflegte.

„Und was passiert nun?", fragte Toni, nahm auf dem Thron Platz und hob den Kater auf ihren Schoß. Der Regen prasselte ohne Unterbrechung, und ihr tat der Fahrer des Lieferservice jetzt schon leid. Das Wetter in diesem Juni war wirklich verrückt. Hitze und Regen schienen sich ständig abzuwechseln, als gäbe es keine anderen Optionen.

Brehm lehnte sich in den Stuhl zurück und verschränkte die Arme im Nacken. Er starrte in den Aschenbecher auf seinem Schreibtisch und schien zu überlegen. Sie wollte ihn fragen, ob er eigentlich rauchte oder warum der dastand, da tippte er plötzlich eilig in den Computer. Sie stand auf und trat hinter ihn. Auf dem Bildschirm waren Einträge zu Wolfgang Bitlinger zu sehen.

„Wer ist das?"

„Laut Steiners Frau sein größter Konkurrent."

Brehm scrollte durch ein paar Seiten, Bitlinger war ebenfalls Regisseur, aber soweit Toni das sagen konnte, nicht so erfolgreich wie Steiner.

„War er denn auch auf der Party?"

Brehm nickte. „Er ist aber bereits um einundzwanzig Uhr gegangen, weil zwei Stunden später sein Flug nach Berlin gestartet ist. Hab ich alles überprüft."

Toni war sich nicht sicher, ob er eine Spur verfolgte oder ihm einfach langsam die Optionen ausgingen.

„Man müsste irgendwie an Steiner rankommen", sagte sie gedankenverloren.

„Ja", er lachte auf, „und das am besten am Filmset."

Es klang sarkastisch, aber das spielte keine Rolle. Denn ihr kam eine Idee.

„Schleusen wir mich ein."

„Bitte?" Brehm drehte sich um und sah sie stirnrunzelnd an.

„Bei den Dreharbeiten. Am Filmset. Schleusen wir mich ein. Direkt zu Steiner. Ich kann Kabel tragen oder beim Kostüm helfen, ist doch ganz egal was. Vielleicht erfahre ich, wer diese Umbesetzung ist. Sie haben doch selbst gesagt, Sie brauchen eine DNA-Probe der Tagebuchschreiberin. Wenn Sie dort sein sollte, bekomme ich die."

„Und wie soll das funktionieren?"

„Sie fragen Sybille Steiner." Die Lösung war so einfach, dass sie auflachte. „Das kann doch nur in ihrem Interesse sein."

Brehm sah sie noch immer skeptisch an, aber sie bemerkte die leichte Entspannung in seinen Schultern. „Und das trauen Sie sich wirklich zu?"

„Es ist einen Versuch wert, oder?"

Obwohl er nicht sehr überzeugt aussah, nahm er sein Handy. „Entschuldigen Sie die erneute Störung", sagte er zu Sybille Steiner und brachte nüchtern sein Anliegen hervor. Tonis Enthusiasmus wurde zerstört, als sie die Antwort mithörte.

„Wie stellen Sie sich das vor? Die Dreharbeiten laufen, das Team ist fix. Da wird niemand spontan aufs Set gelassen. Schon gar nicht jetzt. Mein Mann kennt jeden, der zur Crew gehört."

„Verstehe. Etwas anderes noch", er schien kurz zu überlegen. „Ich würde gerne mit Ihrer Tochter sprechen."

Toni war überrascht, damit hatte sie nicht gerechnet. „Wie bitte? Sie meinen Zoe?", fragte Sybille Steiner.

„Ja, genau. Zoe."

„Warum?"

„Sie hat sich während der Party mit Sascha Schwarz unterhalten."

„Sie hat ... was? Woher haben Sie das?"

„Ich möchte gerne mit ihr darüber reden", überging er ihre Frage. „Ist das möglich?" Sybille Steiner antwortete nicht. „Es könnte die Ermittlungen vorantreiben", schob er nach.

„Ich rede mit ihr."

„Das sollten Sie nicht. Kann sein, dass der Mann irgendwas gesagt hat, das uns weiterhilft. Ein Hinweis, den sie gar nicht als solchen verstanden hat. Darum wäre es besser, ich übernehme das."

„Ich weiß nicht ..."

„Wollen Sie, dass Ihre Tochter zuerst von der Polizei verhört wird? Wenn ich das rausgefunden habe, dann wird die ermittelnde ..."

„Nein, natürlich nicht." Sie seufzte. „Also gut. Wo wollen wir uns treffen?"

„In meinem Büro?"

„Das geht nicht, sie soll nicht erfahren ..."

„Verstehe. Natürlich."

„Sie können herkommen. Mein Mann ist den ganzen Tag am Set. In einer Stunde?"

„In Ordnung. Danke."

Brehm schnaufte, als er aufgelegt hatte. Anscheinend missfiel ihm irgendwas.

Doch bevor sie fragen konnte, klopfte es an der Tür. Der Lieferservice brachte das Essen. Toni war dankbar, dass Brehm kommentarlos die Bezahlung übernahm, obwohl sie das gar nicht erwartet hatte. Er nahm sich seine Box und Stäbchen und setzte sich hinter den Schreibtisch. Sie ließ sich im Schneidersitz auf der Chaiselongue nieder.

Der Karton mit den Nudeln war so fettig, dass er ihr beim Öffnen aus der Hand rutschte und der Inhalt auf dem himmelblauen Bezug landete. Brehm schoss hoch, so schnell hatte sie ihn in den letzten beiden Tagen noch nie erlebt. Er fluchte laut, fast schon panisch fegte er das Essen von der Chaiselongue auf den Boden, aber Sojasauce und Öl hatten bereits Flecken hinterlassen. Toni holte von der Toilette Seife und Wasser und gemeinsam säuberten sie das Möbelstück, bis zum Schluss wirklich nur zwei winzige Flecken zu sehen waren.

„Entschuldigung", sagte Toni, doch Brehm winkte nur ab. Er wirkte erschöpft.

„Die Chaiselongue gehört meinem Kollegen." Er hatte es leise gesagt, wie ein Geheimnis. „Ich ... stelle sie nur unter."

„Kurt Eisner?", fragte Toni so vorsichtig, als wäre der Name zerbrechlich.

Brehm seufzte, er ließ sich in seinen Schreibtischstuhl fallen. „Wollen Sie von meinem Essen was abhaben?", fragte er, statt ihr zu antworten.

„Danke."

„Danke, ja? Oder danke, nein?"

„Danke, nein."

„Zum Glück haben Sie noch die Suppe und die Frühlingsrolle."

Dieser Mann war ihr ein Rätsel. War ihm eigentlich aufgefallen, wie sehr Vincent Blum auf ihn abgefahren war? Und das trotz der momentanen Umstände? Doch Brehm hatte regelrecht abweisend gewirkt. Daraus, dass er homosexuell war, machte Blum auf seinem Instagram-Account ja kein Geheimnis.

Doch Brehm war da vollkommen anders. Er schien immer darauf bedacht zu sein, eine Fassade aufrechtzuerhalten, die dann manchmal doch Sprünge zeigte.

So wie heute Morgen bei dem buddhistischen Zentrum. Toni hätte gerne gewusst, ob seine Reaktion mit Kurt Eisner zu tun hatte. Sofern sie die Berichte im Internet richtig deutete, war der Vorfall bei einer Observation vor einem Jahr schuld daran, dass die Detektei in diese schäbige Kammer des Hinterhauses hatte übersiedeln müssen. Angeblich weigerte sich auch eine Versicherung zu zahlen. Worum es dabei ging, hatte Toni jedoch nicht rausgefunden. Brehm aß schweigend, sein Blick verlor sich immer wieder in dem Aschenbecher. Wenn er sich nach dem Essen eine Zigarette anstecken würde, dann wollte sie auch eine. Eigentlich rauchte sie nicht, nur ein, zwei Züge, wenn ein Joint im Pausenraum der Schauspielschule herumging. Vorsichtig packte sie ihre Frühlingsrolle aus und tunkte sie in die Suppe.

„Es sei denn, Steiner weiß, dass Sie nicht zur Filmcrew gehören", sagte Brehm plötzlich.

„Wie bitte?"

„Ja. Es kann nur klappen, wenn Sie nicht eingeschleust werden, sondern ganz offiziell auf das Filmset kommen."

„Und wie soll das funktionieren?"

„Man bräuchte irgendeinen Grund." Er atmete tief ein. „Eine Legendenbildung, die so kurzfristig funktioniert."

„Was meinen Sie mit Legendenbildung?"

„Eine plausible Hintergrundgeschichte, wer Sie sind, warum Sie aufs Set kommen. Etwas, das Sinn macht. Aber das braucht Zeit, Vorbereitung ..."

„Sie meinen, ich gebe zum Beispiel vor, Journalistin zu sein? Und will über Steiner etwas schreiben?"

„Ja, in etwa. Aber dann brauchen Sie einen Presseausweis, wir müssten ein paar Ihrer Artikel ins Netz stellen. Außerdem wird Steiner gerade jetzt keine Journalistin aufs Set lassen."

„Mich als Schauspielerin bei ihm vorzustellen hat natürlich auch keinen Sinn", dachte sie laut, „wenn man bedenkt, wie er auf Vincent Blum reagiert hat. Sie glauben ihm, dass er unschuldig ist." Toni sagte es nicht als Frage, sondern als Feststellung.

Brehm runzelte die Stirn, legte den Kopf leicht schief. „Ich glaube an Fakten und Indizien. Und von denen habe ich im Moment nicht viele zur Verfügung. Vom derzeitigen Standpunkt aus fehlt Blum das Motiv. Laut der Freundin von Schwarz kannten sich die beiden Männer nicht, und es deutet auch nichts auf einen Kampf oder Streit hin. Ich habe mir ein paar von Blums Fotos auf Instagram noch einmal angesehen."

Bildete Toni sich das ein oder wurde Brehm rot? Vielleicht beruhte die Anziehung doch auf Gegenseitigkeit? Brehm blickte plötzlich sehr interessiert in seine Pappschachtel mit dem Chop Suey, als würde er darin etwas suchen.

„Darauf wirkt er nicht gerade wie jemand, der einen Mord im Affekt begeht", murmelte er.

Toni lachte auf und Brehm hob erstaunt den Kopf. „Was?", fragte er.

„Das ist Social Media. Da ist nichts echt. Zumindest nicht sehr viel. Auf Instagram kann man der größte Star sein und in Wirklichkeit in einer Einzimmerwohnung mit Klo am Gang und von Sozialhilfe leben."

Brehm antwortete etwas, aber sie hörte ihm schon gar nicht mehr zu.

Natürlich, das war es! So konnte sie auf das Set kommen!

Toni schnappte ihr Handy, öffnete Instagram und musste gar nicht lange suchen, bis sie einen geeigneten Account gefunden hatte. Er war anonym. Mit achtzigtausend Followern.

Als sie Brehm das Display zeigte und von ihrem Plan erzählte, wirkte er mehr als misstrauisch. Natürlich war es riskant.

Während er sich ein Taxi rief und in sein Sakko schlüpfte, recherchierte sie im Netz und zeigte ihm das Ergebnis.

„Das könnte wirklich klappen", sagte sie.

„Okay, versuchen Sie es", sagte er und gab ihr die Telefonnummer von Paul Herz.

18

Der Himmel war grau und wolkenverhangen, als das Taxi vor der Villa hielt. Obwohl Edgar das Gebäude schon von Tonis Fotos kannte, war er beeindruckt. Die historische Bausubstanz des prächtigen Gebäudes war erhalten worden. Vielleicht war das Haus seit mehreren Generationen in Familienbesitz?

Sybille Steiner schien schon auf seine Ankunft gewartet zu haben, sie kam über den akkurat gemähten Rasen auf ihn zu, perfekt gestylt, als würde sie jeden Moment mit einem Fotografen rechnen. Die Gartentür öffnete sich. Sybille Steiners Hand war kalt, als sie sie Brehm reichte.

„Guten Tag, Herr Kommissar", sagte sie, lauter als nötig.

Es war egal, ob sich Edgar bei seinen Ermittlungen als interessierter Mieter, neugieriger Verwandter der Zielperson oder Versicherungsmitarbeiter ausgab. Aber niemals – wirklich niemals! – durfte er zur Tarnung so tun, als wäre er von der Polizei. Das hätte er ihr sagen müssen. Jetzt war es zu spät.

„Bitte kommen Sie weiter."

Edgar folgte ihr zum Eingang der Villa. Sybille Steiner führte ihn durch eine Empfangshalle in ein lichtdurchflutetes Zimmer, dessen Glastüren in den Garten führten und nicht nur einen Ausblick auf den beachtlichen Pool und die großzügige Terrasse, sondern auch über die Skyline von Wien boten.

Edgar sah sich um. Viel Chrom und Glas, das raffiniert mit schwarzem und weißem Marmor kombiniert war. Hier hatte sich ohne Zweifel ein Innenarchitekt ausgetobt: Es war alles sehr modern, sehr stilsicher – und sehr teuer.

Inmitten der Ledercouch-Landschaft saß Zoe Steiner, als würde sie gar nicht in dieses edle Ambiente passen. Sie wirkte blass, verloren und ängstlich. Die Hände in den Ärmeln ihres lila Kapuzenshirts versteckt, zerrissene Jeans und strähnige Haare – ja, dieses Mädchen rebellierte eindeutig gegen ihre äußerlich so perfekte Mutter.

„Zoe, hier ist der Kommissar, der mit dir sprechen möchte", sagte Sybille Steiner und deutete auf Edgar.

Er reichte dem Mädchen die Hand, es fühlte sich an, als würde er einen leeren Handschuh schütteln.

„Darf ich Ihnen etwas zu trinken anbieten?", fragte Sybille Steiner.

„Ein Kaffee wäre schön, danke."

Edgar hatte damit gerechnet, dass sie ein Hausmädchen losschicken und nicht von der Seite ihrer Tochter weichen würde. Doch zu seiner Überraschung nickte sie ihm zu und verließ das Zimmer. Ihr Blick war ihm nicht entgangen. Sie sah zu Zoe mit einer Mischung aus Ungeduld und Hilflosigkeit. Vielleicht ahnte sie, dass ihre Tochter kein Wort von sich geben würde, wenn sie in der Nähe blieb?

„Ihr habt es hier wirklich schön", sagte Edgar, als sie alleine waren.

Das Mädchen reagierte nicht.

Edgar blieb stehen und sah sich um. Auf einer Anrichte stand eine Vielzahl gerahmter Fotos. Viele aus dem Urlaub, lachende Gesichter in Disneyland, vor dem Eiffelturm, an einem hübschen Strand am Meer – auf den meisten war Zoe ein kleines Kind. Und Sybille Steiner hatte sich noch nicht in ihre aktuelle Version verwandelt. Auf einem Foto war sie wahrscheinlich höchstens zwanzig, stand strahlend in einem blauen Kleid mit weißem Kragen neben einem Cello. Hätte Edgar nicht gewusst, dass das Sybille Steiner sein musste, er hätte sie nicht erkannt. Erst jetzt, anhand dieser alten Aufnahme, fiel ihm die Ähnlichkeit zwischen Mutter und Tochter auf. Ob ihr das bewusst war?

Edgar drehte sich um und deutete neben Zoe. „Darf ich mich setzen?"

Das Mädchen gab keine Regung von sich, er nahm es trotzdem als Zustimmung. Er sank in das weiche Möbel, als wäre es aus Schaum. Wie sollte er daraus jemals wieder hochkommen?

„Also Zoe, ich will dich gar nicht lange aufhalten, ich habe nur ein paar Fragen. Der Mann, der in eurem Pool starb, kanntest du ihn schon vor der Party?"

Sie schüttelte langsam den Kopf.

„Und warum hast du dich dann auf der Party mit ihm unterhalten?"

Ein Zucken lief über ihr Gesicht. Sie neigte den Kopf, als würde er plötzlich zu schwer, um ihn aufrecht zu halten.

„Er hat einen Streit zwischen Papa und mir mitbekommen." Ihre Stimme war dünn und zittrig.

„Was für einen Streit?"

Zoe presste die Lippen zusammen, als müsse sie Tränen zurückdrängen. „Papa war wütend, weil ich wieder einen Fünfer in Deutsch bekommen habe. Da wollte der Kellner diese Schularbeit sehen. Und er hat gesagt, er schreibt Drehbücher, und der Aufsatz ist gut. Und dass mein Lehrer ein Trottel ist." In ihre weinerliche Stimme mischte sich ein kurzes, gequältes Lachen.

„Warst du deshalb heute bei seiner Verabschiedung in dem buddhistischen Zentrum?"

Ihr erschrockener Blick blitzte zur Tür, durch die ihre Mutter verschwunden war. „Woher wissen Sie das?", flüsterte sie.

„Das ist mein Job." Es war idiotisch, so etwas zu sagen, aber was auch immer sie zum Reden brachte, war ihm recht.

„Bitte, sagen Sie meiner Mutter nichts davon."

„In Ordnung. Wenn du mir sagst, woher du es wusstest und warum du dort warst."

Ihre Unterlippe bebte. „Mein Vater hat gestern im Auto einen Anruf bekommen ... von der Mutter des ... sie hat gefragt, ob er kurz vorbeikommen kann, weil sie in der Zeitung gelesen hat, dass er ganz in der Nähe von diesem Zentrum dreht."

„Und wie hat dein Vater reagiert?"

„Er war verärgert, dass sie seine Nummer hatte. Aber das hat er ihr nicht gesagt."

„Weißt du denn, wieso sie die hatte?"

„Ja, sie hat gesagt, jemand von Ihren Kollegen hat ihr die gegeben."

„Ihren Kollegen?"

„Nein, von Ihren Kollegen." Sie deutete auf Edgar. „Von der Polizei."

„Ach so, ja, natürlich. Also, wollte er hin?"

Sie schüttelte den Kopf. „Er ist doch den ganzen Tag am Set."

„Und hat er gewusst, dass du hinwolltest?"

Wieder Kopfschütteln. Sie sank noch ein bisschen mehr in sich zusammen. „Bitte sagen Sie es ihm nicht." Jetzt hob sie den Kopf, sah ihn flehend an, eine dicke Träne löste sich aus ihrem Augenwinkel.

„Warum warst du dort, Zoe? Ich verstehe das noch nicht ganz ..."

Ihr Brustkorb bebte. „Er war so nett zu mir. Er hat mich getröstet. Und sich wirklich dafür interessiert, wie es mir geht." Noch eine Träne, die sie eilig wegwischte.

Ein wehmütiges Lächeln huschte über Edgars Gesicht. Er konnte sich noch sehr gut an die verwirrenden Jahre seiner Pubertät erinnern, in der die Gefühle verrücktspielten. Zoe Steiner musste sich über so viel Sorge und Verständnis eines ihr eigentlich fremden Menschen gefreut haben. Edgar nickte ihr zu. Er wollte schon aufstehen, da fiel ihm etwas ein.

„Eine Frage noch, Zoe. Dein Vater und Sascha Schwarz, haben sich die beiden gekannt?"

„Nein."

„Und wusste er, dass Alexander Steiner dein Vater ist?"

Sie nickte.

Wenn es so war, dass Sascha Schwarz sich auf der Party eingeschlichen hatte, um Kontakt zu Alexander Steiner zu knüpfen, dann war der Weg über seine Tochter eine Option. Edgar klopfte sich auf die Oberschenkel – er hatte erfahren, was er wissen musste. Sehr viel weiter hatte ihn das allerdings auch nicht gebracht. Beim Versuch, sich von der Couch zu erheben, fiel er zweimal wieder zurück, bis er endlich wieder stand. In diesem Moment kam Sybille Steiner mit einem Tablett zurück, auf dem sie weißes Kaffeegeschirr balancierte. Entfernter Donner war zu hören, es würde jeden Moment anfangen zu regnen. Sie reichte ihm eine Tasse.

„Zucker, Milch?"

„Danke, nur schwarz."

Es gab einen Moment peinlicher Stille, nachdem er den viel zu heißen Espresso hinuntergestürzt hatte, sich aber seine verbrannte Kehle nicht anmerken lassen wollte. Hinter sich hörte er, wie Zoe grußlos das Zimmer verließ. Er räusperte sich.

„Würden Sie mir noch zeigen, wo es genau passiert ist?"

Sybille Steiner führte Edgar auf die Terrasse. Erst hier war zu erkennen, dass dieses Haus bedeutend größer war, als es von der Straßenseite den Anschein hatte. Es gab einen Zubau, der dem Haupthaus in der Größe um nichts nachstand. Wie ein L schloss er einen Teil des Pools und die Terrasse auf der Längsseite ab. Edgar bemerkte sofort die meterlange Metallleiste, die unter den Fenstern im ersten Stock entlangführte. Daran waren alle halben Meter kürzere Leisten mit je drei Düsen an Klammervorrichtungen befestigt.

Sascha Schwarz musste nah an der Hauswand gestanden haben. An einer Stelle, direkt unter einem Fenster, war die Leiste mit gelbem Polizeiband markiert und zugeklebt. Er sah es vor sich, wie die Leiste Sascha Schwarz – unabsichtlich oder gezielt – am Kopf getroffen hatte, er getorkelt und in den nur einen Meter entfernten Pool gestürzt war. Blieb die Frage: Warum hatte der tote Drehbuchautor hier gestanden? Hatte er auf jemanden gewartet? Hatte ihn jemand genau hier platziert und war nach oben gegangen?

„Was sind das für Fenster über der Stelle, wo er stand?"

„Früher waren es Gästezimmer", sagte Sybille Steiner, „aber sie wurden nur genutzt, wenn Zoe Freundinnen zum Übernachten eingeladen hat. Das ist aber schon ein paar Jahre her. Mein Mann mag keine Übernachtungsgäste."

„Verstehe. Sind die Zimmer verschlossen?"

Sybille Steiners Handy klingelte. Sie warf einen kurzen Blick darauf. „Nein, sind sie nicht. Ich nutze sie, um unsere Winterkleidung dort aufzubewahren. Brauchen Sie noch etwas?"

Edgar verstand ihre Aufforderung zu gehen. „Nein, danke."

Sie brachte ihn durch das Haus und über den englischen Rasen zum Gartentor. Warum hatte sie nicht gleich erwähnt, dass sie diese Zimmer als

Kleidungsdepots nutzte? Weil es ihr wichtig war, ihn wissen zu lassen, dass ihr Mann etwas gegen Übernachtungsgäste hatte? Oder um abzulenken? Außerdem empfand er es als verwunderlich, dass sie nichts über sein Gespräch mit ihrer Tochter wissen wollte. Es schien fast, als hätte sie alles belauscht und wüsste ohnehin Bescheid.

Während Edgar auf sein Taxi wartete, setzte leichter Nieselregen ein. Wenn Sybille Steiner nichts entging, was in ihrem Haus passierte – war das auch auf der Party so gewesen? Wusste sie mehr, als sie zugab?

Während der ganzen Fahrt gingen ihm Gedanken über seine Auftraggeberin durch den Kopf: Ihre äußerliche Veränderung wirkte wie eine Maske. Steckte da mehr dahinter? Wie war diese Frau auf den Fotos zu dem geworden, was sie nun war? Hatten gesellschaftliche Mechanismen sie dazu gemacht? Der Druck, dem Erfolg ihres Mannes gerecht zu werden? Sybille Steiner früher und jetzt – das waren zwei komplett verschiedene Menschen.

Eine ankommende SMS von Toni Lorenz riss ihn aus den Gedanken.

Ich bin drin.

19

Toni konnte es selbst kaum glauben, dass sie tatsächlich vor der Absperrung des Filmsets im Bermudadreieck stand und auf Paul Herz wartete. Ihr war aufgefallen, dass es sich nur ein paar Minuten von dem buddhistischen Zentrum entfernt befand, in dem sie erst heute Morgen gewesen war. Vielleicht war Zoe Steiner deshalb dort aufgetaucht? Weil sie ihren Vater am Set besucht hatte?

Der Himmel war dunkelgrau und düster, aber wenigstens nieselte es gerade nur. Sofort nach dem Telefonat war sie mit dem Taxi nach Hause gefahren, um sich umzuziehen, während Brehm beschlossen hatte, sein Auto aus der Werkstatt zu holen und dann in ihrer Nähe zu warten. Er wollte, dass sie wieder eine Perücke aufsetzte, doch sie hatte sich dagegen gewehrt. Für die kurze Zeitspanne von ein paar Fotos war es kein Problem, aber sie war unter dem Pseudonym einer erfolgreichen Influencerin aufs Set eingeladen worden – Viennawolf. Von der es auch nach gründlicher Suche im Internet außer ihrer wirklich schönen Schwarz-Weiß-Aufnahmen von Wien zum Glück kein persönliches Foto oder einen realen Namen gab. Um diese geheimnisvolle Aura zu unterstreichen, hatte Toni ein komplett schwarzes Outfit – ergänzt um eine Brille – gewählt, die kurzen Haare streng mit Gel gescheitelt, Unmengen Kajal verwendet und hellroten Lippenstift aufgetragen. Obwohl nun nicht mehr wiederzuerkennen, war sie trotzdem nervös. So sehr, dass sogar sie als Nichtraucherin sich nun zur Beruhigung eine Zigarette wünschte. Gerade als Toni überlegte, den Securitymann um eine von seinen zu bitten, tauchte Paul Herz aus einem der Wohnwägen auf, die aufgereiht hinter der Absperrung standen. Er war wie auf dem Foto gekleidet – kurzärmeliges weißes Hemd mit Krawatte – und winkte ihr zu, während er watschelnd auf sie zukam. Toni straffte ihre Schultern und atmete tief durch, um ihr klopfendes Herz unter Kontrolle zu bringen.

Das alles hatte geradezu lächerlich einfach funktioniert. Aufgrund des schlechten Wetters gab es eine Unterbrechung der Dreharbeiten. Herz hatte ihr am Telefon gesagt, dass sie gerne gleich vorbeikommen und für ihren Account ein paar Fotos des Sets machen könnte. Toni fand das mehr als verwunderlich, wenn man bedachte, wie streng Steiner gerade jetzt mit jeder Person war, die nicht zur Crew gehörte.

„Hallo, Viennawolf", sagte Herz mit einem breiten Lächeln und streckte ihr die Hand entgegen. Sein Händedruck war warm und fest. „Das freut mich, wirklich. Ich folge dir schon seit einiger Zeit. Deine Fotos sind phänomenal. Diese Stimmungen. Ich hab mich immer gefragt, wer dahintersteckt."

Toni erstarrte, ihr Mund wurde trocken. Damit hatte sie nicht gerechnet. Das also war der Grund, warum er so schnell zugesagt hatte. Sie wünschte, sie hätte sich die Fotos auf Instagram besser eingeprägt. Um die Irritation zu überspielen, senkte sie den Blick und legte den Kopf schief, als wäre ihr das Lob unangenehm. Was es auch war, nur eben nicht aus Bescheidenheit, sondern aus Panik.

„Vielen Dank, das ist sehr freundlich."

Paul Herz sagte nichts, bis sie wieder hochsah und in sein lächelndes Gesicht blickte. Er hatte die Hände gefaltet und nickte ihr mit einem „Wie schön" zu, als würde ihm ihre Reaktion gefallen. „Gut, vielleicht möchtest du vorab zum Catering, um mal hier anzukommen? Dann führe ich dich herum, und wenn du willst, lassen sich sicher auch einige Schauspieler fotografieren."

Er deutete zu einer dunkelgrauen Wolke, die über ihnen schwebte. „Alle warten darauf, dass der Himmel wieder aufreißt. Dieses depperte Wetter, das kostet mich echt Nerven. Und gerade heute ..." Er verzog den Mund und flüsterte. „Wir sind schon seit fünf Uhr früh hier und konnten erst eine Szene drehen. Das ist eine Katastrophe. Einige werden sich deshalb sehr über deinen Besuch freuen. Du hast hier etliche Fans. Sogar Alexander war hellauf begeistert, als ich ihm deine Fotos gezeigt habe."

„Oh, wie nett", war alles, was Toni herausbrachte.

Paul Herz brachte sie zu einem Wohnwagen weiter oben am Rabensteig, vor dem ein offenes Zelt aufgestellt war. Darunter bogen sich zwei Heurigentische unter Brötchen, Mini-Quiches, Salaten, Wraps und etwas, das aussah wie kleine bunte Nudelnester, es gab diverse Kuchen, Obst, Muffins, alkoholfreie Getränke, einen Samowar und drei Kaffeemaschinen.

„Leider können wir nicht in die Lokale, weil die Eingänge und teilweise auch die Fassaden für den Dreh umgebaut werden mussten. Was darf ich dir anbieten?"

„Ein Kaffee wäre schön, danke."

„Kaffee, kommt sofort."

Er zwinkerte ihr zu. Paul Herz war ganz anders, als sie ihn sich vorgestellt hatte. Neben Steiner hatte sie mit einem leisen und zurückhaltenden Menschen gerechnet. Doch er kam ihr eher vor wie die fröhlich aufgeweckte Hausdame von Downton Abbey.

Gerade als er einen Pappbecher vom Stapel nahm, rief eine Frauenstimme hinter ihnen: „Paul, hast du mal kurz Zeit für mich?"

Toni drehte sich um – eine sehr hübsche Frau in einem schäbigen braunen Kleid stand hinter ihnen. Ihre hellbraunen Haare waren zu unzähligen kleinen

Schnecken zusammengerollt, wahrscheinlich um sie unter einer Perücke zu verstecken. Ihre Haut wirkte fein und weiß und erinnerte Toni an Seidenpapier. Sie war kleiner als Toni und unfassbar zierlich. Ihre großen dunkelbraunen Augen hatten etwas Sehnsuchtsvolles, vielleicht waren es aber auch nur die langen, schwarzen Wimpern. In der Hand hielt sie eine aufgeschlagene Zeitung.

„Oh, hallo. Pardon, ich wollte nicht stören", sagte sie mit einem Lächeln.

Sie gab Toni die Hand, die in dem Moment nicht wusste, was sie sagen sollte.

Das war Anna Ferry.

Und sie sah im wirklichen Leben völlig anders aus, viel fragiler, als sie im Fernsehen und auf der Kinoleinwand wirkte. Darum hatte sie die Schauspielerin nicht gleich erkannt.

„Das ist ...", begann Herz, stoppte und sah Toni ratlos an. „Oh, ich kenne noch gar nicht deinen richtigen Namen."

Ein Name. Daran hatte sie nicht gedacht. Sie starrte Anna Ferry an, die ihr erwartungsvoll zulächelte.

„Mein Name ist Mascha", sagte Toni, ohne nachzudenken. Automatisch war ihr der erstbeste Name aus den letzten Stücken, an denen sie in der Schule gearbeitet hatten, über die Lippen gekommen.

„Mascha, was für ein exquisiter Name", seufzte Paul Herz. „Ich wünschte, meine Eltern wären bei der Namensvergabe auch origineller gewesen. Wer heißt schon gerne Paul?"

Er lachte laut auf, Anna Ferry streichelte ihm über den Arm und gab ihm einen Kuss auf die Wange. Das alles wirkte wie eine perfekte Inszenierung, bei der jeder hervorragend seine Rolle spielte.

„Ich bin Anna", sagte sie mit einem freundlichen Lächeln.

„Ich weiß, ich ... ich ... ich bin ein Fan von dir."

Toni schämte sich fast ein bisschen, dass es ihr rausgerutscht war. Aber es war die Wahrheit. Anna Ferry war eine der besten Schauspielerinnen, die Toni je gesehen hatte, und das nicht nur in Österreich. Aber das musste ihr wahrscheinlich niemand sagen, bei den vielen Preisen, die sie abgeräumt hatte. Herz nickte eifrig.

„Einfach wundervoll. Und Anna, Mascha hat diesen fantastischen Insta-Account." Er zeigte strahlend auf Toni, als wäre sie hier der zweite Star. „Das. Ist. Vienna. Wolf. Ist das nicht unglaublich toll?" Er schien eine Vorliebe für Superlative zu haben.

„Oh, das ist es ganz sicher", sagte Ferry. „Entschuldige bitte, Mascha, es tut mir wirklich leid, aber ich kenne mich bei den sozialen Medien überhaupt nicht aus."

„Ach, das macht doch nichts", sagte Toni etwas zu erfreut. Ferry senkte die Stimme.

„Meine Agentur liegt mir immer in den Ohren, ich soll da aktiver sein. Und sie haben sicher recht. Aber ganz ehrlich, es stresst mich. Ich würde die ganze Zeit nur nachsehen, was die Leute schreiben." Sie verzog den Mund zu diesem herrlich selbstironischen Lachen, das Toni von ihren Interviews kannte.

„Unsere Anna liest ja nicht mal ihre eigenen Kritiken", warf Herz ein. „Obwohl die hervorragend sind. Möchtest du auch einen Kaffee, mein Schatz?"

„Sehr gerne, danke. Und wenn ich die guten Kritiken glaube, dann muss ich die schlechten auch ernst nehmen." Ferry deutete mit dem Daumen auf sich. „Hier, harmoniebedürftig und konfliktscheu. Das Internet wurde nicht für Leute wie mich erfunden. Dafür finde ich es umso bewundernswerter, wenn jemand so Karriere macht und sich quasi den Wölfen zum Fraß vorwirft. Warte – hast du deshalb diesen Namen gewählt, Viennawolf?"

„Das ist ja hinreißend", wieherte Herz, ohne auf eine Antwort zu warten. „Wie bist du eigentlich dazu gekommen, Mascha?" Er reichte Toni einen vollen Kaffeebecher.

„Über meine Großmutter."

Es war merkwürdig. Obwohl sie vor ein paar Minuten noch vor lauter Anspannung kaum einen klaren Gedanken hatte fassen können, entspannte sie sich immer mehr. Lag das an Anna Ferry?

„Deine Großmutter ist auch auf Insta?", fragte Herz und goss einen zweiten Becher ein.

„Nein, ich bin bei ihr aufgewachsen", sagte sie wahrheitsgemäß. „Ihr haben meine Fotos immer so gut gefallen. Darum dachte ich, vielleicht mögen andere sie auch."

Es war eine halbe Lüge, vielleicht fiel sie Toni deshalb so leicht. Ihre Großmutter war ihr erstes Publikum gewesen, der sie vorgespielt hatte. Sie hatte ihr sogar geholfen, die Rollen für die Aufnahmeprüfung zu erarbeiten.

„Sie muss wahnsinnig stolz auf dich sein", sagte Paul Herz und reichte Anna Ferry den Kaffee.

Toni schluckte, sie war sich nicht sicher, was ihre Oma dazu sagen würde, wenn sie von alldem wüsste.

Ferry nahm Herz den Kaffee ab, dabei fiel ihr die Zeitung herunter. Toni bückte sich danach. Es war der Immobilienteil, und einige Annoncen waren mit Rotstift markiert.

„Oh nein", sagte Paul Herz, der es auch gesehen hatte. „Also doch. Nur deswegen? Oh, Anna, das tut mir so leid."

Toni erkannte sofort, wie unangenehm Anna Ferry die Reaktion von Paul Herz war. Rasch nahm sie die Zeitung und klemmte sie unter den Arm.

Herz wollte weitersprechen, da ging die Tür von einem der Wohnwägen auf. Im Gegensatz zu den anderen war er doppelt so lang und hatte grüne Vorhänge hinter den Fenstern. Alexander Steiner steckte seinen Kopf heraus, blickte in den Himmel.

„Paul, wie sieht es aus? Wann können wir?", rief er.

„Laut Wetterwarte kommt noch ein kurzer Schauer, aber danach sollte es aufklaren."

„Und das ist wann?"

„Laut dem Meteorologen, mit dem ich telefoniert hab, in ungefähr einer Stunde."

Erst jetzt sah Steiner zu ihnen, doch er schien Toni gar nicht zu registrieren. „Anna, sehr gut. Bitte komm rein, wir schauen uns an, was wir drehen können." Ohne ein weiteres Wort war er wieder im Wohnwagen verschwunden.

„Hat mich sehr gefreut", sagte Anna Ferry sichtlich erleichtert und warf Paul Herz einen ernsten Blick, gefolgt von einem leichten Kopfschütteln zu. Es konnte gar nicht noch eindeutiger sein, dass er Stillschweigen bewahren sollte.

Toni sah ihr nach. Sie durfte jetzt nicht mit der Tür ins Haus fallen.

„Ach, die Arme", sagte Paul Herz mitleidig. Entweder hatte er Ferrys Hinweis nicht verstanden, oder er ignorierte ihn.

„Hm?" Toni nippte unschuldig am Kaffee. Er schmeckte furchtbar.

Herz seufzte. „Du kannst noch so erfolgreich sein und trotzdem Pech in der Liebe haben. Das ist schon verrückt."

„Sucht sie deshalb eine neue Wohnung?" Toni hatte sich bemüht, so unschuldig wie möglich zu klingen. Doch anscheinend fand Herz gar nichts dabei, über dieses Thema zu sprechen.

„Ja – und das nach nicht mal zwei Monaten Beziehung. Ich bin ja dagegen, so rasch zusammenzuziehen. Mein Gott ... und alles nur wegen diesem blöden Spiel. Sollte man nicht für möglich halten. Und jetzt ist es wirklich ernst damit." Er schnalzte mit der Zunge.

„Was für ein Spiel denn?"

„Aber wenn jemand so reagiert", er überging ihre Frage einfach. „Also, ich denke, sie ist besser dran ohne ..." Herz machte Gänsefüßchen in die Luft. „... den, dessen Name nicht genannt werden darf."

Bevor Toni noch einmal nachfragen konnte, öffnete sich Steiners Wohnwagen erneut, und er trat in die Tür. „Paul, wir brauchen dich."

„Alexander, schau mal, ich möchte dir wen vorstellen."

Herz umfasste sie an der Schulter und schob sie Richtung Wohnwagen. Toni fühlte sich ein bisschen wie ein zwangsbeglücktes Kind, das dem Erbonkel vorgestellt werden sollte.

„Das ist Mascha. Sie ist Viennawolf, von der ich dir erzählt habe."

Steiner lächelte und streckte ihr die Hand entgegen. „Freut mich", sagte er, und obwohl es eine Floskel war, hatte Toni das Gefühl, er meinte es ehrlich. Er deutete hinter sich in den Wohnwagen. „Paul, ich finde die Unterlagen mit den neuen Änderungen nicht, die wir gestern besprochen haben."

Toni erhaschte einen Blick auf die Wände im Inneren des Wohnwagens, an denen Computerausdrucke hingen. Darunter war ein Schreibtisch mit Laptop und diversen Akten.

„Ich komme. Entschuldige, Mascha", sagte Herz zu Toni, „ich bin so schnell wie möglich wieder da. Du kannst dich sehr gerne alleine am Set umsehen. Wenn du den Rabensteig hochgehst, steht da ein Container, das ist unser Aufenthaltsraum, in dem wartet das gesamte Team. In der Seitenstettengasse wird dann gedreht."

Und dann war er auch schon hinter Steiner im Wohnwagen verschwunden. Bevor sie ihn zur Umbesetzung hatte fragen können. So ein Mist. Sie hätte ihn gleich darauf ansprechen und nicht erst Anna Ferrys Liebesleben erörtern sollen. Hoffentlich kam er wirklich bald zurück. In der Zwischenzeit sollte sie auf jeden Fall so tun, als wäre sie Viennawolf. Sie stellte den Kaffeebecher ab und schlenderte hinunter und die enge Seitenstettengasse hoch. Nur der Eingang der Synagoge war zu sehen, die Fassaden der Häuser gegenüber waren von riesigen grünen Planen verdeckt. Wahrscheinlich um sie vor dem Regen zu schützen. Trotzdem machte sie mit ihrem Handy ein paar Fotos. Die hoffentlich niemand sehen wollte, denn die wackeligen Schnappschüsse hatten so gar nichts gemeinsam mit den Fotografien von Viennawolf.

Toni ging wieder zurück zum Rabensteig. Stimmengewirr und Lachen aus dem Container am Ende der Absperrung plätscherte ihr entgegen. Die Tür stand offen, ein paar Männer in Arbeitskleidung, wahrscheinlich Techniker, rauchten davor und unterhielten sich. Sie nickte ihnen zu und warf einen Blick hinein. Der Container erinnerte Toni an die Kantine der Schauspielschule bei Hochbetrieb. Zu viele Menschen auf zu engem Raum. Hier unauffällig zu recherchieren war unmöglich.

Also schlenderte sie zurück zu Steiners Wohnwagen, damit sie Paul Herz gleich abfangen konnte, wenn er wieder herauskam. Erst jetzt fielen ihr die aufgereihten Lkws in der extra abgesperrten Seitengasse auf. Sie sah sich um. Der Securitymann beim Eingang war in sein Handy vertieft. Und auch sonst kein Mensch in der Nähe. Toni schlüpfte unter der Absperrung hindurch. Der erste Lkw war verschlossen. Aber beim zweiten hatte sie mehr Glück, die Ladefläche stand auf halber Höhe.

Das ganze technische Equipment und die Scheinwerfer waren dort untergestellt. Unter den Kameras klemmten Papiere. Vielleicht war dort auch die Besetzungsliste dabei?

Tonis Herz hämmerte. Nachdem sie sich noch einmal vergewissert hatte, dass niemand sie sah, stieg sie auf die Ladefläche und war auch schon im Laderaum. Es roch nach verbrannten Kabeln und Lösungsmittel. Sie ging in die Knie, nahm die Papiere heraus, blätterte die Seiten durch. Da waren Kameraeinstellungen und Lichtstimmungen der einzelnen Szenen verzeichnet. Bei einer Kamera klemmte ein Textbuch. Vielleicht befand sich darin auch eine Besetzungsliste? Toni zückte ihr Handy so eilig, es fiel ihr fast aus der Hand. Ihre Finger zitterten, als sie es entsperrte.

„Was machen Sie da?", fragte eine männliche Stimme vor der Ladefläche.

Sie musste sich nicht umdrehen, um zu erkennen, dass es Alexander Steiner war. Was sollte sie nun tun? Ihr erster Impuls war, die Besetzungsliste einfach fallen zu lassen. Doch sie widerstand. Stattdessen drehte sie sich um und setzte ihr charmantestes Lächeln auf.

20

Toni brauchte eine gefühlte Ewigkeit, bis sie in dem Gewitter Edgar Brehms Auto entdeckte. Er parkte nur ein paar Minuten zu Fuß vom Filmset entfernt, aber der Regen fiel so stark, dass sie nicht erkennen konnte, wo jemand hinter dem Steuer saß. Und dunkelblaue Autos gab es haufenweise. Sie war völlig durchnässt, fröstelte und hielt ihren Oberkörper fest umklammert, als sie endlich in einem der Wagen eine Silhouette erkannte. Die Tür war versperrt, nur das Fenster wurde heruntergelassen.

„Ich bin es", sagte sie zu Brehm, der sie ratlos ansah.

Ein erstaunter Ausdruck breitete sich auf seinem Gesicht aus, im nächsten Moment klickte die Zentralverriegelung.

„Pardon", sagte er, als sie eingestiegen war. „Ihre Aufmachung ... ich hab Sie nicht erkannt. Das ist beeindruckend."

Der Regen prasselte auf die Windschutzscheibe, ein Donner krachte. Oder war das ein Blitz, der eingeschlagen hatte? Entgegen der Vorhersage war das schlechte Wetter nicht weitergezogen, im Gegenteil. Was für Steiner eine riesengroße finanzielle Belastung bedeutete, da der Dreh dieser Szene am Ende nachgeholt werden müsste. Toni wischte sich mit der völlig durchnässten Seidenbluse über das Gesicht und nieste.

„Gesundheit", sagte Brehm.

Hoffentlich wurde sie nicht krank. Er stellte die Sitzheizung auf höchste Stufe und fuhr los. Toni stieß ein tiefes Seufzen aus, als es unter ihrem Hintern warm wurde. Wieso hatte sie den Schirm ausgeschlagen, den Paul Herz ihr angeboten hatte?

„Im Handschuhfach müssten Taschentücher sein", sagte Brehm.

„Wohin fahren wir?"

Sie schnäuzte sich herzhaft und ließ sich tiefer in den Sitz sinken. Die Scheibenwischer konnten, obwohl sie auf höchste Geschwindigkeit eingestellt waren, die Regenflut fast nicht bewältigen. Die ganze Anspannung wich aus ihrem Körper und machte einer bleiernen Müdigkeit Platz. Oder war das nur die Sitzheizung?

„Ich bringe Sie nach Hause."

„Danke." Sie nieste wieder. „Viel erfahren hab ich nicht."

Brehm nickte ihr beschwichtigend zu. „Sie haben es zumindest versucht."

Obwohl er keine Miene verzog, merkte sie trotzdem, dass er enttäuscht war. Er hatte einen Tagebucheintrag ohne Verfasserin, einen toten Drehbuchautor ohne Drehbuch und einen anscheinend unschuldigen Angeklagten.

„Aber ich darf morgen Vormittag wiederkommen", sagte sie rasch.

„Sie dürfen ... wer sagt das?"

„Alexander Steiner. Er hat mich eingeladen. Allerdings nicht mehr hierher, morgen wird im Park in Oberlaa gedreht. Das war schon fix geplant. Den Dreh hier müssen sie nachholen ..."

„Sie haben mit Alexander Steiner gesprochen?"

Toni nickte, gähnte und lehnte sich in den warmen Sitz zurück. „Ja. Weil sie erst morgen wieder drehen können, darf ich – also Viennawolf – wiederkommen und Fotos von den Dreharbeiten machen. Steiner hat mich entdeckt, als ich nach der Besetzungsliste gesucht hab. Ich dachte, jetzt ist alles aus, ehrlich. Aber er war irgendwie nicht mal überrascht. Er hat, glaub ich, einfach angenommen, ich würde ein Motiv für meine Instagramfotos suchen."

„Haben Sie irgendwas erfahren, was uns weiterhilft?"
Sie schüttelte den Kopf. „Vielleicht morgen."
„Trotzdem, gute Arbeit", lobte Brehm.

Toni war so müde und erschöpft, dass ihr jeder Knochen im Leib wehtat. Was sie jetzt brauchte, war ein heißes Erkältungsbad, ein Glas Wein, einen großen Teller Spaghetti und anschließend ihr Bett. Bei dem Gedanken an ihre Vorräte würden es wahrscheinlich eher ein Bad mit Duschgel, eine Tasse Kaffee und ein paar Müsliriegel werden. Ob sie Brehm bitten sollte, sie vorher rauszulassen, damit sie noch einkaufen gehen konnte? Bei dem Unwetter war das nicht gerade eine verlockende Aussicht. Doch den Gedanken an einen Lieferservice verdrängte sie bei ihrer finanziellen Lage gleich wieder.

„Wie ist Alexander Steiner denn so?", riss Brehm sie aus ihren Überlegungen.

Sie legte den Kopf in den Nacken und schob die Unterlippe nach vorn. Alles war so schnell gegangen, dass sie sich darüber noch gar keine Gedanken gemacht hatte.

„Eigentlich völlig anders, als ich ihn mir vorgestellt habe."

„Inwiefern anders?"

Toni schloss die Augen, sah Steiner vor sich, dieses gleichzeitig verlebte und verschmitzte Gesicht, das manchmal mehr an ein Kind erinnerte als an einen erwachsenen Mann. Er war unrasiert gewesen, was Paul Herz angemerkt hatte – für den Fall, dass Viennawolf ihn morgen auf einem Foto haben wollte.

„Als er mich entdeckt hat, hab ich versucht, mit ihm zu flirten", murmelte sie und zwang sich, die Augen wieder zu öffnen.

„Warum?"

„Na ja, er hat mich ja quasi in flagranti ertappt, und ich dachte, nach dem, was ich aus dem Tagebuch weiß ... wäre er dafür anfällig."

Brehm sah ein wenig schockiert aus. „So etwas sollten Sie nicht tun."

Toni fand die Art, wie er das sagte, rührend. Machte er sich Sorgen?

„Nein, nein, es war eh nicht ernst gemeint. Ich wollte einfach nicht, dass er mich vom Set schmeißt. Aber er hat es völlig ignoriert. Ich dachte, vielleicht bin ich einfach nicht sein Typ. Dafür war er dann aber doch zu nett."

„Nett?" Wie Brehm es sagte, klang es wie etwas Schlechtes.

„Und zwar richtig nett", bestätigte Toni. „Zu jedem. Zu mir, zu den Leuten am Set – und zwar zu allen. Als gäbe es für ihn da gar keinen Unterschied, ob es jetzt Anna Ferry ist oder die Kostümbildnerin oder der Junge, der die Kabel trägt. Seine Mitarbeiter mögen ihn. Und er mag sie. Der Securitymann zum Beispiel, er malt Bilder vom Meer, und Steiner hat ihm eines abgekauft. Das hängt jetzt bei ihm im Wohnwagen. Und auch sonst ..."

Toni bemerkte Brehms Skepsis, und obwohl sie gar nicht wusste, warum, hatte sie den Eindruck, sie müsse Steiner verteidigen.

Vor ihnen tauchten eine Unmenge roter Rücklichter auf, ein Stau hatte sich gebildet. Brehm reihte sich ein und drehte sich zu ihr. „Sonst?"

„Ich bin ehrlich gesagt verwirrt. Es war nicht rasend viel, was ich mit ihm gesprochen habe. Es ist mehr seine ganze Art. Er ist witzig. Aufgeweckt. Man ist gern in seiner Nähe. Zum Beispiel hat er Kreuzschmerzen, und plötzlich fängt er an, vor dir Kniebeugen zu machen und sich zu verrenken. Das ist lustig, wenn so ein Mann vor dir die Kobra macht und erklärt, er muss das alle vierzig Minuten tun, sonst hält er die Dreharbeiten nicht durch."

Brehm runzelte die Stirn. „Was heißt, eine Kobra machen?", fragte er schockiert.

„Das ist nichts Unanständiges", lachte sie. „Nur eine Yoga-Position."

An seinem Gesichtsausdruck erkannte sie, was er von Yoga hielt, und musste sich den Kommentar verkneifen, dass es vielleicht gar nicht schlecht für ihn wäre.

„Jedenfalls, Steiner war irgendwie ... also seine Frau hat ja diesen Glamour, aber er ist ganz anders."

„Meinen Sie damit, er benimmt sich nicht wie ein erfolgreicher Regisseur?"

„Nein, doch, das tut er schon. Aber ... man merkt die ganze Zeit, dass ihm die Arbeit über alles geht. Als würde er sich selbst nicht so wichtig nehmen, aber sehr wohl das, was er tut." Toni musste wieder niesen und nahm ein Taschentuch heraus.

„Gesundheit."

„Danke! Und er hat mich so ungezwungen behandelt, als würden wir uns kennen. Keine Allüren oder so." Die Autos bewegten sich endlich im Schneckentempo voran. „Auf jeden Fall ist er wirklich völlig anders, als Sybille Steiner ihn beschrieben hat."

„Okay?", sagte Brehm, es klang wie eine Frage.

„Natürlich kann man sich verstellen, aber wieso reagieren dann seine Mitarbeiter so auf ihn? Und noch was ... als klar war, dass heute nicht mehr gedreht wird, haben ein paar Leute eine Flasche Wein geöffnet. Vincent Blum hat doch gesagt, Steiner wäre betrunken gewesen und hätte ihn wegen seiner Stimme aufgezogen."

„Steiner hat anscheinend großen Eindruck auf Sie gemacht?"

„Das meine ich damit gar nicht. Steiner trinkt nicht. Also keinen Alkohol."

„Bei der Arbeit?"

„Nein, überhaupt nicht. Vincent Blum war der Barkeeper bei der Party. Das muss er doch gewusst haben."

„Sind Sie sicher?"

„Ganz sicher. Jeder am Set weiß das. Und morgen kann ich sicher auch herausfinden, was es mit dieser Umbesetzung auf sich hat. Das ist doch alles sehr schräg, finden Sie nicht?"

Brehm nickte, doch er erwiderte nichts mehr.

„Wir sind da."

Toni schrak hoch.

Brehm hatte das Auto in ihrer Straße geparkt. Sie musste eingeschlafen sein. Der Regen war schwächer geworden, wenigstens was.

„Soll ich Sie morgen abholen und hinbringen?", fragte Brehm.

„Das ist nicht nötig. Die Dreharbeiten beginnen um sieben Uhr in der Früh, und ich hab gesagt, dass ich von Anfang an dabei sein möchte." Sie nieste wieder. Edgar wollte etwas sagen, doch sie war schneller. „Es gibt eine Sache, an die muss ich die ganze Zeit denken. Vielleicht ist es ja völlig absurd, aber ... kann es sein, dass Sybille Steiner diese Tagebucheintragung selbst geschrieben hat?"

Sie wischte sich über die Stirn, das Haargel war verlaufen und klebte auf ihrer Haut. Brehm verschränkte die Arme und sah ziellos aus dem Fenster. Sie dachte schon, er würde ihr nun Gegenargumente liefern, warum das unmöglich wäre, doch er zuckte mit den Achseln und öffnete seinen Gurt.

„Möglich ist alles. Aber das müsste man erst mal herausfinden. Ich würde gerne noch was mit Ihnen besprechen. Gehen Sie doch schon mal hoch in Ihre Wohnung und ziehen sich was Trockenes an, ich besorge was gegen den Schnupfen. Haben Sie Hunger?"

Als sie mehr als eifrig nickte, verzog sich sein Mund zu einem leichten Lächeln. „Und falls Sie noch bei einer Flasche Rotwein vorbeikommen ...", sagte sie.

Er nickte ihr zu, und sie nieste erneut.

Kaum war sie in ihrer Wohnung, schlüpfte sie aus den nassen Sachen. Nach der warmen Sitzheizung fühlte sich die Wohnung eisig an. Sie brauchte eine heiße Dusche – und zwar sofort. Toni nahm ihr Handy mit ins Badezimmer, schloss die Tür und drehte das Wasser auf. Endlich stieg sie unter die Dusche, das warme Wasser kribbelte auf der Haut. Es vergingen gefühlt fünf Minuten – höchstens –, sie öffnete gerade die Shampooflasche, da hörte sie Brehm schon läuten. Der war aber schnell. Sie ließ das Wasser laufen, er würde sicher nichts dagegen haben, wenn sie weiterduschte.

„Ich komme!", rief sie und schlang sich ein zu kurzes Badetuch um den Körper. Es bedeckte gerade die delikaten Stellen. Ihr war das egal, in der Schauspielschule zogen sich ja alle ständig voreinander aus und an. Brehm wäre das wahrscheinlich peinlich. Der Gedanke amüsierte sie. Auf Zehenspitzen tappte sie in den Flur und hinterließ kleine Wasserpfützen.

Doch vor der Tür stand nicht Brehm. Sondern Felix.

Toni sah ihn vor sich und konnte es trotzdem nicht begreifen. Ihr Herz schien ihn eher zu erkennen als ihr Verstand und polterte los. Sie musterte ihn von oben bis unten, als müsste sie sich vergewissern, dass er es wirklich war. Seine Kleidung war völlig durchnässt. Sie sah wieder hoch, in sein Gesicht, das schwach vom Licht im Flur angestrahlt wurde. Er hatte tiefe Augenringe, besonders unter dem rechten Auge. Nein, das war ein Veilchen. Ein blaues Auge, das langsam verheilte. Außerdem hatte er einen Cut auf der Nase. Und er roch nicht gut. Als hätte er sich tagelang nicht gewaschen.

„Hallo, Toni."

Seine Stimme klang rau und fremd. Sein Kinn zitterte. Es war einer dieser Momente, in denen sich die Realität anfühlte wie ein Traum. Das letzte Mal hatte sie dieses Gefühl gehabt, als sie in den leeren Safe ihrer Großmutter gesehen hatte. Es war, als könnte ihr Gehirn nicht verarbeiten, was ihre Augen sahen. Sie stand nur so da, mit der Türklinke in der Hand, tropfend, und starrte ihn an.

Felix senkte den Blick. „Darf ich reinkommen?", fragte er leise.

Obwohl sich etwas in ihr wehrte, nickte sie ganz automatisch und trat von der Tür weg.

Die Kleidung, die er trug, kannte sie gar nicht – ein Sweatshirt und eine Armyhose. Das passte nicht zu ihm. Seine Haare waren länger geworden.

Er stand in ihrem Flur, den sie nun beide volltropften, und plötzlich vergrub er sein Gesicht in den Händen und fing an zu weinen. „Es tut mir leid, es tut mir so wahnsinnig leid."

Eine Weile standen sie so da, und Toni kam es vor, als wären sie zwei Fremde, die durch einen Wink des Schicksals in diesen Flur verfrachtet worden waren. Das vor ihr war Felix. Aber es fühlte sich nicht so an.

„Was ist passiert?", fragte etwas in ihr, über das sie keine Kontrolle hatte.

„Ich wusste nicht, wie gefährlich diese Leute sind. Sie wollten mir was antun. Und dir auch. Wenn ich meine Schulden nicht bezahle."

„Was für Schulden?"

„Es waren ein paar wirklich sichere Wetten. Nichts Riskantes." Er hob den Kopf. „Ich gehe nie ein Risiko ein. Eine Zeit lang konnte ich beim Pokern genug Geld zurückgewinnen. Aber dann ..." Felix biss die Zähne zusammen, dazu sein empörter Blick. „Sie sagen, es war eine Pechsträhne. Aber ich weiß, sie haben mich reingelegt. Nur ... ich konnte nichts tun. Sie haben darauf bestanden, ihr Geld zu bekommen."

„Du bist wirklich ein Spieler?"

Sie sah ihm an, dass er verneinen wollte. Doch dann ließ er den Kopf sinken und nickte.

„Ich hab so oft versucht, damit aufzuhören. Das musst du mir glauben, Toni. Wirklich."

Obwohl sie es hörte, schaffte sie es nicht, seine Worte mit dem Felix in Verbindung zu bringen, der sie beim Einschlafen immer im Arm gehalten hatte. Der ihr ins Ohr geflüstert hatte, wie wahnsinnig verliebt er in sie war. Der ihr in die Augen sah, wenn er mit ihr schlief, als würde er jede ihrer Regungen in sich aufnehmen. Der sie mit seinen Gnocchi mit Thunfischsauce überrascht, ihr im Wohnzimmer Tango beigebracht, ihr sein Herz ausgeschüttet und geweint hatte, weil er einfach nicht der Sohn war, den sein Vater lieben konnte.

„Ich wollte dir nie wehtun, Toni. Niemals. Es tut mir so unendlich leid. Wenn ich alles ungeschehen machen könnte ..."

„Warum?"

Das war alles, was ihr einfiel.

Er schluckte.

„Ich brauche Hilfe."

„Noch mehr Geld?"

„Nein, ich meine ... Hilfe, um damit aufzuhören. Endgültig."

„Ist das deine echte Antwort? Oder die, von der du glaubst, dass ich sie hören will?"

Er sah sie mit diesem flehenden Blick an, und für einen Moment blitzte etwas von dem Felix auf, den sie so vermisst hatte.

„Ich wollte das alles nicht. Bitte, glaub mir, Toni."

„Wie kann ich dir überhaupt noch was glauben, Felix?"

Er fasste nach ihrer Hand, doch sie zog sie zurück.

„Die SMS, dass du aufpassen sollst – sie war von mir."

„Du hast mir diese Drohung geschickt?" Endlich war da etwas in ihr, das sich wenigstens ein bisschen wie Wut anfühlte. „Bist du noch ganz bei Trost?"

Sein beleidigter Blick war völlig unpassend und machte sie noch ärgerlicher.

„Das war doch keine Drohung. Ich habe mir Sorgen um dich gemacht."

„Sorgen, ach wirklich? Auf einmal?"

„Weil du doch zu dem Detektiv gegangen bist. Und ich hatte Angst, was passiert, wenn diese Typen das rausfinden."

Toni wollte ihm schon vorwerfen, dass sie nicht hätte zu einem Detektiv gehen müssen, wäre er nicht mit ihrem Geld abgehauen. Bis sie auf einmal begriff, was seine Worte zu bedeuten hatten.

„Woher hast du das gewusst?"

Jetzt lächelte er fast. „Ich hab doch gesagt, ich hab mir Sorgen um dich gemacht. Manchmal hab ich auf dich gewartet, vor dem Haus oder dem Konservatorium, und bin dir nachgegangen."

Das war Felix. Die unzähligen Male, als sie schon gedacht hatte, ihr Verstand spielte verrückt. Dabei hatte sie es sich nicht eingebildet – er hatte sie tatsächlich beobachtet.

Entschuldigend hob er die Hände. „Ich habe dich vermisst und wollte einfach nur sichergehen, dass es dir gut geht."

„Sichergehen, dass es mir gut geht?" Ihre Stimme überschlug sich. „Hast du deshalb das ganze Geld genommen? Das Geld meiner Oma? Wo ist das? Ist wenigstens noch irgendwas da? Der Schmuck?"

Toni erahnte die Antwort in seinem Blick, bevor er sie ausgesprochen hatte. Der Kloß in ihrem Hals wurde riesengroß. Felix zuckte erschrocken zusammen, als es an der Tür läutete. Ohne auf seine Reaktion einzugehen, trat sie an ihm vorbei und öffnete so schwungvoll, dass ihr die Türschnalle aus der Hand glitt und die Tür aufflog.

„Hoppala", sagte Brehm.

Er hatte eine Flasche Wein unter den Arm geklemmt und schaute auf die zwei Pizzakartons, auf denen er ein paar Medikamente aus der Apotheke balancierte. Außerdem hing ein weißes Sackerl an seinem Handgelenk.

„Ich wusste nicht, was Sie ...", begann er und stoppte, als er Felix sah.

Am liebsten wollte Toni ihn reinbitten, aber dann würde Felix abhauen. Und sie brauchte Antworten. Denn Felix war ganz sicher nicht zufällig gerade jetzt aufgetaucht.

„Danke", begann sie und schlang das Handtuch enger um sich. „Es tut mir leid, Herr Brehm, aber ich kann gerade nicht."

„Ist alles in Ordnung?", fragte er.

„Ja. Felix ist da."

Sie deutete hinter sich, als ob Brehm das nicht wusste. Oder sagte sie es wegen Felix?

„Das sehe ich. Können wir kurz alleine reden?"

Sie nickte und bat Felix, im Wohnzimmer zu warten. Er schien fast froh zu sein, aus Brehms Blickfeld zu verschwinden, und schloss sogar die Tür hinter sich.

„Ist wirklich alles in Ordnung? Wenn Sie wollen, kann ich im Nebenraum bleiben, wenn Sie mit ihm re–"

„Das ist nicht nötig", unterbrach sie ihn. „Aber danke."

„Verstehe." Edgar schien etwas sagen zu wollen, sah an ihr vorbei, schnaufte und schüttelte den Kopf.

„Was?", fragte sie.

„Ihnen ist klar, dass er Ihnen jede Menge Ausreden auftischen wird."

So zornig hatte sie ihn noch nie erlebt. Was gleichzeitig irritierend und irgendwie rührend war.

„Darauf bin ich vorbereitet", sagte sie sachlich.

„Gut. Ich möchte nur nicht, dass Sie ..." Er beugte sich ein bisschen runter, um ihr in die Augen zu sehen. Er schien ihr etwas sagen zu wollen, doch dann wandte er den Blick ab und kam wieder hoch. „Egal", winkte er ab. „Jedenfalls, unser Vertrag ist hiermit hinfällig."

„Auf keinen Fall!" Es war ihr lauter rausgerutscht als beabsichtigt. „Also, ich meine, ist er nicht." Sie sah ihm an, dass er ihr widersprechen wollte. „Das wäre doch dumm, ganz ehrlich. Jetzt bin ich schon so weit gekommen. Wie wollen Sie denn sonst an Informationen gelangen? Ich bin morgen früh dort und rufe Sie an, wenn ich beim Filmset fertig bin."

Brehm schien nicht so recht einverstanden zu sein. Er reichte ihr die Pizzakartons mit den Medikamenten. Die Flasche Wein hielt er weiter unter seinem Arm geklemmt und ignorierte ihren sehnsüchtigen Blick darauf.

„Also, einverstanden. Ich melde mich", sagte sie, als wäre es abgemacht.

„Nein", sagte er und drehte sich um. „Ich hole Sie morgen Früh um halb sieben ab und bringe Sie hin."

21

Edgar nippte am Lambrusco und sah aus dem Fenster seines Büros. Draußen war es bereits dunkel, im Wohnhaus gegenüber brannte in einigen Wohnungen Licht. Dort, wo die Vorhänge nicht zugezogen waren, lief der Fernseher, wurde zu Abend gegessen, oder man lief streitend durchs Zimmer. Obwohl Edgar durch zwei Glasscheiben, eine Straße und Betonwände von diesen fremden Menschen getrennt war, hatte es eine merkwürdig tröstliche Wirkung, ihnen bei ihrem normalen Leben zuzusehen.

Der Wein war erstaunlich köstlich. Es war ihm gar nicht bewusst gewesen, es fiel ihm jetzt erst auf: Seit dem Vorfall mit Kurt hatte er keinen mehr getrunken. Was absurd war, denn es stand damit gar nicht im Zusammenhang. An jenem Abend vor einem Jahr war Edgar völlig nüchtern gewesen. Aber vielleicht war es auch mehr der Genuss, den er sich seither versagt hatte. Alkohol mochte er nur zu gutem Essen, er vollendete die Komposition einer perfekten Mahlzeit. Als Zuflucht hatte er ihn äußerst selten in seinem Leben genutzt, und wenn, dann nur, um etwas zu überwinden, was er nicht empfinden wollte. Seine Schüchternheit bei einer ersten Verabredung, den frischen Trennungsschmerz einer eben gescheiterten Beziehung oder die gähnende Langeweile einer Einladung, bei der man sich ständig danach sehnte abzuhauen, es einem das Gebot der Höflichkeit aber verbot.

Dieser heutige Abend erfüllte keine dieser Kriterien. Edgar hatte die Flasche Wein auch gar nicht mitgenommen, um sie selbst zu trinken. Sein Instinkt hatte ihn davon abgehalten. Diesem Felix war nicht zu trauen. Und sie sollte bei dieser Unterhaltung nüchtern sein.

Er ignorierte, dass er sich gerade Gedanken über eine Situation machte, die ihn nichts anging. Sein Magen knurrte, die zweite Pizza war für ihn bestimmt gewesen.

Die zwei Portionen Tiramisu wieder mitzunehmen, war dagegen gar nicht seine Absicht gewesen. Er hatte einfach vergessen, ihr das Plastiksackerl zu geben, in das der Kellner sie gepackt hatte, und erst beim Einsteigen ins Auto gemerkt, dass es noch an seinem Handgelenk baumelte. Eine Frau gegenüber trat ans Fenster und zündete sich eine Zigarette an. Bevor sie ihn entdecken konnte, drehte Edgar seinen Stuhl wieder Richtung Schreibtisch.

Im Schein der Schreibtischlampe lag das aufgeschlagene Tagebuch, das ihm noch immer keine passende Antwort lieferte. Er nahm einen weiteren großen Schluck Wein und verdrängte die Frage, ob Alkohol sich mit seinen Medikamenten vertrug. Der prickelnde Lambrusco verlieh ihm eine angenehme Schwere, während er sich zu erinnern versuchte, was Sybille Steiner bei ihren Besuchen zu ihm gesagt hatte. Gab es irgendeinen Hinweis, dass sie selbst die Verfasserin des Tagebuchs sein könnte? Aber warum? Um ihren Mann in Misskredit zu bringen? Oder wusste sie etwas über den Abend, das sie nicht preisgeben konnte? Und legte so die Spur zu Alexander Steiner, indem sie – scheinbar ahnungslos – das Motiv lieferte? Vielleicht war der Wein doch keine so gute Idee gewesen, seine Gedanken schweiften immer wieder ab.

War es wirklich richtig gewesen, Toni Lorenz mit diesem Kerl alleine zu lassen? Was, wenn der nur zurückgekommen war, weil er noch etwas brauchte, das er zu Geld machen konnte?

Nachdem Edgar gegangen war, hatte er eine halbe Stunde vor ihrem Haus in seinem Auto gewartet, wie früher bei Observationen. Nichts war passiert, das Licht in ihren Fenstern blieb unverändert an. Er hatte ihr eine SMS geschickt: *Sie können mich die ganze Nacht erreichen.*

Ihre Antwort kam prompt: *Danke.*

Danach war er losgefahren. Eigentlich war sein Plan gewesen, mit Toni über ihr Honorar zu sprechen. Darum die Pizzen und der Wein. Sie leistete gute Arbeit, und es war mehr als fair, sie dafür – soweit es ihm möglich war – zu entlohnen. Doch dann hatte er diesen Kerl in ihrer Wohnung angetroffen. Meiers verschreckte Reaktion auf ihn bestärkte Edgar in seinem Verdacht, dass von Tonis gestohlenem Vermögen kein Cent mehr übrig war. Auf jeden Fall änderte Felix Meiers Auftauchen alles.

Edgar war mehr als erleichtert, dass Toni morgen am Filmset in Erfahrung bringen wollte, was es mit der Umbesetzung und mit Steiner auf sich hatte. Dafür brauchte er sie. Doch anschließend müsste er alles andere selbst erledigen. Egal, was sie dazu sagte. Solange der Fall nicht geklärt war, konnte er ihr kein vollwertiges Honorar zusichern.

Ein vertrautes Kratzen kam von der Tür. Natürlich, er hatte das Katzenfutter vergessen. Schwerfällig stand er auf und öffnete. Der Kater schlüpfte herein, blieb in der Mitte des Zimmers stehen und sah ihn an.

„Tut mir leid, Kater", murmelte Edgar.

Bei dem Gedanken, dass Toni ihn gefragt hatte, ob er den Namen wegen des Films „Frühstück bei Tiffany" trug, lächelte er wehmütig. Er hatte ihr nicht geantwortet, aber es stimmte. Es war eine Reminiszenz an seine Kindheit. Als Zehnjähriger hatte er den Film zum ersten Mal gesehen. Bevor ihm noch irgendwas klar war, hatte er sich in den Hauptdarsteller George Peppard verliebt und wollte, wenn er groß war, so werden wie Audrey Hepburn. Er sah an sich runter und seufzte.

„Magst du Tiramisu oder Wein?", fragte er den Kater, der ihn ratlos ansah. Als sein Handy klingelte, dachte er im ersten Moment, es wäre Toni, aber dem war nicht so. „Fernanda", sagte Edgar mit dem Hauch eines schlechten Gewissens. Ob Vincent Blum den Besuch heute erwähnt hatte? Hätte er es ihr sagen sollen? Nein, in dem Fall war es besser, sie wusste so wenig wie möglich.

„Hab ich dich geweckt?", fragte sie.

„Nein, gar nicht", sagte er übertrieben deutlich. Anscheinend hatte er durch das bisschen Wein ein wenig Zungenschlag, dabei war die Flasche noch dreiviertel voll.

„Wollte nur mal hören, wie es dir geht", sagte sie.

Das „Gut" lag ihm schon auf den Lippen, doch dann entschied er sich anders. „Ging schon mal besser", brummte er. „Ich hab mir gerade einen Wein geöffnet. Möchtest du vorbeikommen?"

„Kann nicht", sagte sie knapp. Sie klang frustriert.

„Was ist los?"

Sie seufzte, im Hintergrund war eine Funkdurchsage zu hören. „Es ist nur ... ich hab heute Abend Dienst und gerade ist nichts los und ... ich war auf Facebook. Sie haben neue Fotos gepostet. Familienausflug zu den Niagarafällen. Mit der supertollen Stiefmama."

„Das tut mir leid."

Am anderen Ende erklang ein erzwungenes Lachen. „Ich versteh einfach nicht, wie das alles gekommen ist. Im einen Moment bist du Teil einer Familie – und im nächsten siehst du deine Kinder Familienfotos posten, auf denen du nicht mehr drauf bist. Und dann sind sie auch noch Tausende Kilometer entfernt. Sie sind glücklich. Und das sollen sie auch sein. Aber ..."

Edgar wünschte, er hätte die richtigen Worte, um Fernanda zu trösten. „Manchmal ist es einfach scheißverdammt schwer, das Richtige zu tun", seufzte er.

Ja, anscheinend hatte der Alkohol mehr Wirkung, als er erwartet hatte – normalerweise neigte er nur bei einem Schwips zum Fluchen. Eine Weile sagte sie nichts, er dachte schon, er hätte sie beleidigt.

„Vielleicht ... ich weiß auch nicht. Sollte ich sie einfach mal besuchen?"

„In Vancouver?"

„Ja, ich weiß, ist eh eine blöde Idee."

„Nein, das finde ich gut", sagte er und nahm ächzend hinter dem Schreibtisch Platz. Der Kater sprang auf seinen Schoß, stupste ihn mit dem Kopf an die Brust und fing an zu miauen.

„Wo bist du? War das eine Katze?"

„Im Büro. Und ja. Aber sie ist nur zu Besuch." Er kraulte den Kater hinter den Ohren. „Es ist schön, dass du angerufen hast." Das meinte er ehrlich.

„Du bist noch immer dran an dem Steiner-Fall, hm?", fragte sie.

„Keine Sorge, ich komme sowieso nicht weiter."

„Das kommen die hier auch nicht. Ach, Edgar ..."

„Was ist los?"

„Ich weiß auch nicht ... irgendwie läuft doch alles verkehrt. Du solltest jetzt schon Kommissar sein, meine Kinder sollten nicht Tausende Kilometer entfernt sein, und diese Idioten sollten nicht einen Unschuldigen wegen Indizien einsperren, nur damit sie in diesem Promifall was vorzuweisen haben." Sie seufzte tief.

„Heißt das, auf dem Laptop wurde nichts zu einer Verbindung zwischen Schwarz und Blum gefunden?"

„Woher hast du das jetzt schon wied– ... nein, ich will es gar nicht wissen. Aber siehst du, das meine ich. Es ist ein Jammer, dass du nicht mehr bei uns bist, ehrlich."

Das Drehbuch. Edgar setzte sich so ruckartig auf, dass der Kater empört von ihm heruntersprang. Wenn er es hätte, bestand eine Chance, diesen Fall doch noch zu lösen. „Fernanda ...", raunte er.

„Hör auf. Ich kenne diesen Tonfall."

Edgar klemmte sich das Handy zwischen Ohr und Schulter, hier irgendwo war doch ein USB-Stick. Wo hatte er ihn nur hingelegt?

„Ich habe Tiramisu."

„Bitte?"

„Zwei Portionen Tiramisu. Vom Italiener. Im Tausch gegen zwei Minuten mit dem Laptop. Darauf ist sein Drehbuch. Das brauche ich, denn –"

„Edgar, du glaubst nicht allen Ernstes, dass du mich mit zwei Portionen Tiramisu überzeugen kannst, etwas zu tun, bei dem ich meinen Job verlieren kann? Das ist demütigend."

„Und eine fast volle Flasche Lambrusco."

„Na klar, weil das alles ist, was Frauen brauchen. Desserts und Alkohol. Lasst uns den Feminismus begraben, wer braucht ihn schon?"

„So hab ich das nicht gemeint, und das weißt du auch. Außerdem würdest du nicht den Job verlieren, weil es keiner erfährt. Ich bringe einen Stick mit, du spielst das Drehbuch rauf, und die Sache hat sich. Wenn ich richtigliege, dann könnte es Vincent Blum entlasten." Obwohl er da nach dem, was Toni heute erfahren hatte, gar nicht mehr so sicher war. Aber solange er keinen Gegenbeweis hatte, war er entschlossen, Blum zu glauben. „Außerdem hast du selbst gesagt, dass sie einen Unschuldigen –"

„Ich bin im Dienst, Edgar. Das ist ein laufendes Verfahren."

Endlich hatte er den Stick gefunden. Er steckte ihn ein, nahm sein Sakko von der Stuhllehne, griff nach den Autoschlüsseln und war schon bei der Tür. „Das weiß ich. Aber manchmal ist es eben schwer, das Richtige zu tun."

„Scheißschwer", sagte Fernanda.

„Scheißschwer", wiederholte Edgar.

Angespannt wartete er auf ihre Reaktion. Es dauerte eine Weile, bis sie endlich etwas sagte. „Ach, verdammt. Okay, komm her. Aber ich kann dir den Laptop nicht rausbringen, du musst schon zu mir rauf in den zweiten Stock. Ich werd versuchen, ihn zu mir zu holen, zum Glück ist eh keiner mehr in den Büros ..."

Sie sprach weiter, doch Edgar konnte ihr nicht mehr folgen. Damit hatte er nicht gerechnet. Ihm wurde ein wenig schwindlig; er hatte sich geschworen, nie wieder einen Fuß in dieses Gebäude zu setzen.

„Und wieso ... sollte mich wer zu dir rauflassen, Fernanda?"

„Na, warum wohl? Weil du mir das Tiramisu und den Wein bringst."

Das letzte Mal hatte Edgar vor mehr als zwanzig Jahren einen Fuß in das Polizeigebäude gesetzt, doch er war überrascht, wie wenig es sich verändert hatte. Als wäre dieser Charme der Achtzigerjahre denkmalgeschützt. Der junge blonde Beamte beim Eingang hatte ihn einfach durchgewunken und gesagt, Fernanda hätte Bescheid gegeben. Dabei grinste er verstohlen und hob zweimal die Augenbrauen. Als wäre das ein Code, den Edgar nicht verstand. Er bedankte sich und nahm die Treppe in den zweiten Stock. Schon nach den ersten paar Stufen musste er stehen bleiben und nach Luft schnappen. Während der Fahrt hatte er bereut, etwas von dem Wein getrunken zu haben. Er fuhr streckenweise mit 20 km/h und der Warnblinkanlage, weil ihm immer wieder schwindlig geworden war. Eine Reaktion der Medikamente auf den Alkohol?

Fernanda erwartete ihn bereits bei offener Tür und zog ihn in das verlassene Büro. „Na, du hast dir ja Zeit gelassen. Wieso bist du nicht ans Handy gegangen?"

„Wann?"

„Na, in der letzten halben Stunde, ich hab dich dreimal angerufen."

Edgar klopfte seine Sakkotaschen ab. Er hatte mit Fernanda telefoniert, war dann in sein Büro zurückgegangen, um für sie das Tiramisu und den Wein ... – Oh nein, er hatte es am Schreibtisch liegen gelassen! Er musste sich beeilen. Wenn Toni jetzt versuchte, ihn zu erreichen – er hatte ja nicht mal ihre Nummer mit.

„Du hast echt Glück", sagte Fernanda und schloss hinter ihm. „Eigentlich haben wir Doppelschicht, aber der Schebesta hat's im Kreuz, der liegt im Aufenthaltsraum und kann sich nicht rühren."

Edgar versuchte, keine Reaktion auf diesen Namen zu zeigen.

Georg Schebesta, der Exkollege, der ihm damals unter vier Augen gedroht hatte, was ihm alles passieren würde, wenn Edgar nicht bei der Bestechung durch einen hochrangigen Beamten mitmachte. Doch davon wusste Fernanda nichts, er hatte sie nur gewarnt, aber sie nicht in die Details eingeweiht. Schließlich war sie nicht involviert und musste mit Schebesta weiterarbeiten, auch wenn er selbst nicht mehr da wäre.

„Beim Eingang gab es keine Probleme, oder?", fragte sie verschmitzt.

„Was hast du dem Jungen unten erzählt, warum ich komme?"

Fernanda grinste. „Dreimal darfst du raten." Sie klimperte mit den Wimpern. „Die Jugend hat eben Verständnis für fleischliche Gelüste."

Er reichte ihr beide Tiramisu und den Lambrusco. „Bitte schön."

Sie seufzte. „Essen und Wein – der Sex des Alters. Das hat er sicher nicht gemeint."

„Ich weiß." Edgar grinste zurück. „Ich kann ihn ja zu dir hochschicken, wenn ich wieder gehe."

Der Laptop stand auf dem Tisch unter dem Fenster, die Passworteingabe blinkte.

„Danke, dass du das machst."

„Wieso brauchst du dieses Drehbuch?", fragte Fernanda, nahm einen Notizzettel aus der Hosentasche und gab die darauf notierte Kombination aus Nummern und Zahlen ein.

„Sascha Schwarz hatte es an dem Abend dabei, er wollte es dem Regisseur geben. Keiner weiß, was darin steht, wovon es handelt. Und dann war das Drehbuch weg und ..."

„... Schwarz tot", beendete Fernanda den Satz.

„Ganz genau", Edgar holte den USB-Stick aus der Sakkotasche. Gerade als er ihn Fernanda reichte, hörten sie eilige Schritte am Gang. Sie sahen sich erschrocken an, als auch bereits hastig an die Tür geklopft wurde.

„Fernanda, Fernanda, hörst du mich", zischte eine Stimme, die Edgar als die des jungen Blonden vom Eingang identifizierte. „Mach auf, bitte. Es ist dringend."

Blitzschnell nahm Fernanda mit einer Hand die Spange aus ihren Haaren und wuschelte sie durch, während sie mit der anderen Hand ihr Polizeihemd aufknöpfte.

„Zieh dein Hemd aus und mach die Hose auf", wisperte sie Edgar zu und ging zur Tür. Sie öffnete nur einen Spalt. Atemlosigkeit imitierend sagte sie: „Was ist denn los, Herrgott?"

Edgar verstand nur Bruchstücke dessen, was der Beamte sagte: „Schebesta ... Klo ... Meldung ... Zufa–"

Weiter kam er nicht, denn eine laute, donnernde Stimme hallte durch den Gang: „Was machst du da, Görner? Wieso bist du nicht beim Eingang? Macht denn heute jeder, was er will?"

Das war Schebesta. Edgar würde ihn unter Tausenden erkennen. Ein Schlurfen und etwas, das klang wie ein Stock, war zu hören.

„Aua, verdammter Schaß. Görner, runter mit dir auf deinen Platz, aber zack."

Kein Zweifel, Schebesta war unverändert der Dreckskerl von damals, so wie er mit dem jungen Kollegen sprach. Nach unten treten, nach oben buckeln, so war er schon immer gewesen. Edgar war hin- und hergerissen zwischen dem Wunsch, Schebesta eine reinzuhauen – was er schon vor Jahren hätte machen sollen –, und sich zu verstecken.

Tatsache war, wenn Schebesta Edgar, den Stick und den Laptop sah, dann drohte nicht nur ihm eine Anzeige, die ihn mit ziemlicher Sicherheit seine Lizenz kosten würde. Auch Fernanda und der junge Beamte konnten sich gleich einen neuen Job suchen. Edgar sah sich um. Hier gab es ja nicht mal einen Aktenschrank, geschweige denn eine zweite Tür. Blieb also nur die dritte Möglichkeit: Er musste das alles plausibel erklären. Aber wie? Toni hatte angegeben, dass sie für ihn arbeitete, als sie bei Steiners Villa aufgegriffen worden war. Und Schebesta war im Gegensatz zu anderen Exkollegen leider kein Trottel. Das machte ihn umso gefährlicher. Edgar schnürte es die Kehle zu. Er hätte darauf bestehen sollen, Fernanda draußen zu treffen und ihr den Stick zu geben. Er bekam kaum Luft. Fernanda sagte etwas, sie schien mit Schebesta zu streiten, aber ihre Worte verklangen zu einem Rauschen, das in seinen Ohren immer lauter wurde.

Nein, bitte nicht jetzt. Nicht in diesem Moment. Doch da spürte er bereits, wie seine Arme taub wurden. Er biss die Zähne so fest zusammen, dass sein Kiefer knirschte, zog sich die Hose hoch. Raus, er musste raus aus dem Zimmer, bevor er zusammenbrach. Damit Schebesta den Laptop nicht sah. Er zwang sich zu atmen. Es war ein Gefühl, als läge ein zentnerschweres Gewicht auf seiner Brust. Kalter Schweiß trat ihm auf die Stirn, seine Beine zitterten und wollten ihm kaum gehorchen. Sein Blick fiel auf den Wein, er hätte ihn niemals trinken dürfen. Und in dem Moment fiel es ihm ein. Der Wein.

Er griff nach der Flasche Lambrusco, schlug den Korken herunter. Torkelnd bewegte er sich zur Tür, stieß gegen Fernanda, deren Körper nachgab, und stolperte auf den Gang. Der sehr überraschte Schebesta stand gebeugt auf einen Regenschirm gestützt.

„... besoffen ...", war alles, was Edgar verstand.

Er versuchte, ein Lallen zu imitieren, aber es kam nur ein heiseres Krächzen aus seinem Hals.

Edgar zwang sich weiterzugehen, schob Schebesta zur Seite, der angewidert das Gesicht verzog.

Jeder Schritt fühlte sich an, als steckten seine Füße fest im Boden. Aber er durfte nicht stehen bleiben. Etwas klirrte, er wusste nicht, was es war. Süßherber Geruch stieg ihm in die Nase. Der Wein. Während er sich weiterschleppte, hörte er noch seinen Namen, Fernanda schien nach ihm zu rufen. Weiter, weiter. Nur weg von dem Büro.

Da stand jemand am Ende des Ganges. Er konnte ihn kaum sehen, mit jedem Schritt wurde er größer. Das war Kurt. Er musste zu ihm. Er musste ihn warnen, ihm sagen, dass gleich jemand auf ihn schießen würde.

„Kur...", versuchte Edgar ihn zu rufen. Doch er hörte nicht, er drehte sich einfach um und ging weg. Das durfte er nicht. Edgar musste zu ihm. „Kur...", keuchte er wieder und krachte gegen die Wand, als seine Beine nachgaben. Er schmeckte Blut.

Über ihm tauchte Fernandas Gesicht auf. War das ein Heiligenschein oder die Deckenleuchte über ihrem Kopf?

Er spürte einen kurzen Stich in der Brust.

„Ein Krankenwagen, sofort!", hörte er Fernanda noch rufen.

22

Toni war erstaunt, wie friedlich die Welt kurz vor halb sieben Uhr an diesem Morgen war. Kaum Autos auf den Straßen, keine Menschen, sogar Vogelgezwitscher aus den Innenhöfen der umliegenden Häuser konnte sie hören.

Vom schlechten Wetter gestern waren nur ein paar Pfützen geblieben. Der Himmel leuchtete in sattem Hellblau, und man konnte förmlich riechen, dass heute ein schöner, sonniger Tag werden würde.

Brehm verspätete sich offenbar, er war noch nicht da. Sie selbst war bereits um fünf Uhr aufgestanden, um sich erneut in Viennawolf zu verwandeln. Sie rückte die Brille zurecht.

Ihre Verkühlung von gestern war wie weggeblasen. Dank der Erkältungsmedizin, mithilfe derer sie in einen tiefen und traumlosen Schlaf gefallen war? Oder durch den Schock von Felix' Auftauchen? Sie konnte es nicht sagen.

Felix. Ihr wurde schwer ums Herz, und sie spürte, wie sich ein Kloß in ihrem Hals bildete. Nein, jetzt nicht daran denken. Sonst wäre es mit ihrer Selbstbeherrschung vorbei, und sie würde wieder anfangen zu weinen. Sie musste sich konzentrieren, schon beim Schminken hatte sie drei Anläufe nehmen müssen, weil ihr vor lauter Heulen jedes Mal der Lidstrich verlaufen war. Sie presste die Lippen zusammen und streckte den Brustkorb durch. Es war die richtige Entscheidung gewesen, ihn fortzuschicken. Auch wenn ihr Herz und ihr Verstand gegenteiliger Meinung waren. Die Sehnsucht nach ihm hatte sich angefühlt wie Nadelstiche.

„Ich brauch ein paar Tage Zeit, Felix. Bitte. Dann reden wir", hatte sie gesagt.

An seinen glanzlosen Augen erkannte sie, dass dies nicht die Antwort war, die er hören wollte. Es war ja nicht mal die Antwort, die sie ihm geben wollte. Hatte sie die falsche Entscheidung getroffen? Ihr kamen wieder die Tränen.

Eine aufrechte Haltung sollte auch auf den Gemütszustand wirken, hieß es im Körpertraining immer. Beide Füße fest auf dem Boden, Schultern zurück, Kopf hoch.

Es war gut, dass sie gleich mit Brehm reden konnte. Mit dem Verlust des Geldes hatte er vollkommen recht gehabt. Aber es gab auch eine gute Nachricht, sofern man das in dem Zusammenhang überhaupt sagen konnte: Milos Kubra hatte Felix alles abgenommen. Auch den Schmuck ihrer Großmutter. Genau der Milos Kubra, mit dem Brehm bereits Kontakt aufgenommen hatte. Es bestand also die Chance, wenigstens den Schmuck zurückzubekommen.

Ein Auto kam um die Ecke, doch es war schon wieder nicht Brehm. Wo blieb er denn bloß?

Toni rief ihn an, es läutete und läutete, bis endlich die Mobilbox ansprang. Saß er gerade im Auto und konnte nicht abheben? Oder hatte er etwa verschlafen? Sie musste an die Flasche Wein denken, die er mitgenommen hatte. Auch beim zweiten Versuch ging er nicht ran. Toni hinterließ eine Nachricht, dass sie noch fünf Minuten warten und dann wegfahren würde.

Brehm kam nicht. So ein Mist, wenn sie jetzt die U-Bahn nahm, würde sie zu spät kommen. Die zehn Euro in ihrer Tasche waren ihr letztes Geld, und sie wusste, dass es für die Fahrt in den Kurpark Oberlaa nicht reichen würde. Trotzdem lief sie nach den verstrichenen Minuten zum nächsten Standplatz, um wenigstens die Anfahrt zu sparen. Sie bat den Fahrer, sich zu beeilen und behielt das Taxameter genau im Blick.

Als die zehn Euro erreicht waren, bat sie den Fahrer, aussteigen zu dürfen. Er drehte sich verwundert zu ihr. Als sie ihm den Grund nannte, wirkte er ärgerlich. Trotzdem fuhr er einfach weiter und brachte sie direkt zum Filmset. Beim Aussteigen entschuldigte sie sich mehrmals, dankte ihm und fragte nach seiner Adresse, um ihm die fehlenden fünf Euro plus Trinkgeld nachträglich zuschicken zu können. Doch er verzog nur grantig das Gesicht, winkte murmelnd ab und fuhr mit quietschenden Reifen davon.

Eine letzte Nachricht hinterließ sie noch auf Brehms Mobilbox, dann begann ihr Einsatz. Showtime!

Obwohl es noch so früh war, hatten schon ein paar Zaungäste Stellung bezogen. Sie nahmen kurz Notiz von ihr, wendeten aber ihre Blicke gleich wieder desinteressiert ab.

Beim abgesperrten Parkeingang grüßte sie der Securitymann von gestern: „Ah, hallo. Auch wieder da."

„Guten Morgen. Auf wen warten denn diese Leute?"

„Die Autogrammjäger?" Er stieß einen Pfiff aus. „Auf jeden, den sie aus dem Fernsehen oder der Zeitung kennen." Mit einem mitleidigen Blick nickte er ihr zu. „Keine Sorge, für dich werden sie sich auch mal anstellen. Die wollen ein Selfie oder haben so Hefte und Fotos mit, in die die Schauspieler und der Regisseur reinschreiben sollen."

Toni holte ihr Handy aus der Hosentasche und versuchte so unauffällig wie möglich, ein paar Fotos der Wartenden zu machen. Man konnte ja nie wissen.

Neben dem Gehweg reihte sich zwischen den Bäumen ein Lkw an den anderen, danach standen die Wohnwägen wie aufgefädelt da. Vom eigentlichen Set war nichts zu sehen. Weder von der gestrigen Ruhe noch von der frühen Uhrzeit war etwas zu bemerken.

Es herrschte eine ambitionierte Energie, überall liefen Menschen herum. Manche in Kostümen aus den Vierzigerjahren, andere sprachen geschäftig Anweisungen in ihre Headsets, Kulissen und Lampen wurden von A nach B geschleppt. Niemand beachtete Toni. Sie bemühte sich, ihre Nervosität durch eine lockere Haltung und einen gelangweilten Blick zu überspielen. Aus der Entfernung rief eine schrille Frauenstimme nach einer „Mascha". Erst beim dritten Mal fiel Toni ein, dass sie gestern diesen Namen genannt hatte. Schlagartig wurde ihr heiß. Sie musste sich konzentrieren.

„Das bin ich", antwortete sie laut und hob die Hand.

Eine schlaksige junge Frau mit Stoppelglatze kam auf sie zu. Sie nickte nicht besonders freundlich und brachte Toni wortlos zu Paul Herz. Steiners Assistent saß unter einem Zeltbaldachin an einer Art Campingtisch vor einem Monitor. Er sah ausgedruckte Tabellen auf seinem Schoß durch und machte sich Notizen. Wie gestern trug er ein weißes Kurzarmhemd, doch die Krawatte war eine andere. Ganz selbstverständlich stand er auf und küsste Toni zur Begrüßung auf die Wangen, als wären sie alte Freunde.

„Willkommen im Tollhaus." Er lachte und senkte verschwörerisch seine Stimme. „Heute siehst du mal, wie es wirklich auf einem Set zugeht. Ich hoffe, du hast eine Zwangsjacke dabei." Wieder ein Lachen. Toni lachte aus Höflichkeit mit. „Also, wir drehen heute weiter oben im Park. Zwei Szenen, zuerst am Teich und dann auf einer Anhöhe. Und wunder dich nicht, es sind zwei Szenen aus unterschiedlichen Abschnitten des Films, eine zu Beginn, eine im mittleren Teil. Das Areal hier ist weitläufiger, du bleibst bitte einfach in meiner Nähe. Dann kann ich aufpassen, dass du nicht plötzlich ins Bild läufst. Kaffee?"

„Liebend gern, danke."

„Wunderbar. In ungefähr zwei Stunden geht es los. Und du, meine Liebe, bist in der luxuriösen Situation, dich einfach entspannen zu dürfen. Hier." Er deutete auf einen freien Stuhl etwas abseits. „Der Kaffee kommt gleich, ich gehe nur noch meine Unterlagen durch, und dann mache ich mit dir einen Rundgang. Dabei kannst du deine Fotos schießen. Passt das?" Toni wollte antworten, da hob er den Zeigefinger und deutete auf seinen In-Ear-Kopfhörer, der ihr nicht aufgefallen war. „Ja? In Ordnung, bin gleich da." Er legte eine Hand auf ihren Unterarm. „Das war Alexander, entschuldige", sagte er und war auch schon weg.

Wenig später wurde Toni von einem hektischen jungen Mann ein Becher mit lauwarmem Kaffee in die Hand gedrückt. Sie nahm Platz und machte mit ihrem Handy ein paar Fotos des Treibens. Unauffällig blätterte sie durch die Unterlagen, in denen Paul Herz gerade gelesen hatte. Es schien sich um das Drehbuch der heutigen Szenen zu handeln. So schnell wie möglich fotografierte sie ein paar Seiten.

Auf dem Monitor, der das Ufer des Teichs zeigte, tauchte Alexander Steiner auf. Er sprach gerade mit einigen Männern, deutete in alle möglichen Richtungen. Steiner nickte, lachte. Er klopfte jemandem auf die Schulter. Neben ihm erschien jetzt Paul Herz, der jemandem wie ein Fluglotse Zeichen gab. Steiner und Herz waren augenscheinlich ein eingespieltes Team.

„Guten Morgen, Mascha."

Toni zuckte zusammen und drehte sich um. Hinter ihr stand Anna Ferry, heute in ausgesprochen legerer Kleidung, ungeschminkt, mit offenen Haaren und einem Smoothie in der Hand, ein hinreißendes Lächeln im Gesicht.

„Ich bin auf der Suche nach Paul, hast du ihn gesehen? Ich wollte ihn fragen, wann sie zu drehen beginnen."

„Guten Morgen und ja." Erst als Toni auf den Monitor deutete, merkte sie, dass keiner mehr zu sehen war. „Oh, gerade war er noch da."

„Na, dann wird er sicher gleich kommen."

Ein Moment peinlicher Stille entstand, in dem Toni überlegte, wie sie das Gespräch am unauffälligsten auf die Umbesetzung und Steiner lenken konnte.

„Warst du schon auf anderen Filmsets?", fragte Ferry und zog an ihrem Strohhalm.

„Bitte?"

„Na, für deine Fotos? Paul hat mir gestern noch was davon gezeigt, wirklich beeindruckend. Du bist ein großes Talent."

„Vielen Dank." Toni spürte, wie ihre Wangen glühten. „Das hier ist mein erstes. Filmset, meine ich."

Einen kurzen Moment überlegte sie, Ferry gleich auf die Umbesetzung anzusprechen. Aber das war wahrscheinlich zu auffällig.

„Geht es bei Dreharbeiten eigentlich immer so zu?", fragte sie stattdessen und kam sich dabei lächerlich vor. Aber Ferry schien die Frage zu amüsieren.

„Wie geht es denn bei uns zu?" Sie lächelte verschmitzt.

„Hektisch. Und trotzdem irgendwie ..."

Toni suchte nach dem richtigen Wort, um die wohlgeordnete Organisiertheit auszudrücken, da half ihr Anna Ferry: „... harmonisch?"

Toni nickte.

„Ja, das denke ich mir auch immer", sagte Ferry. „So eine gute Stimmung auf einem Set gibt es nicht oft. Jeder hier hat seinen Platz, seine Wichtigkeit, und trotzdem ist Alexander der unangefochtene Kapitän. Ich weiß auch nicht, wie er das macht. Wie bist du eigentlich auf ihn gekommen? Kennt ihr euch?"

„Nein. Ehrlich gesagt bin ich durch einen Bericht über den Unfall bei der Gartenparty auf ihn gestoßen."

Anna Ferry zuckte ein wenig zurück und hob die Augenbrauen.

„Ich meine, ich bin nicht wegen der Schlagzeilen hier", sagte Toni rasch. „Aber so habe ich von den Dreharbeiten erfahren. Social Media sind großartig, aber manchmal ist es einfach ein bisschen anstrengend, sich immer neuen Content zu suchen." Das hatte sie sich eigentlich für Paul Herz zurechtgelegt, falls er sie fragen sollte.

„Ach so, ja, verstehe." Ferry strich sich eine Strähne hinters Ohr und lächelte, aber es wirkte auf Toni nicht mehr so unbekümmert wie vorhin.

„Es war auf jeden Fall ein riesengroßes Glück im Unglück", plapperte Toni weiter. „Wenn man bedenkt, dieses Ding, das ihn erschlagen hat, hätte vorher runterfallen und viel mehr Leute treffen können. Ach, ich wäre auch gerne dabei gewesen. Nicht wegen dem Unglück, ich meine ..." Sie fing an, Unsinn zu reden, und lenkte schnell ein. „Sind die Partys bei den Steiners eigentlich immer so große Events?" Toni nippte unschuldig an dem Kaffee, der wieder so grauenhaft schmeckte wie am Vortag.

„Ich weiß es ehrlich gesagt nicht, ich war zum ersten Mal dort."

„Wirklich? Aber ihr arbeitet doch so oft zusammen."

„Vorher ist es sich wegen der Dreharbeiten nie ausgegangen." Es klang, als würde sie sich verteidigen.

„Oh, verstehe. Das ist aber auch ein Pech. Und dann gleich so ein Unglück."

Anna Ferry nickte und sah auf den Boden. „Ja, es ist furchtbar. Der arme Mann. So jung."

„Ach so? Darüber stand nichts, wie alt war er denn?"

„Mitte dreißig vielleicht."

„Schrecklich. Er war gar kein Kellner, nicht wahr?"

Ferry sah wieder hoch. „Angeblich nicht. Und es war ihm ja auch anzusehen, dass er das nicht sehr oft gemacht hat."

Toni bemühte sich, unbekümmert zu wirken, obwohl sie immer angespannter wurde. Jetzt durfte sie bloß keinen Fehler machen.

„Inwieweit?"

„Ich hab gedacht, jeden Moment fällt ihm das Tablett mit den Sektgläsern aus der Hand."

„Oh." Toni nippte am Kaffee, um ihre Aufregung zu überspielen. „Stand nicht auch irgendwo, er war nur auf der Party, weil er von einer Umbesetzung bei diesem Dreh hier gehört hat?", überlegte sie und hoffte, dass Anna Ferry darauf einstieg – obwohl es natürlich nicht stimmte. Toni verwendete einfach Blums Geschichte.

„Wirklich? Wegen der Umbesetzung?", fragte Anna Ferry. Sie sah richtig überrascht aus.

Gerade als Toni darauf eingehen wollte, sah sie aus dem Augenwinkel Paul Herz auf sie zugelaufen kommen. Auch Ferry bemerkte ihn.

„Anna", rief er von Weitem. „Gott sei Dank, Anna, du bist schon da." Er warf die Arme in die Höhe. „Ich dachte, du kommst erst später." Er war außer Atem, als er bei ihnen ankam. „Anna, wir müssen eine Stellprobe mit dir machen. Jetzt gleich."

Ferry schob den Kopf vor, sie war sichtlich erstaunt. „Wirklich? Mit mir?"

„Ja", er nickte eifrig und fing an zu lächeln, als wäre das eine gute Nachricht. „Wir werden einige Szenen erst später drehen und ziehen dafür andere vor."

Irgendwas an seinem Blick war irritierend. Das Lächeln nicht echt. Zu bemüht. Ein bisschen wie bei der Schmitz, wenn sie ihren Ärger verstecken wollte.

„Na gut", sagte Ferry und zuckte mit den Achseln. „Dann eben eine Stellprobe. Mit mir alleine?"

„Natürlich, mein Schatz." Er drehte sich zu Toni. „Und du kannst gleich mitkommen, Mascha." Sein Tonfall Toni gegenüber hatte sich auch geändert, von Freundlichkeit kaum mehr eine Spur.

Ferry folgte Herz, Toni kam hinterher. Immer wieder drehte er sich um, als wollte er sich vergewissern, dass sie noch da war. Was war denn los mit ihm? Hatte sie irgendwas falsch gemacht? War er verärgert, weil sie sich mit Ferry unterhalten hatte? Aber warum? Da sah sie wieder seinen In-Ear-Kopfhörer. Hatte er damit ihre Unterhaltung mit Ferry belauscht? Durch den Monitor, vor dem sie gestanden hatten? War er deshalb genau in dem Moment aufgetaucht, als sie die Umbesetzung angesprochen hatte, und verhielt sich nun so anders? Oder war das alles nur Einbildung, und er war einfach gestresst?

Sie kamen bei dem Teich an, rundherum standen jede Menge Menschen zwischen Scheinwerfern und Kameras. Herz kommandierte Toni neben einen der Scheinwerfer ganz in der Nähe. Obwohl er immer wieder in ihre Richtung lächelte, während er Ferry zeigte, wo sich ihre Bodenmarkierungen befanden, hatte Toni das Gefühl, er wolle sie nicht aus den Augen lassen. Ob er Verdacht schöpfte? Ihr wurde heiß. Vielleicht kannte hier ja jemand die oder den echten Viennawolf? Oder war sie zu ängstlich und er nur ein getreuer Mitarbeiter, der darauf bedacht war, interne Angelegenheiten vom Set nicht nach draußen dringen zu lassen? Schließlich hing seine gesamte Karriere an Steiner. Daran hatte sie bis jetzt gar nicht gedacht. Was würde er alles tun, um Steiner zu schützen? Wieso hätte er in dem Fall Viennawolf überhaupt aufs Set gelassen? Das ergab keinen Sinn. Oder doch? Weil gerade ein perfekter Social-Media-Auftritt in dieser schwierigen Zeit Steiners angekratztes Image aufpolieren könnte?

Toni nahm unauffällig ihr Handy aus der Jacke – noch immer kein Anruf von Brehm. Dafür zwei verpasste von einer unbekannten Nummer. Sie steckte das Telefon ein und versuchte, so interessiert wie möglich zu wirken.

Die zunehmende Ungeduld von Anna Ferry war hingegen bald nicht mehr zu übersehen. Immer wieder sah sie auf ihre Armbanduhr. Durch den Filmunterricht in der Schauspielschule wusste Toni, dass Stellproben sagenhaft langweilig waren. Normalerweise wurden deshalb auch nie die Schauspieler selbst, sondern Doubles oder Komparsen dafür eingesetzt. Stundenlanges In-der-Gegend-Herumstehen, von Markierung A zu Markierung B gehen, dabei die rechte oder die linke Gesichtshälfte zur Kamera drehen, während einfach nur überprüft wurde, ob die geplanten Einstellungen den gewünschten Effekt hatten.

Ferry folgte den Anweisungen von Paul Herz, doch Tonis unbestimmtes Gefühl, dass hier etwas Seltsames vor sich ging, wuchs mit jedem Augenblick. Hatte Steiners Assistent diese Stellprobe nur eingefädelt, um sie unauffällig voneinander zu trennen? Aber würde er so etwas wirklich tun? Und wo war eigentlich Steiner?

Anna Ferrys Aufmerksamkeit schien abgelenkt worden zu sein, denn sie reagierte nicht mehr auf die Zurufe von Paul Herz, sondern sah an Toni vorbei in die Richtung, aus der sie gekommen waren. Toni drehte sich um, ein paar Meter von ihr entfernt stand Hermann Thiel.

Der Schauspieler hatte aufgrund seiner Statur etwas Gladiatorenhaftes. Mit der schiefen Nase, den schmalen Lippen und den Schlupflidern entsprach er nicht der gängigen Schönheitsnorm. Dennoch verliehen ihm seine Ausstrahlung und die Art, wie er sich bewegte, eine faszinierende Attraktivität. Thiel steuerte direkt auf Ferry zu, die hilfesuchend zu Paul Herz sah. Doch der hatte ihr den Rücken zugedreht. Die Frau mit Stoppelglatze, die Toni zu ihm gebracht hatte, zeigte ihm etwas auf dem Handy, das ihn augenscheinlich beunruhigte.

Thiel sprach unterdessen so leise mit Ferry, dass Toni kein Wort verstand. Die Schauspielerin schüttelte energisch den Kopf, er fasste nach ihrer Hand, doch sie entwand sich sofort seinem Griff.

„Du hast mich verraten", zischte Ferry laut genug, dass Toni es hörte.

War das der Text aus dem Drehbuch, oder meinte sie das ernst? Er erwiderte etwas.

„Nein, es gibt keinen Weg", sagte sie, „und es wird nie mehr einen Weg für uns geben."

Thiel redete weiter energisch auf sie ein, doch Ferry trat einen Schritt zurück und sah ihn wütend an, während sie rief: „Paul, ich mache fünf Minuten Pause."

„Du kannst jetzt nicht einfach wegrenn–", begann Thiel.

„Sehr fein, willst du mir vielleicht verbieten, aufs Klo zu gehen?", zischte sie ihn an.

Toni schaute ihr nach, gleichzeitig beschämt und voller Bewunderung. Am liebsten wäre sie ihr sofort gefolgt, doch Herz hatte sein Gespräch beendet und hatte sie erneut im Blick. Er hatte sein Handy in der Hand, sah darauf und dann wieder zu Toni. Und die Art, wie er das tat, verhieß nichts Gutes. Eine Mischung aus Fassungslosigkeit, Ärger und – war das Angst? Toni wurde mulmig, sie lächelte ihm unbekümmert zu, so als wäre nichts. Er lächelte nicht zurück.

Zum Glück schritt Thiel wütend auf Herz zu, verstellte ihm den Weg und stemmte die Hände in die Hüften. Während er immer wieder den Kopf schüttelte, sagte er etwas, das auf die Entfernung klang wie: „... können so nicht arbeiten ... Wahnsinn ..."

Thiel verdeckte Toni. Sie nutzte den kurzen Augenblick und eilte in die Richtung, in die Ferry verschwunden war. Zuerst versuchte sie es bei Ferrys Wohnwagen, doch er war verschlossen. Auch bei dem Monitor war sie nicht. Von einem Techniker erfuhr sie, wo die Toiletten waren.

Als Toni die Treppen zum Sanitärwagen raufging, hatte sie wenig Hoffnung, tatsächlich auf die Schauspielerin zu treffen. Beim Öffnen der Tür stieg ihr Chlorgeruch in die Nase. Und dort stand Anna Ferry: Vor einem der Waschbecken wischte sie sich mit einem Papierhandtuch über die verweinten Augen. Sie registrierte Toni im Spiegel. Der Immobilienteil der Zeitung gestern, ihre Reaktion bei Thiels Erscheinen heute – beweinte Ferry da gerade eine gescheiterte Liebe?

„Oh, entschuldige, ich wusste nicht ...", begann Toni und stoppte.

Was sollte sie sagen? Dass du geweint hast? Dass du am Klo bist, so wie du es gesagt hast? Ihr blieb sicher nicht mehr viel Zeit, um herauszufinden, wer die Umbesetzung war und wie es um Steiner stand. Doch sie kam nicht weiter, jemand klopfte von draußen an die Tür.

„Anna, bist du da drin?", rief Thiel.

„Bitte nicht", flüsterte Anna Ferry noch immer mit dem Rücken zu Toni und gerade noch hörbar.

Die Tür wurde einen Spalt geöffnet. Thiel sah besorgt aus. Bei Tonis Anblick entschuldigte er sich vielmals. „Bist du Mascha? Paul sucht dich."

„Wirklich? Ah, okay." Toni versuchte, sich eine Ausrede einfallen zu lassen, doch das war gar nicht nötig.

„Anna, können wir bitte reden?", bat Thiel.

„Ich wüsste nicht, worüber noch", blaffte Ferry, ohne sich vom Waschbecken wegzubewegen.

Toni konnte nicht hierbleiben. Herz würde sie entdecken. Mit einem Kopfnicken in Ferrys Richtung verließ sie die Toilette. Das alles steuerte auf eine Katastrophe zu. Denn was auch immer mit Paul Herz los war, sie musste damit rechnen, aufgeflogen zu sein. Zurück zum Set konnte sie nicht. Sich hier irgendwo zu verstecken und auf Ferry zu warten, hatte auch keinen Sinn. Sie sah sich um. Es blieb ihr nur noch eine Möglichkeit: die Unterlagen in Steiners Wohnwagen. Vielleicht konnte sie da noch etwas finden.

In der Hoffnung, dass der Regisseur sich irgendwo am Set befand, lief Toni zum Eingang und klopfte bei dem größten Wohnwagen mit den grünen Vorhängen an die Tür.

Sie hielt den Atem an und flehte, dass Steiner nicht da und die Tür unverschlossen war.

Ohne auf Antwort zu warten, öffnete sie. Er hatte tatsächlich nicht zugesperrt. Und der Wohnwagen war leer. Sie schlüpfte hinein, mit jagendem Puls. Ohne zu lesen, was auf den ganzen Papieren, die an den Wänden hingen, stand, fing sie an, sie zu fotografieren. Der Laptop war ausgeschaltet, aber da lagen weitere Computerausdrucke auf dem Schreibtisch. Sie fotografierte, obwohl das alles nur technische Details zu enthalten schien. Bei jedem Geräusch von draußen erstarrte sie und hielt die Luft an. Einmal hatte sie sogar den Eindruck, in der Entfernung Herz zu hören, der nach Mascha rief. Trotzdem machte sie weiter. Sie öffnete die einzige Lade des Schreibtischs.

Da war ein angebissener Nussini-Riegel. Darunter lag ein roter Schnellhefter.

Toni nahm ihn heraus und klappte ihn auf. Das war sie. Die Besetzungsliste. Ein Name war durchgestrichen und ein anderer danebengeschrieben worden. Die Umbesetzung. Toni machte ein Foto. Und genau in dem Moment ging die Tür auf.

„Leg. Das. Sofort. Weg."

Paul Herz stand in der geöffneten Wohnwagentür. Er starrte Toni wütend an, die Muskeln an seinem Hals waren gespannt wie Seile.

„Du sollst das weglegen, hab ich gesagt."

Erst jetzt registrierte Toni, dass sie den Hefter mit der Besetzungsliste noch immer in der Hand hielt. „Entschuldige, ich wollte nur –", begann sie, doch er fiel ihr ins Wort.

„Erspar mir deine Lügen. Wer bist du wirklich?"

„Wie bitte?"

Sie hatte die Frage sehr wohl verstanden, doch sie brauchte Zeit. Und vor allem eine gute Ausrede, mit der er sie gehen lassen würde.

„Zeig mir dein Handy", befahl er.

„Ich ... verstehe nicht."

„Aha, du verstehst nicht. Na, dann werde ich dir mal auf die Sprünge helfen. Du bist nicht Viennawolf." Er zielte mit dem Zeigefinger auf sie, als wäre er eine Pistole. „Es sei denn, du bist ein sechzigjähriger Brite, der in Wien lebt und Freddy Wolf heißt."

„Was ist denn hier los?"

Alexander Steiner war hinter Herz aufgetaucht.

Herz drehte sich um. Er wischte sich über die Stirn, räusperte sich. „Es tut mir furchtbar leid, Alexander. Es ist alles meine Schuld. Ich hätte sie überprüfen sollen, aber ich dachte nicht ..."

„Wovon redest du, Paul?"

„Janka." Herz schnappte nach Luft. „Eine von den Produktionsassistentinnen – die mit den kurzen Haaren. Ich hab ihr nicht geglaubt, ich dachte, sie will sich wichtigmachen. Aber sie hat gesagt, die da wäre nicht Viennawolf, und sie würde den echten kennen. Als Beweis hat sie mir vorhin Fotos von ihm gezeigt. Und dieses Mädchen hier ist es nicht. Ich hab sie gerade in deinem Wohnwagen entdeckt und –"

„Und wer ist sie dann?", fuhr Steiner so laut dazwischen, dass Toni zusammenzuckte. Seine Frage klang wie eine Drohung.

Paul Herz kam einen Schritt auf Toni zu. „Das wüsste ich auch gern."

23

Toni schossen in Sekundenschnelle die Möglichkeiten durch den Kopf, während Herz und Steiner vor ihr standen. Sie fühlte sich wie vor einem Tribunal.

Würde sie die Wahrheit sagen, wäre alles aus. Brehm wäre in den größten Schwierigkeiten. Sybille Steiners Auftrag wäre gescheitert. Sie könnte mit keiner Hilfe mehr von Brehm rechnen – und damit auch die Hoffnung darauf begraben, das gestohlene Geld jemals zurückzubekommen.

Gäbe Toni sich weiterhin als Möchtegern-Influencerin aus, würde Herz mit Sicherheit ihr Handy sehen wollen. Damit wäre das Foto von der Besetzungsliste verloren. Was wahrscheinlich auch bei jedem anderen Erklärungsversuch der Fall wäre.

„Ich …" Sie wusste nicht weiter.

„Was?", fuhr Herz sie an.

„Ich …", begann sie wieder. Was würde Brehm in so einer Situation sagen?

„Das ist mir zu blöd." Herz kam auf sie zu und riss ihr den roten Schnellhefter aus der Hand. Ihr war gar nicht aufgefallen, dass sie ihn noch immer hatte.

„Ich hol wen von der Security, die sollen die Polizei rufen."

Steiner sagte nichts, er stand nur da. Aber sein Ausdruck hatte sich verändert. In seinem Gesicht war nicht mehr zu erkennen, was er von der Situation hielt.

„Nein, bitte. Ich …", begann Toni. Ihr wurde heiß, sie schluckte. „Es tut mir leid. Es stimmt. Alles. Ich bin nicht Viennawolf. Mein Name ist Antonia Lorenz. Ich bin im ersten Jahr am Konservatorium und studiere Schauspiel."

„Na klar, und das sollen wir glauben", blaffte Herz.

„Es ist die Wahrheit. Ich hab von Umbesetzungen bei den Dreharbeiten erfahren und dachte, vielleicht hab ich eine Chance … ich wollte Sie kennenlernen …" Sie sah Alexander Steiner an. „Es war eine verrückte Idee, es tut mir leid …"

„Aha, klar. Und was wolltest du dann damit?" Herz hielt den Hefter anklagend hoch.

„Ich wollte nur wissen, welche Rollen umbesetzt werden. Für welche ich infrage kommen würde … und dann … ich wollte Sie direkt darauf ansprechen, Herr Steiner."

„Das ist Schwachsinn. Du und die Umbesetzung … verarsch wen anderen."

Jeder Spur von Freundlichkeit war nun verschwunden. Er reagierte so feindselig, dass Toni die Tränen kamen. „Ich hör mir das nicht länger an." Herz drehte sich um und trat energisch zur Tür.

Das Schluchzen aus Tonis Brustkorb war echt. Wenn Herz jetzt wirklich die Polizei rief, war alles aus. Nicht nur für Brehm – auch für ihre Großmutter. Anstatt irgendwas besser zu machen, hatte sie alles verschlimmert. Sie ließ ihren Tränen freien Lauf.

„Paul, warte!"

Was war das? Hatte Steiner Herz zurückgerufen?

Toni sah hoch. Durch ihren Tränenschleier sah sie Steiners Blick. Glaubte er ihr etwa? Wenn sie ihn doch nur irgendwie überzeugen könnte!

Herz erschien im Türrahmen. „Du glaubst ihr doch nicht? Alexander?"

Jetzt oder nie: Das war Tonis letzte Möglichkeit, die Situation zu retten.

„Da, ich kann es beweisen", heulte sie. Sie zog ihr Handy aus der Tasche, öffnete Instagram. „Hier. Das bin ich. Mein echter Account. Mit meinem richtigen Namen. Da sind auch Fotos aus dem Konservatorium dabei." Zum Beweis vergrößerte sie das Bild, auf dem sie gerade mit Lena auf der Bühne der Schauspielschule eine Szene aus Schnitzlers „Reigen" spielte. „Sie können Beate Schmitz fragen. Sie ist meine Lehrerin. Sie hat gedroht, mich aus der Schule zu werfen, darum ist mir die Idee für das alles hier gekommen. Wenn ich eine Rolle habe, dann kann sie mich nicht –"

„Das ist das Unverfrorenste, das ich jemals erlebt habe", keifte Herz und sah zu Steiner. „Ich glaub ihr kein Wort. Dieses Foto kann irgendwo gemacht worden sein."

„Aber ich ...", stammelte Toni. „Moment. Ich kann es wirklich beweisen." Sie öffnete die Seite auf der Homepage des Konservatoriums, auf der die Studenten des aktuellen ersten Jahrgangs abgebildet waren. „Hier", sagte sie und deutete auf ihr Profilfoto. „Das bin ich."

Sie streckte ihnen das Handy entgegen. Herz wollte es ihr aus der Hand nehmen, doch sie zog es rasch wieder zurück, bevor er es packen konnte. Hätte er erst ihr Handy, würde er womöglich die Fotos löschen.

„Ich sag wirklich die Wahrheit."

„Und selbst wenn", entgegnete Herz. „Was du gemacht hast, ist strafbar."

„Ja, das ist es", sagte Steiner. Er drehte sich zu seinem Assistenten. „Paul, bitte bereite alles vor, damit wir gleich zu drehen beginnen können. Ich komme in ein paar Minuten."

„Aber, soll ich nicht –"

„Nein. Geh schon zur Location, ich komme in ein paar Minuten."

Herz lief rot an, er schnappte nach Luft.

„Danke, Paul", sagte Steiner und ignorierte die Reaktion seines Assistenten.

„Gut, ich finde zwar –"

„Danke, Paul", wiederholte Steiner. „Und bitte schließ die Tür hinter dir."

Herz warf Toni einen eiskalten Blick zu. „Wie du meinst, Alexander", sagte er beleidigt.

Und dann war er weg.

Steiner blieb stehen, wo er war, und verschränkte die Arme. Er sagte nichts, betrachtete sie nur. Die Stille wurde mit jedem Moment unangenehmer. Als läge etwas Unausgesprochenes in der Luft. An das sie lieber nicht denken wollte. Trotzdem war es so präsent, dass sie es förmlich vor sich sah.

Das Tagebuch. Und damit die Frage, ob er von ihr nun eine Gegenleistung erwartete.

Steiners Blick wurde immer stechender, er blinzelte nicht mal.

Toni musste hier raus. Und zwar schnell. Aber wie?

Er schien ihre Überlegungen zu erahnen, denn plötzlich kam er auf sie zu. Automatisch wich sie zurück, doch hinter ihr versperrte ihr der Schreibtisch den Weg. Steiner kam immer näher. Er streckte seine Hand in Hüfthöhe nach ihr aus.

Sollte sie schreien, wenn er sie anfasste? Gleich würde er sie berühren. Wer würde ihr nach diesem Auftritt schon glauben?

Steiner griff an ihr vorbei nach der Lehne des Schreibtischstuhls, gab ihr mit einer Kopfbewegung ein Zeichen, zur Seite zu gehen, und zog den Stuhl heran. Er nahm darauf Platz und murmelte leise etwas, das sich nach „mein Kreuz" anhörte. Dann deutete er auf die Sitzbank unter dem Fenster. „Setz dich."

Toni war so erleichtert, dass sie sofort gehorchte.

Er lehnte sich vor, stützte sich mit den Ellbogen auf seinen Knien ab. „Das ist ein ganz schöner Blödsinn, den du da gemacht hast. Antonia?" Steiner sah sie fragend an, als ob er sich vergewissern wollte, dass der Name stimmte.

Sie nickte.

„Ich weiß. Aber –"

Er hob die Hand, als wollte er ihr zu verstehen geben, jetzt besser nichts mehr zu sagen. „Du hast Glück, dass du noch sehr jung bist. Wirklich großes, großes Glück. Die Jugend hat in gewisser Weise ein Anrecht darauf, Blödsinn zu machen. Aber nur im moralischen und gesetzlichen Rahmen. Und beides hast du überschritten." Er verschränkte die Arme hinter seinem Kopf und lehnte sich zurück. „Also, kannst du was?"

„Bitte?"

Es sah aus, als unterdrückte er ein Gähnen. „Na ja, ich frage mich, wieso die Schmitz dich sonst rauswerfen will?"

„Weil sie findet, es fällt mir zu leicht."

„Ach so?"

„Und ich wüsste die Ausbildung nicht zu schätzen."

„Stimmt das?"

Toni schüttelte den Kopf und er nickte.

„Nein, sonst wärst du wahrscheinlich nicht mit so einer irrsinnigen Idee hierhergekommen. Aber trotzdem, du kannst dich nicht einfach mit einer Lüge einschleichen. Was hast du denn gedacht? Nein, warte, ich weiß es: Du hast gedacht, ich würde dich entdecken, stimmt's? Der ungeschliffene Diamant, der nur von jemandem gesehen werden müsste, damit der bahnbrechenden Karriere nichts mehr im Weg steht. Hab ich recht? Natürlich hab ich recht, das denkt ihr immer alle. Weißt du, wie oft so etwas passiert?" Er verdrehte die Augen und sah zum Fenster. „Darum verstehe ich wirklich nicht, warum Paul dich überhaupt einfach reingelassen hat. Und dann auch noch gerade jetzt ..." Er schüttelte den Kopf, es sah so aus, als wollte er aufstehen.

„Bitte, seien Sie nicht böse auf ihn, er kann nichts dafür." Toni beugte sich vor und setzte ihr verschwörerisches Grinsen gekonnt ein. „Ich bin einfach wirklich gut."

Ein überraschter Ausdruck breitete sich auf seinem Gesicht aus. „Also, Selbstvertrauen hast du."

Während ihr das Herz sprichwörtlich in die Hose rutschte, sagte sie mit fester Stimme: „Sonst wäre ich auch nicht hier."

Ein Lachen entfuhr ihm. Steiner legte den Kopf schief und betrachtete sie wieder, diesmal aber sehr viel wohlwollender. Und Toni hoffte, dass er nicht merkte, wie panisch sie in Wahrheit gerade war. Die Frage, ob er sie gehen lassen würde, ließ sie fast durchdrehen. Es kostete sie alle Mühe, sich nichts anmerken zu lassen. Er zog einen Mundwinkel hoch und nickte langsam.

„Also gut, Antonia. Du hast sie zwar nicht verdient, aber du bekommst deine Chance."

„Ich darf gehen?" Ihre Stimme war in die Höhe gerutscht, piepsig wie eine Maus. Doch er schien es nicht zu registrieren.

„Ich meine, du darfst vorsprechen."

„Ich ... was? Jetzt?"

„Jetzt hab ich keine Zeit. Komm nach Drehschluss wieder, Paul soll dich anrufen, wenn wir ... nein, das lassen wir lieber. Sei um neun Uhr heute Abend hier. Dann sehe ich mir an, was du kannst." Er stand auf, beugte sich vor. „Du bist ein verrücktes Huhn. Aber manchmal braucht man eine gewisse Portion Verrücktheit. Also, streng dich an. Ich will meine Zeit nicht vergeuden. Solche Chancen gibt es nicht oft. Und jetzt raus mit dir."

Damit wies er Toni, die so verdattert war, dass ihr der Mund offenstand, die Tür.

Sie verließ das Filmset, ohne Ferry oder Herz noch einmal zu sehen. War das eben wirklich passiert?

Als sie bereits in der U-Bahn saß und in Richtung Brehms Detektei fuhr, konnte sie immer noch nicht glauben, was vorhin am Filmset passiert war.

Brehm hatte sich in der Zwischenzeit nicht gemeldet, und ihre Anrufe auf seinem Handy gingen immer noch ins Leere. Toni war beunruhigt.

Wer sich hingegen mit einer Sprachnachricht gemeldet hatte, war Felix: *Toni ... du fehlst mir. Du fehlst mir so sehr. Und ... du kannst mich unter dieser Nummer erreichen. Immer.*

Ihr Herz fühlte sich an, als würde es vor Sehnsucht nach Felix schmelzen.

Ein Anruf riss sie aus ihren Gedanken. „Ja, bitte?"

Es war eine ihr unbekannte Frauenstimme, die sehr leise sprach. Toni musste sich wegen des Fahrtlärms ein Ohr zuhalten.

„Ich hab Sie leider nicht verstanden, ich sitze gerade in der U-Bahn."

„Hier spricht Eva Krause von der Buchhaltung der Seniorenresidenz Baden", wiederholte die Stimme nun laut und deutlich. „Wir haben ein Problem, uns fehlt noch immer der Zahlungseingang für letztes und dieses Monat, Frau Lorenz. Ihre Großmutter hat gemeint, Sie würden sich darum kümmern, aber bis jetzt ist nichts angekommen."

Tonis seit gestern wieder sehr verworrene Gefühle Felix gegenüber pendelten automatisch Richtung Wut. Sie musste um Aufschiebung der Zahlung bitten, das hätte sie schon längst tun sollen. Aber nicht hier, bei dem Lärm und inmitten der anderen Fahrgäste.

„Darf ich Sie zurückrufen?"

Eine Mutter nahm mit ihrer Tochter Toni gegenüber Platz. Die Kleine war höchstens fünf Jahre alt und schaute Toni interessiert an.

„Leider ist das nicht möglich, wir müssen das jetzt klären."

Das klang nicht nach einer guten Ausgangslage für einen Kompromiss.

„Hallo? Hören Sie mich? Frau Lorenz?"

„Ha... kei... Netz ... ni... hör... hallo ... hal... später", sagte Toni im Stakkato und legte auf.

Die Mutter versuchte so zu tun, als hätte sie Tonis Lüge nicht bemerkt, doch ihre Tochter fragte: „Mama, warum redet die so komisch?"

Obwohl ihr nicht danach zumute war, lächelte Toni die Kleine an. „Das war eine Geheimsprache", sagte sie und legte einen Finger auf die Lippen.

Das Mädchen wollte etwas sagen, doch da stand ihre Mutter auf und zog sie weg.

Während der restlichen Fahrt sah Toni aus dem Fenster in die Dunkelheit und versuchte einzuordnen, was auf dem Filmset passiert war. Sollte sie den Termin bei Steiner wahrnehmen? Meinte er es ernst? Oder steuerte sie geradewegs auf eine Situation zu, wie sie in dem Tagebuch beschrieben war?

Ihr wurde mulmig. Natürlich konnte sie sich einreden, dass sie das nur für die Klärung dieses Falls auf sich nehmen würde. Sie konnte sogar so tun, als wäre es ihr egal. Aber Alexander Steiner kannte sie jetzt. Er wusste ihren Namen. Änderte das in gewisser Weise nicht mehr, als sie sich eingestand?

Und wenn die Sache mit dem Tagebuch nun nicht stimmte? Und er es ernst meinte mit dem Vorsprechen? Denn auch wenn sie es aufgrund der Situation relativ erfolgreich von sich weggeschoben hatte, Tatsache war, dass die Schmitz die Konferenz einberufen hatte, um über ihre Zukunft zu entscheiden.

Sybille Steiner wollte wissen, ob ihr Mann treu war und was es mit dem Mord auf sich hatte. Aber Steiner war sicher kein Mörder. Und bisher gab es keine Hinweise auf einen Übergriff – bis auf das Tagebuch. Eher im Gegenteil. Wie er sich vorhin alleine mit Toni verhalten hatte, ließ Toni daran zweifeln, dass Steiner so etwas tun würde. Die Zeiten waren heikel und schwierig. Wie unwahrscheinlich war es, dass ihn jemand mit diesem Tagebucheintrag erpressen wollte? Aber wer? Und warum? Und dann gab es noch Sascha Schwarz, dessen Tod und sein Drehbuch das alles noch undurchsichtiger machten.

Toni war so in ihre Überlegungen vertieft, dass sie fast ihre Station verpasst hätte. Im letzten Moment sprang sie aus dem Wagen.

Vor Brehms Detektei empfing sie der Kater. Die Haustür war nur angelehnt gewesen, aber nun stand Toni vor einer verschlossenen Bürotür. Toni versuchte erneut, den Detektiv zu erreichen.

Aus dem Inneren des Büros hörte sie das klingelnde Handy. War er da drin?

„Herr Brehm? ... Herr Brehm, hören Sie mich?"

Keine Antwort. Sie versuchte es wieder, hämmerte an die Tür.

„Herr Brehm!"

Was, wenn er da drin lag? Und deswegen heute nicht da gewesen war, um sie abzuholen? Sollte sie die Polizei rufen? Die Rettung? Wenn er aber nur verschlafen und sein Handy vergessen hatte, was dann?

Toni stapelte eilig die staubigen Akte aufeinander, damit sie durch das fehlende Oberlichtfenster über der Tür ins Büro sehen konnte. Das Papier unter ihren Füßen wackelte bedrohlich, sie krallte sich am Türrahmen fest, um nicht das Gleichgewicht zu verlieren. Toni machte sich auf das Schlimmste gefasst, als sie einen Blick hinein wagte. – Doch Brehm war nicht da. Sie zog sich noch ein bisschen höher, um noch mehr vom Raum zu sehen. – Sein blinkendes Handy lag auf dem Schreibtisch, von ihm keine Spur.

Im nächsten Moment hörte sie Schritte die Treppe hochkommen, sie sprang vom Aktenstapel und wirbelte herum. Doch statt Brehm erschien eine Polizistin am Treppenabsatz. Die im Gegensatz zu Toni gar nicht überrascht über dieses Aufeinandertreffen zu sein schien.

„He, Sie sind doch Toni Lorenz?"

Toni zögerte kurz. Es hatte keinen Sinn zu lügen. Sie hatte diese Polizistin schon am Revier gesehen, nachdem sie von der Villa der Steiners mitgenommen worden war. Also war sie doch aufgeflogen. Wahrscheinlich war es Paul Herz, der es sich anders überlegt hatte. Sie nickte.

„Oh, ein Glück! Edgar hat sich solche Sorgen gemacht. Wir haben Ihre Nummer nicht gefunden, jetzt hat er mich extra hergeschickt, damit ich sein Handy hole und er Sie anrufen kann." Die Polizistin ging ganz selbstverständlich an Toni vorbei und schloss die Tür auf.

„Edgar? Sie meinen Herrn Brehm?"

„Ja, genau der. Wenn Sie wollen, können Sie mitkommen, ich fahre jetzt zu ihm."

Die Polizistin trat in Brehms Büro, ging zum Schreibtisch. Sie schien die Räumlichkeiten zu kennen. Toni sah, dass ihr Blick kurz auf die Zigarette im Aschenbecher fiel, worauf sie verhalten seufzte.

„Wo ist er?", fragte Toni. „Geht es ihm gut?"

„Wie man es nimmt." Sie steckte sein Handy ein. „Er wurde gestern Abend ins Krankenhaus eingeliefert."

24

Edgar stellte sich schlafend, um dieser grauenhaften Krankenschwester zu entgehen, die seit heute Morgen unbedingt einen Einlauf bei ihm machen wollte. Sie hatte eine furchteinflößende Statur, und sein greisenhafter Bettnachbar hatte ihn bereits vor ihr gewarnt. „Sagen Sie – um Himmels willen! –, Ihre Verdauung ist in bester Ordnung."

Er hatte seinen Rat befolgt, doch die Krankenschwester hatte das Gespräch der Zimmernachbarn mitangehört und Brehm daraufhin einen Vortrag über Darmgesundheit als Voraussetzung für einen funktionierenden Kreislauf gehalten. Mehr noch: Sie hatte seine Lüge persönlich genommen und war nun beleidigt, was sie ihn unmissverständlich spüren ließ. Als sie später zurückgekommen war, täuschte Edgar ein beherztes Schnarchen vor. Einem „Sie entkommen mir nicht" war das erlösende Geräusch sich entfernender Schritte gefolgt, das ihn tatsächlich einschlafen ließ.

Er träumte von Kurt, Toni und Fernanda. Die beiden Frauen unterhielten sich, während das Segelschiff, auf dem sie sich befanden, am Ufer feststeckte und Kurt erfolglos versuchte, den Anker hochzuziehen.

„Was ist passiert?", flüsterte Toni.

„Hat er Ihnen das nicht erzählt?", fragte Fernanda leise. „Ach, Kurt. Die beiden kannten sich auch schon ewig. Ich glaube, zuerst hat er Edgar nur einen Job gegeben, als er von uns gegangen wurde. Keine schöne Sache damals. Als er davon erfahren hat, hat er Edgar eine Partnerschaft angeboten. Diese beiden ..." – Fernandas Lachen. Es klang schön und erinnerte Edgar an frühere Abende, die sie trinkend und plaudernd mit Kurt und Edith und manchmal auch mit Edgars aktueller Liebschaft verbracht hatten. – „Sie waren ein gutes Gespann. Ich weiß nicht, wie die beiden das hinbekommen haben. So unterschiedlich, wie sie waren. Und trotzdem die besten Freunde. Sie hatten beide diese Vorliebe für antike Möbel, sie konnten Stunden gemeinsam im Dorotheum verbringen. Neben der Arbeit. Edith, Kurts Frau, hat manchmal gesagt, sie hat den Eindruck, Kurt wäre mit Edgar verheiratet und nicht mit ihr."

„Verkauft er die Möbel deshalb nicht?"

„Wahrscheinlich. Eine Hälfte davon gehört ja auch Kurt. Ich weiß nicht, ob sie mal darüber gesprochen haben, aber Kurt hat immer wieder Phasen gehabt, in denen er alles an den Nagel hängen wollte. Edith war sowieso nie begeistert von dem Job. Bei ihrem Kennenlernen waren sie noch jung, und Kurt hat Psychologie studiert. Da rechnest du nicht damit, dass dein Mann Detektiv wird, keine fixen Wochenenden, geschweige denn Feierabende hat. Ehebruch hält sich nicht an Bürozeiten." Fernanda seufzte. „Jedenfalls, diese Phasen von Kurt, wo ihm alles gereicht hat, waren normalerweise nach zwei, drei Wochen wieder vorbei. Aber dieses Mal hat es so ausgesehen, als hätte er wirklich genug. Midlife-Crisis." – Eine Weltreise, dachte Edgar. Kurt und Edith wollten auf Weltreise gehen. Auf einem Segelschiff. Was für ein Unsinn. Wo sie sich bereits nach einer Woche Griechenland über das unkomfortable Hotel und die unerträgliche Hitze beschwert hatten. – „Sie haben sich deswegen gestritten. Edgar behauptete, er brauche mehr Zeit, um die Übernahme der Detektei zu organisieren, einen neuen Partner zu finden. Aber ich denke, er hat einfach gehofft, Kurt überlegt es sich wieder. Kurt hat zugestimmt, und sie haben sich auf drei Monate geeinigt."

Geschirrklappern vermischte sich mit Fernandas Stimme. Und ein Furzgeräusch, das sein Zimmernachbar mit „Pardon" kommentierte. – Moment, wieso war der in seinem Traum?

Die Erkenntnis, dass er Fernandas und Tonis Stimmen hörte, weil sie tatsächlich in seinem Krankenzimmer waren, machte ihn schlagartig hellwach. Er öffnete seine Augen nur einen winzigen Spalt. Vor seinem Bett nahm er ihre Umrisse wahr. Wenigstens war Toni in Sicherheit. Er wollte sich gerade melden, da sah er einen weißen Kittel ins Zimmer rauschen. Bevor er erkennen konnte, ob es die gefürchtete Krankenschwester war, schloss er bereits die Augen.

„Er schläft", sagte Fernanda leise.

„Ich hab darüber in der Zeitung gelesen. Aber da stand nicht, was wirklich passiert ist", flüsterte Toni.

Das Thema ihrer Unterhaltung hatte er also nicht geträumt, sondern mitgehört.

„Es war einfach Pech", fuhr Fernanda fort und seufzte tief. „An dem Abend gab es ein Gewitter. Sie hatten den Auftrag, eine Praxisgemeinschaft zu überwachen. Ich glaube, es waren Schönheitschirurgen. Oder Zahnärzte? Egal, sie sollten jedenfalls herausfinden, wer sich am Narkosemittel bedient. Warum Kurt nicht bei Edgar im Wagen geblieben, sondern in die Praxis gegangen ist, weiß ich nicht. Vielleicht um einen der Assistenzärzte zu stellen. Der hat das Narkosemittel immer gegen Kokain eingetauscht. Edgar hat nicht gesehen, dass hinter Kurt noch jemand in die Praxis gegangen ist. Der Dealer. Selbst total unter Drogen. Er hat im Affekt geschossen."

Edgar konnte den Knall noch hören. Im ersten Moment hatte er gedacht, es wäre ein Donner. Dann der Schrei.

„Oh, Gott", sagte Toni. „Ist er tot?"

„Nein, nein, der Schuss ging durch die Hüfte."

„Gott sei Dank."

„Ja. Aber ..."

„Was denn?"

Was denn? Das war genau die richtige Frage in dem Zusammenhang.

„Na ja, Kurt war immer sehr sportlich. Und am Anfang dachten noch alle, das wird wieder. Aber so sieht es nicht aus. Jetzt kann er wenigstens mit Stock gehen. Das wird so bleiben, die Reha kann auch keine Wunder bewirken. Irgendwas mit durchtrennten Nerven. Er hat über ein Bein keine Kontrolle mehr."

„Oh."

„Ja. Edgar spricht nicht darüber, aber ich kenne ihn jetzt schon seit mehr als zwanzig Jahren. Er macht sich Vorwürfe." Fernanda senkte ihre Stimme noch mehr. „Er denkt, es ist seine Schuld. Weil er den Dealer nicht gesehen hat."

Edgar dachte nicht, dass es seine Schuld war.

Er wusste es.

Was ihn in dieser Nacht wirklich abgelenkt hatte und warum ihm dieser Mann nicht aufgefallen war, konnte er nicht mehr sagen. Alles war so schnell gegangen. Vielleicht war es der Regen gewesen, vielleicht hatte er kurz auf sein Handy gesehen. Natürlich hatte keiner damit gerechnet, dass der Arzt sein Tauschgeschäft gleich in der Praxis durchziehen würde. Aber es hätte nicht passieren dürfen.

„Und Kurt, was sagt er dazu?", fragte Toni.

Trotz der vielen Medikamente, die man Edgar seit seiner Einlieferung gestern eingeflößt hatte und die den Blutdruck niedrig halten sollten, gab der Monitor, an den er angeschlossen war, ein Piepen von sich. Er musste an etwas anderes denken. Sonst wäre die Krankenschwester alarmiert.

„Oh, ich glaube, er ist wach", sagte Toni.

„Edgar, hörst du mich?", fragte Fernanda.

Ohne seine Augen zu öffnen, sagte er: „Schon die ganze Zeit."

Er spürte, wie Fernanda über seinen Arm streichelte. Als er hinsah, war er überrascht, dass es gar nicht sie, sondern Toni war. Es entstand eine kurze Pause, in der sie ihn anlächelte.

„Alles in Ordnung?"

Eine geschäftige junge Schwester kam ins Zimmer. Sie betätigte ein paar Knöpfe am Monitor, der sofort verstummte. Sie trug etwas in das Klemmbrett an seinem Fußende ein und fragte Edgar, ob er sich unwohl fühle oder Schmerzen habe. Als er verneinte, ging sie wieder. Vielleicht hatte er ja Glück und die gesamte Schicht der schrecklichen Krankenschwester verschlafen.

„Gut, ich lasse euch mal kurz allein", murmelte Fernanda und reichte Brehm sein Handy. „Sonst verlier ich wirklich noch meinen Job, wenn ich euch zuhöre."

Sie sah müde aus. Zuerst hatte sie darauf bestanden, ihn im Krankenwagen zu begleiten, und dann war sie heute Morgen nach ihrer Nachtschicht sofort zu ihm gekommen.

„Ich hol mir mal einen Kaffee. Wollen Sie auch was?", fragte sie Toni.

„Fernanda – danke für alles. Aber geh bitte nach Hause und schlaf dich aus", sagte Edgar, bevor sie antworten konnte.

„Bist du sicher?"

Er stützte sich auf den Ellbogen, was anstrengender war, als er sich anmerken ließ. „Ganz sicher. Mir geht es gut. Sie behalten mich doch nur zur Beobachtung hier." Fernandas skeptischem Blick standzuhalten, fiel ihm nicht leicht.

„Aber du rufst mich sofort an, wenn du etwas brauchst. Und Frau Lorenz, Sie wissen Bescheid. Meine Nummer haben Sie ja."

„Natürlich", nickte Toni.

Die beiden Frauen sahen sich einen Moment zu lange in die Augen. Es war eindeutig, dass da irgendwas vor sich ging. Sie verabschiedeten sich. Als Fernanda Edgar zum Abschied ein Bussi auf die Wange gab, ignorierte sie seine Frage, was denn los sei, mit einem Augenrollen.

Es gefiel ihm gar nicht, dass die beiden nun gemeinsame Sache machten. Wahrscheinlich redete Fernanda auf Toni ein, er müsse sich schonen. So ein Unsinn.

„Es war nur der Wein, den hätte ich nicht trinken dürfen", verteidigte er sich, als Fernanda gegangen war, und ließ sich wieder aufs Bett sinken.

Toni seufzte. „Wie lange müssen Sie hierbleiben?"

„Wenn es nach mir geht, gar nicht."

Sie setzte sich zu ihm aufs Bett, drehte seinem Nachbarn den Rücken zu. Eine seltsam vertraute Nähe herrschte zwischen den beiden. Toni holte langsam etwas aus ihrer Jackentasche und hielt es ihm mit zwei Fingern hin.

Edgar brauchte einen Moment, bis er erkannte, dass es der USB-Stick war, den er gestern mit auf die Polizeistation gebracht hatte.

„Es ist drauf", flüsterte Toni.

„Das Drehb–?", begann er, und sie nickte, bevor er es ausgesprochen hatte. „Fernanda?" Sie nickte noch einmal.

Meine Güte, er würde ihr dafür nicht nur eines, sondern unzählige Abendessen kochen. Nach allem, was sie bereits riskiert hatte, nun auch noch das.

„Ich dachte, ich drucke es mal aus und komme dann wieder."

„Waren Sie auf dem Filmset?"

„Ja, war ich. Und ich habe die Besetzungsliste fotografiert. Das mit der Umbesetzung stimmt. Aber ich glaube nicht, dass das etwas mit dem Tagebuch zu tun hat. Und man sollte noch einmal überprüfen, ob Vincent Blums Agentur seine Unterlagen wirklich für die umzubesetzende Rolle an Steiners Produktionsfirma geschickt hat."

„Warum?"

Toni wischte auf ihrem Handy herum und hielt ihm ein Foto einer weißhaarigen Dame entgegen. Ohne Brille sah er sie nur verschwommen, aber es war eindeutig, dass es sich um eine ältere Frau handelte.

„Weil das die Umbesetzung ist, von der die Rede war. Es ging um die Rolle der Großmutter von Anna Ferry. Die Erstbesetzung ist in der Dusche ausgerutscht, darum kann sie nicht drehen. Sie ist achtundsiebzig, spielt gelegentlich noch im Theater in der Josefstadt und heißt Renate Frühwirt."

„Oh. Dann hat sie wohl kaum dieses Tagebuch geschickt."

„Genau." Toni runzelte die Stirn. „Finden Sie es nicht auch komisch, dass Vincent Blum diese Umbesetzung als Grund genannt hat, warum er bei Steiners Party gearbeitet hat?"

Er gab es nicht gerne zu, aber der Einwand war berechtigt. Jetzt gab es bereits mehrere Indizien, die gegen Blum sprachen. Vielleicht hatte Edgar den Beamten doch Unrecht getan? Und Vincent Blum war nicht so unschuldig, wie er wirkte?

„Ich verstehe nur noch immer nicht, was Blums Motiv hätte sein können. Außerdem, dieses Tagebuch ..." Sie zögerte.

„Was ist damit?"

„Es fällt mir sehr schwer zu glauben, dass der Inhalt stimmt. Nicht nur wegen Steiner selbst. Heute hat auch Anna Ferry mit mir über ihn gesprochen, und dann hat er mich ..."

Edgar hatte das Gefühl, sie würde versuchen, unauffällig auf den Herzmonitor zu sehen. „Es geht mir gut. Wirklich."

Sie nickte nicht sehr überzeugt. „Aber es gibt da jemand anderen. Paul Herz."

„Steiners Assistent, ich weiß."

„Ich werde nicht schlau aus ihm. Er ist irgendwie ... ich weiß auch nicht."

„Was denn?"

„Er verhält sich merkwürdig. Zuerst zu liebenswürdig. Dann zu unfreundlich." Toni biss sich auf die Unterlippe. „Kennen Sie diese Menschen, die sich total unhöflich an der Kasse vordrängeln und dann ganz besonders nett zur Kassiererin sind? Als hätten sie das gar nicht absichtlich gemacht. Was sie aber haben."

„Ha, so etwas macht mich rasend."

„Ganz genau. Und so ist Paul Herz."

„Das verstehe ich jetzt nicht, waren Sie mit ihm einkaufen?"

„Nein, das war nur so eine Metapher." Sie sagte das so bedeutungsschwanger, er musste ein Grinsen unterdrücken. „Ich meine, er wirkt im ersten Moment reizend, aber ich hab den Eindruck, er ist jemand, der immer danach geht, wie er für sich den größten Vorteil aus einer Situation herausholt. Also zum Beispiel: Anna Ferry sucht gerade eine Wohnung. Sie hat – oder besser hatte – eine Beziehung, die in die Brüche ging, und Herz hat einfach –"

„Mit wem hatte sie eine Beziehung?"

„Wie es aussieht, mit Hermann Thiel. Online hab ich darüber nichts gefunden, was aber auch nur bedeuten kann, dass sie es geheim halten. Jedenfalls, laut Herz, kam es wegen eines Spiels zur Trennung." Bevor er fragen konnte, sagte sie schon: „Aber welches Spiel das sein soll, hat er nicht gesagt."

„Hm. Ist Thiel nicht auch in diesem Film?"

„Ja, er hat sogar die männliche Hauptrolle. Und Ferry die weibliche. Jedenfalls", sie beugte sich näher zu ihm, „ich hab mir gedacht: Eigentlich könnte doch Herz an Steiners Stelle sein. Er ist wie er Regisseur, hat die Filmakademie besucht. Aber er ist nur der Assistent, während Steiner den ganzen Ruhm abbekommt. Warum?"

„Ich verstehe."

Toni stand auf. „Aber eines nach dem anderen. Zuerst das Drehbuch ..." Edgar hatte den Eindruck, sie wolle noch etwas sagen. Doch sie schien zu zögern, jetzt schaute sie unverhohlen auf den Herzmonitor. „Ich komme so schnell wie möglich wieder", sagte sie.

„Wenn Sie den Drucker in der Detektei benutzen wollen, der Schlüssel ist ...", begann er, zeigte zum Kleiderhaken neben der Tür und stoppte. Die Schwester war unbemerkt ins Zimmer gekommen. Wie ein Racheengel in Weiß stand sie im Türrahmen.

„Ah, jetzt sind Sie wach."

Ihr Grinsen war furchteinflößend. Und was sie in der Hand hatte, gefiel Edgar gar nicht. Überhaupt nicht. Der Herzmonitor fing wieder an zu piepsen, energischer als zuvor. Er fasste nach Tonis Hand und zischte: „Bitte bleiben Sie."

Es war eine boshafte Ironie des Schicksals, dass eine Stunde nach dem Einlauf die Visite kam und der Arzt Edgar mit einer neuen Medikation entließ. Er gab es nicht gerne zu, aber er fühlte sich tatsächlich besser.

Toni war in der Detektei gewesen, als er sie angerufen hatte. Sein Auto stand noch immer beim Hauptkommissariat – wenn es nicht schon abgeschleppt worden war. Aber darum würde er sich später kümmern. Er nahm ein Taxi.

Als er in der Detektei ankam, lag Toni Lorenz lesend auf der Chaiselongue. Sie hatte die Schuhe ausgezogen, und der Kater schmiegte sich zusammengerollt an ihre Füße. Es war ein ungewohntes Bild, schön und friedlich. Wenn Edgar ehrlich war, hatte er nie vorgehabt, sein Leben so alleine zu verbringen, wie er es nun tat. Es war ihm gar nicht bewusst gewesen, aber Kurt war seine Familie. Und auch Edith und Fernanda.

Wieso hatte eigentlich noch nie ein Mann diese Stelle eingenommen? Kandidaten gab es genug, aber niemanden, mit dem es auf Dauer funktioniert hätte. Fehlte ihm vielleicht diese Liebesfähigkeit, von der Toni für ihren Felix anscheinend zu viel hatte?

Es gefiel ihm nicht, dass sie Felix ihm gegenüber nicht mehr erwähnt hatte. Wahrscheinlich hatte er ein paar herzergreifende Lügen aufgetischt, und Toni war weich geworden. Wie hatte schon seine Mutter gesagt: Nur ein Gulasch schmeckt aufgewärmt. Und noch dazu war dieses hier verdorben.

„Und, was steht drin?", fragte Edgar.

Toni schreckte hoch. „Ups, ich hab Sie gar nicht kommen gehört." Sie reichte ihm die Hälfte des Drehbuchs, das sie bereits gelesen hatte, und er setzte sich an den Schreibtisch. „Ich bin mir nicht sicher, was das soll." Sie runzelte die Stirn und zuckte mit den Achseln. „Bis jetzt ergibt nichts, was da drinsteht, einen Sinn. Aber vielleicht muss man es erst zu Ende lesen."

Schon nach der dritten Seite fühlte Edgar sich verwirrt. Waren das die Medikamente? Sein Zustand? Oder hatten diese Zeilen wirklich keinen Zusammenhang? Alle Personen schienen nicht nur ständig den Ort zu wechseln, auch die Beziehungen zueinander änderten sich auf gefühlt jeder zweiten Seite. Da waren es einmal der Vater und seine Tochter, dann waren es doch der Lehrer und seine Schülerin. Und es wurde nicht besser. Im Gegenteil.

„Das soll das Drehbuch sein?", fragte Edgar. In seinem Bauch rumorte es. Er tat so, als würde er es nicht bemerken.

„Ich verstehe es auch nicht. Es ist die einzige Datei gewesen, aber ..." Toni kam zu Edgar und steckte den Stick in den Computer. „Schauen Sie bitte mal nach. Vielleicht hab ich ja was übersehen. Ich lese es inzwischen zu Ende."

Edgar suchte, scrollte, versuchte es sogar auf einem Laptop, den er für Außeneinsätze gekauft und nie verwendet hatte. Bis auf die Datei mit dem Titel „Drehbuch" war nichts auf dem Stick abgespeichert.

Erst nachdem Edgar selbst das gesamte Drehbuch gelesen hatte, konnte er die Freundin von Sascha Schwarz endlich erreichen: „Sie haben die falsche Datei", sagte Carla. „Unter ‚Drehbuch' hat Sascha immer nur alles abgespeichert, was er aus der Version, an der er gerade gearbeitet hat, rausgeworfen hat. Das weiß ich, weil mir selbst mal dieser Fehler passiert ist. Ich wollte ihm eine Freude machen und hab es an eine Agentur gemailt, aber –"

„Das heißt, wir haben hier nur eine Zusammenfassung?", unterbrach Edgar sie. Wenn das so war, dann hatte er wertvolle Stunden vergeudet.

„Eine Zusammenfassung von allem, was er rausgestrichen hat, ja."

Edgar unterdrückte ein Fluchen. „Und unter welchem Namen hat er die aktuelle Version abgespeichert?"

„Das weiß ich nicht." Carla fing an zu weinen. „Es war immer der Titel. Wahrscheinlich finden Sie die richtige Datei nach dem Datum der letzten Änderung."

Sie erkundigte sich noch, ob Edgar schon etwas rausgefunden hatte. Er wollte sie mit keiner Floskel abspeisen und sagte ehrlich, dass sich der Fall schwieriger als angenommen herausstellte. Er verschwieg ihr allerdings, dass Vincent Blum offenbar doch nicht über jeden Verdacht erhaben war. Obwohl Edgars Instinkt ihm noch immer etwas anderes sagte. Na ja, vielleicht war das nicht unbedingt sein detektivischer Instinkt, rügte er sich selbst.

„Und was machen wir jetzt?", fragte Toni, nachdem er das Gespräch beendet hatte.

„Ich muss Fernanda darum bitten, noch mal an den Computer von Sascha Schwarz zu gehen. Müssen Sie irgendwohin?"

Etwas an ihrem Blick irritierte ihn. Sie nickte, behauptete, sie hätte noch eine Verabredung und müsse vorher nach Hause, um sich umzuziehen. Edgar verkniff sich die Frage, mit wem. Es war ihre Sache. Toni war erwachsen, und wenn sie sich einem Betrüger an den Hals werfen wollte, konnte er sie nicht davon abhalten. Obwohl sie einen Fehler machte. Denn natürlich traf sie diesen Felix Meier.

„Wie die Sache morgen auch ausgeht", er kratzte sich am Kopf, „Sie bekommen auf jeden Fall ein Honorar. Schreiben Sie mir einfach die Stunden zusammen."

„Können wir das ein anderes Mal besprechen? Ich muss jetzt wirklich los. Aber ich melde mich später noch. Bis wann kann ich anrufen?"

„Immer."

Als Toni gegangen war, rief er Fernanda an.

„Ich stehe bis in alle Zeiten in deiner Schuld, Fernanda. Du kannst von mir haben, was du möchtest –"

„Oh Gott, was brauchst du jetzt noch?"

„Die Datei auf dem Stick. Es ist eine falsche Version. Ich brauche die Datei mit dem letzten aktuellen Datum. Wirklich, Fernanda, ich –"

„Edgar", unterbrach sie ihn. „Selbst wenn ich wollte, kann ich dir nicht helfen. Der Laptop ist nicht mehr bei uns. Die Staatsanwaltschaft hat ihn. Ich komme da nicht mehr dran."

„Aber, warum –"

„Vincent Blum ist in Untersuchungshaft."

„Wurde was gefunden?"

„Das weiß ich nicht. Ich hab irgendwas von einer Verwechslung gehört. Frag mich nicht, was damit gemeint ist."

„Eine Verwechslung? Aber wieso haben sie ihn dann festgenommen?"

„Ich hab nicht die geringste Ahnung."

Nachdem Edgar aufgelegt hatte, war sein erster Impuls, Toni anzurufen. Er ließ es aber bleiben.

Fernanda hatte von einer Verwechslung gesprochen. Was sollte das bedeuten?

Edgar stand auf und trat ans Fenster. Ihm war flau im Magen. Er hatte schon wieder vergessen, etwas zu essen. Vielleicht tat ihm ein bisschen frische Luft gut, um sein Hirn auszulüften.

Beim Italiener, ein paar Nebenstraßen entfernt, bestellte er sich Spaghetti und widerstand der Versuchung, nach dem Essen noch einen Espresso zu trinken.

Als er den Kellner um die Rechnung bat, betrat eine Frau das schummrige Lokal. Im ersten Moment hielt er sie für Toni. Er wollte ihr schon winken, doch dann kam sie näher, und er erkannte, dass er sie verwechselt hatte.

Eine Verwechslung.

Edgar legte das Geld auf den Tisch. Obwohl sich sein rumpelndes Herz beschwerte, sprang er auf und lief vor die Tür. Noch auf dem Weg nach draußen zog er das Handy aus der Hosentasche.

„Ja, bitte?", meldete sich Carla.

„Hier ist noch mal Edgar Brehm. Ich brauche bitte die Maße von Sascha Schwarz. Wie groß war er, wie viel hat er gewogen? Und haben Sie ein paar Ganzkörperfotos aus verschiedenen Blickwinkeln?"

25

Tonis Knie zitterten, ihr Atem ging flach. War es nur die Aufregung vor dem Vorsprechen bei Steiner? Oder lag es an der Tatsache, dass sie alleine mit einem Mann sein würde, der einem zu nahe kommen könnte?

Eigentlich war sie nach Hause gefahren, um sich umzuziehen. Doch dann hatte sich der Mut verabschiedet, und sie war bei ihrem Viennawolf-Look geblieben. Die Verkleidung gab ihr wenigstens die Illusion von Sicherheit.

Es war keine rationale Entscheidung gewesen, Brehm nichts davon zu erzählen. Der bedenklich blinkende Monitor im Krankenhaus und Brehms unverändert blasses Gesicht in der Detektei, gepaart mit Tonis Annahme, dass er sie garantiert keine Sekunde alleine lassen und sich daher körperlich nicht schonen würde, hatten den Ausschlag gegeben. Niemand wusste, dass sie hier war.

Als sie näher zum abgesperrten Eingang des Filmsets kam, sah sie, dass keine Autogrammjäger mehr vor Ort waren. Wo es am Vormittag neben dem Container noch vor Menschen gewimmelt hatte, war der Gehweg nun leer. In den ersten beiden Wohnwägen, die man von hier sehen konnte, war es dunkel.

Sollte sie Lena anrufen und ihr sagen, wo sie war? Erst jetzt merkte sie, dass Lena sich seit der Nachricht über ihre geplante Disziplinarkonferenz gar nicht mehr gemeldet hatte. Das war merkwürdig. Sie würde sie nachher anrufen. Nachher.

Tonis Magen zog sich zusammen. Ein Teil von ihr wusste, dass sie zu Steiner musste, während ein anderer zurück zur U-Bahn wollte.

Es war schon viel zu spät. Sie musste da jetzt rein. Außerdem war da noch immer der Securitymann beim Eingang. Er blieb sicher die ganze Nacht hier sitzen und würde nicht weggehen.

Der Gedanke beruhigte Toni, bis sie an das kleine erleuchtete Fenster klopfte. Keine Reaktion. Sie spähte hinein. Ein älterer Mann in Uniform schlief vor einem Fernseher. Sie musste dreimal energisch klopfen, bis er die Augen öffnete und sich verwirrt umblickte. Als wüsste er nicht, wo er sich befand.

Er winkte sie einfach durch, als sie sagte, Alexander Steiner erwarte sie, und notierte sich nicht mal ihren Namen. In der Hoffnung, wenigstens irgendwen zu treffen – sogar Paul Herz wäre ihr jetzt recht gewesen –, ging sie den kleinen Gehweg entlang zu Steiners Wohnwagen. Hinter den zugezogenen Vorhängen war Licht.

Sie blieb stehen. Sollte sie Brehm nicht doch eine Nachricht schicken? Aber das würde jetzt zu lange dauern, am besten rief sie ihn kurz an. Der Gedanke war so erleichternd, dass sie kehrtmachte, um zum Eingang zurückzugehen. Gerade, als sie ihr Handy hervorholen wollte, hörte sie hinter sich die aufgehende Tür.

„Ich bin hier", sagte Steiner, „komm rein."

Als sie sich umdrehte, war er bereits wieder im Wohnwagen verschwunden. Sie ließ das Handy in die Tasche gleiten. Dann war es eben so.

Toni hatte erwartet, dass Steiner nach dem langen Drehtag müde aussehen würde, aber das Gegenteil war der Fall: Er hatte sich umgezogen, trug ein frisches weißes Hemd, die Haare hatte er nach hinten gekämmt. Toni fluchte innerlich darüber, dass sie die Tür des Wohnwagens hinter sich geschlossen hatte. Das war nicht klug. Aber sie jetzt noch einmal zu öffnen, hätte ihn vielleicht Verdacht schöpfen lassen.

Steiner saß auf der Bank unter dem Fenster, wo sie heute Vormittag gesessen hatte. Er hatte die Beine übereinandergeschlagen und lächelte sie an. Standen hier irgendwo Blumen? Oder roch sein Rasierwasser so stark?

„Also", sagte er und klatschte in die Hände. „Was bringst du mir Schönes?"

Tonis Mund war trocken, ihr Herz pochte heftig. „Wie bitte?"

Er sagte etwas, aber sie konnte ihm nicht folgen. Sie hätte das Diktiergerät ihres Handys einschalten sollen. Natürlich. Um nachher wenigstens beweisen zu können, was vorgefallen war. Gab es nun noch Zweifel daran, warum er sie so spät am Abend eingeladen hatte? War sie zu gutgläubig gewesen?

„Kann ich noch kurz mein Handy leise stellen?", bat sie und zog es eilig aus ihrer Tasche.

Wo war nur diese verdammte Diktier-App? Sie wischte erfolglos auf dem Display herum.

Steiner stand auf und trat so schnell hinter sie, dass sie gar nicht reagieren konnte. Behutsam nahm er ihr das Handy aus der Hand, schaltete es auf lautlos und reichte es ihr wieder. „Alles gut, du brauchst nicht nervös sein." Er klopfte ihr auf die Schulter, ging zurück zur Bank und nahm wieder Platz. „Was ich meine, ist, welche Rolle hast du mitgebracht? Was willst du vorsprechen?"

Sie musste sich zusammenreißen. „Ich habe zwei Monologe. Das Gretchen aus Faust."

Er verzog den Mund. „Was noch?"

„Penthesilea von Kleist."

„Oh Gott, bitte nicht. Sonst nichts? Irgendwas Modernes?"

„Leider, das ist alles."

Es war nicht die Wahrheit. Sie hatte noch einen witzigen Monolog, den sie liebte. Aber er war aus Woody Allens „Sommernachts-Sexkomödie" und handelte genau davon: Sex.

Steiner seufzte. „Na gut, dann also das Gretchen."

Tonis Hände fingen an zu schwitzen. Sie senkte den Blick. Hörte, wie Steiner sich räusperte. Ob er darauf wartete, sich auf sie zu stürzen?

Was war nur los mit ihr? Woher kam diese plötzliche Panik? Sie konnte sich doch wehren. Und wenn sie nur laut genug schrie, würde sie sogar der Securitymann am Eingang hören. Das hier war noch immer einer der besten Regisseure, und sie war jetzt verdammt noch mal das blöde Gretchen. In ihrem Kummer. Sie sah wieder hoch. Vor ihrem geistigen Auge stürzte er sich auf sie. Nein – aus! An das Gretchen denken. So ein Mist, das klappte nicht. Der ganze Stress schien sich plötzlich ihres Körpers zu bemächtigen. Ein jammernder Laut entkam ihr, der nichts mit der Rolle zu tun hatte.

„Meine Ruh ist hin, mein Herz ist schwer ...“

Aus den Augenwinkeln bemerkte sie Steiners überraschten Blick. Nein, sie durfte ihn auf keinen Fall ansehen.

„... ich find sie nimmer und nimmermehr.“

Toni wartete. Nichts passierte. Er fiel also nicht über sie her. Und wenn das nun tatsächlich ein echtes Vorsprechen war? Und sie sich hier zum Affen machte? Sie sollte leiden. Traurig sein. Sie faltete ihre Hände und kam sich dabei maßlos lächerlich vor.

„Wo ich ihn nicht hab, ist mir das Grab ...“

Sie war noch nie so schlecht gewesen. Es wollte sich bei ihr einfach kein Gefühl einstellen. Nichts.

„... die ganze Welt ist mir vergällt. Mein armer Kopf ist mir verrückt ...“

Sie klang wie eine Nachrichtensprecherin.

„... mein armer Sinn ist mir zerstückt.“

Eine unterbezahlte Nachrichtensprecherin, die jeglichen Enthusiasmus verloren hatte.

„Meine Ruh ist hin, mein Herz ist schwer, ich find sie nimmer und nimmermehr."

Wieso machte er der Sache hier nicht einfach ein Ende und erlöste sie von ihrer Qual?

„Zu ihm nur schau ich zum Fenster hinaus ..."

Sie sah zur Tür. Wie gern würde sie jetzt durch diese Tür abhauen.

„... nach ihm nur geh ich aus dem Haus."

Wahrscheinlich hatte die Schmitz recht damit, sie rauswerfen zu wollen. Von wegen es fiel ihr zu leicht. Und wenn sie das Vorsprechen selbst einfach abbrach? Aber mit welcher Begründung? Gigantische Talentlosigkeit?

„Sein hoher Gang, sein edle ..."

Mist, was kam dann? Edle was?

„... edle ..."

Ein Hänger hatte ihr gerade noch gefehlt. Sie blickte stur zur Decke des Wohnwagens. Na, dort war der entfallene Text sicher nicht.

„... edle ..."

Scheiße, Scheiße, Mist, Mist! Es hatte keinen Sinn. Sie wusste nicht weiter und schloss die Augen.

„Edle."

Steiner sagte nichts. Warum auch?

Irgendwo gluckerte Wasser. Toni öffnete die Augen, um sich bei ihm zu entschuldigen. Er hatte eine Hand an seinen Mund gepresst. Tränen liefen ihm über die Wangen. Er lachte. Er lachte sie aus! Damit hatte sie nicht gerechnet.

„Oh Gott." Er wischte sich über die Wangen. „Ich kann nicht mehr. Das war das Witzigste, was ich seit Jahren gesehen habe." So, wie er es sagte, klang es aber gar nicht, als würde er sich lustig machen. „Du bist ja eine richtige Komödiantin." Steiner prustete wieder los. Schniefte. Es dauerte eine Weile, bis er sich wieder im Griff hatte. „Das war großartig! Bravo!" Er holte ein Taschentuch aus seiner Hosentasche und putzte sich trötend die Nase. „Und dich will die Schmitz rauswerfen? Was ist denn da los? Das war das erste Mal, dass ich jemanden gesehen habe, der die Figur des Gretchens begreift." Er stand auf, ging zum Schreibtisch, nahm Zettel und Stift. „Hier, schreib deine Kontaktdaten auf. Paul wird sich bei dir melden. Mal sehen, was wir für dich tun können. Ich hab jetzt leider keine Zeit mehr. Es gibt noch einen Empfang, zu dem ich sowieso schon zu spät komme ..."

Kaum hatte sie ihre Daten aufgeschrieben, schob er sie Richtung Tür.

„Entschuldige bitte, dass es so schnell geht."

Und damit war sie auch schon draußen, er kam hinterher und sperrte ab. Ein schwarzer Mercedes war vor den Wohnwagen gefahren, Steiner winkte ihr noch zu und stieg ein. Wie in Trance sah sie den sich entfernenden Rücklichtern nach und trottete zum Eingang.

Sie war so in Gedanken, dass sie auf dem dämmrigen Gehweg fast in eine dunkle gebeugte Gestalt hineingelaufen wäre, die mit dem Rücken zu ihr am Weg stand. Vor Schreck entfuhr ihr ein kurzer Aufschrei. War das wieder Felix?

Die Gestalt drehte sich um. Nein, es war Hermann Thiel. Er sah sie mit einer Mischung aus Überraschung und Verlegenheit an. An seine Brust hielt er eine Tasche gedrückt. Toni konnte sich an sie erinnern: Das war ohne Zweifel Anna Ferrys Tasche! Der Überschlag der Tasche war zurückgeklappt und der Reißverschluss geöffnet. Als hätte er sie gerade durchsucht.

„Sie ... was machen Sie hier?", fragte er.

Etwas Blaues blitzte aus der Tasche. War das ein Heft? So ein Heft wie das Tagebuch, das Sybille Steiner gebracht hatte? Thiel schien ihren Blick zu bemerken, denn er klappte den Überwurf zu und schulterte die Tasche.

„Ich war bei Alexander Steiner. Wir hatten einen Termin."

Thiels Gesichtsausdruck änderte sich so schlagartig, dass Toni einen Schritt zurücktrat. Er funkelte sie wütend an.

„Sie sollten das nicht tun."

„Was?"

Ohne zu antworten, sah er sie durchdringend an, dann drehte er sich um und ging hastig an ihr vorbei Richtung Filmset.

Toni musste noch immer an Thiel denken, als sie zu Hause ankam und die Tür aufsperrte. Es gab viele Erklärungen für ihre Begegnung eben:

Die Tasche gehörte tatsächlich Anna Ferry. Sie war die Verfasserin des Tagebuchs und Thiel wusste davon. Darum seine Reaktion, als sie von ihrem Termin bei Steiner erzählt hatte.

Aber das erklärte nicht, warum er die Tasche hatte.

Eine andere Erklärung wäre, dass die Tasche gar nicht Ferry gehörte, sondern Thiel. Vielleicht hatten sie dasselbe Modell, es war unisex und zeitlos.

Aber was bedeutete dann dieses Heft? Bedeutete es überhaupt etwas?

Sie musste Brehm in Ruhe davon erzählen und –

Die Tür wurde von innen geöffnet. Tonis Oma stand da.

„Oma? Was machst du hier?"

„Auf dich warten. Wieso siehst du so anders aus?"

Es war eine Sache, ihrer Oma am Telefon eine Lüge aufzutischen, um sie zu beruhigen. Aber es war eine andere, es ihr direkt ins Gesicht zu sagen.

„Es ist kompliziert."

Ihre Oma nickte. „Das hab ich mir schon gedacht. Wir müssen reden. Komm in die Küche, ich hab Grießnockerlsuppe gemacht."

Toni schlüpfte gerade aus Jacke und Schuhen, da klopfte es an der Tür.

„Wer ist das? Um diese Uhrzeit bekommst du noch Besuch?"

Verdammt, das war sicher Felix. Wahrscheinlich hatte er den Hauseingang beobachtet und wusste, dass sie nach Hause gekommen war. Gestern hatte er hier schlafen wollen, aber sie hatte ihn weggeschickt. Was ihr trotz allem nicht leichtgefallen war.

„Ich ...", sagte sie nur, dann fiel ihr nichts mehr ein und sie öffnete.

„Wieso gehen Sie nicht an Ihr Handy?", fragte ein aufgebrachter Brehm. „Ich versuche schon seit einer Stunde, Sie zu erreichen. Sie wollten sich doch melden." Erst jetzt schien er Tonis Großmutter zu bemerken. Er sah richtig erleichtert aus. „Oh, Entschuldigung, ich wollte nicht stören."

„Kommen Sie rein", sagte ihre Großmutter.

„Nein, nein, das ist wirklich nicht –"

„Kommen Sie. Die Geschichte, Sie wären Lenas Vater, habe ich nämlich schon beim ersten Mal nicht geglaubt."

Tonis Großmutter ging vor in die Küche, Brehm sah Toni fragend an, doch die hob nur die Schultern.

„Ich war bei Steiner", sagte sie leise.

„Was? Wann? Jetzt?"

Sie nickte und schloss hinter Brehm die Tür.

„Ihr könnt das auch hier drinnen besprechen. Die Suppe wird kalt", rief ihre Großmutter aus der Küche.

„Gehen Sie, ich komm gleich, ich will nur kurz ins Bad."

Als Toni zurückkam, saß Brehm am Küchentisch. Vor ihm dampfte ein großer Teller Suppe, Tonis Großmutter saß ihm gegenüber, eine Serviette auf ihrem Schoß.

Es war rührend, wie der große Mann in Gegenwart ihrer Oma plötzlich wie ein Junge wirkte.

„Also, was geht hier vor?", fragte Martha Lorenz, als Toni sich an die schmale Längsseite des Tisches gequetscht hatte.

Sie zögerte einen Moment. Nicht, weil sie es nicht erzählen wollte, sondern um ihre Großmutter zu schützen.

Als hätte ihre Großmutter es ihr angesehen, sagte sie: „Und diesmal die Wahrheit, bitte."

Es hatte keinen Sinn, ihre Oma kannte sie zu gut.

„Er ist Detektiv, ich arbeite für ihn. Weil Felix alles, was wir hatten, gestohlen hat. Er ist spielsüchtig, aber das wusste ich nicht. Und ich wollte Herrn Brehm engagieren, damit er Felix und das Geld findet. Aber weil ich sein Honorar nicht bezahlen konnte und er gerade Hilfe braucht, weil er vor Kurzem Probleme mit dem Herzen hatte –"

„Es war nur so eine Art Kreislaufkollaps", korrigierte er sie.

„Oh oh." Tonis Großmutter legte ihr Gesicht in Falten, sah von ihr zu Brehm und wieder zu ihr und hüstelte. „Ich dachte an etwas weniger Spektakuläres."

„Es tut mir leid. Jedenfalls, das Geld, der Schmuck – es ist alles weg."

Die Großmutter schluckte und wandte sich an Brehm. „Und Sie haben Felix also gefunden, trotz Ihres –"

„Das musste er nicht", stellte Toni richtig. „Felix ist gestern aufgetaucht. Und das Geld hat ein Milos Kubra, bei dem er Schulden hatte. Kubra hat gedroht, ihm und mir was anzutun, wenn Felix nicht zahlt.

Zumindest behauptet Felix das." Toni fühlte sich elend. So schockiert hatte sie ihre Großmutter noch nie gesehen. „Aber ... das ist der Grund, warum die Miete für die Seniorenresidenz überfällig ist", sagte sie voll schlechtem Gewissen.

Es herrschte eine erdrückende Stille, die ihre Großmutter schließlich mit einem tonlosen „Die Suppe wird kalt" durchbrach.

„Oh, die ist köstlich", lobte Brehm bereits nach dem ersten Bissen.

Obwohl es in dem Moment völlig unpassend war, verspürte Toni eine große Dankbarkeit, dass er es gesagt hatte. Ihr Hals war wie zugeschnürt, trotzdem zwang sie sich zu essen. Brehm hatte recht: Niemand kochte so wunderbare Grießnockerln wie ihre Oma. Flaumig und buttrig. Sie aßen schweigend, bis auf das Klappern der Löffel auf den Tellern war nichts zu hören.

„Milos Kubra soll also alles haben?", fragte Brehm, der als Erster fertig war.

„Das sagt Felix, ja. Ich weiß aber natürlich nicht, ob es stimmt."

„Das wird sich herausfinden lassen."

Tonis Großmutter starrte gedankenverloren auf den Tisch.

„Es tut mir so leid, Oma", sagte Toni zerknirscht.

„Was heißt, *dir* tut es leid?"

Toni hob den Kopf – und da war dieser energische Blick ihrer Großmutter, den schon manche ihrer Lehrer in der Schule gefürchtet hatten, wenn sie wegen Toni hinzitiert worden war.

„Wage es ja nicht, die Schuld bei dir zu suchen! Dieser Felix ist ein ... ich kann als Dame nicht aussprechen, was er ist, aber genau das ist er. Ach, meine Toni." Sie griff über den Tisch nach Tonis Hand.

„Wir Lorenz-Frauen hatten schon immer einen dramatisch schlechten Griff bei Männern. Das Gesindel zieht uns an, und wir fliegen darauf, wie die Motte ins Licht. Das liegt in unseren Genen. Sonst wäre deine Mutter nie auf die schiefe Bahn gekommen und hätte dich im Stich –" Sie verstummte.

Toni hielt es sehr schwer aus, wenn ihre Großmutter über ihre Mutter sprach. Das war der Vor- und Nachteil bei Toten: Sie gaben keine Widerworte, konnten sich aber auch nicht verteidigen und die Fehler, die sie gemacht hatten, ins rechte Licht rücken.

„Aber du bist nicht so wie sie, du hast versucht, die Dinge zu regeln", fuhr ihre Großmutter fort. „Also, Herr Brehm, werden Sie sich um diesen Herrn, der angeblich unser Vermögen hat, kümmern, wenn es Ihnen wieder besser geht?"

„Selbstverständlich. Es geht mir gut. Außerdem stehe ich in der Schuld Ihrer Enkelin, sie leistet ganz hervorragende Arbeit."

„Als Detektivin?"

Er zögerte kurz, sah zu Toni und nickte. „Ja, als Detektivin. Sie haben gesagt, Sie waren bei Steiner? Warum?"

„Also, zuallererst mal, ich bin aufgeflogen. Meine Tarnung."

„Wie bitte?" Brehm schnappte nach Luft.

Tonis Großmutter machte große Augen und stand auf. „Ich glaube, ich mache noch ein paar Palatschinken."

„Aber ich hab doch nichts da."

Ihre Großmutter öffnete die Tür des Kühlschranks. Er war prall gefüllt. „Wir waren einkaufen. Manchmal ist es auch von Vorteil, wenn man einen Verehrer hat."

Während die Großmutter den Teig vorbereitete, erzählte Toni, was passiert war. Diesmal ließ sie nichts aus. Sogar von ihrer Angst, Steiner könnte über sie herfallen, berichtete sie. Und von Thiels merkwürdigem Verhalten und der Tasche mit dem Heft, das dem Tagebuch verdächtig glich. Brehm unterbrach sie kein einziges Mal, aber es war ihm anzusehen, dass er immer aufgeregter wurde.

„Ich muss Ihnen etwas zeigen", sagte er, als sie fertig war. Aus der Innentasche seines Sakkos holte er ein paar Zettel, es waren ausgedruckte Fotos. Er legte zwei davon auf den Tisch vor Toni. Das erste war vor einem See aufgenommen, das zweite in einem Lokal. Obwohl die Umgebung bei beiden Aufnahmen gut zu erkennen war, war die Gestalt des Mannes darauf mit schwarzem Filzstift ausgemalt.

„Was soll das?"

Brehm klappte zwei weitere Computerausdrucke auf und legte sie daneben. Wieder war der Mann schwarz ausgemalt, aber dieses Mal erkannte sie am Hintergrund, dass es Alexander Steiner sein musste. Auf dem ersten stand er auf einem roten Teppich neben Sybille Steiner, auf dem zweiten auf einer Bühne.

„Ich verstehe nicht", sagte Toni.

„Was fällt Ihnen auf?", fragte Brehm.

„Alexander Steiner ist auf allen vier Fotos schwarz ausgemalt? Meinen Sie das?"

Ein zufriedenes Lächeln machte sich auf seinem Gesicht breit.

„Ganz genau, das meine ich. Nur, dass das auf den ersten beiden Fotos gar nicht Alexander Steiner ist. Sondern Sascha Schwarz. Sie sind in etwa gleich groß, haben ein ähnliches Gewicht. Und wenn es dunkel ist – was es in der Mordnacht mit ziemlicher Sicherheit gewesen sein dürfte –, ist es wahrscheinlich unmöglich, die beiden auseinanderzuhalten."

Toni klappte vor Staunen der Mund auf, sie beugte sich näher, verglich die Bilder.

„Das bedeutet, es ging gar nicht um Sascha Schwarz?"

„Das weiß ich nicht. Aber es ist eine Möglichkeit. Wegen dieser Ähnlichkeit wurde auch Vincent Blum verhaftet."

War das ein Irrtum oder schwang da ein Ausdruck von Bedauern in Brehms Stimme mit?

„Steiner hat ihn wegen seiner Stimme beleidigt. Das hat er auch bei der Vernehmung ausgesagt. Als die Ähnlichkeit zwischen Steiner und Schwarz entdeckt wurde, hatten die Ermittler das fehlende Motiv." Er kratzte sich am Kopf. „Ich glaube allerdings nicht, dass es so wasserdicht ist, sonst hätte sich die Staatsanwaltschaft nicht den Laptop von Schwarz unter den Nagel gerissen, sondern ihn seiner Freundin zurückgegeben. Außerdem wäre Blum ja nicht so blöd, ihnen selbst das Motiv zu liefern."

Brehm klang richtig empört. Vielleicht waren ihm Blums Blicke doch aufgefallen?

„Aber man muss es trotzdem in Betracht ziehen. Vor allem nach dem, was Sie gerade über Ihre Begegnung mit Thiel erzählt haben. Eifersucht und Rache sind noch immer die häufigsten Motive", sagte er.

„Und wenn das Tagebuch von Thiel selbst geschrieben wurde?"

„Was meinen Sie damit? Es geht doch eindeutig daraus hervor, dass es von einer Frau verfasst wurde."

„Das meine ich gar nicht. Okay, nur mal angenommen, Ferry hat oder hatte mit Steiner eine Affäre. Und Thiel will es so aussehen lassen, als wäre es ein Fall von #MeToo. Oder so ähnlich. Dann versucht er Steiner umzubringen, erwischt Schwarz – und Thiel und die Ferry trennen sich."

„Hm."

„Also, am einfachsten wäre es, wenn wir Schriftproben von Thiel und Ferry hätten, die wir mit dem Tagebuch vergleichen könnten. Dann wären wir einen Schritt weiter."

„Das ist natürlich auch eine Möglichkeit", sagte Brehm und nickte. „Aber wie sollen wir an die rankommen?"

„Keine Ahnung."

Sie waren so in das Gespräch vertieft, dass Toni gar nicht mitbekommen hatte, dass die ersten Palatschinken bereits fertig waren. Ihre Großmutter stellte ihnen die Teller mit den goldgelben, duftenden Teigrollen, die unter vier kleinen Bergen aus Staubzucker bestreut waren, auf den Tisch. Schon als Kind hatte ihre Großmutter sie ihr so angerichtet. Wie sehr hatte ihr das gefehlt. Viel zu sehr. Sie machte sich darüber her, als hätte sie seit Tagen nichts gegessen.

„Noch welche?", fragte ihre Großmutter, als der Teller leer war.

„Ja, bitte."

Erst jetzt fiel ihr Brehms erstaunter Blick auf, er hatte noch nicht mal die Hälfte einer Palatschinke gegessen.

„Was?", fragte sie.

„Wo essen Sie das alles hin?"

Sie zuckte mit den Achseln. „Keine Ahnung."

„Das war schon immer so. Toni hat einen sehr gesunden Appetit", lachte ihre Großmutter, während sie erneut Teig anrührte.

„Die Autogrammjäger", fiel Toni plötzlich ein.

„Wie bitte?", fragte Brehm mit vollem Mund. Ein paar Teigstücke segelten auf die Tischplatte.

„Beim Eingang, dort stehen die Autogrammjäger. Sie warten am Morgen auf die Schauspieler, wenn die das Set betreten. Man müsste sich nur hinstellen, vielleicht mit einem Autogrammheft, und Ferry und Thiel bitten, da reinzuschreiben."

Brehm hielt im Kauen inne. „Eine Unterschrift wäre wahrscheinlich zu wenig. Aber wenn man sie dazu bringen könnte, ein paar persönliche Zeilen zu schreiben ... vielleicht einen Geburtstagsgruß oder Ähnliches."

„Ganz genau", sagte Toni aufgeregt. „Aber da stehen immer jede Menge Leute. Und wenn sie kommen, haben sie auch nie viel Zeit. Schnell eine Unterschrift für jeden, und die Sache hat sich. Wenn sie also mehr schreiben sollten, dann müsste sie jemand darum bitten, dem sie das einfach nicht abschlagen können."

Gleichzeitig wanderte ihr Blick zu Tonis Großmutter, die gerade eine weitere Palatschinke in der Pfanne schwenkte.

26

Pünktlich um sechs Uhr am nächsten Morgen wartete Edgar in seinem Auto auf Toni und deren Großmutter. Er hatte darauf bestanden, sie – diesmal wirklich – zum Filmset zu fahren. Dafür war er am vergangenen Abend sogar noch zum Hauptkommissariat gefahren, um den Wagen zu holen. Trotz der frühen Stunde und der Tatsache, dass Sybille Steiner heute Ergebnisse erwartete, er aber noch nicht viel vorzuweisen hatte, fühlte Edgar sich zumindest ein wenig zuversichtlich. Vielleicht hatte ja auch der gestrige Abend damit zu tun?

Bei der Erinnerung daran, wie begeistert Tonis Großmutter auf die Idee reagiert hatte, Teil der detektivischen Ermittlung zu werden, musste er lächeln.

Das Tor des Wohnhauses öffnete sich. Toni kam zuerst heraus. Sie wirkte gestresst, sah sich hektisch um und kam eilig auf ihn zu, als sie den Wagen entdeckte. Ihre Großmutter kam langsam hinter ihr her – auf einen Stock gestützt. Gestern hatte sie noch recht gut zu Fuß gewirkt. Edgar stieg sofort aus dem Wagen.

„Ist alles in Ordnung?"

„Die Stufen, das Einkaufen, das war wahrscheinlich doch alles ein bisschen viel", sagte Toni leise. Es war ihr anzusehen, dass sie sich Sorgen machte.

„Papperlapapp", entgegnete ihre Großmutter. „Wie oft muss ich es noch sagen? Ich hab dieses Ding nur genommen, um bemitleidenswerter zu wirken. Einer alten Frau am Stock kann man doch nichts abschlagen."

„Sie sind nicht alt", sagte Edgar und half ihr, am Beifahrersitz Platz zu nehmen.

Sie zwinkerte ihm zu. „Und Sie sind ganz entzückend, junger Mann."

Das hatte schon lange niemand mehr zu ihm gesagt, er konnte sich ein Grinsen nicht verkneifen. Toni setzte sich auf die Rückbank, sie hatte die Verkleidung von Viennawolf abgelegt und sah nun wieder aus wie sie selbst.

Edgar fuhr los, die Straßen waren noch menschenleer. Auf der gesamten Fahrt hatten sie nur eine rote Ampel. Viel rascher als erwartet kamen sie beim Kurpark Oberlaa an. Es war noch nicht mal halb sieben.

„Wann beginnen die Dreharbeiten?", fragte Edgar. Eigentlich hatte er vorgehabt, Tonis Großmutter in der Nähe des Sets aussteigen zu lassen und dann in der Garage der Therme, die nicht weit entfernt lag, zu parken.

„Ich bin mir nicht sicher. Die Crew ist immer schon früher da. Aber wann die Schauspieler kommen, weiß ich nicht." Toni steckte den Kopf zwischen den Vordersitzen durch. „Hältst du das wirklich für eine gute Idee, Oma? Vielleicht musst du lange stehen und –"

„Lass mich das nur machen", fiel sie ihr ins Wort. „Wann hat man in meinem Alter schon die Möglichkeit, für einen Detektiv zu arbeiten? Herr Brehm, bitte fahren Sie so nah ran, wie es geht, und lassen Sie mich aussteigen."

„Aber es ist noch viel zu früh", sagte Toni.

„Na, dann kann ich mich wenigstens ungehindert umsehen. Falls nötig, rufe ich dich einfach an, dass ihr mich holen kommt", sagte sie knapp. „Außerdem: besser zu früh als zu spät."

Edgar mischte sich lieber nicht ein, Martha Lorenz wirkte rüstig und energisch genug, um zu wissen, wie sie vorgehen wollte. Zur Sicherheit gab er Toni die Anweisung, sich so hinzulegen, dass man sie nicht sah, als er näher zum Eingang des Sets fuhr.

„Ich bin tatsächlich aufgeregt. Das ist besser als Bridge spielen und Konditoreibesuche", sagte ihre Großmutter.

Wie besprochen, hatte sie ein altes Poesiealbum mit ausreichend freien Seiten von Toni mitgenommen und sich eine rührende Geschichte über eine Großmutter ausgedacht, die ihrer Enkelin zum Geburtstag dieses Buch mit persönlichen Grüßen ihrer größten Idole schenken wollte.

Als Tonis Großmutter ausgestiegen war, fuhr Edgar nur um eine Ecke und parkte im Halteverbot.

„Sie bleiben besser noch unten. Wir warten hier, falls sie gleich wieder geholt werden will."

„Hmhm", hörte er von hinten.

Die Minuten vergingen, nichts passierte. Kein Anruf. Er startete den Motor.

„Na gut, wie es aussieht ..."

„Können wir nicht einfach hier stehen bleiben? Ich ... wäre gerne in der Nähe und ... es macht mir nichts, hier unten zu liegen. Ist fast bequem."

„Wenn Sie möchten. Aber wegfahren muss ich trotzdem, ich stehe in einer Einfahrt."

Er brauchte nicht lange zu suchen, ein paar Meter entfernt parkte gerade ein Wagen aus.

„Danke." Toni klang sichtlich erleichtert.

Edgar warf einen unauffälligen Blick nach hinten, sie lag der Länge nach im Fußraum. „Ich habe Ihnen zu danken", sagte er und drehte sich wieder nach vorne. „Sie waren mir eine große Hilfe."

„Wieso waren?"

Endlich war der Platz frei und Edgar parkte ein.

„Na ja, heute ist Freitag", sagte er und stellte den Motor ab. Ihm war klar, dass Sybille Steiner ihm nicht das volle Honorar zahlen würde. Aber daran konnte er nun auch nichts mehr ändern.

„Oh. Daran hab ich gar nicht mehr gedacht."

War das Enttäuschung in ihrer Stimme?

„Natürlich kümmere ich mich so schnell wie möglich um Milos Kubra", sagte er rasch.

Vielleicht hatte er Glück und konnte sich mit ihm auf einen Deal einigen, damit Toni wenigstens einen Teil des Geldes oder ihren Schmuck zurückbekam. Sie antwortete nicht. Normalerweise stellte er solche Fragen jemandem, den er erst so kurz kannte, nicht. Aber das hier war sowieso alles andere als normal.

„Liegt Ihnen etwas auf dem Herzen?"

Toni schien zu zögern, sie veränderte ihre Position.

„Es gibt heute eine Disziplinarkonferenz. Wegen mir, im Konservatorium. Ob ich bleiben darf."

Edgar war überrascht. Er hatte mit einer Antwort gerechnet, die sich auf Felix Meier bezog. Möglicherweise eine Ausflucht, die ihn in besserem Licht erscheinen ließ. Wie oft in seiner Laufbahn war ihm das schon untergekommen.

„Wieso sollten Sie nicht bleiben dürfen?"

Er vermutete ein finanzielles Problem. Hätte er das gewusst, hätte er ihr schon viel früher gesagt, dass sie ein Honorar bekäme.

„Es ist ... ich hatte einfach viele Fehlstunden letzten Monat, und der Schmitz bin ich sowieso ein Dorn im Auge."

„Warum das denn?", fragte er verblüfft.

„Was weiß ich. Sie findet, die Jury hat falsch entschieden, mich überhaupt aufzunehmen."

„Aber Sie wollen das Konservatorium doch besuchen?"

„Natürlich will ich das. Ich war auch schon bei ihr und hab versucht, es ihr zu erklären, aber es hat nichts genutzt. Und sie ist nun mal die Schulleiterin."

Die Resignation in ihrer Stimme machte ihn betroffen. Vielleicht, weil es ihn an seine eigene

Vergangenheit erinnerte. Brehm hatte nicht viel Ahnung von Schauspielschulen. Aber soweit er wusste, musste es ziemlich schwierig sein, in einer aufgenommen zu werden. Er seufzte und sank tiefer in den Sitz.

„Als ich damals bei der Polizei war, gab es diesen Promifall. Der Druck war enorm, die Presse hat sich draufgestürzt."

„Wieso? Was ist passiert?"

„Fahrerflucht mit Todesfolge. Der Sohn eines hochrangigen Politikers kam dabei ums Leben. Es waren eine Menge wichtiger Leute im Spiel, die auf rasche Aufklärung gepocht haben. Und sehr bald hat sich rausgestellt, der Täter war aus dem – na ja, ich nenne es mal ‚mehr als elitären' Freundeskreis des Jungen. Alter Adel. Und die Eltern waren noch dazu befreundet. Aber das eigentliche Problem war: Bei den Ermittlungen kam raus, dass ihre Söhne jede Menge Straftaten begangen hatten. Vergewaltigungen, Drogen, Betrug. Die allesamt erst zu diesem Unfall geführt hatten. Als das rauskam, hat es alles geändert. Plötzlich waren wir angehalten, nicht mehr in diese Richtung zu ermitteln, sondern Beweise zu beschaffen über einen armen Teufel, der gar nichts damit zu tun hatte. Ein Unschuldiger, der nur zur falschen Zeit am falschen Ort war. Man brauchte einen Sündenbock, den man der Öffentlichkeit präsentieren konnte. Und ich habe mich geweigert, da mitzumachen. Daraufhin hab ich nicht nur meinen Job verloren, es wurde auch dafür gesorgt, dass ich keinen mehr finde. Mir wurde gedroht ... egal, was ich damit sagen will: Ich habe mir später oft gedacht, ich hätte nicht aufgeben sollen. Es hätte mit Sicherheit nichts geändert, die Hierarchien sind, wie sie sind, aber ... Wann ist denn diese Konf–"

Edgars Frage wurde vom Klingeln seines Handys unterbrochen. Eine unterdrückte Nummer und um diese Uhrzeit, es war noch nicht mal sieben Uhr.

„Ja?", meldete er sich.

„Herr Brehm, entschuldigen Sie bitte, dass ich so früh anrufe."

Er erkannte Vincent Blums Stimme sofort.

„Ich hoffe, ich habe Sie nicht geweckt?"

„Nein, kein Problem. Wo sind Sie?"

„Mein Vater ist hier und er hat ... es gab bei der Verhaftung einen Formalfehler. Sie mussten mich gerade gehen lassen, aber sie werden mich sicher nicht lange ... egal, ich rufe Sie an, weil ich nicht weiß, an wen ich mich sonst wenden kann. Sie sagen, ich hätte Schwarz mit Steiner verwechselt und ihn deshalb –"

„Ich weiß."

„Aber das stimmt doch nicht." Er klang so flehend, seine Stimme wurde noch höher. „Ich habe keine Ahnung, wie ich das beweisen soll. Ich bin unschuldig. Bitte. Ich drehe hier noch durch. Ich würde Ihnen ja meinen Vater schicken, damit er Sie engagiert ..."

Edgar wollte Einspruch erheben, dass es ihm gar nicht möglich wäre, den Fall zu übernehmen, da ihn die Ermittlung für Sybille Steiner in einen Konflikt bringen würde. Doch Vincent Blum ließ ihn nicht zu Wort kommen.

„... aber er ist wirklich wütend, es gibt ein paar Dinge, die er bis jetzt nicht über mich gewusst hat." Es klang, als würde er versuchen, ein Schluchzen zu unterdrücken. „Aber trotzdem, ich bring doch keinen um, nur weil er mich beleidigt."

Natürlich war es ein haarsträubendes Motiv. Aber Edgar wusste selbst, dass man die Tatsachen manchmal nur drehen und wenden musste, damit sie wie ein fehlendes Puzzleteilchen ins Bild passten.

„Okay. Ich sage Ihnen jetzt, was Sie tun werden: Sie versuchen, den Besitzer der Cateringfirma aufzutreiben."

„Aber ich weiß doch nicht –"

„Nein, hören Sie mir zu. Es ist notwendig, dass Sie ihn finden und er aussagt, Sie gebeten zu haben, diese Dampfventilatoren zu überprüfen." Was im Grunde egal war, denn man könnte es auch so auslegen, dass Blum dadurch erst auf die Idee gekommen war. „Außerdem soll er bezeugen, Sie ohne Anmeldung immer wieder bei solchen Events mit Prominenten, wichtigen Leuten etc. eingesetzt zu haben", fiel ihm ein.

„Sie meinen, ich brauche so eine Art Arbeitszeugnis von ihm?"

„Ganz genau."

Und außerdem brauchte Blum das Gefühl, der Situation nicht hilflos ausgeliefert zu sein. Edgar wusste nicht nur von seinen Klienten, sondern auch aus eigener Erfahrung, was das für einen Unterschied machen konnte.

„Noch eine Sache: Sie haben gesagt, Steiner war an dem Abend betrunken. Aber laut meiner Quelle trinkt er keinen Alkohol."

„Ich hab ihm doch selbst den Champagner eingeschenkt. Immer wieder. Vielleicht hat er ihn auch nur für jemanden geholt, ich weiß nicht ... spielt das eine Rolle?"

Tonis Handy klingelte von der Rückbank.

„Das wird sich noch herausstellen", sagte Edgar und hörte mit einem Ohr ihrem Gespräch zu.

„Oma, sollen wir dich … wirklich? Schon? Ja, wir kommen."

„Ich muss auflegen, Herr Blum." Edgar startete den Motor. „Schicken Sie mir die Kontaktdaten Ihrer Agentur, die Sie bei Steiner vorgeschlagen hat."

Blum bedankte sich noch überschwänglich, da legte Edgar bereits auf, um auszuparken.

„Ferry und Thiel haben ins Poesiealbum geschrieben", sagte Toni. „Das war Blum, oder?"

„Ja, war er."

„Und?"

Edgar fasste das Gespräch für sie kurz zusammen, während er zum Set bog. Tonis Großmutter wartete bereits auf sie. Kaum war sie in den Wagen gestiegen, schwenkte sie triumphierend das Poesiealbum und reichte es ihrer Enkelin.

Edgar stieß einen anerkennenden Pfiff aus, öffnete das Handschuhfach und holte das Tagebuch heraus, das er mitgenommen hatte.

„War es schwierig?", erkundigte er sich und fuhr los.

„Aber nein. Das war ein Kinderspiel. Es hat richtig Spaß gemacht. Diese Ferry war ganz zauberhaft, aber Thiel … wenn ihr mich fragt, der ist nicht ganz koscher", sagte sie vergnügt. „Ich musste ihn regelrecht überzeugen, dass er mehr schreibt als nur seine Unterschrift."

„Nein", hörte Edgar Tonis Stimme von der Rückbank. Es klang nach einer Mischung aus Enttäuschung und Erstaunen.

„Was?" Automatisch trat Edgar auf die Bremse, hinter ihm hupte ein Wagen. Er winkte ihn vorbei, und der Fahrer zeigte wild gestikulierend, was er davon hielt. Edgar drehte sich nach hinten.

Toni hielt das blaue Heft und das Poesiealbum vor sich, schaute ungläubig von einem ins andere.

„Wer ist es?", fragte Edgar.

Sie sah hoch, schüttelte den Kopf, als würde sie es noch immer nicht glauben können. „Anna Ferry."

Sofort fuhr Edgar rechts ran, blieb schräg hinter einem Lkw stehen, der gerade Paletten auslud. „Zeigen Sie her." Er fischte die Lesebrille aus seinem Sakko.

Für Julia, die allerbesten Wünsche zu deinem 18. Geburtstag! Ich freue mich, dass du so eine bezaubernde Oma hast. Hab einen wundervollen Geburtstag und folge immer deinem inneren Stern. Ich hoffe, wir sehen uns im Kino! Alles Liebe, deine Anna Ferry

Daneben der Tagebucheintrag.

Kein Zweifel, das war eindeutig dieselbe Schrift. Den DNA-Abgleich mit der Briefmarke konnte er sich sparen. Wenigstens ein Teil von Sybille Steiners Auftrag war hiermit erfüllt. Wenn auch noch nicht ganz.

„Darf ich sehen?", bat Tonis Großmutter. „Wenn Sie so freundlich wären, mir Ihre Brille zu leihen?"

Edgar reichte sie ihr.

„Ich kann nicht glauben, dass es echt ist", sagte Toni von der Rückbank.

„Aber die Schrift ist eindeutig", entgegnete Edgar.

„Nein, ich meine, dass es wirklich das ist, was wir glauben. Nicht nach meinem Gespräch mit Ferry, nicht nach dem, wie sie über Steiner spricht. Und nach dem, was ich gestern selbst mit ihm erlebt habe. Da muss was anderes dahinterstecken. Erinnern Sie sich, wie ich Ihnen damals gesagt hab, vielleicht hat es was mit einer Rolle zu tun?"

„Und wenn beide gestern nicht die Wahrheit gesagt haben?", fragte Edgar.

„Das kann ich mir nicht vorstellen. Am ehesten würde ich es noch für möglich halten, dass Paul Herz dahintersteckt", murmelte sie.

„Ihr wisst aber schon, dass diesen letzten Satz nicht Ferry geschrieben hat?", fragte Martha Lorenz.

„Wie bitte?"

„Na hier", sie reichte Edgar beide Schriftstücke. „Der letzte Satz. Schauen Sie es sich mal genau an. *Doch das wird sich jetzt ändern.* Es ist wirklich gut gemacht, aber vergleichen Sie es mal mit dem Geburtstagsgruß. Am deutlichsten ist es bei *ern* von ändern und Stern."

„Es ist was?", fragte Edgar erneut.

„Hier." Sie deutete auf beide Worte. „Sehen Sie? Es fällt kaum auf, aber *e* und *r* gleichen sich nicht. Auch *dass* und *das* – dieses *a* hat einmal einen Strich durch die Mitte und einmal nicht."

Die Großmutter deutete auf die beiden Worte, aber Edgar brauchte seine Brille wieder, um es lesen zu können.

Sie hatte recht. Dieses trügerische Gefühl, das ihn beim Durchlesen die ganze Zeit nicht losgelassen hatte. Er verglich die letzte Zeile mit dem restlichen Tagebucheintrag. Die Fälschung war tatsächlich nahezu perfekt. Hätte Martha Lorenz es sich nicht so genau angeschaut, wäre es ihm wahrscheinlich nie aufgefallen.

„Wie hast du das erkannt?", fragte Toni ehrfürchtig.

„Dein Großvater hat mit solchen Sachen Geld verdient – ich hab doch gesagt, wir Lorenz-Frauen ziehen nicht die beste Sorte Männer an."

„Und was heißt das jetzt, Herr Brehm?", fragte Toni.

„Wenn wir davon ausgehen, dass es echt und von Anna Ferry ist, dann wurde es tatsächlich benutzt, um Steiner damit zu erpressen. Aber wie es aussieht, nicht von ihr."

27

„Ich muss mit Anna Ferry sprechen", sagte Edgar dem Securitymann am Eingang des Filmsets.

Der junge Mann sah ihn ungläubig an, als hätte er um eine Audienz beim Papst gebeten. „Und wer sind Sie?"

Edgar tat das nicht gerne, es war in keiner Weise eine korrekte Vorgehensweise, aber für alles andere fehlte ihm die Zeit. Er hatte Toni und ihre Großmutter in ein Taxi gesetzt und war zurück zum Set gefahren.

„Sagen Sie ihr, hier ist jemand, der mit ihr über ein blaues Heft sprechen möchte."

Es war ein subtiler Hinweis, aber er hoffte, sie würde ihn trotzdem verstehen.

„Aber wieso soll ich –"

„Bitte richten Sie ihr das einfach aus, sie weiß Bescheid."

Mit Widerwillen fragte der junge Mann seinen älteren Kollegen. Der sah sich Edgar an, zuckte mit den Achseln und schickte seinen Kollegen mit einer Kopfbewegung Richtung Wohnwägen.

Ein paar Minuten später kehrte er zurück. Alleine.

„Sie hat keine Zeit. Und wenn Sie mit ihr sprechen wollen, sollen Sie ihre Agentur anrufen."

Edgar hatte schon damit gerechnet. Er nahm sein Handy aus der Tasche und fotografierte einen kleinen Teil der ersten Seite des Tagebuchs – gerade so viel, dass sie es erkannte, aber wenig genug, damit der Junge, der es mit Sicherheit lesen würde, nicht begriff, worum es ging.

„Würden Sie bitte noch einmal zu ihr gehen und ihr das zeigen?"

Der Junge seufzte, aber zu Edgars Überraschung nahm er sein Handy ohne Widerworte und machte kehrt. Wahrscheinlich war er selbst neugierig.

Diesmal kam er schneller zurück. Neben ihm ging Anna Ferry, eingehüllt in einen weißen Frotteebademantel.

Der Schreck über das Foto stand ihr ins Gesicht geschrieben. Sie sah ihn aus verkniffenen Augen an, als würde sie versuchen, ihn zu erkennen. Der Securitymann gab Edgar sein Handy wieder, Anna Ferry blieb mit einem gewissen Sicherheitsabstand in einiger Entfernung stehen. Ohne zu fragen, ging Edgar einfach durch die Absperrung zu ihr.

„Wer sind Sie?", fragte sie, bevor er etwas sagen konnte.

„Können wir irgendwo reden, wo wir weniger Zuschauer haben?"

Sie schien schon verneinen zu wollen, da zog er das blaue Heft ein Stückchen aus der Innentasche seines Sakkos.

„Hier ist der Rest, den ich nicht fotografiert habe."

„Das ist nicht –"

„Ich habe Beweise, dass es von Ihnen stammt."

Ferry zuckte erschrocken zusammen, sah sich um, als hätte sie Angst, jemand hätte ihn gehört.

„Mein Name ist Edgar Brehm, ich bin Privatdetektiv, und es geht mir nicht um den Inhalt. Ich habe nur ein paar Fragen."

Er sah ihr an, wie sehr sie mit sich kämpfte.

„Ist alles in Ordnung, Frau Ferry?", rief ihr der junge Securitymann zu.

„Ja, danke, natürlich", lächelte sie zurück und sagte im nächsten Moment mit hasserfüllter Stimme zu Edgar: „Kommen Sie mit."

Er folgte ihr in einen der Wohnwägen, die entlang des Gehwegs aufgereiht standen.

Kaum hatte er die Tür geschlossen, fragte sie: „Wieso drohen Sie mir?"

„Das habe ich nicht."

„Und was soll das sonst sein? Woher haben Sie es überhaupt?"

Das letzte Mal hatte er sich als kleiner Junge im Inneren eines Wohnwagens befunden. Damals war ihm der Innenraum erstaunlich groß vorgekommen, jetzt fühlte er sich beengt. Anna Ferry stand zwischen einer kleinen Sitzbank, auf der sich Lockenwickler und Perücken stapelten, und einem Schminktisch, an den Schwarz-Weiß-Fotos geheftet waren. Hinter ihr war eine Kleiderstange mit diversen Kostümen angebracht.

„Dazu komme ich gleich. Ich möchte, dass Sie es sich ansehen und mir etwas dazu sagen."

„Wieso woll–"

Es klopfte kurz an der Tür, im nächsten Moment wurde sie bereits geöffnet. Eine rothaarige Frau mit runder Brille und einem Kostüm auf dem Arm trat ganz selbstverständlich ein. „Ich hab es jetzt noch mal bügeln lassen, wir müssen nur –", sagte sie und wäre fast in Edgar reingelaufen. „Oh, Entschuldigung, ich wusste nicht ..." Sie sah ratlos zu Anna Ferry.

„Luise, kannst du in ein paar Minuten wiederkommen? Es wird nicht lange dauern", sagte Ferry bestimmt.

„Frau Ferry, ich verstehe vollkommen, dass Sie aufgebracht sind", fuhr Edgar fort, als sie wieder alleine waren. „Mein Erscheinen hier ist völlig unangebracht und Ihnen unangenehm. Das tut mir sehr leid. Glauben Sie mir, ich möchte Sie nur so kurz wie unbedingt nötig belästigen. Es geht mir, wie gesagt, nicht um den Inhalt. Je rascher Sie sich den Eintrag ansehen, desto eher sind Sie mich wieder los. Oder wollen Sie lieber zu mir in die Detektei kommen?"

Widerwillig nahm sie ihm das Tagebuch aus der Hand, ihr Blick glitt achtlos über die Zeilen, sie blätterte energisch um, wollte es ihm schon zurückgeben. Und zögerte dann doch. Eine Mischung aus abschätzigem Lachen und verärgertem Laut entkam ihr.

„Was soll das?"

„Was meinen Sie?"

„Der letzte Satz, den habe ich nicht geschrieben. *Doch das wird sich jetzt ändern* ... was soll der Blödsinn?"

„Ich weiß", sagte er. Zu forsch vorzugehen könnte alles kaputtmachen. „Haben Sie eine Ahnung, warum er da steht? Oder wer Ihre Schrift nachgemacht und ihn dazugeschrieben hat?"

„Woher soll ich das wissen?", blaffte sie ihn an.

Er wartete absichtlich, ob sie noch etwas sagen würde, doch sie schwieg. „Kann es sein, dass er von Hermann Thiel stammt?", fragte er schließlich.

„Was?" Für einen Moment wich die Wut aus ihrem Gesicht.

„Hermann Thiel. Ich weiß, dass Ihre Beziehung in die Brüche gegangen ist. Kann es sein, dass er etwas damit zu tun hat?"

Anna Ferry schien so perplex, dass sie sich auf ein paar Perücken, die auf der Sitzbank lagen, setzte.

„Woher wissen Sie das all– ... wer sind Sie noch mal?"

„Edgar Brehm, ich untersuche den Tod von Sascha Schwarz – dem Toten im Pool der Steiners. In diesem Zusammenhang ist Ihr Tagebuch aufgetaucht. Und ich möchte wissen, ob es damit in Verbindung steht?"

Die Farbe wich aus ihrem Gesicht. „Wieso sollte es das?"

„Denken Sie, Hermann Thiel könnte diesen Satz geschrieben haben?"

„Ich verstehe nicht, wieso Sie diese Frage überhaupt stellen."

„Ist es möglich oder nicht möglich?"

„Nein. Nicht möglich. Es ist nicht möglich. Wie kommen Sie darauf?"

„Weil er angeblich gestern Abend hier gesehen wurde, mit Ihrer Tasche, in der sich ein identisches blaues Heft befand."

„Ich weiß das, aber woher wissen Sie es?"

„Das spielt keine Rolle, es geht darum, dass er –"

„Herrgott, ich hab meine Tasche am Set vergessen, okay? Einer von den Kameraleuten hat sie ihm mitgegeben, er wusste nicht, dass wir nicht mehr … Hermann hat sie einfach mitgenommen und mir eine Nachricht hinterlassen. Wollen Sie die auch noch hören?" Sie war sichtlich wütend.

„Ich verstehe. Trotzdem, wieso sind Sie so sicher, dass Herr Thiel nichts damit zu tun hat?"

Anna Ferry sank in sich zusammen, ihre Wut schien echter Verzweiflung zu weichen. Entweder hatte er gerade einen wunden Punkt getroffen oder sie war wirklich eine verdammt gute Schauspielerin.

„Weil er … er wusste nichts davon."

„Aber –"

„Er hatte keine Ahnung." Erst jetzt schien ihr aufzufallen, dass sie ihr Tagebuch noch in der Hand hielt. Sie legte es neben sich. „Nach der Party der Steiners waren wir noch bei Freunden. Dort hat er davon erfahren."

„Wie heißen diese Freunde?"

„Im Ernst? Jetzt wollen Sie auch noch …?" Sie seufzte, als Edgar nickte. „Jaminas Nachnamen weiß ich nicht. Er heißt Hannes Koblinger. Bei ihnen haben wir weitergefeiert." Sie ratterte alles runter, als würde sie eine Einkaufsliste ablesen. „Es war ausgelassen und lustig, und Hermann und wir haben durchgemacht, sind dann noch zum Frühstück geblieben, und Jamina hat eine Flasche Champagner geöffnet und noch eine und noch eine – und ich weiß nicht mehr, wer von ihnen diese behämmerte Idee hatte, Wahrheit oder Pflicht zu spielen. Als wären wir zwölf. Aber ich war total betrunken … jahrelang hab ich das für mich behalten, ich war nicht mal in Therapie, obwohl es so belastend war, dass ich manchmal … Aber die Angst, darüber zu reden, war größer. Bis zu diesem Morgen. Da ist es bei diesem depperten Spiel aus mir herausgebrochen. So hat Hermann es erst erfahren." Sie wurde lauter, streckte den Kopf vor und sprach überdeutlich. „Darum kann er gar nichts damit zu tun haben."

„Um wie viel Uhr war das?"

„Zirka um acht Uhr in der Früh."

„Sind Sie sicher?"

„Ja. Paul hat mich kurz vorher angerufen und wollte wissen, ob wir gut nach Hause gekommen sind. Und ich hab ihm erzählt, dass wir noch gar nicht zu Hause sind und jetzt Wahrheit oder Pflicht spielen, das hat ihn sehr amüsiert."

„Paul Herz?"

Sie nickte.

„Paul Herz hat Sie um acht Uhr angerufen, aber nichts von dem Toten in der Villa erzählt?"

„Nein, hat er nicht."

„Verstehe. Und haben Sie eine Vermutung, warum Alexander Steiner vor zwei Wochen Ihr Schreiben bekommen haben könnte?"

Ferry hob die Augenbrauen und wirkte ehrlich überrascht. „Er hat das seit vier Jahren."

„Sie haben es ihm vor vier Jahren gegeben?"

Sie wollte etwas sagen, verstummte jedoch, kaum dass sie den Mund geöffnet hatte. Es war eindeutig, dass sie ihm etwas verschwieg. Oder war das auch gespielt?

„Wenn er es angeblich seit vier Jahren hat, wieso ist es dann erst vor zwei Wochen in seiner Post gewesen?"

Ein verärgertes Funkeln blitzte in Anna Ferrys Augen auf. „Fragen Sie nicht mich, warum es gerade jetzt aufgetaucht sein sollte." Ihre Stimme klang eisig.

„Und wen soll ich sonst fragen?"

Sie schien zu überlegen, doch dann stand sie auf und deutete zur Tür. „Ich habe genug Fragen beantwortet. Ich habe keine Zeit, der Dreh soll pünktlich beginnen."

Edgar ließ sich davon nicht aus der Ruhe bringen. Entweder spielte sie gerade ein sehr raffiniertes Spiel, oder er war wieder auf einen wunden Punkt gestoßen.

„Eine letzte Frage noch", er senkte seine Stimme um eine Oktave, „Alexander Steiner – er weiß, was in diesem Tagebuch steht?"

Anna Ferry hielt seinem mitfühlenden Blick stand. Und schließlich nickte sie kaum merklich und senkte den Kopf. „Es geht Sie zwar nichts an, aber es ist nicht so, wie es den Anschein hat. Das ist alles aus dem Zusammenhang gerissen – es ... es ging mir damals nicht gut. Ich hatte gerade eine sehr schwierige Phase."

„Ich verstehe, danke." Edgar fasste an ihr vorbei, nahm das Tagebuch wieder an sich und reichte ihr eine Visitenkarte. „Falls Ihnen noch irgendetwas einfällt." Bei der Tür drehte er sich noch einmal um. „Dem Barkeeper der Party wird der Mord angelastet."

„War er es?" Ferrys Frage überraschte ihn.

„Nein."

Er nickte ihr zu. Sie reagierte nicht, hatte nur die Lippen zusammengepresst.

„Auf Wiedersehen, Frau Ferry." Er öffnete die Tür.

„Fragen Sie Sybille Steiner nach dem Tagebuch", sagte sie gehetzt. „Und erkundigen Sie sich nach ihrem Ehevertrag."

28

Toni saß in einem Fastfood-Restaurant und schaute durch die Glasfront zum Eingang des Konservatoriums gegenüber. Es hatte leicht zu regnen begonnen, ein paar Tropfen klatschten an die Glasscheibe.

Sie wusste nicht, um welche Uhrzeit die Konferenz stattfinden sollte, die über ihren weiteren Verbleib am Konservatorium entscheiden würde. Aber um neun Uhr gab die Schmitz ihre erste Unterrichtsstunde, und Toni hatte beschlossen, hier zu sitzen und auf die Schulleiterin zu warten. Brehm hatte recht: Auch wenn es nichts änderte – sie musste es noch einmal versuchen. Und wenn es nur bedeutete, dass sie sich selbst nie vorwerfen würde müssen, nicht alles getan zu haben.

Ob Brehm schon mit Anna Ferry gesprochen hatte? Es interessierte sie brennend. Sie hatte gehofft, er würde sie danach anrufen. Diese ganze Angelegenheit wurde immer dubioser. Gerade als sie überlegte, Brehm eine SMS zu schreiben, rief er an. Endlich.

„Was hat sie gesagt?", fiel Toni gleich mit der Tür ins Haus.

Brehm erzählte ihr von seinem Gespräch mit der Schauspielerin.

„Was meint sie damit, dass Sie seine Frau nach dem Tagebuch fragen sollen?"

„Ich vermute, sie will damit sagen, dass Frau Steiner mehr über die Angelegenheiten ihres Mannes weiß, als sie zugibt."

„Vielleicht wollte sie nur von sich ablenken? Ich meine, warum erwähnt sie sonst den Ehevertrag?"

„Das sollten wir nicht am Telefon besprechen, Frau Lorenz", überging er ihren Einwand. „Können Sie im Büro vorbeikommen? Es ist dringend."

„Haben Sie was von Milos Kubra gehört?", fragte sie aufgeregt.

„Noch nicht, aber darum kümmere ich mich heute noch. Mir geht es jetzt unter anderem um Ihr Honorar ... Wir müssen einen Vertrag machen, vor dem Termin mit Frau Steiner –"

„Aber wir haben das doch nicht ausgemacht. Und Sie werden ja auch noch mit Kubra –"

„Natürlich werde ich das, aber Sie haben es trotzdem verdient", unterbrach er sie. „Ich bereite gerade alles vor, Sie brauchen nur noch zu unterschreiben und mir eine Honorarnote auszustellen."

Sie hörte ein Miauen und konnte Brehm mit dem Kater direkt vor sich sehen. Was sollte sie darauf sagen? Gerade weil sie sowohl seinen Gesundheitszustand als auch die finanzielle Lage seiner Detektei kannte.

„Danke, Herr Brehm, aber wollen Sie nicht erst –"

„Einen Moment bitte, ich bekomme gerade einen Anruf."

Toni wurde in die Warteschleife umgeleitet.

Dieser Tagebucheintrag war also vier Jahre alt. Toni begann im Netz zu recherchieren. Vor drei Jahren hatte Anna Ferry zum ersten Mal in einem Film von Steiner gespielt. Das würde sich ausgehen, denn bis ein Film nach dem Dreh fertig war und in die Kinos kam, dauerte es in der Regel mindestens zwischen einem halben und einem Jahr. Was hatte Ferry noch mal zu Brehm gesagt? Dass ihre Beziehung nicht so war, wie es der Text erscheinen ließ? Oder so ähnlich. Bedeutete das, die beiden hatten eine Affäre gehabt? Das erschien Toni aufgrund der vertrauten Beziehung der beiden möglich.

Vielleicht hatte Steiner sich damals entschieden, bei seiner Familie zu bleiben, und mit ihr Schluss gemacht? Woraufhin sie ausgerastet war und diesen

Eintrag geschrieben hatte, um ihn zu erpressen. Aber würde Toni ihr das zutrauen? Andererseits – machte man aus Liebe nicht die verrücktesten Sachen? Außerdem würde Ferrys Aussage auch für die Trennung von Thiel sprechen. Wenn er gar nichts von der Beziehung von ihr mit Steiner gewusst hatte und sich nun hintergangen fühlte ...

Brehm war wieder in der Leitung. „Das war Frau Steiner", meldete er sich.

„Was wollte sie?"

„Sie muss mich sprechen, sofort. Das ist ungünstig, ich wollte Ihnen vorher –"

„Hat sie gesagt, worum es geht?"

„Nein. Sie kommt zu mir ins Büro. Können Sie gleich herfahren? Ich übernehme die Taxikosten."

„Ich ... ich kann nicht. Wegen der Konferenz ... ich bin beim Kons und warte auf die Schmitz."

„Oh. Ich verstehe."

Sie hörte, wie Brehm irgendwelche Papiere verschob, und schaute gedankenverloren aus dem Fenster. Der Regen war stärker geworden, immer mehr Menschen hatten Regenschirme aufgespannt.

„Aber was hat das alles mit dem Tod von Sascha Schwarz zu tun?", fragte sie.

„Ich bin mir nicht mehr sicher, ob es überhaupt mit ihm zu tun hat."

Toni wollte nachfragen, was er damit meinte, da sah sie die Schulleiterin unter einem weißen Schirm am Fenster vorbeigehen.

„Oh, ich muss aufhören, Herr Brehm. Sie ist da. Ich melde mich später."

Sie lief aus dem Fastfood-Laden und holte die Schmitz noch vor dem überdachten Eingang des Konservatoriums ein, als diese gerade ihren Schirm einklappte.

„Frau Schmitz, einen Moment bitte."

„Antonia."

Schmitz' Lächeln dürfte eher damit zu tun haben, dass sie sich in der Öffentlichkeit befanden.

„Was machst du hier?"

„Ich wollte ... wegen der Konferenz und dem, was Sie letztes Mal gesagt haben. Dass ich nicht zu schätzen weiß ..."

Die Schmitz sah sie skeptisch an. Toni erwartete ein Donnerwetter, doch die Schmitz hob den Zeigefinger, wackelte damit vor Tonis Nase herum, als wäre sie ein kleines Kind, das man tadelte. „Na, na, na ..."

„Na, na, na?"

„Es hat dieses Mal geklappt", seufzte sie. „Aber verlass dich nicht darauf. Du musst dich wirklich mehr anstrengen, Antonia. Ich weiß, wie hart dieser Beruf ist, glaub mir."

„Ich verstehe nicht. Was hat geklappt?"

„Du hast heute Morgen keinen Anruf aus dem Sekretariat bekommen?"

„Nein."

„Die Konferenz findet nicht statt. Du darfst deinen Platz behalten und bleiben."

„Wirklich?" Toni war so erleichtert, dass sie sich zurückhalten musste, der Schmitz nicht um den Hals zu fallen. „Danke! Tausend Dank! Ich werde alles erklären, wirklich alles!" Das war keine Floskel. Wenn sie aus der ganzen Sache etwas gelernt hatte, dann dass Geheimnisse Distanz erzeugten.

„Das ist nicht nötig, er hat es schon getan. Aber das nächste Mal sag mir bitte gleich die Wahrheit, und red nicht um den heißen Brei herum."

Ihr Lächeln bekam einen milden, fast wehmütigen Ausdruck, den Toni noch nie bei ihr gesehen hatte. Im ersten Moment dachte sie, die Schmitz würde Edgar Brehm meinen. Und jetzt streichelte ihr die Schmitz auch noch über die Wange und schüttelte den Kopf.

„Wieso hast du mir nicht von dem Vorsprechen erzählt?" Sie verzog den Mund, als wäre sie verärgert. „Ich weiß, wie begabt du bist. Das ist ja dein Problem, es fällt dir zu leicht. Es überrascht mich nicht, wie beeindruckt er von dir war."

„Wer?"

„Alexander Steiner. Er hat mich gestern Abend angerufen. Darum also deine Fragerei. Na ja." Sie winkte ab und schien schon gehen zu wollen. Doch dann drehte sie sich um und sah Toni tief in die Augen. „Ich weiß, dass ich hart zu dir bin. Wahrscheinlich mehr als zu den anderen ... aber Diamanten werden nun mal durch Druck erzeugt."

Ihr ernster Blick verwirrte Toni. Als erwartete die Schmitz eine Antwort oder ihre Zustimmung. Meinte die Schmitz das wirklich so? Oder wollte sie damit nur vertuschen, dass die Schüler ihren Frust zu spüren bekamen? Vielleicht lag die Antwort in der Mitte.

„Hast du heute noch Unterricht?", fragte die Schmitz.

„Stimmbildung. Um elf."

„Gut. Wenn du etwas brauchst, kommst du in Zukunft gleich zu mir." Sie fasste Toni an den Schultern, und noch ehe Toni wusste, was da vor sich ging, drückte die Schmitz sie kurz an sich. „Ich bin nicht dein Feind", flüsterte sie ihr ins Ohr. Dann rauschte sie in stolzer Haltung ins Konservatorium.

Toni sah ihr mit einer Mischung aus Verwirrung und Dankbarkeit nach. Dabei wusste sie gar nicht, ob sie sich freuen sollte.

Was wäre, wenn Steiner nicht angerufen hätte? Das war doch ein falscher Sieg, den sie da errungen hatte.

Ging es bei der ganzen Sache überhaupt noch um sie? Hatte ein einziger Anruf wirklich ausgereicht? So einfach? Oder war die Ankündigung der Konferenz nur eine Drohung gewesen? Hätte sie überhaupt stattgefunden und war Steiners Anruf nur zufällig zur passenden Zeit gekommen?

Es war sinnlos, sich diese Fragen zu stellen, auf die sie sowieso keine Antworten hatte. Aber Alexander Steiner hatte sich für sie eingesetzt. Und das war wiederum – egal ob Konferenz oder nicht – unglaublich.

Toni griff nach ihrem Handy, um Brehm zurückzurufen, doch er ging nicht mehr ran. Wahrscheinlich war Sybille Steiner schon bei ihm. Sie überlegte kurz und wählte dann eine andere Nummer.

„Sieh an", sagte Paul Herz, als sie sich meldete. Er klang nicht mehr so unfreundlich wie gestern, aber besonders erfreut schien er auch nicht über ihren Anruf zu sein. „Entschuldigung die Störung, aber Herr Steiner hat mir nur diese Nummer gegeben ... ich wollte mich bei ihm bedanken, es ist, er hat –"

„Hier ist gerade viel los", unterbrach Herz sie ungeduldig. „Aber ich sag Alexander, dass du angerufen hast, er wird sich bei dir melden."

Er legte auf, ohne sich zu verabschieden.

Toni hatte zwei Stunden. Ausreichend Zeit, um vor dem Unterricht noch zu Brehm zu fahren. Wenn sie sich beeilte, dann konnte sie vielleicht sogar noch etwas von seinem Gespräch mit Sybille Steiner mitanhören. Es interessierte sie brennend, wie sie reagieren würde. Außerdem brauchte Brehm ihre Unterschrift für den Vertrag.

Sie kündigte ihr Kommen in einer SMS an und lief im Regen zur U-Bahn-Station am Stephansplatz.

Es war Stoßzeit, die Menschenmassen schoben sich aneinander vorbei. Die Anzeigetafel beim Abgang kündigte den nächsten Zug in einer Minute an, doch auf der Rolltreppe war kein Durchkommen. Der Zug schloss in dem Moment die Türen, als Toni den Bahnsteig betrat. Etwas irritierte sie beim Blick durch die Fenster in das Wageninnere, während sie sich ärgerte, den Zug verpasst zu haben. Ihr Magen krampfte sich zusammen.

Felix.

In dem Gedränge stand Felix. Er hatte seine Arme um die Taille einer Frau gelegt, die mit dem Rücken zum Fenster stand, und er lachte. Vor zwei Abenden hatte er in ihrem Wohnzimmer gestanden und sie angefleht, ihm zu verzeihen und ihn wieder zurückzunehmen.

Sie wollte an die Scheibe klopfen. Doch ihre Hand blieb zur Faust geballt in der Luft, als würde sie protestieren. Die Frau trug einen schwarzen Regenhut, unter dem eine rote Locke hervorlugte. Und einen hellblauen Mantel, den Toni kannte.

Sie hatte das Gefühl, die Luft würde aus ihren Lungen gepresst. Sie waren zu dritt am Naschmarkt frühstücken gewesen. Danach waren sie auf den Flohmarkt gegangen. Wo ihre Freundin Lena diesen hellblauen Trenchcoat aus den Sechzigerjahren entdeckt und sich sofort in ihn verliebt hatte.

29

Schon beim Hochsteigen der Treppen war Toni Sybille Steiners Gebrüll entgegengeschallt. Brehm hatte die fehlende Fensterscheibe über seiner Tür noch nicht ersetzt.

Toni war elend zumute. Die ganze Euphorie, die Steiners Anruf bei der Schmitz in ihr ausgelöst hatte, war wie weggeblasen. Felix und Lena. Felix und Lena. Sie konnte an nichts anderes mehr denken.

Hatte Lena deswegen im Unterricht geweint? Weil Felix weg war? Und sie deswegen zu Brehm getrieben, um ihn zu finden? Aber das war doch nicht möglich, sie waren Freundinnen, hatten sich sogar den Job im Café geteilt, bis der Besitzer nur noch eine von ihnen gebraucht hatte. Das Café, in dem sie Felix kennengelernt hatte. Hatte nicht nur sie ihn dort kennengelernt? Und wenn Lena bereits damals Felix von dem Geld und dem Schmuck in der Wohnung erzählt hatte? Schließlich wusste Lena das alles. Wie lange lief das schon? War es von Anfang an so gewesen? Bei dem Gedanken wurde ihr schlecht.

Während Tonis Blick an den Rücklichtern der ausfahrenden U-Bahn gehangen war, hatte sie Lena angerufen. Sie hatte nicht geantwortet.

„FERRY? DIE FERRY HAT IHNEN GESAGT, ES GINGE UM MEINEN EHEVERTRAG? DIE IST DOCH VERRÜCKT GEWORDEN!"

Dass Sybille Steiner so ausrastete, empfand Toni absurderweise als erleichternd. Es forderte ihre Aufmerksamkeit, und wenigstens für einen Moment verdrängte es dieses unerträgliche Gefühl, noch mehr betrogen worden zu sein, als sie angenommen hatte.

„Ja, das waren ihre Worte", sagte Brehm ruhig. Anscheinend hatte Sybille Steiner ihre Neuigkeiten schon erzählt, und er informierte sie nun über den Stand der Dinge.

„DAS IST NIEDERTRÄCHTIG, DIESES LUDER!"

Irgendwas war merkwürdig an Sybille Steiners Gebrüll, aber Toni konnte es nicht richtig einordnen.

„ICH WERDE SIE VERKLAGEN!" Sie japste nach Luft.

Toni schloss die Augen, um sich besser konzentrieren zu können.

„NACH ALLEM, WAS SIE ALEXANDER ZU VERDANKEN HAT!"

Es klang zu übertrieben. Als würde eine Person mit einem Mangel an Talent eine dramatische Szene vortäuschen. Aber aus welchem Grund? Die einzig plausible Erklärung, die Toni einfiel, war, dass sie zu verbergen versuchte, das alles – wie Ferry es angedeutet hatte – bereits gewusst zu haben.

Brehm antwortete nichts. Tat er irgendwas oder wartete er einfach ab?

Was es auch war, es schien zu funktionieren, denn nach einer Weile sagte Sybille Steiner: „Entschuldigen Sie, ich wollte nicht ausfallend werden. Aber das habe ich nicht erwartet."

„Haben Sie eine Ahnung, woher Frau Ferry von dem Ehevertrag weiß und warum sie ihn erwähnt hat?"

Toni presste die Lippen zusammen. Das war raffiniert, die Art der Frage würde sie zu einer Stellungnahme zwingen.

„Ich danke Ihnen für Ihre Arbeit, Herr Brehm", sagte Sybille Steiner.

Toni wusste nicht, ob sie neben dieser Aussage auch eine anderweitige Reaktion gezeigt hatte. Gab es diesen Vertrag nun oder nicht? Sie hörte, wie ein Sessel im Büro verschoben wurde.

„Ich werde nun entscheiden, wie ich weiter mit diesen Informationen vorgehe", sagte Steiner. Papierrascheln. „Hier ist Ihr Honorar. Wie vereinbart habe ich die Summe erhöht."

„Vielen Dank, aber erstens ist das zu viel, und zweitens konnte ich Ihnen nicht alle Antworten liefern. Wenn Sie mir noch etwas Zeit geben ... das, was Sie nun über dieses aufgetauchte Drehbuch in den Unterlagen Ihres Mannes erzählt haben ..."

Waren das die Neuigkeiten? Die Steiner hatte das Drehbuch gefunden?

„... kann es sein, dass Sascha Schwarz mit dem Regisseur und der Schauspielerin darin Ihren Mann und Frau Ferry gemeint hat?"

„Das weiß ich nicht", sagte Sybille Steiner knapp.

„Wenn es so wäre, kann ich mir vorstellen, dass Frau Ferry um jeden Preis verhindern möchte, dass es an die Öffentlichkeit gelangt." Kurzes Schweigen. „Es würde das Ende ihrer Karriere bedeuten", fuhr er fort.

Toni hielt den Atem an. Anna Ferry also.

„Und es würde auch Ihren Mann in große Schwierigkeiten bringen. Wenn Sie möchten, setze ich meine Ermittlungen fort. Dazu brauche ich nur das Drehbuch und –"

„Nein. Danke. Die Angelegenheit ist hiermit beendet."

Brehm schien zu zögern. „Gut, dann bekommen Sie einen Teil des Betrags zurück."

Jetzt nimm es schon, dachte Toni ungeduldig.

„Das ist nicht nötig", sagte Sybille Steiner. Sie schien sich wieder im Griff zu haben. „Betrachten Sie den Betrag als meine Versicherung Ihrer absoluten Diskretion."

Das klang nach Erpressung. Was war nur mit diesem Drehbuch? Wieso brach sie genau jetzt den Auftrag ab, ohne weitere Informationen haben zu wollen? Hatte es etwas mit dem Inhalt zu tun?

„Auf Wiedersehen, Herr Brehm."

„Eine Sache noch."

„Aber bitte rasch, ich habe es eilig. Meiner Tochter setzt das alles sehr zu. Sie hat einen Arzttermin, zu dem ich sie bringen muss."

„Anna Ferry meinte auch, dieses Tagebuch ist vier Jahre alt", sagte Brehm in seinem beruhigenden Tonfall. „Und sie sagt, den letzten Satz darin hat sie nicht geschrieben."

„Mir ist völlig egal, was sie meint."

„Das verstehe ich. Und ich habe mich auch etwas gefragt: Ein Tagebuch endet normalerweise doch nicht mit einem einzigen Eintrag?"

Diese Frage überraschte Toni. Wieso sagte er das jetzt? Verdächtigte er etwa Anna Ferry des Mordes?

„Frau Ferry hat gesagt, sie und Hermann Thiel haben nach der Party bei einem Hannes Koblinger und seiner Freundin Jamina weitergefeiert. Kennen Sie ihn?"

„Natürlich kenne ich ihn, er wohnt drei Häuser weiter."

Nur drei Häuser. Das bedeutete doch, der Weg zur Villa der Steiners und wieder zurück hätte sie nicht viel Zeit gekostet.

„Wie weit, würden Sie sagen, ist das? Wenn man zu Fuß geht?", fragte Brehm.

In Tonis Tasche begann es zu vibrieren. Das Handy! Blitzschnell hüpfte sie auf Zehenspitzen vor zu den Treppen, hastete so leise wie möglich hinunter, durch den Innenhof und weiter den Durchgang entlang auf die Straße.

„Einen Moment", sagte sie, nachdem sie abgehoben hatte, und suchte in einem Hauseingang Schutz.

Erst jetzt sah sie, dass es eine unbekannte Nummer war. „Hallo?"

„Antonia, hier ist Alexander." Alexander Steiner klang so freundlich, als wären sie beide die ältesten Freunde. „Paul hat mir gesagt, dass du angerufen hast. Es hat also geklappt mit dem Kons."

„Danke, es ist ... einfach danke! Die Schmitz ist wie ausgewechselt. Die Konferenz ist abgesagt, ich weiß gar nicht, was ich sagen soll." Außer, dass deine Hauptdarstellerin vielleicht nicht nur eine Lügnerin, sondern auch eine Mörderin ist, dachte sie bei sich.

„Das war doch nur ein Anruf. Aber es freut mich, wenn ich helfen konnte."

Bei all der Freundlichkeit konnte Toni fast gar nicht glauben, dass er dazu imstande wäre, seine Frau zu betrügen. Und schon gar nicht, dass er seine Position ausnutzen würde.

„Es ist gut, dass du angerufen hast, Antonia, ich wollte –"

„Toni, bitte."

„Toni, wie nett. Gut, Toni, es gibt ein neues Projekt ... ich kann natürlich nichts versprechen, aber ich denke, du bist eine sehr vielversprechende Option. Hast du heute noch Zeit? Dann reden wir darüber. Wir sollten so schnell wie möglich Probeaufnahmen mit dir für diese Rolle machen. Und da uns das Wetter anscheinend wieder einen Strich durch die Rechnung macht ... also, wie sieht es heute aus?"

„Was? Oh mein Gott, natürlich! Danke, ja, ich hab Zeit, sicher!"

Steiner lachte. „Du bekommst noch eine Nachricht, wann und wo genau. Und Toni, ich möchte, dass du bis heute Abend über etwas nachdenkst. Und zwar ..." Im Hintergrund waren Stimmen zu hören. „Einen Moment, ich muss kurz ... dieser verdammte Regen ..." Schritte.

Würde er sie fragen, wie sie sich ihre berufliche Zukunft vorstellte? Vielleicht, ob sie in Wien bleiben wollte oder ob nach Deutschland zu ziehen eine Option war? Worüber sie wirklich nachdenken müsste: Sie konnte ihre Oma doch nicht alleine hier lassen! Wollte er nach dem ganzen Trubel mit der Schmitz wissen, ob sie die Schule abbrechen und gleich ins Filmgeschäft einsteigen wollte?

„Da bin ich wieder." Das Stimmengewirr war verstummt, er schien nun alleine zu sein. „Toni", sein Tonfall wurde sanfter, „was ich dich fragen wollte: Kannst du die Angst in dir loslassen?"

30

War das eben ein Kratzen gewesen? Da, schon wieder? Es wurde heftiger. Der Kater.

Dankbar für die Unterbrechung entschuldigte Edgar sich und ging zur Tür. Der Kater saß davor und sah ihn auffordernd an. Er musste hinausgeschlüpft sein, als Sybille Steiner eingetreten war. Mit einer Hand schob er ihn sanft weg und vertröstete ihn flüsternd auf später, dann schloss er die Tür und kehrte hinter seinen Schreibtisch zurück.

Sybille Steiner stand unverändert neben der Chaiselongue. Sie wurde ungeduldig, sah auf ihre mit Diamanten besetzte goldene Armbanduhr.

„Das heißt, Anna Ferry hat die Nacht ganz in der Nähe Ihrer Villa verbracht, nur vier, fünf Minuten entfernt?", fragte er in einem nachdenklichen Tonfall, als wäre ihm das eben erst in den Sinn gekommen. Natürlich wusste er, wo Hannes Koblingers Haus sich befand, gleich nach dem Gespräch mit Ferry hatte er die Adresse gegoogelt.

„Ja, und?" Sybille Steiner zuckte völlig ungerührt mit den Schultern.

An dieser Stelle wäre es so einfach für sie, den Verdacht auf Ferry zu lenken. Warum aber tat sie es nicht? Irgendeinen Plan musste sie mit dieser Drehbuch-Geschichte doch verfolgen. Was beabsichtigte sie mit ihrer Reaktion? Wenn es stimmte, was Sybille Steiner über den Inhalt des Drehbuchs erzählt hatte, dann würde es das perfekte Motiv für Ferry liefern. In Verbindung mit dem Inhalt des Tagebuchs fast schon zu perfekt.

Hätte er nicht vor einer halben Stunde diesen Anruf bekommen, hätte er ihr das wahrscheinlich alles geglaubt. Das Labor hatte sich gemeldet. Die beiden DNA-Proben, die er eingeschickt hatte, waren ident. Kein Zweifel.

Bei ihrem ersten Besuch hatte Sybille Steiner geraucht und rote Lippenstiftspuren auf dem Filter der Zigarette hinterlassen. Es war dieselbe DNA, die das Labor auf der Gummierung des Kuverts gefunden hatte, in dem Ferrys Tagebuch angeblich zugestellt worden war. Ein winziger, aber bedeutungsvoller Fehler: Hätte Sybille Steiner ein selbstklebendes Kuvert verwendet oder nicht in seinem Büro geraucht, wäre Brehm ihr nicht so leicht auf die Spur gekommen.

Er hatte sie nicht verdächtigt, warum auch, sie war schließlich seine Auftraggeberin. Bis zu seinem Anruf wegen der angeblichen Umbesetzung, von der Vincent Blum gesprochen hatte.

Es war ihm erst viel zu spät klar geworden. Eigentlich hätte Sybille Steiner auf jede Spur, die Aufklärung brachte, erleichtert, verwundert oder zumindest irgendwie reagieren müssen. Aber das hatte sie nicht. Im Gegenteil.

Sie hatte gesagt: „Eine Umbesetzung hat sicher nichts damit zu tun."

Es war nur eine Nebenbemerkung, die ihr wahrscheinlich versehentlich rausgerutscht war. Aber woher hatte sie das wissen können? Und wenn sie angeblich keine Ahnung hatte, warum ging sie dann davon aus?

Es konnte nur bedeuten, dass sie bereits alles wusste. Grund genug für Edgar, seinem Gefühl nachzugehen und diese DNA-Analyse durchzuführen.

„Ich muss jetzt wirklich gehen", sagte Sybille Steiner und drehte sich zur Tür.

„Eine Frage noch", hielt Edgar sie auf. „Ihr Mann, wissen Sie, ob er bei der Party an diesem Abend Alkohol getrunken hat?"

Sie wirkte erstaunt. „Natürlich hat er das."

„Natürlich? Ich dachte, er trinkt nie."

„Das gibt er vor." Ihr Lachen war mehr als abschätzig. „Dabei trinkt er nur nie vor zweiundzwanzig Uhr. Darum taucht er auch erst so spät bei jeder Party auf, sogar bei seiner eigenen. Warum fragen Sie?"

„Wissen Sie noch, hat Ihr Mann an dem Abend der Party viel getrunken?"

„Sehr viel."

Im Gegensatz dazu, wie gut sie sich sonst im Griff hatte, klang diese Aussage hasserfüllt. Was war an diesem Abend noch passiert?

„Dem Barkeeper wird der Mord angelastet."

„Ich weiß." In ihrem regungslosen Gesicht war nicht zu erkennen, was sie davon hielt. „Ich hoffe, es klärt sich alles auf. Ich muss jetzt wirklich zu Zoe."

Sie nickte ihm zu, drehte sich zur Tür. Aber er durfte sie auf keinen Fall gehen lassen.

„Sie haben eine sehr nette Tochter."

Diese Bemerkung schien Sybille Steiner zögern zu lassen. Dieses gleichzeitig überraschte und ehrliche Lächeln, das in ihrem Gesicht auftauchte, erinnerte Edgar an die alten Familienfotos in der Villa.

„Danke."

Er hatte die Angel ausgeworfen, und wie es aussah, schluckte sie den Köder. Vielleicht brachte ihn diese Schiene weiter.

„Zoe und ihr Vater – haben die beiden ein gutes Verhältnis?"

„Wieso fragen Sie?"

Edgar lehnte sich zurück. „Nun, weil es mich ehrlich gesagt überrascht hat, dass Zoe in diesem buddhistischen Zentrum bei dem Abschiedsritual war. Ich dachte mir, vielleicht hat ihr Vater sie darum gebeten hinzugehen. Und sie sagt es nicht, aus Angst, es könnte ihn verdächtig machen."

„Das kann sein. Ich weiß es nicht."

Sie seufzte, schien etwas sagen zu wollen. Er wartete einen Moment, doch sie schwieg. Wenigstens blieb sie.

„Sie war sehr aufgewühlt", sagte er vorsichtig. „Geht es ihr schon besser?"

Sybille Steiner sah ihn gedankenverloren an. „Zoe ist sensibler, als es gut für sie ist."

Ihre Worte klangen hart, fast mitleidlos. Edgar war sich nicht sicher. Sprach Sybille Steiner von sich oder ihrer Tochter?

„Inwieweit?"

„Sie nimmt sich alles sehr zu Herzen. Hat sich zu viel um die Zuneigung von Alexander bemüht."

Er wartete einen Moment. „Sprechen wir immer noch von Zoe?", fragte er.

Es war ein gewagter Vorstoß, aber sie durfte sein Büro nicht verlassen.

„Natürlich tun wir das." Ihre Augen weiteten sich, ihr Tonfall hatte sich geändert, keine Spur mehr von der Zärtlichkeit, mit der sie eben von ihrer Tochter gesprochen hatte. „Auf Wiedersehen, Herr Brehm."

Es klang nach einem endgültigen Abschied. Sie nickte ihm zu und verließ das Büro. Edgar lauschte noch ihren Schritten im Treppenhaus.

Mist, er hatte es verbockt! Und was sollte er jetzt tun? Um Vincent Blums Chancen stand es immer schlechter, aber wie könnte er jetzt weiter vorgehen? Er brauchte Beweise.

Der Kater tapste beleidigt durch die geöffnete Tür. Er sprang auf die Chaiselongue und fuhr trotzig mit seinen Krallen über den Möbelstoff. Edgar hatte jetzt keinen Nerv dafür, sich darum zu kümmern.

Schon seit dem Gespräch mit Ferry war es ihm nicht mehr aus dem Sinn gegangen: Er kannte den Inhalt dieses Ehevertrags natürlich nicht, aber er konnte davon ausgehen, dass eine redselige Ehefrau höchstwahrscheinlich leer ausgehen würde. Eine Ehefrau allerdings, die Angst hatte, betrogen zu werden oder mit einem Menschen zusammenzuleben, der eine Frau sexuell genötigt haben könnte, und deshalb einen Privatdetektiv engagierte, handelte vollkommen nachvollziehbar.

Ging es Sybille Steiner um das Vermögen? Sie hatte sich ohne Zweifel an einen luxuriösen Lebensstil gewöhnt.

Hatte Edgar Ergebnisse liefern sollen, in deren Richtung sie ihn subtil manövriert hatte? Es kam nicht selten vor, dass Klienten gar nicht die Wahrheit herausfinden, sondern bloß ihren eigenen Verdacht bestätigt haben wollten. Solche Fälle waren schwierig, da der Handlungsspielraum ständig eingeschränkt wurde.

Aber vielleicht hatte Sybille Steiner ihn gar nicht wegen eines Verdachts engagiert, sondern um sich selbst damit ein Alibi zu liefern?

Er drehte sich auf dem Stuhl zum Fenster. Der Himmel war wolkenverhangen und fast schwarz, zum Regen war nun auch Sturm gekommen.

Was waren die Fakten? Laut Sybille Steiner handelte Schwarz' Drehbuch von einem älteren Regisseur, der eine junge Schauspielerin immer wieder missbraucht und manipuliert. Sie erpresst ihn, doch er ist zu gut vernetzt, und sie hat keine Chance. Schließlich hält sie es nicht mehr aus und macht einen Selbstmordversuch. Er findet sie, erkennt seinen Fehler, wird geläutert und verhilft ihr als Wiedergutmachung zu einer außergewöhnlichen Karriere im Filmgeschäft.

Das hatte Sybille Steiner ihm erzählt, bevor er mit Anna Ferry und ihrer Andeutung des Ehevertrags gekommen war und sie plötzlich eine Kehrtwendung gemacht und den Auftrag beendet hatte.

Oder war es genau das, worauf sie gewartet hatte? Und brauchte darum seine Dienste nicht mehr?

Brehm hatte keine Zweifel, dass der Tagebucheintrag wirklich vor vier Jahren geschrieben worden war.

Möglich, dass die ganze Sache nicht so harmlos abgelaufen war, wie Ferry es jetzt darstellte. Und sollte Sybille Steiner die Wahrheit gesagt haben, dann könnte dieses Drehbuch von Ferry und Steiner handeln. Aber woher wusste Sascha Schwarz davon? Und warum hätte er Steiner das Drehbuch überlassen sollen? Um ihn zu erpressen? Und selbst wenn man annahm, dass jemand die – bewusste? unbewusste? – Verbindung zwischen Drehbuch und Tagebuch erkannt hätte und den Autor deshalb umgebracht und versucht hatte, es wie einen Unfall aussehen zu lassen: Wieso hätte Steiner das ihn kompromittierende Drehbuch aufheben sollen?

Sprach das alles nicht vielmehr dafür, dass Sascha Schwarz nie das Ziel gewesen war? Und er nur wegen seiner Ähnlichkeit mit Alexander Steiner gestorben war? Dem unglaublichen Pech, zur falschen Zeit am falschen Ort zu sein?

Vielleicht war Sybille Steiner wirklich am nächsten Morgen von dem Toten in ihrem Pool überrascht worden. Aber nicht von der Leiche – sondern davon, dass es sich bei ihr nicht um ihren Mann handelte. Den sie viel lieber als Toten gesehen hätte. Natürlich konnte sie ihn jetzt nicht mehr umbringen, wo die Polizei schon auf den Plan gerufen worden war.

Doch dann hatte sie das Drehbuch entdeckt, das ihr ein wunderbares Motiv lieferte. In Kombination mit dem Tagebuch würde die Spur rasch zu Alexander Steiner führen. Vielleicht war ein Mord an ihm also gar nicht mehr nötig, um ihn sich vom Hals zu schaffen? Der betrügende und übergriffige Ehemann würde als verurteilter Mörder im Gefängnis sitzen. Und sie käme bequem an das gesamte Vermögen heran.

Konnte es so gewesen sein?

Edgar streckte die Arme über den Kopf, seine Schultern krachten. Wie sollte er jetzt vorgehen? Er hatte weder ausreichende Beweise noch den Auftrag, weiter zu ermitteln. Außerdem, in seiner beruflichen Stellung, die Diskretion nicht nur voraussetzte, sondern die der Eckpfeiler seines Berufsstands war, wie wäre es ihm überhaupt möglich, gegen seine Auftraggeberin zu ermitteln?

Er gähnte, der Schlafmangel machte sich bemerkbar.

Noch mal, was waren die reinen Fakten, Sybille Steiner betreffend?

Es gab ein Drehbuch, dessen toter Autor im Dunkeln wahrscheinlich nicht von Alexander Steiner zu unterscheiden war. Dazu einen angeblich vier Jahre alten Eintrag in ein Tagebuch von Anna Ferry über Alexander Steiner. Ob der vor zwei Wochen tatsächlich von einer fremden Person in den Briefkasten der Steiners gesteckt geworden war, wäre kaum zu überprüfen. Und dann gab es noch einen unschuldigen Schauspieler, dem man den Mord anlastete.

Doch genau genommen ging Edgar das alles nichts mehr an. Er nahm das Kuvert voller Geldscheine, das Sybille Steiner dagelassen hatte.

Lauter lila Scheine. Seine finanziellen Probleme waren damit zu einem großen Teil gelöst. Er sollte jetzt aufhören. Die Ermittlungen waren abgeschlossen. Er war Detektiv, er machte das, wofür er bezahlt wurde. Alles andere wäre in seiner Situation Wahnsinn.

Es sei denn ... vielleicht musste er sich gar nicht darum kümmern. Vielleicht reichte ein unverfänglicher Anruf bei Fernanda, bei dem er ein, zwei Bemerkungen fallen lassen würde. Fernanda wusste, woran er arbeitete.

Sein Handy klingelte irgendwo unter den Unterlagen. Er wühlte sich durch – es war Toni.

„Hallo?"

Sie sprach so leise, dass er kein Wort verstand.

„Wie bitte?"

„Ich bin im H... und ich ha... gefunden."

„Wo sind Sie?"

„Im Haus der Steiners."

„Ja, ja. Sehr witzig. Wo sind Sie wirklich? Vor dem Büro?"

„Im Haus von den Steiners."

„Sie ...", er war sofort hellwach. „Was? WAS?"

„Ja. Keine Sorge, ich bin allein. Ich war vorhin bei Ihnen, ich hab Ihr Gespräch mit Sybille Steiner gehört. Wegen Ferry, dem Drehbuch –"

„Um Gottes willen."

„Ja, ich weiß. Es war Ferry."

Edgar schoss von seinem Schreibtischstuhl hoch. Sein Puls raste.

„NEIN! RAUS! SOFORT RAUS DA!"

„Es ist niemand zu Hause. Steiner dreht, und seine Frau hat doch zu Ihnen gesagt, sie ist mit ihrer Tochter beim Arzt. Ich hab hier noch mehr von Ferrys Tagebüchern. Sie und Steiner ... das ist doch der Beweis ..."

„Scheiße, Ihre Fingerabdrücke. Wie sind Sie überhaupt auf diese Schwachsinnsidee gekommen?"

Edgar fing an zu schwitzen. Er musste sie sofort da rausholen. Autoschlüssel. Wo waren die verdammten Autoschlüssel?

„Alexander Steiner hat mich vorhin angerufen. Er hat gesagt, dass er mich heute Abend treffen will. Und dann hat er mich gefragt, ob ich die Angst in mir loslassen kann." Ihre Stimme war gekippt und klang schrill. „‚Die Angst in mir loslassen.' Genau das, was Ferry in das Tagebuch geschrieben hat."

„Schauen Sie, dass Sie sofort verschwinden." Endlich hatte er die blöden Autoschlüssel. „Sie gehen jetzt da raus."

Toni sagte nichts, aber es hörte sich an, als würde sie Möbel rücken.

„Und lassen Sie alles, wo es ist."

„Oh Gott."

„Was, was?" Der Schweiß stand ihm auf der Stirn.

„Da ... in Steiners Schreibtisch sind Fotos ... von Ferry ..."

„Noch mal: Lassen Sie alles, wo es ist, und raus."

„Aber Herr Brehm ... die liegen einfach so in seinem Schreibtisch ..."

Edgar schnappte nach Luft. In seiner Brust wurde es eng.

„Herr Brehm ...", sagte Toni, ihr Tonfall hatte sich radikal verändert.

Und dann hörte Edgar die Stimme eines Mädchens.

„Papa? Papa, ich glaub, da ist wer in deinem Zimmer."

31

Toni hörte Brehm noch diverse Flüche ausstoßen, als sie das Handy sinken ließ. Zoe war so unvermittelt in das Arbeitszimmer ihres Vaters gestürmt, sie hatte keine Zeit mehr gehabt, das Drehbuch aus der Hand zu legen oder Ferrys weitere Tagebücher zurück in die Schreibtischlade zu legen. Geschweige denn, sich selbst ein Versteck zu suchen.

„Was ...", begann das Mädchen und stoppte. „Papa. Mama." Sie hatte gar nicht laut gerufen, so als hätte ihre Stimme versagt, während sie Toni anstarrte. „Ich kenn dich."

Toni wusste nicht, was sie erwidern sollte. Was hätte es auch noch bringen sollen? Sybille und Alexander Steiner tauchten bereits im Türrahmen hinter ihrer Tochter auf.

„Toni?" Alexander Steiner sah sie ungläubig an.

Auch Sybille Steiner schien sich an ihre Begegnung bei Brehms Zusammenbruch in der Detektei zu erinnern. „Toni?", fragte sie erschrocken und drehte sich zu ihrem Mann. „Du kennst sie?"

„Ja ... sie ... eine Schauspielerin ...", sein Blick glitt zu den Fotos in Tonis Hand, dann zu den Tagebüchern. „Aber wieso ... woher hast du ..."

„Ich habe sie engagiert."

„Du hast was?" Alexander Steiner sah zwischen seiner Frau und Toni hin und her, als würde er noch immer nicht begreifen.

„Sie arbeiten doch für Herrn Brehm?", fragte Sybille Steiner.

„Ich ...", begann sie, überlegte und nickte schließlich. „Ja, ich arbeite für ihn. Aber er hat nichts damit zu tun, dass ich hier bin. Ich habe vorhin Ihr Gespräch mitgehört ... in seinem Büro ... und ich weiß, dass es Ferry war, und wollte Beweise –"

„Ferry war was?", fiel Sybille Steiner ihr ins Wort. „Die Geliebte meines Mannes? Sollen wir das so nennen? Ist das die passende Bezeichnung? Oder nennt man das nun anders? Was sie auch war, sie und unzählige andere –"

„Nein, ich meine, sie war –" Toni stoppte. Zoe stand noch immer wie versteinert da.

„Was?", blaffte Sybille Steiner sie an. „Was war sie?" Die Anwesenheit ihrer Tochter kümmerte sie offenbar nicht.

„Sie hat Sascha Schwarz ... im Pool ... das war sie."

„Anna soll das gewesen ... bist du verrückt?", fragte Alexander Steiner wütend.

„Wegen des Drehbuchs. Und Ihnen und ihr", sagte Toni und deutete auf die Tagebücher.

Alexander Steiner sah seine Frau an. „Wovon redet sie, was soll das, Sybille?"

„Sie redet davon, dass sie glaubt, Anna hätte was mit dem Mord zu tun."

Alexander Steiner stieß ein Lachen aus, doch seine Frau sah ihn ungerührt an.

„Ich weiß, dass es nicht Anna war. Sondern du, Alexander."

Steiners Kopf zuckte, als wäre er an einem Gummiband befestigt. Das Lachen erstarrte auf seinem Gesicht. „Was redest du da?"

„Dass ich weiß, dass du es warst, Alexander. Ich hab das Drehbuch gelesen. Wegen dem du diesen Kellner umgebracht hast. Du widerlicher Mistkerl. Mir war klar, dass mir niemand geglaubt hätte. Also hab ich einen Privatdetektiv engagiert."

„Du hast ...", er fuhr sich durch die Haare, trat einen Schritt Richtung Toni und wieder zurück zu seiner Frau. „Bist du noch ganz bei Trost?"

„So klar wie jetzt war ich schon lange nicht." Sie versuchte, Fassung zu bewahren, aber ihr Kinn zitterte merklich. „Es ist aus, Alexander. Ich weiß, dass du es warst. Und ich kann es beweisen."

Steiners Kopf wurde rot, er deutete mit dem Zeigefinger auf seine Frau, als wollte er sie erschießen. „Weißt du was? Ich lass dich einweisen. Du bist ja nicht mehr normal. Kein Wunder, dass unsere Tochter diese Störungen hat, bei dir als Mutter dreht ja jeder durch!", brüllte er.

„Du bist das größte Arschloch und denkst immer, die anderen sind das Problem!", brüllte sie zurück. Ihre Augen waren voller Tränen. „Annas Tagebücher. Ihre Nacktfotos, die du von ihr gemacht hast. Hast du geglaubt, ich finde das alles nicht? Denkst du, ich kenne deine miesen kleinen Verstecke nicht nach fünfzehn Jahren Ehe? Hinter der Bücherwand und in dem geheimen Fach der Kommode, wo du dein Kokain lagerst?" Steiners schockiertem Blick nach war er wirklich überrascht. „Ich hab das alles in dein Schreibtischfach gelegt, damit die Polizei es findet. Mit dem Drehbuch. Ich weiß es, Alexander. Immer schon. Ich weiß von den zahllosen Schauspielerinnen, die sich dir an den Hals werfen. Das hat dich nie interessiert. Du wolltest die Jagd. Schon immer. Und je schwieriger es wird, desto mehr reizt es dich. Dann kannst du deinen Trumpf einsetzen." Sie warf die Arme in die Höhe. „Deine großartige und bedeutende Position. Du nutzt sie aus, um diesen Frauen das Gefühl zu geben, sie wären etwas ganz Besonderes. Und dann zerbrichst du sie, zwingst sie zu tun, was du willst ..." Tränen liefen ihr über die Wangen. „Es ekelt mich an. Und ich habe es so satt. Du kannst dir nicht vorstellen, wie satt ich es habe." Sie deutete auf sich. „Und ich habe gedacht, es ist meine Schuld, dass du das Interesse an mir verlierst."

„Ich verstehe kein Wort", sagte Steiner. „Drehst du jetzt völlig durch?"

„Du hast nichts gemerkt, gar nichts. Nie. Dieser Drehbuchautor ist dir auf die Schliche gekommen. Zoe hat es dir selbst gesagt, als sie dir sein Drehbuch bei der Party gegeben hat."

„Was hat sie mir gesagt?"

„Dass sie das Drehbuch dem Bitlinger aus der Tasche genommen hat."

Das Mädchen zuckte zurück, doch ihre Eltern schienen es nicht zu bemerken.

„Jetzt tu nicht so, Alexander, ich war doch dabei, ich bin neben dir gestanden." Sybille Steiner sah ihren Mann hasserfüllt an. „Oder hast du mich nicht bemerkt, weil du schon so besoffen warst und unbedingt diese kleine Blonde ficken wolltest?"

„Oh Gott, du bist wirklich durchgedreht", sagte Alexander Steiner.

Vom Flur her waren Schritte zu hören. Toni flehte, dass es Brehm war.

„Alexander? Alexander, wo bist du? Wir sollten jetzt weiter zur Indoor-Location, wenn wir heute noch was dreh–" Paul Herz stoppte mitten im Satz, als er Steiners Büro betrat. „Was ist hier los? Ihr seht aus ... ist alles in Ordnung?" Erst jetzt schien er Toni zu registrieren. „Und was machst du hier? Ihr ... was soll das alles?"

Alexander Steiner hob beide Hände in die Luft, es sah aus, als würde er sich ergeben. „Meine Frau ist durchgedreht. Sie glaubt, ich habe diesen Kellner in unserem Pool ersäuft."

„Er ist nicht ersoffen." Sybille Steiner wirkte so wütend, als würde sie ihrem Mann im nächsten Moment an die Gurgel gehen. Ihr Gesicht war zu einer Fratze verzogen. „Du hast mit der Metallleiste auf ihn gezielt, weil du dachtest, es sieht dann wie ein Unfall aus."

„Hörst du", sagte Alexander Steiner ruhig zu Paul Herz. Die Anwesenheit seines Assistenten schien dafür zu sorgen, dass er seine Fassung wiedergewann. Er deutete auf Toni. „Und die da ist auch engagiert, sie gehört zu einem Privatdetektiv."

„Was?" Herz war sichtlich um Fassung bemüht. Er trat zu Sybille Steiner, fast so, als wollte er sie aus dem Zimmer schieben. „Wir beruhigen uns jetzt mal alle, das ist –"

„Fass mich nicht an", fauchte sie, als er sie am Oberarm berührte.

Paul Herz trat zurück, er stand nun zwischen Alexander Steiner und seiner Frau, als wäre er der Schiedsrichter in einem Boxkampf.

„Siehst du, ich sag ja, sie ist durchgedreht", sagte Alexander Steiner.

„Wollen wir nicht ins Wohnzimmer gehen, uns hinsetzen und in Ruhe darüber reden?", fragte Paul Herz.

Die Ehepartner sahen sich über Herz hinweg voller Hass an.

Unbemerkt von allen außer Toni hatte Zoe lautlos zu weinen begonnen. Die Tränen liefen ihr über die Wangen, ihre Schultern bebten. Toni folgte ihrem Blick. Das Mädchen sah Paul Herz an. Hatte sie Angst vor ihm? Ihr Schluchzen wurde heftiger, es schüttelte sie am ganzen Körper. Ein Klingeln an der Tür beendete das Duell der hasserfüllten Blicke zwischen dem Ehepaar.

„Hast du wirklich die Polizei –?", fragte Steiner seine Frau.

Ohne auf ihn zu reagieren, verließ sie das Arbeitszimmer.

Toni hoffte, dass es diesmal Brehm war, aber wie sie hörte, war es nur Steiners ungeduldig gewordener Fahrer.

Sybille Steiner kam zurück. Jetzt erst schien sie das Weinen ihrer Tochter zu bemerken. „Zoe, geh auf dein Zimmer."

Das Mädchen blieb stehen, wo es war.

„Zoe, bitte", sagte Alexander Steiner, „jetzt mach du nicht auch noch so ein Theater. Hier geht es ja zu wie in einem Affenhaus!"

Schlagartig verebbte Zoes Schluchzen, dann sah sie zu Herz. Hatte er gerade ein Kopfschütteln angedeutet? Deckte das Mädchen ihn? Es war eindeutig, dass da etwas im Gange war.

„Zoe, vielleicht solltest du wirklich auf dein Zimmer –", begann Paul Herz.

„Sag es ihnen, Paul", unterbrach sie ihn.

„Komm, du bist sehr aufgebracht, es ist besser ...", sagte er mit bemüht besänftigendem Tonfall. Er konnte aber nicht verbergen, wie schwer es ihm fiel, die Fassung zu bewahren.

„Paul, was soll das?", fragte Alexander Steiner.

„Sag es ihnen", wiederholte Zoe.

„Paul ... du", stammelte Sybille Steiner. Ihre Augen weiteten sich.

„Zoe, du bist sehr durcheinander, magst du dich nicht erst mal ausruhen?", bemühte sich Herz erneut.

„SAG ES IHNEN!", schrie sie jetzt.

Stille. Die Anspannung im Raum war kaum zu ertragen.

Herz nahm seinen Blick nicht von Zoe. „Du weißt ja nicht, was du da tust", sagte er, doch sein beschwichtigender Tonfall klang zittrig. „Komm, geh auf dein Zimmer."

Zoe brach in verzweifeltes Schluchzen aus.

„Was hast du getan?" Sybille Steiner sah Herz fassungslos an.

Er schaute hilfesuchend zu Alexander Steiner, doch der verschränkte nur die Arme und trat einen Schritt zurück.

„Ich verstehe hier gar nichts mehr. Was soll das, Paul? Wovon redet Zoe?"

„Nichts. Es ist nichts. Okay?", antwortete er laut, seine Stimme klang nun hysterisch, sein Brustkorb hob sich hektisch.

Zoe schluchzte noch mehr. Sie versuchte, zu sprechen, brachte aber nur abgehackte Laute hervor.

Und dann ging alles blitzschnell: Noch bevor Toni begriff, was passierte, hatte sich Sybille Steiner schon auf Paul Herz gestürzt. Sie trommelte mit ihren Fäusten auf ihn ein. Herz duckte sich. Versuchte, seine Arme schützend um den Kopf zu legen.

„Hör auf", wimmerte er. „Hör auf!"

Doch sie hörte nicht auf. Sie prügelte auf ihn ein. Als würde sie all ihre aufgestaute Wut an ihm auslassen. Trotz seiner geringen Größe wäre Herz ihr körperlich überlegen gewesen. Doch er ließ sie weiter auf sich einschlagen. Es war ein groteskes Bild. Toni schaute zu Alexander Steiner, der dem Geschehen fassungslos zusah.

„Aufhören!", schrie Toni. „Aufhören!"

Doch Sybille Steiner reagierte nicht, schließlich schlug sie nur noch ins Leere. Paul Herz heulte und wimmerte. Endlich hörte sie auf, sank erschöpft zu Boden.

Die folgende Stille war surreal – bis Edgar Brehm sie durchbrach.

In dem Tumult hatte ihn niemand kommen gehört. Er stand im Türrahmen, klatschnass und außer Atem.

„Sind Sie von der Polizei?", fragte Alexander Steiner.

„Ich bin ... Detektiv ... Ihre Frau hat ... mich engagiert." Keuchend stützte er sich an den Oberschenkeln ab. „Zoe ..."

„Verschwinden Sie", fauchte Alexander Steiner.

„... habe versucht, sie aufzuhalten ... aber sie ... war schneller." Er rang nach Luft.

Sybille Steiner erwachte aus der Erstarrung. Mit verweinten Augen sah sie sich suchend um.

„Sie sollen verschwinden, hab ich gesagt", wiederholte Alexander Steiner.

Es war seine Frau, die aussprach, was Brehm versucht hatte allen klarzumachen: „Zoe ist weg."

32

Toni machte sich Vorwürfe. Ihr war klar, dass es nicht in ihrer Verantwortung lag, auf Zoe aufzupassen, aber trotzdem fühlte sie sich elend. Wieso war ihr entgangen, dass Zoe abgehauen war? Das Mädchen war vollkommen außer sich gewesen. Was hatte sie damit gemeint, als sie gesagt hatte, dass Paul Herz es sagen solle? Was wusste sie?

Hatte sie Paul Herz gedeckt? Toni selbst hatte ihn ja schon als Täter in Betracht gezogen. Er hatte ein Motiv: Wenn Alexander Steiner unterging, würde Herz seine Position verlieren. Vorausgesetzt, das alles hatte mit dem Drehbuch von Sascha Schwarz zu tun.

Toni ließ Herz nicht aus den Augen. Er schien noch immer schockiert über Sybille Steiners Ausbruch. Die Angst war ihm anzusehen.

Als Brehm endlich wieder zu Atem kam, erzählte er, wie Zoe in ihn reingerannt war, als er das Haus betreten hatte. Ihr Gesicht hatte sich vor Schreck verzerrt, als sie in ihm den vermeintlichen Polizisten erkannt hatte.

Brehm wollte sie aufhalten, aber sie war ihm sofort entschlüpft. Quer über den Rasen hatte er es noch geschafft, sie zu verfolgen. Als er auf dem Gehweg ankam, war nichts mehr von ihr zu sehen. Er lief die Straße hoch und runter, doch Zoe war weg.

„Wir teilen uns auf", befahl Alexander Steiner. So wie er es sagte, schien er froh darüber sein, hier wegzukommen. „Paul, du kommst mit mir, wir fahren mit dem Auto die Gegend ab." Seine Frau wollte protestieren: „Aber –" Hasserfüllt sah sie zum Assistenten ihres Mannes.

Versuchte Steiner, Paul Herz zu schützen? Oder unter vier Augen zu erfahren, was Zoe ihm vorwarf?

Steiner ließ seine Frau nicht weiter zu Wort kommen: „Sybille, du rufst ihre Freundinnen an. Falls sie dort auftaucht."

„Nein."

„Doch! Das ist genau das, was du jetzt tun wirst!"

„Damit alle wissen, was hier los ist?"

„Dann lass dir eine Ausrede einfallen, verdammt."

Toni dachte schon, keiner würde mehr Notiz von ihr und Brehm nehmen, da fauchte Alexander Steiner: „Und ihr verschwindet hier."

„Nein!" Anscheinend reichte es Sybille Steiner, bei ihrem Mann immer abzublitzen. Sie stellte sich ihm in den Weg und deutete auf Brehm. „Er arbeitet noch immer für mich. Und er wird auch nach Zoe suchen." Ihre Stimme hatte einen irritierend triumphalen Klang. Sie starrte ihn kühl an.

„Mach doch, was du willst", zischte Alexander Steiner und verschwand aus dem Zimmer, Paul Herz folgte ihm.

Was war hier los? Wer schützte hier wen?

„Wo kann Zoe sein?", fragte Toni.

Doch Sybille Steiner beachtete sie nicht. „Haben Sie ein Auto?", fragte sie Brehm. Als er nickte, gab sie ihm ein Zeichen mitzukommen.

Brehm blieb stehen und machte keine Anstalten, Sybille Steiners Aufforderung zu folgen. Sie zog ihren Strickmantel enger, strich sich die Haare aus der Stirn. Ihre Hand zitterte.

„Es tut mir leid, ich wollte Sie nicht ..." Sie atmete tief ein. „Ich fühle mich gerade nicht in der Verfassung, selbst zu fahren. Und es gibt einen kleinen Park, nicht weit von hier. Zoe war früher manchmal dort zum Skaten."

Sie schien sich wieder gefasst zu haben. Fast so, als wäre sie es gewohnt, ihre Emotionen in Schach halten zu müssen.

Erst jetzt nickte Brehm ihr zu. „Meine Assistentin bleibt hier, falls Zoe auftaucht."

„Ja, in Ordnung. Danke."

Toni bemerkte noch Brehms drängenden Blick Richtung Schreibtisch, dann verließ er mit Sybille Steiner das Büro.

Was hatte er damit gemeint? Sollte sie den Schreibtisch weiter durchsuchen? Meinte er Ferrys Tagebücher? Oder ihre Fotos?

Toni versuchte, sich zu konzentrieren, aber ihr Puls raste. Weil sie nicht wusste, was sie sonst tun sollte, öffnete sie eine Lade nach der anderen. In den seitlichen Laden waren nur Papiere, Entwürfe, Rechnungen. In der großen Lade in der Mitte lagen einige Setcards von Schauspielerinnen. Toni holte ihr Handy hervor, um Fotos zu machen. Da erst merkte sie, dass sie ihr Gespräch mit Brehm nie beendet hatte. Er war noch immer in der Leitung. Vielleicht sogar absichtlich? Sie hörte das Gespräch von ihm und Sybille Steiner mit an, es waren nur Anweisungen, wo er langfahren sollte. Vorsichtshalber legte sie nicht auf.

Brehm musste bis zu seinem Eintreffen alles mitangehört haben. Was fiel Toni gerade nicht ein? Wieso Brehms Blick zum Schreibtisch? Sollte sie ihn fragen? Er war ja noch in der Leitung. Aber wie sollte sie das anstellen, ohne dass Sybille Steiner Wind davon bekam? Diese Möglichkeit schied aus. Sie musste sich selbst erinnern.

Sybille Steiner .... Sybille Steiner ... – Wovon hatte Sybille Steiner gesprochen? Das Tagebuch ... die Drogen ... die Fotos ... Das Drehbuch. Das Drehbuch! Das war es! Sie hatte ihrem Mann vorgeworfen, mit dem Tod von Sascha Schwarz in Verbindung zu stehen. Und dabei hatte sie neben den Tagebüchern und Fotos auch das Drehbuch erwähnt. Das sie im Schreibtisch versteckt hatte. Genau, das musste Brehm gemeint haben.

Aber Toni hatte doch schon alles darin durchgesehen, wieso hatte sie es dann vorhin nicht gefunden?

Erneut durchwühlte sie sämtliche Laden, aber da war kein Drehbuch. Vielleicht musste man sie ganz herausziehen? Doch sosehr Toni auch daran zog und ruckelte, es klappte nicht. Also legte sie sich auf den Boden und untersuchte die Unterseiten auf Geheimfächer hin. Aber da war nichts.

Sie stand wieder auf. Noch einmal von vorn: Sybille Steiner kannte das Drehbuch und setzte es nicht nur mit ihrem Mann in Verbindung, sondern auch mit dem Tod von Sascha Schwarz. Was hatte sie noch gesagt? Sie hatte Verstecke erwähnt! Aber wo?

Toni sah sich um, ihr Blick fiel auf die schwarze Kommode mit den Eisenbeschlägen unter dem Fenster. Ein Versteck darin, genau, das hatte sie gesagt! Vielleicht war das Drehbuch dort? Die Kommode hatte vier Fächer, zwei davon mit Klapptüren. Toni musste nicht lange suchen. In einem der Klapptürfächer befand sich an der Rückwand eine zweite schwarze Verkleidung, die sich mühelos herausziehen ließ. Doch dahinter war nur ein kleines schwarzes Lederetui versteckt, in dem sich eine geringe Menge Kokain in einem Plastikbeutel befand. Hatte Sybille Steiner nicht noch ein Versteck erwähnt? Toni versuchte, sich zu erinnern, sah sich erneut im Büro um.

Sie musste überlegen. Toni stützte sich auf die Kommode, die bedrohlich zu knarren begann. Sie ging in die Knie, lehnte sich mit dem Rücken an die Kommode und ließ ihren Blick wieder durch das Büro gleiten.

Noch ein Versteck. Sybille Steiner hatte von zwei gesprochen, Toni war sich ganz sicher. Aber da war sonst nur die geschwungene Stehlampe, der Schreibtisch, das Bücherregal dahinter ... Natürlich! – Bücherwand hatte Sybille Steiner es genannt, hinter der Bücherwand.

Als Toni aufstand, blitzte im Augenwinkel etwas Weißes zwischen Schreibtischplatte und mittlerer Lade hervor. Man konnte es nur von hier aus sehen. Sie krabbelte hinüber und zog es heraus, doch es blieb bei der Hälfte stecken. Aber auch so konnte sie die Titelseite lesen: *„Die verlorene Episode" von Sascha Schwarz.* Das Drehbuch. Sie hatte es gefunden!

Mit einer Hand versuchte Toni, die Tischplatte anzuheben, um es ganz herauszuziehen. Es steckte fest. Vielleicht gab es doch eine einfachere Möglichkeit. Sie umrundete den Tisch, zog von der anderen Seite des Schreibtischs mit ganzer Kraft an der mittleren Lade.

Genau in dem Moment hörte sie Schritte und Stimmen. Alexander Steiner kam zurück. „Wir werden das jetzt klären", sagte er. „Also, wovon –"

Toni ließ die Lade los, sprang zurück, riss mit ganzer Kraft daran – endlich hielt sie das Drehbuch in der Hand.

„Was soll das? Was machst du noch da?"

Sie wirbelte herum, hielt das Drehbuch hinter ihrem Rücken.

Alexander Steiner stand in der Tür, die Hände auf die Oberarme seiner durchnässten Tochter gelegt, die er vor sich ins Büro schob. Paul Herz blickte über Steiners Schulter. Toni sah Zoe an. Das Mädchen zitterte, ihre Lippen bebten, sie weinte noch immer. Oder schon wieder. Sie durfte sie auf keinen Fall mit den beiden Männern alleine lassen.

„Los. Raus", sagte Alexander Steiner.

„Nein." Toni blieb stehen, wo sie war.

Steiner kam bedrohlich auf sie zu. „Wenn du nicht gleich gehst ..." Sie hielt seinem Blick stand. „Das wird ein Nachspiel für dich haben", sagte er. „Ein Anruf, und das Konservatorium kannst du dir abschminken."

Zoe schluchzte weiter.

„Alexander", Paul Herz schob sich an Steiner vorbei, er wich Tonis Blick aus. „Vielleicht bringe ich Zoe am besten auf ihr Zimmer. Sie muss sich umziehen und –"

„Nein", unterbrach ihn Zoe weinend. Ihr Oberkörper zitterte.

„Jetzt reicht es aber", sagte Steiner. Er nahm sein Handy, wählte eine Nummer. „Hallo, hier ist Alexander Steiner. ... Ja, genau der. Können Sie bitte jemanden vorbeischicken. Hier befindet sich eine junge Frau, die mein Haus unrechtmäßig betreten hat und sich weigert zu gehen."

Kaum hatte er aufgelegt, kamen Brehm und Sybille Steiner zurück. Toni zog das Drehbuch hinter ihrem Rücken hervor. „Hier, ich hab es."

Doch Brehm hatte nur Augen für Zoe. Er ging an den anderen vorbei direkt auf das Mädchen zu. „Du wolltest es nicht, Zoe", sagte er völlig unvermittelt und beugte sich zu ihr. „Es war ein Unfall, nicht wahr?"

33

Edgar ließ das Mädchen nicht aus den Augen. Er hatte das gesamte Gespräch in Steiners Büro auf der Fahrt von seinem Büro zur Villa gehört. Zuerst hatte er gedacht, Zoe würde Paul Herz beschuldigen. Aber die Tatsache, dass sie weggelaufen war und nun wie ein Häufchen Elend dastand, erhärtete seinen Verdacht immer mehr. Seinen Verdacht, dass Zoe die Person war, die hinter dem Tod von Sascha Schwarz stand.

Edgar kannte den genauen Hergang noch nicht, er hatte lediglich eine vage Vermutung. Aber er wusste aus eigener Erfahrung, wie unerträglich es sich anfühlte, wenn man sich selbst nicht vergeben konnte.

„Du hast nicht gewusst, was du machen sollst, als dir klar wurde, was passiert ist. Darum hast du Paul angerufen", sagte er, „weil der immer alle Probleme bei euch löst."

Als Zoe nickte, sog Sybille Steiner hörbar die Luft ein, Alexander Steiner wankte. Nur Paul Herz schluchzte verhalten.

Edgar sah ihn an. „Sie wollten es vertuschen, nicht wahr? Doch dann haben Sie sich erinnert, dass Anna Ferry und Hermann Thiel mit dem Pärchen aus dem Nachbarhaus weggegangen sind. Hatten Sie Angst, dass sie etwas mitbekommen haben? Vielleicht als sie später auf ein Taxi warteten? Sie konnten ja nicht wissen, dass die beiden dort übernachtet hatten. Oder doch?" Herz konnte Edgars Blick nicht standhalten. „Haben Sie deshalb Frau Ferry am nächsten Morgen angerufen?"

Zoe Steiner hob fragend den Kopf, doch Herz winkte ab. „Sie sind nicht von der Polizei, Herr Brehm, also werde ich dazu nichts mehr sagen. Niemand wird das."

„Doch, er ist von der Polizei", erwiderte Zoe.

„Nein, ist er nicht ... das sind Sie doch wirklich nicht?", fragte Paul Herz.

Edgar schüttelte den Kopf.

„Gut, das ist gut", sagte Herz und bemühte sich, seine zittrige Stimme unter Kontrolle zu bringen.

„Was hast du getan, Paul?", fragte Alexander Steiner und sah ihn fassungslos an. Herz stand stumm und regungslos da. Der Regisseur kam auf ihn zu und packte ihn an den Schultern. „Was hast du getan?"

Mit dieser Reaktion schien Herz nicht gerechnet zu haben, er erwachte aus der Starre. „Was ich getan habe? Du fragst, was ich getan habe? Ich? Ich habe versucht, deine Tochter zu retten. Weil ich weiß, wie schwer es mit dir sein kann!", schrie er. „Aber ich, Alexander, ich hab mir das ausgesucht. Deine Tochter hat das nicht."

„Wovon redest du da, verdammt noch mal?", schrie Steiner zurück.

„Lass ihn in Ruhe. Er kann nichts dafür. Ich war es. Ich hab dir das Drehbuch von dem netten Kellner gegeben", sagte Zoe und sah ihren Vater an. „Du hast mich gar nicht beachtet, weil du mit dieser Blonden geredet hast. Mama hat es bemerkt, sie hat gefragt, was ich dir da gegeben hab, und da hab ich es ihr gesagt. Sie ist weggegangen, sie war wütend auf dich, wie immer. Aber ich hab gewartet, weil du doch glauben solltest, dass ich es dem Bitlinger aus der Tasche genommen hab. Und dann warst du plötzlich auch weg. Also hab ich dich gesucht."

Alexander Steiner schien sich davor zu fürchten, was jetzt kam. Sein Kiefer war so angespannt, dass die Muskeln hervortraten.

„Du warst mit der Blonden im Gästezimmer. Und ... sie mochte nicht, was du mit ihr machst." Ihre Stimme schwoll an. „Ich bin weg, hab Mama gesucht. Sie war mit ein paar Leuten in deinem Büro." Jetzt sah sie ihre

Mutter an. „Ihr habt Papas Koks geschnupft. Und du hast mir ein Plastiksackerl zugeworfen und gesagt, ich soll verschwinden und es Papa bringen. Wenn du Glück hast, dann nimmt er alles, und du hast keine Probleme mehr. Das hast du gesagt."

„Zoe", warf Paul Herz ein. „Bitte, das willst du doch nicht –"

„Doch, das will ich! Du hast sie immer gedeckt, Paul. Egal, was sie gemacht haben. Immer." Sie schluckte schwer. „Ich bin zur Bar, hab eine Flasche Champagner geholt und bin in mein Zimmer. Ich hab getrunken. Bis es mir einfach egal war, dass ihr mich hasst. Es war mir egal, dass ich euch nicht interessiere, und das wollte ich euch sagen. Ich bin in das Gästezimmer." Sie sah ihren Vater an. „Ich hab geglaubt, du bist noch da drin. Aber da war keiner mehr. Und dann hab ich aus dem Fenster geschaut und dich auf der Terrasse gesehen, Papa. Ich wollte dich rufen. Aber da war dieses Ding vorm Fenster, das für den Wassernebel, und da war ein Schieber. Ich wollte dich nur erschrecken. Ich wollte dir Angst machen ... damit du aufhörst, so ein Arschloch zu sein. Ich bin zurück in mein Zimmer und hab den Schraubenzieher von meinem Skateboard geholt, damit ich den Schieber öffnen kann. Und dann ist das Ding weggeflogen, ihm auf den Kopf, es war ein Geräusch ...", Zoe schloss die Augen, ein Beben ging durch ihren Oberkörper. „... wie wenn was Großes zerplatzt. Er ist einfach nach vorne umgekippt und ins Wasser gefallen."

„Oh Gott", hauchte Sybille Steiner. „Zoe, ist das wahr?"

Ihre Tochter nickte und fing erneut zu weinen an.

Das Hämmern an der Haustür kam so unvermittelt, dass sie alle zusammenzuckten.

„Hier ist die Polizei!", rief eine laute Männerstimme.

Edgar hielt sich nicht für besonders abergläubisch. Aber verfolgte ihn das Pech tatsächlich? Steckte hinter dieser Stimme an der Tür ausgerechnet Schebesta? So viel Pech konnte ein Mensch allein doch gar nicht haben.

„Wir sind hier!", rief Zoe Steiner.

„Zoe, du sagst kein –", sagte ihr Vater noch.

Da trat tatsächlich Schebesta ins Arbeitszimmer. Der Polizist, der hinter Edgars Rauswurf aus der Polizeieinheit gesteckt hatte. Er sah sich um und erkannte Edgar. Seine Miene verzog sich angewidert, aber nur für einen kurzen Moment. Schebesta hatte sich immer im Griff, das war schon damals so gewesen.

„Sie waren aber schnell", sagte Alexander Steiner in so freundlichem Tonfall, als hätte er bloß ein Taxi bestellt.

Schebesta sah Steiner verwirrt an. „Herr Steiner, Frau Steiner", er nickte ihnen lächelnd zu. „Meine Kollegin hat mich in Kenntnis gesetzt, dass es sich um einen Notfall handelt. Es liegt Gefahr im Verzug vor?"

„Kollegin?", fragte Steiner. „Sie kommen nicht wegen meines Anrufs gerade eben bei Kommissar ... ach, ich vergesse immer seinen Namen ..."

„Nein. Aber dann trifft es sich doch gut ..."

Das durfte nicht wahr sein! Es war Edgars eigene Schuld: Er hatte Fernanda eine SMS geschickt, als sie Zoe nicht in dem Park gefunden und Angst bekommen hatten. So außer sich, wie das Mädchen gewesen war.

GIV – Steiner Villa.

GIV, die Abkürzung für „Gefahr im Verzug". Jemandes Leben war in Gefahr. Daran, dass Fernanda Schebesta alarmieren könnte, hatte er gar nicht gedacht. Vielleicht hatte sie keinen Dienst oder war verhindert – natürlich würde sie bei „GIV" sofort jemandem Bescheid geben.

„Ich denke, wir warten lieber auf Ihre Kollegen", sagte Edgar.

„Also, worum geht es?", fragte Schebesta, als hätte er ihn nicht gehört.

„Der Tote, vor ein paar Tagen, in unserem Pool", brachte Zoe unter Schluchzen hervor.

„Ja?" Schebesta stützte seine Hände auf den Knien auf und beugte sich vor, als würde er mit einem kleinen Mädchen reden. „Vor dem Täter brauchst du keine Angst mehr zu haben. Der sitzt bereits in Untersuchungshaft. Was ist damit?"

„Er war es nicht", sagte sie.

„Zoe", zischte Sybille Steiner.

„Ich verstehe nicht?"

„Darf ich Ihnen einen Kaffee anbieten?", fragte Sybille Steiner überbetont freundlich. „In der Küche?"

Schebesta konnte man nicht trauen. Und die Steiners wollten ihre Tochter schützen. Geld wäre hier sicher kein Problem. Und wenn Schebesta sich in den letzten zwanzig Jahren nicht geändert hatte, dann müssten sie nur die passende Summe nennen, und Schebesta würde ohne Nachfrage verschwinden. Während Vincent Blum unschuldig verurteilt würde. Paul Herz hatte bis jetzt nichts gesagt, warum sollte sich das ändern? Blieben nur noch Edgar und Toni. Denen niemand glauben würde.

„Der Mann, den Sie eingesperrt haben, der ist unschuldig." Zoe ignorierte ihre Mutter, ihre Stimme zitterte immer mehr.

„Er soll was sein?"

„Hör auf, du weißt ja nicht, was du –", versuchte Sybille Steiner ihre Tochter zu stoppen.

„Unschuldig", sagte Zoe lauter. „Er war es nicht."

„Und woher weißt du das?", fragte Schebesta.

„Weil –" Weiter kam Zoe nicht.

„Weil ich es war", unterbrach ihr Vater sie.

Schebesta lachte auf, als hätte Steiner eben einen Scherz gemacht. Doch dann gefror das Lachen in seinem Gesicht. „Was soll das?", fragte er.

Alexander Steiner ging zu Toni und streckte die Hand nach dem Drehbuch aus. Sie sah ihn fragend an. Edgar bemerkte sein leichtes Kopfnicken. Sie schien zu zögern, doch schließlich reichte sie ihm das Drehbuch.

Kaum hatte er es, drehte er sich zu seiner Tochter. Obwohl Edgar ihn nur von der Seite sehen konnte, bemerkte er, wie Steiner Zoe beruhigend zunickte. Dann wandte er sich an Schebesta und hielt das Drehbuch in die Höhe.

„Wegen dieses Drehbuchs habe ich Sascha Schwarz umgebracht."

35

Toni lag im Bett und starrte auf die Zimmerdecke. Es war kurz vor sechs, sie war mit klopfendem Herzen aufgewacht und konnte nicht mehr einschlafen. Der gestrige Tag ging ihr nicht aus dem Kopf.

Keiner von ihnen hatte etwas gesagt, als dieser Polizist seine Kollegen verständigte, Alexander Steiner seine Aussage machte und ihn die Beamten schließlich abführten. Es schien ein unausgesprochenes Abkommen zu herrschen zwischen den Anwesenden, die die Wahrheit gehört hatten. Zoe Steiner war wohl ein paar Mal nahe dran gewesen, doch noch alles zu erzählen, aber die Blicke ihres Vaters hatten sie zurückgehalten.

Als die Polizei abgezogen war, nahm Brehm Ferrys Tagebücher an sich. Die Fotos zerriss er und steckte die Schnipsel in seine Hosentasche. Niemand reagierte darauf. Vielleicht war es auch der Schock, der alle verstummen lassen hatte.

Brehm hatte Toni ein Zeichen gegeben zu gehen. Sie waren schon bei der Tür, als sich Toni noch einmal umdrehte. Eine Frage ließ sie immer noch nicht los: „Frau Steiner, Paul ... wenn Sie beide das alles die ganze Zeit gewusst, die Tagebücher und Fotos gekannt haben ... wieso haben Sie nie etwas gesagt?" Keiner von ihnen antwortete. „War es wirklich wegen des Ehevertrags und des Jobs?"

Herz drehte sich weg, Sybille Steiner sah Toni regungslos an. Langsam schüttelte sie den Kopf, griff nach der Hand ihrer Tochter. Und verließ ohne ein Wort mit ihr das Zimmer.

„Es gab nie einen Ehevertrag", sagte Herz. „Das hat Alexander immer seinen ... er hat es den Frauen erzählt, als Begründung, warum er sich nicht scheiden lassen kann." Er sah zu den Tagebüchern in Brehms Hand. „Bringen Sie die Anna?"

Brehm nickte. Herz trat zu ihm und flüsterte ihm etwas ins Ohr, dann folgte er Sybille Steiner und ihrer Tochter. Dieses Problem würde er nicht lösen können.

Toni und Brehm gingen schweigend zum Auto, erst als sie drinsaßen, fragte er: „Macht es Ihnen was aus, wenn wir einen kurzen Umweg nehmen? Danach bringe ich Sie nach Hause. Der Vertrag hat Zeit bis morgen."

Toni nickte, und Brehm schaltete das Radio ein. Toni war dankbar dafür, sich von der Stimme des Moderators ablenken zu lassen. Doch wie lange würde es dauern, bis die Neuigkeiten an die Öffentlichkeit gelangten? Würde man Steiner überhaupt glauben, dass er den Mord begangen hatte? Toni versuchte einzuordnen, was in seinem Büro eben geschehen war: Hatte er die Tat auf sich genommen, um seiner Tochter einen Prozess zu ersparen? Oder weil er sich für das große Ganze verantwortlich fühlte? War es der Preis, der nun zu zahlen war für alles, was Steiner in den letzten Jahren getan hatte? Was passierte nun mit Zoe Steiner?

Der Regen hatte endlich aufgehört und strahlendem Sonnenschein Platz gemacht, als sie bei einem Wohnhaus im neunten Bezirk hielten, vor dem ein paar der Lkws der Filmproduktionsfirma standen.

„Ist sie hier?", fragte Toni.

Brehm nickte. „Sie mussten wegen des Regens den Drehort wechseln", murmelte er. „Laut Herz wollte Steiner am Weg dorthin kurz zu Hause vorbeifahren, Notizen holen. Wäre er nicht gekommen ..."

Er stieg aus, ohne den Satz zu beenden, sprach einen der Securitymänner an und kehrte wieder zurück.

„Sie kommt gleich", sagte er und setzte sich ins Auto.

Anna Ferry trat voll kostümiert aus dem Gebäude, der Securitymann deutete auf den Wagen, und sie schritt aufgebracht in ihre Richtung. Sie schien mehr als ungehalten über die Störung.

Brehm ließ das Fenster herunter. „Auf der Rückbank liegt etwas für Sie."

Ferry bemerkte Toni und war sichtlich überrascht, sie hier zu treffen. Dann entdeckte sie die Hefte auf der Rückbank. „Sind das ...?"

Brehm nickte, und die Schauspielerin öffnete sofort die hintere Tür. Doch statt sich die Tagebücher zu nehmen, stieg sie ein.

„Was wollen Sie dafür?", fragte sie Brehm.

„Nichts. Sie gehören Ihnen."

Ferry stieß einen erstaunten Laut aus. „Wo ist Alexander?"

Brehm schüttelte den Kopf. Er griff in seine Hosentasche, reichte ihr die Fotoschnipsel. „Das sind Ihre. Wir müssen los", sagte er, doch Anna Ferry dachte nicht daran auszusteigen.

„Du gehörst zu ihm?", fragte sie Toni. „Paul hat gesagt, du hast mit der Instagram-Sache gelogen und bist eine Schauspielschülerin?"

„Stimmt beides."

„Welche Schule?"

Die Frage überraschte Toni. Bis jetzt hatte sie vermieden, Ferry anzusehen, nun drehte sie sich um. „Konservatorium, erstes Jahr."

Ferry lächelte, es wirkte fast wehmütig. Ihr Blick lag auf den Fotoschnipseln, die sie so fest in der Hand hielt, dass ihre Fingerknöchel weiß hervortraten.

„Du hast Glück."

„Wegen der Schule?"

„Nein. Weil sich die Zeiten ändern. Hoffe ich."

Sie sah auf die Hefte. „Ich dachte nie, dass ... Ich hab immer Tagebuch geschrieben. Bereits als Kind. Wenn ich schreibe, kann ich besser denken." Sie schaute geistesabwesend aus dem Seitenfenster.

„Er hat mich gefragt, ob ich die Angst in mir loslassen kann", sagte Toni. Es war eine Erleichterung, das auszusprechen.

Anna Ferry nickte, ohne den Blick abzuwenden. „Es ... damals ... mit Alexander ... ich war mir am Anfang nicht sicher, was das ist. Es war verwirrend. Tief im Inneren wusste ich, es war nicht richtig. Aber ... ich war geschmeichelt. Am Anfang. Dumm, oder? Dann wollte ich es beenden. Er hat mir gedroht. Wenn ich das tue, würde ich nie wieder als Schauspielerin einen Job bekommen." Sie strich sich über den Trenchcoat. „Also hab ich geschwiegen. Nachdem ich diesen Zusammenbruch hatte, hat er sich distanziert. Vielleicht hat er mich auch einfach nur ersetzt. Mir ging es immer schlechter. Ich musste irgendwas tun. Darum hab ich ihn abgepasst und ihm dieses Heft gegeben, mit dem Sie gestern angekommen sind." Sie machte eine Kopfbewegung Richtung Brehm. „Alexander ist zu mir nach Hause gekommen. Er ist ausgerastet. Hat mich gezwungen, ihm alle Tagebücher zu geben. Als Gegenleistung für ... eine Karriere. Und ich", sie biss sich auf die Lippen. „Ich habe mich darauf eingelassen."

„Aber wieso, du bist so eine gute Schauspielerin, du hättest es doch –"

„Weißt du, wie viele Jahre ich arbeitslos war, in Cafés und bei allen möglichen Events gejobbt hab? Vielleicht war ich damals auch einfach nicht gut genug? Vielleicht bin ich besser geworden? In diesem Beruf hat man Glück. Oder man bekommt die Chance, reinwachsen zu dürfen. Wenn jemand etwas in dir sieht, an das du zwar glaubst, das du dann aber doch nicht zeigen kannst. So absurd es klingt: So jemand war Alexander. Er hat es gesehen. Trotz allem."

Dachte sie das wirklich? Oder war es eine Rechtfertigung, die es ihr leichter machte, das alles zu ertragen?

„Wieso hat er Ihre Tagebücher nicht vernichtet?", fragte Brehm.

„Um etwas gegen mich in der Hand zu haben. Einen Beweis für unser ... Gegengeschäft. Falls ich mal auf die Idee komme zu reden." Sie verstummte.

„Das wolltest du ja auch nie", sagte Toni. Sie konnte die Enttäuschung nicht verbergen.

„Doch", verteidigte sich Ferry. „Ich wollte es immer wieder. Und dann, als #MeToo kam, habe ich mir gedacht, jetzt ist der richtige Zeitpunkt. Vielleicht war es feig. Ich hab ja nur beschlossen, mich anzuschließen ... Aber dieses Lügen, es sollte endlich ein Ende haben. Dann habe ich gesehen, wie in der Öffentlichkeit mit den Frauen umgegangen wird, die sich melden." Sie senkte den Blick.

„Und Hermann Thiel? Hat er sich deshalb von dir getrennt?"

Sie schüttelte den Kopf. „Nicht er wollte diese Trennung. Sondern ich. Er war erschüttert, als er durch das blöde Spiel davon erfahren hat. Hat gesagt, wir müssen die Dreharbeiten sofort abbrechen. Er war so außer sich, wollte Alexander damit konfrontieren. Aber was hätte das für einen Sinn gehabt? Dann wäre es öffentlich geworden. Alles, was ich mir in den letzten Jahren aufgebaut habe ... Wir wussten doch beide, wie in den Medien damit umgegangen wird. Darum haben wir ja sogar unsere Beziehung vor der Presse geheim gehalten, um unsere Ruhe zu haben." Sie fixierte Toni. „War ich feig? Sicher war ich das. Aber nur weil ich diesen

Beruf ausübe, hab ich kein Recht, feig zu sein? Beim Spielen kommt es darauf an, wie sensibel, empfindsam, durchlässig du bist. Aber wie kommt man damit im echten Leben zurecht?" Ferrys Blick war klar und mitleidslos. „Ich wollte immer nur Schauspielerin sein. Arbeiten und davon leben können. Nichts weiter."

Und dann war sie einfach ausgestiegen, und Brehm hatte Toni nach Hause gebracht.

Toni zog sich die Decke bis unters Kinn. Sie fühlte sich so alleine wie schon lange nicht mehr. Sie sollte aufstehen, sich einen Kaffee machen, duschen, anziehen. Aber sie war einfach zu erschöpft. Vielleicht auch einfach nur zu traurig.

Antriebslos blieb sie liegen, bis ihr Handy einen Benachrichtigungston von sich gab.

Es war Brehm: *Sind Sie wach? Ich komme gerade von Kubra.*

Sie rief ihn sofort an. „So früh?"

„Konnte nicht schlafen. Und ich dachte mir, die Chance, ihn anzutreffen, ist jetzt am höchsten."

„Und?"

„Er ist nicht gerade ein angenehmer Zeitgenosse. Das Geld ist weg. Aber ich hab wenigstens zwei Schmuckstücke zurückbekommen. Einen Brillantring und eine Perlenkette."

„Wie haben Sie das gemacht?"

„Manchmal ist es ganz hilfreich, dass ich früher bei der Polizei war. Ich hab ihm gesagt, er kann mir geben, was er hat. Oder er bekommt Besuch von meinen ehemaligen Kollegen. Das hat ihn überzeugt. Die restlichen Schmuckstücke hat Meier angeblich selbst verkauft."

Toni setzte sich auf. Sie hatte damit gerechnet, trotzdem war es ein Schlag, das alles zu hören. Besonders, nachdem sie Felix und Lena gestern zusammen gesehen hatte. Die bis jetzt nicht zurückgerufen hatte.

„Sonst ist also alles weg."

Toni kamen die Tränen.

„Ja. Wie ich vermutet habe. Meier ist ein Spieler. Er ist in ein paar dubiose Geschäfte verwickelt. Und ..." Er räusperte sich.

„Was?"

„Toni, es tut mir wirklich leid. Anscheinend sind Sie nicht die einzige Freundin, deren Geld er sich geholt hat. Sofern Kubra die Wahrheit sagt, wovon ich ausgehe. Er war bis vor einem Jahr im Gefängnis und hat keine Lust auf einen weiteren Aufenthalt."

Sie lehnte sich nach hinten in die Kissen und schloss die Augen.

„Können Sie mich abholen?", fragte sie. „Ich muss was erledigen. Da hätte ich Sie gerne dabei."

36

Obwohl Lena völlig verschlafen war, als sie öffnete, konnte Toni ihr ansehen, wie erschrocken sie war. Nicht nur, dass Toni um diese Uhrzeit vor ihrer Tür stand, sondern dass sie auch noch Brehm im Schlepptau hatte.

„Du ... was ...?", stammelte Lena in ihrem Pyjama.

„Ich will Felix sprechen."

„Was? Aber du ... wieso?"

„Ich weiß es, Lena. Ich habe euch gesehen."

Lena drehte sich um und sah in ihre Wohnung. „Nicht so laut, er schläft –"

„Das ist mir scheißegal! Wie lange ist das schon gelaufen?" Toni musste sich zurückhalten, um nicht zu heulen.

Sie schien Lena mit dieser Frage getroffen zu haben, sie zuckte zurück und schüttelte heftig den Kopf. „Da ist nichts gelaufen. Es ist nicht so, Toni ..." Sie sah zu Brehm, schien abzuwägen, ob seine Anwesenheit sie störte, und sagte dann: „Einen Moment."

Lena verschwand in der Wohnung, kam nach ein paar Sekunden zurück, trat mit ihren nackten Füßen auf den Steinboden im Treppenhaus und zog vorsichtig die Tür hinter sich zu.

„Hier." Sie reichte Toni ein zusammengerolltes Geldbündel – das mussten um die zwanzig Hunderteuroscheine sein. „Das ist alles, was er bei sich hatte", flüsterte sie. „Ich hab ihm gesagt, er kann ein paar Tage hier bleiben. Ich glaub, da kommt noch mehr."

„Was ist das?"

„Dein Geld. Das gehört dir. Er glaubt, ich steh auf ihn." Lena verdrehte die Augen.

„Das tust du nicht?"

„Was? Natürlich nicht. Er ist vorgestern in der Nacht angekommen, hat gesagt, dass du ihn rausgeworfen hast", flüsterte sie. „Hat geheult, der Gschichtldrucker.

Ich hab so getan, als würd mich das alles total interessieren, weil er doch so toll ist. Der Arsch. Hab ihm sagen müssen, wir können keinen Sex haben, weil ich doch deine Freundin bin und es nicht übers Herz bringe, aber immer schon in ihn verliebt war. Darum konnt ich dich auch nicht anrufen, ich hab Angst gehabt, er kriegt was mit. Er schläft im Wohnzimmer, während ich einen auf Ophelia mache. Und sein Geld hat er bei mir versteckt. Aber der Depp hat nicht bemerkt, dass ich die Laptopkamera die ganze Zeit laufen lasse, wenn er da ist. Er denkt, der Computer ist an, damit er ihn benutzen kann."

„Du machst was?"

„Lena", kam es von drinnen. „Lena, wo bist du?"

„Scheiße", sagte Lena noch, da öffnete Felix bereits die Tür.

Er sah die Scheine in Tonis Hand, schaute zu Lena, als könnte er nicht verstehen, was da vor sich ging. „Das ist ... woher hast du das?" Er griff nach der Rolle, doch Brehm war schneller und packte ihn am Handgelenk.

„Loslassen", sagte Brehm. Seine Stimme klang bedrohlich.

Das schien zu wirken. Felix ließ los, ging wütend zurück in die Wohnung und kam wenig später vollständig bekleidet mit Rucksack heraus.

„Und ich hab dir vertraut", giftete er Lena an.

„Es war mir ein Vergnügen, du Arschloch", sagte Lena und wirkte dabei fast fröhlich.

„Toni", begann Felix, „können wir kurz reden? Alleine?"

Mit seinen großen Augen sah er sie sehnsuchtsvoll an. Es war dieser Blick, mit dem er ihr gesagt hatte, wie sehr er sie liebte. Den sie so sehr vermisst hatte.

Sie trat einen Schritt näher zu ihm. Ein erleichtertes Lächeln breitete sich auf seinem Gesicht aus. Ihr Herz klopfte bis zum Hals. Sie stellte sich auf die Zehenspitzen, seine Wange an ihrer Wange. Sie spürte seine Bartstoppeln, die sie so oft beim Küssen gekratzt hatten.

„Ich bin nur hergekommen, weil ich dir sagen wollte, dass ich dich angezeigt habe", flüsterte sie in sein Ohr.

Während der ganzen Fahrt in die Detektei warf ihr Brehm immer wieder Seitenblicke zu. Als müsse er sich vergewissern, dass es ihr gut ging.

„Es ist alles okay", sagte Toni schließlich. Obwohl sich das nicht so anfühlte. Toni wollte bei Lena bleiben. Sie verstand noch immer nicht, wie sie ihre Freundin hatte verdächtigen können.

„Seien Sie nicht so streng zu sich. Das war alles ein bisschen viel", beruhigte Brehm sie.

Er bestand darauf, dass sie das Bürokratische endlich hinter sich brachten, bevor der unvermeidliche Behördenbesuch wegen der Geschichte mit Steiner vor der Tür stand. Also hatte Toni mit Lena ausgemacht, sich in einer Stunde zum Frühstück am Naschmarkt zu treffen.

„Mit Herrn Meier, da haben Sie mir eben sehr imponiert", sagte Brehm.

„Wissen Sie, was ich nicht verstehe? Dieser letzte Satz in dem Tagebuch. Den hat Sybille Steiner geschrieben, nicht wahr?"

Brehm nickte.

„Aber warum? Sie dachte doch wirklich, ihr Mann hat Sascha Schwarz umgebracht. Damit hätte sie den Verdacht von ihm abgelenkt."

„Das Drehbuch."

„Bitte?"

„Sie hat von dem Drehbuch erzählt, in dem die Schauspielerin versucht, den Regisseur zu erpressen.

Ich denke, darum hat sie es in das Tagebuch geschrieben. Um die Spur zu verdichten."

Brehm parkte gerade ein, da läutete sein Handy. Weil sich hinter ihm bereits eine Kolonne gebildet hatte, bat er Toni, den Anruf entgegenzunehmen.

„Hier bei Brehm", antwortete Toni.

„Oh, hallo. Hier ist Vincent Blum. Kann ich Herrn Brehm sprechen?"

„Einen Moment."

Brehm stellte den Motor ab, und Toni drückte ihm das Handy in die Hand. Als sie Vincent Blums Namen nannte, breitete sich ein leichtes Lächeln auf seinem Gesicht aus.

„Hier Brehm ... das freut mich", sagte er und öffnete die Autotür. „Nein, nein, ein Honorar ist nicht nötig. Sie haben mich ja nicht –" Plötzlich stoppte er mitten im Aussteigen. „Wie bitte?", fragte er laut. „Das ... ähm ...", stammelte er.

Wurde Brehm gerade rot? Toni trat neben ihn. Erst jetzt fiel ihr auf, dass er noch immer den Autoschlüssel vor das Schloss hielt, als hätte ihn jemand versteinert.

„Es ist gerade ungünstig, ich rufe Sie zurück ... Was? ... Nein, das ist keine Ausrede ... Ja, ich würde es sagen, wenn es so wäre. Ich melde mich."

„Will er ein Date mit Ihnen?"

Die Frage hatte Toni halb im Scherz gemeint, doch Brehms Blick sprach Bände. Er schüttelte den Kopf – ob er damit Vincent Blum oder seine Antwort meinte, wusste sie nicht.

„Und gehen Sie mit ihm aus?"

Brehm schüttelte erneut den Kopf und ging in die Detektei. Erst als er hinter seinem Schreibtisch saß, Toni auf dem Thron Platz genommen hatte und er ihr den Vertrag zur Unterschrift hinhielt, fragte sie ihn: „Warum nicht?"

„Warum? Er ist zwanzig Jahre zu jung. Mindestens", brummte er.

„Na und? Vielleicht ist das ja gut für Ihr Herz."

Brehm zog eine Augenbraue hoch, sagte jedoch nichts darauf. Stattdessen griff er in die Schreibtischschublade und reichte ihr ein prall gefülltes Kuvert.

Schon beim ersten Blick hinein wusste sie: Es war zu viel Geld.

„Ich möchte dazu keinen Kommentar hören", sagte er. „Es sollte für die Rückstände in der Seniorenresidenz und die nächsten beiden Monate reichen."

„Danke, Herr Brehm, ich –"

Er winkte ab, doch sie stand auf, und er sah sie ein wenig erschrocken an, als sie neben seinen Stuhl trat.

„Was?", fragte er.

Toni musste sich fast gar nicht hinunterbeugen, als sie ihn umarmte. Wenn sie stand und er saß, waren sie annähernd gleich groß.

Brehms Körper fühlte sich fester an, als sie erwartet hatte. Im ersten Moment schien er sich zu verkrampfen, doch dann entspannte er sich, sein Muskelkorsett gab nach. Er tätschelte ihr unbeholfen den Rücken.

An der Tür waren Kratzgeräusche zu hören.

Toni ließ ihn los, sah noch, wie er verlegen lächelte, als sie die Tür öffnete.

Der Kater sah zu ihr hoch und miaute vorwurfsvoll.

„Sie hatten recht." Brehm war neben sie getreten. Er hatte die Arme verschränkt, vielleicht hatte er Angst, sie könnte ihn sonst noch einmal umarmen. Körperliche Nähe war er eindeutig nicht gewohnt. „Er heißt Kater wegen ‚Frühstück bei Tiffany'", sagte er.

Die beiden lächelten einander an und reichten sich die Hand zur Verabschiedung.

Toni hörte noch, wie Brehm den Kater um Entschuldigung dafür bat, dass er schon wieder kein Fressen für ihn besorgt hatte, als sie die Treppe hinunterging.

Der Supermarkt war nicht weit. Sie kaufte vier Dosen der teuersten Sorte und einen Sack Trockenfutter.

Als sie zurückkam, stand die Tür zu Brehms Detektei offen. Er saß hinter dem Schreibtisch und bemerkte sie nicht, da er gerade telefonierte.

„Hallo, Kurt", sagte er ins Handy. „Ich bin's, Edgar. Wie geht's dir?"

Um ihn nicht zu stören, stellte Toni das Katzenfutter so leise wie möglich ab und schloss die Tür des Büros. Während sie die Treppe erneut hinabstieg, wurde ihr warm ums Herz.

Lena wartete bereits im Schanigarten ihres Lieblingslokals am Naschmarkt. Sie studierten die Speisekarte, entschieden sich wie immer für ein griechisches Frühstück mit Kaffee, und Toni bestellte sich auch gleich noch ein Schokocroissant dazu. Sie war vollkommen ausgehungert.

„Es tut mir so leid, dass ich auch nur einen Moment geglaubt hab, du und Felix ... also dass da was laufen könnte von deiner Seite", sagte Toni zu Lena, als die Kellnerin ihre Bestellung aufgenommen hatte. „Und das soll wirklich keine Ausrede sein, aber in letzter Zeit warst du so anders, und dann hast du im Unterricht geweint, und als ich dich und ihn in der U-Bahn gesehen habe ... ich hab mich einfach nicht mehr ausgekannt. Entschuldige, es tut mir wirklich, wirklich leid."

Lena verschränkte nachdenklich die Arme und lehnte sich zurück.

„Was?", fragte Toni. „Bist du mir böse?"

Sie schüttelte den Kopf. „Nein, das ist es nicht."

„Was ist es dann?"

„Es gibt da wirklich was."

Toni spürte, wie sich ihr Magen verkrampfte. „Was ist los?"

„Ich glaub nicht, dass ich auf die Schauspielschule gehöre."

„Was?"

„Ich glaube, ich bin einfach keine Schauspielerin." Sie klang verzweifelt. „Ich wäre gerne eine, ich dachte, ich bin eine, und alle hätten sich geirrt, die mich nicht aufgenommen haben. Aber ich glaube, nicht die haben sich geirrt. Sondern ich."

„Ich versteh nicht, was du meinst, Lena."

„Ich werde die Schule hinschmeißen."

„Moment mal, hat die Schmitz was gesagt?"

Lena schüttelte den Kopf. „Nein, und darum geht es auch nicht ..."

„Du hast es so viele Jahre versucht, und dann, nachdem es endlich geklappt hat, willst du hinschmeißen?"

„Ja, genau, davon red ich doch. Wie eine Irre bin ich von Aufnahmeprüfung zu Aufnahmeprüfung getingelt. Ich war eine Kämpferin, ich hab einfach nicht aufgegeben. Das war mein Ziel, dafür hab ich beschissene Jobs angenommen, um mir die Vorbereitung für die Aufnahmeprüfungen, die Flug- und Zugtickets zu leisten. Und jetzt bin ich drin, sogar in der, in die ich am meisten wollte, und alle sind so emotional und spüren so viel und drücken ihre Gefühle aus. Und bei mir? Nix. Nada. Ich fühle gar nichts. Ich kann das einfach nicht. Ich glaub, ich hab mir die ganzen Jahre nur was vorgemacht." Toni wollte etwas sagen, aber Lena sprach weiter und ließ sich auch von der Kellnerin, die den Kaffee brachte, nicht ablenken. Sie lehnte sich mit den Ellbogen auf den Tisch. „Wie ich bei dieser Übung von der Schmitz alle gehört hab, wie sie brüllen und seufzen und loslassen. Ich hab es so versucht. Aber bei mir war da nix mit brüllen und seufzen und loslassen. Und darum hab ich geheult. Es ist ja nicht nur in ihrer Stunde so, sondern auch in den anderen." Sie seufzte, senkte den Kopf. „Ich sag irgendwelche Texte auf, und ich denk mir, wie lang dauert es noch, bis sie draufkommen, dass es ein Fehler war, mich aufzunehmen? Dass ich nix kann. Am Anfang hab ich mir noch gedacht, das wird sich schon irgendwann ändern. Aber je mehr ich euch alle sehe und je mehr ich dich gesehen hab ... dir fällt das alles so leicht, und ich fühl mich immer mehr wie die totale Versagerin."

„Lena", Toni beugte sich vor und legte ihre Hand auf die ihrer Freundin. „Ich sage dir das jetzt mit Liebe und Wertschätzung: Du hast einen Knall."

Verwundert zog Lena die Augenbrauen zusammen.

„Es ist überhaupt kein Wunder, dass es dir so geht", fuhr Toni fort.

„Doch, das ist ein –"

„Nein, ist es nicht. Du hast dir den Arsch aufgerissen, um aufgenommen zu werden. Und jetzt machst du dir die ganze Zeit einen irren Druck, du lässt dir nichts durchgehen, kontrollierst dich, um nur ja nicht zu versagen."

„Ja. Und das soll nicht so sein."

„Ich weiß nicht, ob es so sein soll oder nicht. Und du weißt das auch nicht."

„Aber das ist doch Scheiße."

„Ja, vielleicht ist das Scheiße, aber soll ich dir was sagen? Aus jeder Scheiße wird irgendwann auch mal Dünger."

Sie sahen sich an und prusteten laut los.

Epilog

„Du bist Elisabeth von England, kein Nilpferd, Antonia. Das verlangt Grazie, Eleganz, Stärke. Was du da machst, ist unwürdig für eine Studentin des Konservatoriums."

Die Schmitz saß nur ein paar Meter von der Bühne im Klassenzimmer entfernt und wand sich auf dem Stuhl, als würde ihr Tonis Anblick körperliche Schmerzen bereiten. Dabei war dieser Monolog ihre Idee gewesen.

Gleich in der ersten Unterrichtsstunde, die Toni nach Steiners Anruf bei der Schulleiterin hatte, war die Schmitz ganz begeistert von der Idee, sie die Elisabeth aus „Maria Stuart" einstudieren zu lassen. Wahrscheinlich sollte es ein Lob sein, dass sie Toni ausgerechnet ihre Paraderolle vorgeschlagen hatte.

Das war aber auch vor einer Woche gewesen, als der Skandal um Alexander Steiner noch nicht durch die Medien gegangen war. Seither schien es kein anderes Thema mehr in der Presse zu geben. Das Drehbuch von Sascha Schwarz war für zehn Euro von einer Zeitung zum Download angeboten worden, und die Klicks waren sofort durch die Decke gegangen. Jeder wollte es lesen.

Natürlich befeuerte das die wildesten Spekulationen. Welche Schauspielerin konnte darin gemeint sein?

Daran änderte sich auch nichts, als sich die Freundin des verstorbenen Autors meldete und beteuerte, Sascha hätte von Steiners Eskapaden nichts gewusst. Sascha Schwarz hätte in seinem Drehbuch bloß das Medienecho auf diverse Skandalfälle der letzten Zeit verarbeitet.

Weder von Steiner noch von seinem Anwalt gab es dazu einen Kommentar.

Ferry war schließlich doch mit der Sache an die Öffentlichkeit gegangen und hatte preisgegeben, was am Beginn ihrer Karriere vorgefallen war. Auch sie glaubte an diese Geschichte des Drehbuchs. Weder Paul Herz noch Steiner hatten ihr die Wahrheit darüber gesagt, was nach der Party passiert war.

In der Presse wurde Ferry dafür zerrissen, was wahrscheinlich die Ursache war, dass sich niemand sonst öffentlich meldete. Toni hatte mit Schrecken gelesen, dass manche sogar der Schauspielerin die Schuld am Tod von Sascha Schwarz gaben.

Wenigstens waren Thiel und Ferry wieder ein Paar, und Ferry ließ sich auch nicht unterkriegen: In kurzen Videos meldete sie sich zu den Vorwürfen gegen sie. Es hagelte geschmacklose Kommentare, doch sie machte weiter: Es müsse sich endlich etwas ändern. Nicht nur in ihrer Branche.

„So, also noch mal", forderte die Schmitz Toni auf. „Fang nicht gleich mit dem Text an. Gib mir einen Vorlauf der Szene. Ich muss sehen, wer du bist, woher du kommst, was du willst – und das, bevor du die erste Zeile sprichst."

Toni schloss die Augen. Sie war die Königin von England, die sich auf ihrem Thron behaupten musste. Aber unter den Argusaugen der Schmitz, deren Zuneigung sich seit Steiners Verhaftung wieder um 180 Grad gedreht zu haben schien, fühlte sie nichts davon.

„Hast du ein Glück, dass nächste Woche das Schuljahr zu Ende ist", hörte sie die Schmitz murmeln.

So funktionierte das nicht.

Toni öffnete die Augen und sah die Schmitz an. Wahrscheinlich hatten der Ärger und die Wut mehr mit der Schulleiterin selbst zu tun als mit ihr. Hatte Ferry das damit gemeint? Damit, dass man sensibel und gleichzeitig knallhart sein müsse?

Toni ballte die Hände zu Fäusten, nahm einen tiefen Atemzug.

Und dann ließ sie einfach alle Erwartungen los. An sich selbst, an die Schmitz – es war egal. Sie wollte einfach nur spielen, die Geschichte dieser Figur erzählen, mit ihrem Körper, ihrer Stimme, ihrer ganzen Existenz. Es ging gar nicht mehr um sie – und im selben Moment doch ausschließlich.

Schon nach den ersten paar Worten vergaß Toni, dass die Schmitz vor ihr stand, sie beurteilte und sie sich in diesem kleinen Studio in der Schauspielschule befand.

Als der Monolog zu Ende war und Toni verschwitzt auf den Bühnenbrettern saß, nickte die Schmitz. „Ich hab ja gesagt, es fällt dir zu leicht."

Was aus ihrem Mund wahrscheinlich das größte Kompliment war. Toni würde sich daran gewöhnen müssen, denn die Pensionierung der Schmitz war um mindestens ein Jahr verschoben worden.

„Wir sehen uns am Dienstag", sagte die Schmitz und rauschte ab.

Als Toni ihre Tasche zusammenpackte, läutete ihr Handy.

„Hast du noch Unterricht?", fragte ihre Großmutter.

„Gerade fertig."

„Wunderbar. Ich warte vor dem Eingang auf dich. Mein Kapitän fährt uns."

Toni war überrascht gewesen, als Brehm sie vor ein paar Tagen angerufen hatte. Nicht über den Anruf an sich, sondern weil er sie und ihre Großmutter zum Abendessen eingeladen hatte. „Im kleinen Rahmen, bei mir zu Hause. Nichts Aufregendes", hatte er gesagt.

Auf der Fahrt zu Brehm erfuhr Toni, dass es sich der Schiffskapitän nicht hatte nehmen lassen, sie hinzubringen. Anscheinend war er eifersüchtig auf den Detektiv. Das schien ihrer Oma zu gefallen.

„Aber er ist –", begann Toni.

„Hinreißend!", fiel ihre Oma ihr ins Wort und warf ihr über den Rückspiegel einen beschwörenden Blick zu.

Brehm öffnete ihnen in Jeans und hochgekrempeltem weißem Hemd. Er sah gut aus, die Blässe war aus seinem Gesicht verschwunden, und ein Dreitagebart machte ihn um Jahre jünger. Oder hatte das mit einer Verabredung mit Vincent Blum zu tun, der er vielleicht doch zugestimmt hatte?

Brehm führte sie durch die Wohnung auf eine kleine Terrasse.

Wie in der Detektei hatte er auch in seinen vier Wänden antike Möbel, die eine gemütliche Atmosphäre verbreiteten. Die Wände waren mit dunkelroten Stofftapeten überzogen, es gab goldene Stuckleisten, Kristallluster, ein hellbraunes altes Schaukelpferd aus Holz, das zu einer Stehlampe umfunktioniert worden war, und eine Chesterfield-Sitzgarnitur. Tonis Großmutter kam gar nicht mehr aus dem Schwärmen heraus.

So groß die Wohnung war, so klein war die Terrasse: Ein länglicher Tisch füllte mehr als drei Viertel der Fläche, an ihm saß schon Fernanda, die Toni mit einer Umarmung begrüßte. Ihr gegenüber saßen ein Mann und eine Frau. Am Stock, der am Stuhl des Mannes lehnte, erkannte Toni, dass es Kurt Eisner sein musste. Seine Frau Edith hatte rote Wangen und schon einen leichten, sektbedingten Schwips. Sie entschuldigte sich kichernd für ihren Schluckauf. „Wegen der Blaserln", erklärte sie und hickste erneut.

„Sie sind also die berühmte Toni Lorenz", sagte Kurt, als er ihr die Hand reichte. „Edgar hat mir viel von Ihnen erzählt."

Sekt wurde gereicht, das Kleid ihrer Großmutter bewundert und bei einem ausgezeichneten Vier-Gänge-Menü gelacht, getrunken und über Fernandas bevorstehende Reise nach Vancouver gesprochen. Über die Sache mit Steiner verlor niemand ein Wort. Es war ein schöner Sommerabend, noch immer heiß vom Tag. Als wäre der strahlende Sonnenschein der letzten Tage die Wiedergutmachung, weil es zuvor so viel geregnet hatte.

„Es ist Zeit für einen Sgroppino Verde", sagte Brehm.

„Was ist das?", wollte Toni wissen.

„Eines von Edgars köstlichen Geheimrezepten", antwortete Kurt. „Ich nehm einen." Auch der Rest stimmte mit ein.

„Wenn Sie wollen, zeige ich es Ihnen", sagte Brehm.

Toni freute sich über das Angebot, so hätte sie auch die Möglichkeit, mit ihm alleine zu sprechen. Sie folgte ihm in die Küche. Über dem Kühlschrank hing ein gerahmtes Schwarz-Weiß-Foto von Audrey Hepburn als Holly Golightly mit Zigarettenspitze. Toni deutete darauf.

„Und, bekommt der Kater jetzt einen Namen?", fragte sie, worauf Brehm auflachte.

„Vielleicht später mal."

Er nahm einen Mixer aus dem Regal und bat sie, die Eisbox aus der Tiefkühltruhe zu holen.

„Es ist nur ein Geheimrezept, weil es so beschämend einfach ist", sagte er. „Zitroneneis, Limoncello, ein paar frische Basilikumblätter und Sekt, das kommt alles in den Mixer." Als Toni ihm das Eis reichte, hielt er inne und lächelte. „Sie sehen gut aus", sagte er.

„Danke, Sie auch."

Brehm gab einen Laut von sich, der klang, als würde er daran zweifeln. „Und wie geht es Ihnen?"

„Ich weiß es nicht so genau." Toni lehnte sich an die Kredenz und sah Brehm zu, wie er eine Flasche Sekt in einen Glaskrug leerte. „Es gibt den Unterricht, der lenkt ganz gut ab. Aber jetzt beginnen die Sommerferien ..."

„Verstehe. Ich habe übrigens gestern mit Paul Herz telefoniert. Zoe Steiner ist in Therapie. Und sie und ihre Mutter ziehen aufs Land."

„Finden Sie es richtig, was er für seine Tochter gemacht hat?"

Brehm seufzte. „Diese Frage stelle ich mir sehr oft. Um ehrlich zu sein, ich weiß keine Antwort."

Toni nickte. Vielleicht war das so. Vielleicht gab es manchmal einfach keine richtigen Antworten.

„Haben Sie noch etwas von Herrn Meier gehört?", fragte Brehm.

Sie schüttelte den Kopf. Natürlich setzte ihr das alles zu. Kaum ein Abend verging, an dem sie nicht wegen der ganzen Sache weinte. Und sie musste sich etwas einfallen lassen, wie sie die Finanzen nach den Sommermonaten stemmen sollte. Die Schulden in der Seniorenresidenz waren beglichen, die nächsten zwei Mieten im Voraus bezahlt. Und ihre Großmutter hatte sie beruhigt, es wäre für sie auch keine Tragödie, wieder nach Wien zu ziehen, vielleicht in eine kleine, günstige Wohnung, irgendwo im Erdgeschoss. Doch das würde Toni nicht zulassen.

„Und wie geht es Ihnen?", fragte sie.

Er lächelte. „Besser. Danke."

„Haben Sie sich schon mit Vincent Blum getroffen?"

„Nein." Brehm versuchte ernst zu bleiben, doch es schien ihm nicht zu gelingen. „Ich denke noch immer darüber nach."

Rasch drehte er sich zu dem Glaskrug vor sich und schaufelte das Zitroneneis hinein. Auch von der Seite sah sie, dass er grinste.

„Ich habe mir übrigens etwas überlegt", sagte er. „Falls Sie jetzt im Sommer einen Job suchen. Durch den Fall habe ich ziemlich viele Anfragen bekommen. Die Auftragslage ist nicht schlecht."

„Wirklich? Sie meinen, Sie möchten, dass ich wieder –"

Brehm nickte. „Es gibt einige interessante Fälle. Besonders einer, da ist gestern –" Er hielt inne. „Also wollen Sie?"

„Ja!" Toni lachte auf. „Ja, natürlich!"

„Gut." Er goss den Zitronenlikör zu Sekt und Eis. Während der Mixer brummte, zupfte er Basilikumblätter ab und gab sie dazu. Die hellgrüne flüssige Eismasse füllte er in die Cocktailgläser auf der Anrichte. Toni wollte schon zwei nehmen, um sie auf die Terrasse zu bringen, doch Brehm hielt sie auf.

„Einen Moment noch." Er nahm ihr eines der Gläser aus der Hand. „Ich denke, es ist an der Zeit. Also, Toni, ich bin Edgar."

Die Gläser klirrten, als die beiden anstießen.

„Hallo, Edgar."

Sie lächelten einander zu.

Edgar. Das fühlte sich merkwürdig an. Sie würde sich noch dran gewöhnen müssen.

Das eisige Getränk prickelte in ihrem Mund.

„Gut?", fragte er.

„Herrlich. Das will ich jetzt jeden Tag. Aber eine Sache noch."

„Was denn?"

Toni grinste. „Darf ich dich Eddi nennen?"

Danke

Ein riesiges Dankeschön geht an den Haymon Verlag, besonders an Linda Müller und Nina Gruber für eure Begeisterung, euren genialen und einfühlsamen Input und euren scharfen Blick. Es war mir eine große Freude, mit euch zu arbeiten!

An die Detektive Andreas Schweitzer und Bernard Maier ganz besonderer Dank für die spannenden Einblicke in ihren Berufsalltag und die beeindruckenden Auskünfte.

Danke an Clarissa Eisenbach und Maria Schuchter für die Unterstützung bei medizinischen Dingen und an Brit Haslinger für die psychologische Expertise. Ihr wart eine wertvolle und großartige Hilfe.

Ich bedanke mich bei meinen wundervollen Testleserinnen Franziska Tkavc, Sabine Bergmann, Klara Wandl und Diana Wurzinger.

Und gleich noch mal danke an meine Lieblingskriminalistin Franziska Tkavc für Gespräche, Wortspenden und wunderbare seelische und praktische Unterstützung.

Ein großes Danke an meine Familie und meine Eltern – auch für die fantastische Computer-Rettung – und an meinen Bruder Marcus für die super Einschulung.

Danke an die fabelhafte Ursula Poznanski für die hinreißende Nachricht nach der Lektüre des „Lockvogels".

Und danke, mehr als ich sagen kann, an meinen wunderbaren und großartigen Ehemann Joseph, der mich zum Lachen bringt wie niemand sonst. Ich herze dich.

MIX
Papier | Fördert
gute Waldnutzung
FSC® C083411

Auflage:
4   3   2
2026 2025 2024 2023

HAYMON tb 309

Ungekürzte Taschenbuchausgabe
© Haymon Krimi, Innsbruck-Wien 2021
www.haymonverlag.at

Alle Rechte vorbehalten. Kein Teil des Werkes darf in irgendeiner Form (Druck, Fotokopie, Mikrofilm oder in einem anderen Verfahren) ohne schriftliche Genehmigung des Verlages reproduziert oder unter Verwendung elektronischer Systeme verarbeitet, vervielfältigt oder verbreitet werden.

ISBN 978-3-7099-7956-3

Lektorat: Haymon Verlag / Nina Gruber, Linda Müller
Projektleitung: Haymon Verlag / Valerie Meller
Buchinnengestaltung nach Entwürfen von: himmel. Studio für Design und Kommunikation, Innsbruck / Scheffau –
www.himmel.co.at

Satz: Da-TeX Gerd Blumenstein, Leipzig
Umschlaggestaltung: Designbüro Lübbeke Naumann Thoben
Umschlagabbildung: plainpicture / Millennium / Charles Klein
Autorinnenfoto: Janine Guldener

Gedruckt auf umweltfreundlichem,
chlor- und säurefrei gebleichtem Papier.